박경리 朴景利 (1926. 12. 2.~ 2008. 5

본명은 박금이(朴今伊). 1926년 경남 통영에서 태어났다. 1955년 김동리의 추천을 받아 단편 「계산」으로 등단, 이후 『표류도』(1959), 『김약국의 딸들』(1962), 『시장과 전장』(1964), 『파시』(1964~1965) 등 사회와 현실을 꿰뚫어 보는 비판적 시각이 강한 문제작을 잇달아 발표하면서 문단의 주목을 받았다.

1969년 9월부터 대하소설 『토지』의 집필을 시작했으며 26년 만인 1994년 8월 15일에 완성했다. 『토지』는 한말로부터 식민지 시대를 꿰뚫으며 민족사의 변전을 그리는 한국 문학의 걸작으로, 이 소설을 통해 한국 문학사에 뚜렷한 족적을 남긴 거장으로 우뚝 섰다.

2003년 장편소설 『나비야 청산가자』를 《현대문학》에 연재했으나 건강상의 이유로 중단되며 미완으로 남았다.

그 밖에 산문집 『Q씨에게』 『원주통신』 『만리장성의 나라』 『꿈꾸는 자가 창조한다』 『생명의 아픔』 『일본산고』 등과 시집 『못 떠나는 배』 『도시의 고양이들』 『우리들의 시간』 『버리고 갈 것만 남아서 참 홀가분하다』 등이 있다.

1996년 토지문화재단을 설립해 작가들을 위한 창작실을 운영하며 문학과 예술의 발전을 위해 힘썼다. 현대문학신인상, 한국여류문학상, 월탄문학상, 인촌상, 호암예술상 등을 수상했고 칠레 정부로부터 가브리엘라 미스트랄 문학 기념 메달을 받았다.

2008년 5월 5일 타계했다. 대한민국 정부는 한국 문학에 기여한 공로를 기려 금관문화훈장을 추서했다.

토지

토지

박경리 대하소설

2부 4권

8

다산책방

차례

용정촌과 서울

16장 - 18장

16장 강원도 인삼장수

하동 장거리 객줏집에 하룻밤을 묵으면서 공노인은 이부사 댁을 찾지 아니하였다. 혜관으로부터 연주의 소식은 이미 전해 들었을 것이며 또 상현을 알고 이동진과도 면식이 있었으나 그들의 가족을 알지 못하는 공노인이었으니, 그러나 며칠 간을 그곳에서 보냈을 뿐인 혜관보다는 그곳 사정에 소상한 공노인인 만큼 스스로 통성명하고서 찾아가지 못할 것도 없다. 못 찾아가는 이유는 두만강 너머 간도에서 온 노인 아닌 강원도 삼장수로 왔었기 때문이다. 당분간 그러한 가장이 필요한 처지였으니까. 그래서 일부러 하동 장날에 때맞추어 그는 이곳으로 내려왔던 것이다.

객줏집 마루에서 삼 보따리를 챙기는 공노인에게 주인이 말을 걸었다.

"노인장, 노인장은 이곳이 초행인 모양이구마요."

"내 말이오?"

바짓말에 두 손을 찌르고 엉거주춤 마당에 쭈그리고 앉은 사내를 돌아본다.

"못 본 얼굴이니께 묻는 말이오."

"나는 주인장 얼굴을 아는데 그러시오?"

"나를? 어디서 보았소?"

죄지을 사람 같지도 않은데 사내는 까닭 없이 당황한다.

"십여 년 전, 그러니까 십사오 년쯤 될란가?"

"그땐 호랭이 담배 묵던 시절이오."

"그때 내가 이곳에 왔을 적에 이 집에서 잤으니까, 집이 옛날 그대로구만."

"하하아, 그렇소? 하도 이 사람 저 사람 들락거리니께."

"나도 한 시절 객주업을 한 일이 있소만 한 번 든 손님 얼굴 잊은 적이 별로 없었소. 내가 그러니까 육칠 일 묵었을 게요."

사내는 또 까닭 없이 실쭉한다. 꾀죄죄한 장돌뱅이 주제에 객주업은 무슨 놈의 객주업인고? 싶었던지,

"그러믄 십여 년 동안 어딜 갔길래 못 왔소?"

따지듯 묻는다.

"밤낮 해봐야 개미 쳇바퀴 도는 것, 때리치우고 다른 일을

좀 하다가 뜻대로 되지가 않아서,"

"새미(우물)를 파도 한 새미를 파라 캤는데…… 해가 중천에 떴소. 지금 나가서 장사가 되겠소?"

바짓말에 찔렀던 손을 뽑아 손톱 사이에 낀 때를 후벼 파며 사내는 아예 관심이 없다는 투로 말했다.

"팔리겠거니 생각지도 않소."

"하기는 요새 농사꾼들이 무신 수로 삼 한 뿌리 사가겠소. 죽는다, 산다, 해쌓아도 어제가 옛날이라. 산 넘으믄 또 산이 있고 갈수록, 그래도 옛날에는 겨울 한 철 뼈 빠지게 길쌈을 하믄 살림 한 모퉁이는 막았는데 그놈의 광목이다 옥양목이다 하고 기계로 짠 것을 풀어묵이니 손바닥만 한 땅만 파가지고, 홍 그놈의 땅이나마 질게(길게) 가지기나 함사? 장리 빚에 안 넘어가믄 천행이지. 별수 없는 소작, 그것도 수울하건데? 아무나 부치던가? 골이 빠지는 거는 농사꾼이라."

사내는 혼잣말같이 중얼중얼 중얼거렸다.

"주인장이야 이런 객주업을 하는데 무슨 걱정이오."

공노인은 장사 나갈 생각은 않고 마루에 걸터앉으며 말했다.

"야? 아항, 피장파장 아니겠소? 벌써 딴 고장에는 왜놈들이 여관이라는 걸 지었다 카이 여기도 불원 그런 것이 생길 기고, 만사가 다 그런 조라요. 아 그러시, 왜놈 점방도 좀 생깄소? 말끔하니 조촐하니, 그러니께 조선사람들 가게는 돼지우리 겉은 꼴이 되고 객줏집도 마찬가진 기라요. 왜놈들이 모갯돈을 가지고 와서 물건을 싸악 거둬가고 질퍽하게 풀어놓으니 장돌뱅이들은 찌들어가고 객주업이 될 기 머요. 아무래도 왜놈 밑에서 종질하지 않고는 살아남을 사램이 없을 것 같소."

사내는 땅바닥에 침을 탁 뱉는다.

"그도 그렇겠소."

"노인장도 장바닥에서 인삼 팔 생각 마소. 저어기, 저 왜놈 밑에서 서기질하고 순사질하는 놈들 집을 찾아가서 파는 기이 상술 기요."

"나도 그런 생각 안 한 바는 아니지마는,"

사내는 까닭 없이 당황하고 실쭉해하고 하더니 어느새 걱정을 해주는 눈빛이 되어 있었다.

"그러면 설설 나가볼까?"

공노인은 인삼 보따리를 들고 일어섰다.

"주인장."

"야."

"잘 계시오."

"해 안에 떠나시오?"

"그렇소."

공노인은 장거리로 나왔다. 이 전 저 전을 둘러보며 천천히 발길을 옮긴다. 십여 년 전 이 장터에 난전을 폈던 일이 어제같이 새롭게 떠오른다. 옛날과 달라진 것은 없다. 왕왕대는 장꾼의 고함이며 그 자리에 그 전이며 맨상투에 망태 짊어진 젊은 농부들이며 파는 품목과 꼭 같은 모습들의 장돌뱅이들이며—.

'가만있자. 내가 그냥 돌아갈 수는 없는 일 아닌가? 소식이야 전해 들었겠지마는 이곳의 소식은 내 말고 누가 전할꼬? 이별하고 산 지 한 해 두 해도 아니겠고 십여 년, 이동진 그 양반 대범해서 내색은 안 하지마는 사람의 마음은 매일반이라.'

공노인은 생각을 하며 걷는다.

'쉬이 돌아올 형편도 아니고 앞으로 얼마나 기다려야 할지 모를 일인데 하야간에—.'

"작년에 왔던 각설이 죽지도 않고 또 왔십니다아—."

공노인이 힐끗 쳐다본다. 싸전 앞이었다. 거지 세 명이 바가지를 두드리며 꾸벅 절을 한다. 싸전 주인이 미처 뭐라기도 전에,

　　품! 품바 장타령

　　또 한 대목이 나온다아아

　　품! 품바 장타령

　　일자 한 장 들고 보니

　　일월솜솜 해솜솜

　　밤중 샛별 산 넘어가네

　　품! 품바 장타령

　　이자 한 장 들고 보니

　　이 등 저 등 북을 지고

행수기생이 춤추네

품! 품바 장타령

삼자 한 장 들고 보니

삼암신령 불로초는,

"아이구! 시끄럽다!"

싸전 주인이 팔을 내저었으나 각설이 떼는 몸을 우쭐거리며 이 머리 저 머리 저희끼리, 장단 맞추듯 박치기를 해가며 사자 한 장, 오자 한 장까지 타령은 넘어간다.

"시끄럽다 카이! 그놈의 타령 그만 못 두겠나?"

동전을 던져준다. 그것을 주우면서,

"넨장, 타령도 안 하고 그라믄 공돈 묵으라 말이오?"

각설이는 투덜거리는 척,

"지랄하네. 듣기 좋은 꽃노래도 한두 분인데 그놈의 각설이 타령 멋이 그리 듣기 좋을 기라고, 내사 마 순사 놈들 호각 소리하고 너거들 왕왕거리는 소리가 젤 듣기 싫다."

"그라믄 한밤중에 여편네 곡(哭)하는 소리는 우떻십디까."

"멋이라꼬?"

"돼지 멱따는 소리는 듣기가 좋십디까?"

"이 세 빠질 놈들이! 사람 부애를 돋울 기가!"

"헤헤헷…… 헤, 그라믄 멩년에 또 오겠십니다. 운수대통하고 수명장수하고, 헤헤헷…… 헤 잘 있이이소."

싸전 앞에서 돈셈을 하고 있던 갓 쓴 사내가,

"멩년에 또 오겠십니다? 장날마다 오는디, 저눔들 나이는 여러 백 살 될 것이여라?"

"하모요. 우리는 신선인께요."

"하하아 하하아, 신선이 모두 등장(等狀) 갔더란가?"

"신선놀음에 도낏자루 뿌러진다는 말도 못 들었소? 에이고, 강 너머 사람하고는 말이 안 되는 기라. 품, 품바 장타령!"

변함없는 옛날 그대로의 장터 풍경이다. 투박한 경상도 사투리에 간들간들한 전라도 사투리가 일렁이고 초가을의 하얀 햇볕이 장꾼들 흰 옷 위에서 일렁이고 소음은 연기처럼 자욱한데 떡장수 죽장수는 그 자리에, 요기하는 농부와 짐꾼들 사공, 더 이상 찌들 수도 없고 검어질 수도 없는 살가죽에 강을 건너온 가을바람이 선들선들 미칠 듯 지나간다. 난전의 차일이 펄러덕거린다.

'가랑잎 같은 인생이다. 해묵은 지푸라기, 으흠…… 십 년을 넘기 돌리고 돌린 물레[絲車], 내가 왜 이런 비감한 마음을 가질꼬? 십여 년을 남의 땅에 죽치고 앉았더니 허물어진 저 산 언더막의 흙이 뺄간 것도 잊어버리고 내 마음이 설풋한 것은 아마도…… 훠이훠이 영을 넘어 이 장에서 저 장으로, 내 옛날이 생각난 때문일 기라.'

나무꾼 소년이 나무지게를 받쳐놓고 그 그늘에 앉아 밀개 떡을 먹고 있다. 누가 내 나무를 사갈까, 행인의 눈을 살피면서 때론 저보다 처지가 낫다고 생각하는, 팥죽이랑 떡을 사 먹는 사람들을 선망에 차서 쳐다보곤 한다.

'저 늙은이가 아직도 안 죽고 살아 있구마.'

공노인은 피식 웃는다.

"어허어! 떠리미요, 떠리미! 이렇기 싼 물건은 난생 못 봤일 기요! 봤이믄 봤다 카소! 야?"

깡마른 등짐장수 늙은이는 자기 모습과 마찬가지로 낡고 때 묻은 잡동사니 물건들을 줄레줄레 해진 삿자리에 펴놓고 가래 끓는 목소리로 혀를 내둘러 마른 입술을 연방 축여가며 외치고 있었다.

공노인은 그 옆을 스치며 지나간다.

"떠리미요. 떠리미! 몽땅 갯값으로 던지고 갈라누마. 서울 있는 내 자식 놈 찾아갈라누마. 누구든지 몽땅, 모, 몽땅, 어허헉."

기침에 자지러지다가 다시,

"누, 누구든지 몽땅 가지믄은 수 터지요! 못 사믄은 나중에 배 아플 기고, 어허어! 보소! 여기 간밤에 용꿈 꾼 사람은 없 소? 몽땅 가지가라니께? 갯값으로, 갯값에 던지고 갈라누마. 여기 없는 기이 머 있소? 처니 애들 시집갈 때 가지가는 구봉 베갯모가 있고 금박 찍은 갑사댕기, 발끝까지 치렁치렁 닿는 달비*가 있고오 박하분에 동백기름."

가래 끓는 목소리가 뒤통수에 쫓아온다. 공노인은 돌아선다.

"여보시오."

"야?"

등짐장수는 어리둥절 쳐다본다.

"아 참, 머 살라고 그러요."

"댁과 같은 장돌뱅인데 사기는 뭘 사요?"

"삼대 구 년 만에 물건 하나 파는가 싶더니마는."

"좀 쉬었다 하라고 내가 왔소."

공노인은 땅바닥에 주질러 앉으며 곰방대를 뽑는다.

"담배 한 대 안 하겠소?"

"어디요? 담배 할 줄을 알아야제요."

"무던히 참을성도 많소. 하기야…… 그래 서울 있는 아들 찾아가는 재미로 사시오?"

"그거사 머, 헤에에……."

"내가 십여 년 전에 여길 왔을 적에, 그때도 노인장은 서울 있는 아들 찾아갈려고 물건을 갯값으로 몽땅 팔겠다 했는데 그래 그새 한 번쯤 아들을 찾아갔습디까?"

담배를 버끔버끔 피우며 공노인은 실실 웃는다.

"그거사 머 장사니께로."

"장사하는 푼수를 그렇게만 배웠다 그 말이오?"

"아, 장사꾼 치고 참말만 했다간 밥 빌어묵을 기구마는."

성이 좀 난 얼굴이다.

"허 참, 거짓말도 가지가지라. 거짓말 몇 마디에 만석 살림이 오고 가고 수천금이 오고 가는데, 숫제 거짓말이 아니라

외곬, 외골수라 해야겠구마."

"하기사 옛말에 말 한마디 천 냥 빚 갚는다는, 그것도 한갓
재주라오."

"아무튼 그 말 한 가지만 가지고는 밑천이 짧아 안 되겠구
만."

"말 밑천이사 머 가지나 마나 마찬가지니께."

"왜 그렇소?"

"아무래도 살 사람은 사고 안 살 사람은 안 사는 기라요."

"안 살 사람도 사게 하는 것이 장사 아니오."

"돈이 있어야 안 살 물건도 사제요. 장꾼들이란 사고 접어도
급히 소용 안 되믄은 안 사는 기고 사고 접은 생각이 없어도
우짤 수 없이 소용이 되는 거는 사는 기고, 가만히 앉아서 살
피보소. 장꾼들은 대개가 농사지기들인데 땅 파서 금덩이 나
오잖으니께. 여름 내내 땀 흘리바야 나라에 세금 바치고 땅임
자는 추수 거둬가고 자손된 도리 선영봉사 안 할 수 없고, 뻔
한 기라요. 도방맨치로 우푹지푹해야 안 살 것도 사고 하지."

"그렇다면 가만히 앉아 있어도 사갈 사람은 사갈 거 아니
오. 허기지게시리 떠들 것도 없거마요."

"그거는 그렇지가 않소. 원님이 도임할 적에도 삼현육각(三
絃六角)을 잽히는데 꾸워다 놓은 보릿자리겉이 앉아 있으믄 무
신 재미가 있겠소. 저 늙은이 또 저 소리 한다 싶겄지마는 귀
에 익은 소리 안 듣고 가믄은 섭운할 기라요. 장에 갔다가 머

를 잊어부리고 온 것맨치로 사람우 맴이란 그런 거니께."

공노인은 허허 하고 웃는다. 그렇기도 하겠다 싶은 것이다.

"그러면은, 나도 사고 싶지는 않지마는 소용되는 거를 하나 사볼까?"

막상 사려니까 살 물건이 없다. 공노인은 백동 동구리를 골라잡는다.

"곰방대가 있는데 그러요?"

"선사할려고 그러오."

공노인은 값을 치르고 물건을 간수한 뒤에도 우두커니 앉아 있었다. 인삼 보따리를 펴려니 했으나 그것도 아니었다.

"아무것도 안 변한 것 같았는데 역시 안 변한 것도 아니구마."

혼잣말을 중얼거렸다.

"머라 캤소?"

백동 동구리를 팔고 나니 맥이 풀리는지, 저녁 술잔 값을 벌어 마음이 놓여서인지 외치는 것을 그만둔 늙은이가 되물었다.

"이것도 변했다 그 얘기요."

"그거사 머, 십 년이믄 강산도 변한다 했으니께."

"노인장 넋두리하고 각설이타령이 안 변했기에, 허허허……필묵장수 참빗장수가 모두 젊은 사람이고 저기 저 고등어 한 손 가지고 농부랑 실갱이하는 해물장수, 십여 년 전만 해도 이팔청춘인 줄 알았는데 그때 삼을 몇 뿌리 팔았기 때문에 기

억을 하고 있지마는, 이제는 앞머리가 훌렁 까지고 남은 머리
마저도 반백이니."

"늙고 죽는 이치 아니겠소."

"맞소."

공노인은 끝내 삼 보따리를 펴놓지 않고 일어섰다.

"노인장 많이 파시오."

"야. 고맙소."

장터를 빠져나온 공노인은 이부사댁을 찾아간다. 서울의 기
화로부터 소상하게 얘기를 들었기 때문에 집 찾는 데 어려움은
없었다. 소음의 바다 같은 장터와는 반대로 이부사댁 문전은
물을 뿌린 듯 조용하다. 담장 안에서 넘겨다보는 감나무에 풋
풋한 열매가 수없이 매달려 풍성해 보일 뿐. 대문도 꼭 잠겨져
있었다. 몇 번인가 대문을 두드렸을 때 안에서 인기척이 났다.

"뉘십니까?"

억쇠가 대문을 열고 내다보며 묻는다.

'이 사람이 억쇠렷다!'

수건을 동여맨, 눈이 조맨하고 입도 합죽이, 턱이 뾰족하게
길고 얼굴 중간이 푹 꺼진 새우같이 생긴 사내, 그는 장사꾼
풍의 공노인을 살펴보며 묻는다.

"어디서 왔소."

"어디서 오나 마나, 나는 인삼장수요."

"인삼장수가 머하러?"

"머하기는, 인삼 팔러 왔지."

"허 참."

억쇠는 코웃음치며 공노인 어깨 너머 먼 산을 본다.

"삼이 참 좋소."

"좋으믄 머하겠소."

"좋으면 효험이 크질 않겠소?"

"묵을 사램이 있어야제요."

"그러지 말고 안에 가서 상전한테 말 좀 건네보는 게 좋겠소."

"말 건네보나 마나, 인삼이라 카믄 팔자 좋은 얘긴데 그런 거사 근심 걱정 없이 펜안한 사램이 묵는 기고, 다른 데 가보소. 만판 그래 봐야 이 집에서는 삼 못 팔 기요."

하고 돌아서려는 억쇠를 공노인은 붙잡는다.

"갈 길이 바빠서 헐하게 처분하려고 그러오."

"하아, 이 노인이 와 이리 엉겨붙노. 헐하기 아니라 그저 준다 캐도 이 댁에서는 인삼을 잡술 처지가 아닌 기라요. 해 넘어가기 전에 다른 데나 가서 팔아보소."

그러나 공노인은 잡은 옷소매를 놓지 않는다.

"이거 참, 학 떼겄네."

"하야간에 내 얘기나 좀 들어보소. 나는 이곳에 장삿길로 온 게 아니오."

"그라믄 머하러 왔소?"

"십여 년 전에 한 분 와보고서는 이번이 첫길인데 그러니까 거기, 그 장터로 가는 삼거리에서 주막을 하던 월선이라고,"

"머라꼬요?"

새우눈같이 조그마한 눈이 벌어진다.

"그 아이가 내 조카딸인데, 오래 못 보았고 죽기 전에 그 아이를 한번 만나볼까 싶어서 왔더니만,"

"아니! 워, 월선이라 카믄,"

공노인은 억쇠 놀라는 얼굴을 못 본 척,

"찾는 그 아이는 간 데 없고 이번 길이 허행이 되지 않았겠소? 사정이 그러하니 애당초부터 장사에 뜻이 있었던 것은 아니었으니, 그러니만큼 헐하게 처분하고,"

억쇠는 어느덧 대문 밖에 나와 있었다.

"노인, 아까 머라 캤소?"

나직한 목소리로 묻는다.

"뭐라 카다니? 인삼 사라고 했지."

"아니 그 말 말고요, 주막 하는 월선이라 캤지요?"

"그랬소. 그 아이가 내 조카딸이오."

"참말입니까?"

"아무 까닭 없이 거짓말할 리가 있겠소?"

"조카딸이라 카믄,"

"바람잡이 형이 하나 있었는데 그 형이 어쩌다 무당하고 눈이 맞아서 생겨난 딸아이지요. 아이라지만 이젠 사십 줄, 이웃에 수소문도 해봤지마는 아무도 간 곳을 아는 사람이 없고."

"그렇다믄 친 조카딸 아니오?"

"그야 그렇지."

"하아참, 이거 참, 아무튼 우리 이야기 좀 하입시다. 문전에서 긴 얘기 할 수 없인께."

억쇠는 휘적휘적 걸음을 옮겨놓는다. 그의 뒤를 공노인은 졸졸 따라간다.

"이보시오, 삼은 어찌 되는 거요?"

"삼 얘기는 두었다 하고 그보다 급한 일은 조카딸 행방 아니겠소. 노인이 찾아오기는 바로 찾아온 기요."

"바로 찾아오다니? 그러면 내 조카딸 행방을 안다 그 말이오?"

"행방뿐이겠소?"

"뭐라구요?"

"불쌍한 간도댁 일이라 카믄,"

공노인이 반가운 척할 판인데 별안간 억쇠는 걸음을 멈추고 휙 돌아섰다.

"가만있거라, 그라믄은?"

장난기를 머금은 공노인 눈이 억쇠 얼굴을 더듬고 지나간다. 억쇠는 열심히 기억을 되살리려고 미간을 찌푸린다.

"그라믄은, 가만있거라…… 그때 간도댁은 강원도 삼장사를 따라갔다 캤제? 그 삼장사가 그러니께 삼촌이라 카던가?

옳지! 맞다 맞아! 바로 이 노인이."

"맞기는 뭐가 맞다는 게요?"

공노인은 중천에서 기울기 시작하는 해를 가늠하듯 하늘을 올려다보며 중얼거렸다.

"노인."

"조카딸 행방을 안다 하잖았소?"

"야. 그보다도 지가 한 말씀 묻겄는데요. 그러니께 전에, 십 년도 훨씬 넘은 얘기구마요. 조카딸하고 함께 간도로 간 사램이 노인 아입니까?"

"그렇소. 나요."

"하 이거 참, 세상이란 넓고도 좁소. 어째 하필이믄 우리 댁에 삼을 팔러 오싰으꼬, 홍이어매 얘기도 얘기거니와 지도 그곳 얘기 듣고 접고."

"홍이어매라면은."

능청을 떠는 공노인도 어딘지 속이 간질간질하다.

"그러니께 노인 조카딸 말입니다. 지가 자세하게 말씀하지요. 아무튼지 간에 반갑십니다. 그라믄 가입시다."

"그러면은 주막에 가겄소?"

"아 아닙니다. 우리 댁 형편상."

억쇠는 급히 손을 내저었다. 두 사람이 간 곳은 나루터 근처, 나뭇짐을 풀어버린 빈 나무배가 몇 척 물결에 흐느적흐느적 흔들리고 있었다. 강물은 비췻빛, 가을로 접어든 물빛이었고 그러고 보니 강 너머 바라뵈는 산에 단풍이 들기 시작했다. 두 사람은 쌓아올려 놓은 장작더미에 등을 기대고서 나란히 앉는다.

"참말로 산천도 좋다."

공노인이 중얼거렸다. 아예 월선의 행방에 관심이 없는 것을 억쇠에게 숨기려 하지 않는다. 숨 넘어갈 듯 따져물을 것을 예상했던 억쇠는 묘해지면서 공노인을 쳐다본다. 기대가 무너지는 것 같은 기분이지만 억쇠는 간도 얘기가 듣고 싶은 것이다. 사실 상현이 돌아와서 대강 그쪽 소식은 들었고, 서희 일행보다 훨씬 앞서 갔다 온 이 낯선 노인에게 새삼스럽게 들을 얘기도 있을 성싶지 않았으나. 공노인은 천천히 곰방대를 뽑아 쌈지 속의 담배를 곰방대에 털어 넣는다.

"오면서 얘기가, 월선이 간도로 갔다 했는데 어찌 된 경위로 그렇게 됐는지……."

담배를 버끔버끔 피우며 공노인은 한가롭게 물었다.

"우선 묻겠십니다. 그라믄은 노인은 그때 간도에서 조카딸이 돌아온 후 한 분도 못 만냈다 그 말씀입니까?"

"못 만났지. 그 아이가 한사코 고향 가겠다기 보내놓고 보니 우리도 그곳에서 살 재미가 없어서,"

"그렇다믄 수울찮이 해가 갔는데 우예 한 분도 안 찾아왔십니까."

"수천 리 길을 어떻게? 만주 바닥, 연해주로 해서 함경도를 떠돌아다녔는데,"

"하 참, 그렇담 아무것도 모르시겠구마."

억쇠는 떠듬떠듬 최참판댁 사정에서부터 얘기하기 시작했다. 그것은 월선이 간도로 가게 된 제반 사정의 설명이었으니까 억쇠가 한 얘기 중에 공노인이 모르는 일은 없었다. 다만 윤씨부인이 살아 있을 때 상현을 손녀사위로 삼고 싶어했다는 얘기만 처음 듣는 것이었다.

'길상이하고 혼인한 얘기를 듣는다면은? 생남까지 하구…….'

"대강 그렇게 돼서 모두 간도에 갔고 우리 댁 서방님도 갔다 오신 기지요."

"음…… 그렇게 되었구마. 나는 까맣게 모르고 있었소."

"아까 노인이 말씀하시기를 연해준가 그곳까진 가보았다 했는데,"

"가보긴 가봤소."

"지도 우리 댁 서방님한테서 대강은 말씀을 들었지마는 세세히야,"

"세세히는 알아 뭐하겠소. 사람 사는 곳은 다 마찬가지 아니오."

"그러씨, 그거는 그렇겠지마는. 언제꺼지 기실 긴가 답답해서,"

"답답하기로야 매일반 아니겠소?"

"대체 거기 사람들은 조선으로 쳐들어올 꿈이나 꾸고 있는지 모르겠소. 해가 바뀌고 또 바뀌어도 감감소식, 우리 댁 나으리는 돌아오실 긴피가 없인께 말입니다."

"당분간은 돌아오기 어려울 거구만."

"와 그러십니까."

술이 오른 것처럼 억쇠의 얼굴이 벌게진다.

"쳐들어가는 꿈이야 밤마다 꾸겠지마는 그게 마음만 먹는
다고 될 일인가? 청룡도 가진 놈과 바늘로 싸우는 격이지."

"청룡도가 머어요?"

"대국에서 쌈할 적에 쓰는 큰 칼 말이구만."

"아 장수가 쓰는 것…… 그나저나 형편이 그렇다 카믄은 여
기 기신 분들이 솔가(率家)를 해서 그곳에 가든지, 무신 수를
내야지 언제꺼정 이러고 있겄십니까. 왜놈 순사 헌벵만 바도
가심이 덜컥덜컥 내리앉고."

"그러나 일본에 공부 간 아드님이 있다니까 그럴 수는 없을
기고, 어디 먼 곳으로 골살이 하러 간 셈 쳐야지."

공노인은 얘기하면서 까무잡잡하고 미간에 성깔이 일렁이
던 상현을 생각한다.

"그나저나 이래가지고 질기 살겄소?"

"집안 형편이 어렵단 말이오?"

"넉넉하달 수는 없소. 그저 그만그만……."

"모두가 다 살기 어려운 세상이니."

"하기사 우리 댁은 대대로 청백리라꼬 칭송받는 집안이라
서 옛날인들 잘살았던 거는 아니지마는 그래도 옛날에사 기나

피고 살았거마는, 우리 댁 마님도 천성이 누굿해서 술에 술 탄 듯 물에 물 탄 듯하시더니마 요새는 자주 자리에 눕고 탈기(奪氣)를 하시는 모앵인데…… 그렇기 될 바에야 애시당초 나으리께서 가시지를 말았어야 하는 긴데 여기 사정도 사정이거니와 나으리께서도 얼마나 고생이 막심하겠십니까. 칩어서 오줌을 누믄은 줄기채 얼어부린다 카는 곳에."

"그것은 별걱정 안 해도 될 거요. 춥기야 하지마는 원체 추위를 막고 살게 돼 있으니. 그리고 그곳에도 조선사람도 많이 살고 모두가 합심을 해서 도우니까."

"그 얘기는 우리 서방님도 합디다마는,"

"이 말 저 말 할 거 없이 참고 견디는 수밖에 없고, 월선이가 거기 갔다 하니, 내 역부러야 수천 리 길 그곳을 어찌 가겠소? 하나 우선은 그 지방 근처에 터전을 잡고 있으니."

"야?"

"지금 내 마누라가 함경도에서 나를 기다리고 있거든. 이분엔 부모 산소에 벌초나 할 심산으로 내려왔던 길에 조카딸을 찾은 거니까."

"하, 그, 그러면은,"

"사정이 그러니 무슨 전할 말이라도 있으면 하소."

"그, 그렇다면 우리 마님을 한분 만내시는 기이 우떻겠십니까? 하룻밤 주무시고,"

"아니 해가 어지간히 기울었는데 가볼 데가 있어서, 곧 나릿선을 타야겠소. 더욱이나 그 아아 소식도 들었으니."

"이거 참, 무신 말을 해야 할꼬? 참 야, 우리 댁 새아씨께서 태기가 있으시니 한시름 났소. 일본으로 떠나시기 전에 오싰다 가싰는데."

"월선이한테 전하면 되겠소?"

"하모요. 그곳에서는 내왕이 있다 캤인께. 그라고 또,"

억쇠는 길상이, 용이 말도 했고 김훈장, 서희에게 안부 전하라는 얘기도 했다. 공노인은 굳이 싫다는 것을, 삼 몇 뿌리를 나누어서 억쇠에게 쥐여주고 말 한마디라도 더 하려고 우죽우죽 따라오는 그를 뿌리치다시피 떠나는 나룻배에 몸을 실었다. 파장까지는 아직 해가 남아 있어서 나룻배에 탄 손님은 별로 많지 않았다. 노 젓는 소리만 단조롭고 배는 상류를 향해 물살을 가르며 올라간다.

"금년 시절은 어떻소."

공노인은 함께 탄 농부에게 물었다.

"낫 들고 논에 들어가 봐야 알겠지마는 이대로 가믄 풍년들 성싶소."

"그거 다행이구마."

"풍년 들믄 머합니까. 메뚜기나 배애지 터지제."

내뱉듯 말한다.

"메뚜기 배애지야 풍년 안 든다고 못 채우겠소?"

"사람이라도, 놀고 걷어가는 놈들은 메뚜기 아니겠소."

"허허헛, 사람메뚜기 말이구만."

"야아, 사람메뚜기 말이오."

"왜메뚜기까지 끼어들었으니."

"와 아니라요. 왜메뚜기야 곡식만 묵건데요? 흙까지 퍼묵으니 걱정이제. 흉년에 겉보리 몇 말 주고 땅 뺏던 부자 놈들도 많았지마는 왜놈들은 마구 생짜로, 문서 없다, 신고 안 했다 해서 뺏아가고, 팔아묵을 거는 딸년밖에 없으니 무슨 놈의 세상이 천륜마저, 참말로 살 마음 없소. 사람이 아파도 약 한 첩 지어먹일 수 없는 이런 놈의 팔자가 어딨겠소? 그만 하늘 땅이 딱 붙어부맀이믄 싶은 생각뿐이라요."

"그런 말 마소. 죽는 사람은 죽더라도 살 사람은 살아야제."

사공이 말했다.

"당신 겉은 사람이사 날벌이 해서 그냥저냥 사니께 그렇지."

"허, 그냥저냥 살다니요? 그런 소리 마소. 장배 부리던 장서방은 졸부가 됐는데 우리네라고."

"세는 짧아도 침은 길게 뺄고 기다리볼 일이구마. 나릿선 부리던 아무개가 졸부 되는 날을."

"하하핫 하하 그러잖애도 귓밥만 만지고 있소."

"장서방 겉은 사람이사 제 배 가지고 장사를 하니께. 장사 눈이 밝아서,"

"어디 그 사람뿐입디까? 요새는 돈푼 가진 사람이믄 왜놈들 뽄을 보고 장삿길로 많이 나가더마. 그러니 밑천 적은 사람들은 자연히 밀리나게 될밖에 없고."

"누가 아나?"

"멀 말이오?"

"이보다 좋은 배 모아가지고 나릿선 부릴 사람이 생길는지."

"이것도 벌이라고?"

"인심이 날로 영악해져서 그뿐이라믄 좋겠는데 약삭빠른 놈들은 왜놈 집구석에 벌써부터 종살이로 들어갈 국량들 하고."

공노인이 평사리에 당도했을 때 마을은 조용했다. 해는 엄치 기울어 아이들이 소를 몰고 돌아오는 모습들을 볼 수 있었다. 공노인은 높이 솟은 최참판댁 고래 등 같은 집을 한동안 바라보고 있다가 주막을 찾아간다.

"어서 오시시오."

영산댁이 맞이했다.

"여기 술 한 잔 주시오."

공노인은 술판 앞에 앉았다.

"못 보던 얼굴인디 타곳서 오신 게라우?"

"그렇소."

"장삿길이란가요?"

"그렇소."

영산댁은 술과 안주를 술판에 내놓는다.

"날이 설렁해졌소."

"야. 길 걷기 좋겠소이."

공노인은 시장하던 참이라 단숨에 술잔을 비워낸다.

"한 잔 더 하시겠소?"

"한 잔 더 주시오."

주막에 손님이라곤 공노인 혼자였다.

"어째 동네가 이리 조용한가 모르겠소?"

"조용할 때도 있고, 노상 조용한 것은 아니지라우."

"옛날에 내가 이곳에 삼을 팔러 온 일이 있는데,"

"언제였어라?"

"그게 아주 오래된 일이지요. 그때 최참판댁이라던지, 그 댁에서 삼을 팔았는데 그 댁 마님 여태 살아 계시는지 모르겠소."

"그 댁 마님이면 누구 말씀이란가요?"

"마님이 여러 사람이오?"

"아 금매, 그 댁 형편이…… 젊은 사람이었소?"

"아니, 젊진 않았소."

"그렇담 아주 아득히 옛시절인디 거기 삼 팔러 가시려고 그러요?"

"그러세……."

"삼은커녕 도라지 한 뿌리도 못 팔 것이오."

"왜 그렇소? 망했소?"

"망한 거나 진배없지라우. 사람이 살아야제."

"사람이 안 살면은, 그럼 귀신이 살고 있다 그 말이오?"

"귀신이야 우굴우굴할 것이오. 비명에 간 사램이 많은께로.

병신 한 사람이 살고 있는디, 색시가 있긴 있지만, 하인도 없는 건 아니지만 모두 온당하들 못한께로."

"그거 참 괴이쩍구만. 어째 그렇소?"

"이야그 할라면은 길제요. 근동이면 모릴 사람은 없일 것인디."

"여기 술 한 잔 더 주시오."

"그럭허소."

술을 쳐놓고 영산댁은 물었다.

"노인은 어디서 오는 길이라?"

"어디랄 것 있소. 조선 팔도 뜬구름같이 다니니."

"객지바람을 많이 쏘였으면 아는 것도 많겠소이."

"아는 게 뭐 있겠소. 그저 인심을 알 뿐이지."

"그란께로, 인심을 안다면 아는 거 아닌게라우? 그래 워디가 젤 인심이 좋습디여?"

"좋은 곳이 어디 있겠소. 오뉴월 햇볕에 갈아버린 마음들이지. 축축하니 물기들이 있어야 인심도 좋아지는 거 아니겠소?"

17장 혜관의 견문

맨드라미가 아주 시들어버린 뜨락에 신병이 잦은 윤도집의 마누라가 배추시래기빛 얼굴을 하고서 새빨간 김장 고추를 멍석에 펴 널고 있었다. 시들어버린 맨드라미와 참나무같이 말라 뼈만 앙상한 마누라 손등을 번갈아 보며 우두커니 서 있던 윤도집이 몸을 돌린다. 혜관이 기다리고 있는 지 오래인 사랑으로 걸음을 옮긴다. 어깨뼈가 솟은 듯싶은 뒷모습에서 냉정하고 마땅치 않아 하는 기색이 배나고 있었다. 사랑방으로 들어간 윤도집은 헛기침을 하고 오른편 버선발을 아랫배 쪽으로 끌어당기듯 앉는다.

"어찌 오시었소? 혜관께서는 매우 어려우신 걸음이오."

비꼰다.

"소승이 택일을 잘못하지나 않았을까 지금 그걸 생각던 중이오. 어째 코끝이 설렁하오이다."

비꼬는 윤도집에게 혜관은 심통이 난 듯 응수한다.

"그간 지리산에서 호랑이밥이 되지 않았나 근심하였소이다."

"근심하시었다구요? 허어."

"……."

"만주 벌판 비적 놈들이 무리지어 횡행하는 그곳을 싸돌아다녔지마는 총구멍은커녕 찰상 하나 없이 곱게 돌아왔는데 설마한들, 지리산의 산신이 노망들지 않은 다음에야. 씀바귀같은 중고기, 뭐가 맛있다고 하하핫……."

"그도 그리 생각할 것이, 돌아오는 날 얼굴 구경 한번 시켜주고는 종무소식이었으니."

"그나저나, 운봉 선생께서 편찮으신 모양인데,"

"그 소식을 들었소이다."

"그야, 들었을 테지요만 연세가 연세인 만큼,"

"별일이야 있을라구요. 나이에 비해 건장한 어른이시고, 용이 못된 이무기는 원래 명이 긴 법이오."

운봉 양재곤에 대해서 윤도집은 감정이 좋지 않음을 나타낸다.

"글쎄올시다. 만의 일, 무슨 일이라도 있으면은 환이가 산에 남아 있으려 하지 않을 테니,"

방문 쪽에 한눈을 팔고 있던 윤도집의 눈이 재빠르게 돌아와 혜관 눈에 박힌다. 노골적인 불만을 나타낸다.

"그럴 때가 되면은 그런 대로 대책이 있을 것이고, 어느 누군들 몇백 년을 사는 것은 아니지 않소?"

"사람 목숨이야 한 살에도 죽고 두 살에도 죽는 것, 동학의 윗돌이 빠지고 아랫돌이 빠져나간다면 중간돌이 허공에 붕하니 뜰 것인즉 그래 소승이 근심하는 바이오."

"돌의 씨가 말랐답디까?"

"돌도 돌 나름, 청석도 있고 썩돌도 있고 개울 돌, 부지기수인데 아무거나 위아래에다 쑤셔박을 수는 없는 일 아니겠소?"

"환이가 아랫돌이오? 머릿돌 아니던가요?"

비웃는다.

"허허어 그렇다면야 더더구나, 도집 어른 말씀대로 하자면 머릿돌, 소승은 아랫돌이라 하였으니, 어느 편이든 몸뚱아리만 가지고선 아무 일도 못하지요."

"어째 대사께서는 돌로만 비유하시오. 목재에 비유하심이
보다 적절할 듯싶소. 재목이란 구멍을 메우는 게 아니며 용도
따라 켜서 기둥도 하구 판자도 하구, 결국 목적에 닿는 집을
지으면 되는 거 아니겠소."

"지금 우리 사정에 그럴 여유가 있소? 돌을 주어 구멍 막기
도 어려운데, 집을 짓는대도 그렇지요. 소리가 요란할 게요."

혜관은 한숨을 깨문다. 환이와 윤도집의 오랜 평행선이 이
제는 차츰 벌어지기 시작했다고 느낀 때문이다.

"소리가 나는 게 아니라 시간이 걸릴 테지요."

"그렇게 말씀하시니까 생각나는 일이 있소이다. 간도 용정
이라는 곳에 갔더니 그곳에서도 사방에서 집들을 짓고 있더
구면요. 작년 봄에 불이 나서 그런다고들 하기도 하고 음흉
한 왜놈이 뒤에서 조종하여 조선인 앞잡이들이 요지마다 땅
을 검잡아서 집들을 짓고 있다고도 하고, 그러나 그보다 학교
라는 것을 많이 세우고 있다는 것이 두드러지는데, 그야 간도
뿐이겠소? 도처의 사정이 엇비슷할 터이지만 특히 종교단체,
그러니까 시천교에서 대종교 천주교 야소교 제제가끔 학교
세우는 경주라도 벌이는 느낌이 들었소이다. 말인즉 백 년 앞
을 내다본다던가? 백 년 앞을 내다보는 것도 좋고 천 년 앞을
내다보는 것은 더욱 좋겠지요. 그러나 무엇을 내다보느냐, 무
엇을 내다보고 가르치느냐, 새 소리[新學]를 가르친다고도 하

고 그것에 곁들여서 애국 소리 독립 소리도 가르친다 그런 말이었는데 소리란 모두가 기왕에 있어 온 것들이요, 그놈의 새 소리라는 것은 양소리[西洋學]를 이름이겠는데 아 글쎄 서양 소리라고 사람의 소리가 아닌 것도 아닐 터인즉 소리만 질러서 될 일이라면은 부처소리만 가지고도 능히,"

"각설하시고,"

윤도집이 말을 막는다.

"끝이 없는 얘기는 그만두시고 그곳 사정이나 얘기해주시오."

혜관이 껄껄 웃고 윤도집도 하는 수없이 웃는다.

"그렇잖아도 적잖은 밑천을 장만해오긴 왔소만 술도 익어야만 뜨는 법 아니오니까? 보고 들은 것이 많다 한들 원래가 무식한 땡땡이중, 그간의 견문이란 것도 푹 익혀야, 해서 오늘 이렇게 하하핫핫……."

"아따, 서문이 기오이다."

"그러니까, 아…… 수운제(水雲濟: 崔濟愚) 교조께서는 지금으로부터 대략 구십 년 전, 아마 갑신(甲申)년 생이지요?"

"아직 서문이오?"

"성미도 급하지 않은 분이 왜 이리 깝치시오? 하여간 소승이 잘못 안 것은 아니겠지요?"

"정확히 아시었소. 한데 중이 동학의 교조 생신을 알아 뭣 하시려오."

"생각하는 바가 있어서요."

"머리 기르시고 우리 쪽으로 개종하시겠소?"

"천만의 말씀, 소승 얘기나 끝까지 들어보시고서, 그러면은 수운제께서 붙잡히어 처형당하신 해가 갑자(甲子)년이라 생각되는데 포교는 그 이전 삼사 년으로 보아야겠지요?"

"그렇소이다."

"가만히 있자아, 그러면은 대체로 십 년간의 차이가 있는데,"

"뭐가 말씀이오?"

실실 웃던 웃음이 윤도집 입가에서 사라진다.

"태평천국과의 사이가 그렇다는 얘기요."

"……"

"홍수전이 나기론 수운제보다 십이 년 전인 임신(壬申)년, 같은 잔내비띠라…… 그로부터 삼십팔 년 후 경술(庚戌)년에 기병(起兵)하였으니 대략 나기도 십 년 넘기의 차이요, 기병하고 포교한 것도 그러니까 이쪽에서 십 년이 처지는 셈인데,"

"오리무중이구려. 무슨 말씀을 하려는 건지, 짐작이 안 가는구면요."

"소승은 동학과 태평천국의 유사한 점을 얘기하려는 거요."

"참말로 태평하시오, 태평천국처럼. 그런 얘기 지금 해서 무어에다 쓰시려오?"

"버릴 말이라도 일단은 들으시오. 핵이 있어야 부챗살도 열리는 것* 아니겠소? 소승도 여러 가지 생각하는 바가 있어서 하는 말이니,"

"……."

"이번에 그 땅으로 건너가서 이런저런 얘기도 들어보았고 소승이 눈으로도 두루 살펴보았는데 웬일인지 불각처 태평천국과 동학이 매우 흡사하다는 것을 깨달았소. 그리고 어떤 차이가 있느냐 하는 것도 막연하나마 느껴지더란 말씀이오."

"그래서요."

"그 얘기를 시작한달 것 같으면, 그러니까 시초 여진족이 어째서 산해관(山海關)을 넘어 명나라로 쳐들어갔느냐, 그것은 이자성(李自成)이 일으킨 민란을 진압하여달라고 명나라 조정에서 요청을 한 때문인데,"

무슨 얘기를 하려는가. 혜관은 턱없이 거슬러 올라가서 얘기의 대목을 잡는다. 그러자 민란에 관한 것이라면 중의 소관이 아니란 듯 윤도집은 말허리를 부질러버린다.

"민란 말씀이오? 새삼스럽게 이자성의 얘긴 할 것도 없어요. 기왕 새삼스러울려면 진나라 한나라 수(隨), 당(唐), 송(宋)! 어느 시대를 막론하구 이자성이 없었던 일이 있었소? 농민반란 때문에 여진족을 불러들여서 여진족에게 먹혀버린 명조(明朝)만 하더라도 시초 농민봉기로써 이룩한 나라 아니었던가요?"

"그, 그야."

"어느 놈이고 간에 그랬었소. 어느 놈이고 간에, 농민들의 고혈(膏血)로써 혁명을 성취하고 정권을 잡기만 하면 그 순간부터 농민들은 그들의 가장 위험한 적으로 간주되는 게요. 왜

냐하면 무너뜨린 정권의 전철을 그들도 밟게 마련이니까. 해서 농민들은 언제나 닭 쫓던 개 모양으로 지붕만 쳐다보는 게요. 그것뿐이라면? 한술 더 떠서, 어제까지 농민들을 위하여! 핍박받는 가난한 백성을 위하여! 모두 한 기치 아래 모이라고 목이 터지게 외치던 자칭 구세주는 권좌에 오르기 무섭게 농민들 등에 화살을 꽂는 게요. 흥! 그걸 새삼스럽게, 지금 이자성은 들먹여 뭐하시려오? 하나 마나 뻔한."

유장(悠長)하게 나가려던 혜관의 코가 납작해졌으나 윤도집도 그답지 않게 꽤 팔팔거린 셈이다.

"여보시오 도집 어른, 그렇게 한곳으로 몰아붙이고 보면 윤도집께서도 도망갈 구멍이 막혀버리지 않겠소? 만일 동학이 조선 천지를 장악하였더라도 역시나 그렇게 됐을 것이란 얘기요? 오늘은 심기가 매우 좋지 않으신 모양인데 하여간 거두절미하지요. 소승 하던 말 계속하겠소. 그러니까 대략 십 년의 연대 차이가 있는 태평천국과 조선의 동학이 다 같이 신흥 종교이면서 또 엇비슷한 나라 사정하에 군병을 일으킨 사실이 흡사하고 교리에도 그러한, 엇비슷한 점이 없질 않소. 과격하기로야 그쪽이 월등하겠으나."

혜관은 여진족이 산해관을 넘어 운운하던 말은 생략하는 모양이다.

"어떻게 엇비슷하지요?"

윤도집이 반문한다.

"우선 잡동사니라는 점을 들 수 있겠소."

"잡동사니요?"

"네. 잡동사닙니다. 태평천국의 교주이자 자칭 천왕(天王)인 홍수전이 야소교에다가 불교와 도교를 곁들여서."

"이보시오 혜관스님. 남의 집안 얘기긴 하지만 그런 낭설이 어디 있소? 홍수전이 사찰과 종묘를 때려부쉈고 불지르고 했다는 얘기는 들었소만, 허 참."

"그건 훨씬 훗날의 얘기고 시초에는 백련교(白蓮敎)의 흐름 속에서."

"백련교의 흐름과는 상관도 없는 그것은 순전한 야소교요. 그리고 또 백련교라는 것도 미륵불의 강생(降生)을 내세웠다 하여 종래의 불교하군 사뭇 다른 게요."

"그 점은 소승도 알고 있소이다."

그러나 윤도집은 들은 척 만 척.

"권력의 그늘 밑에서 비단 가사에 기름져온 중들, 이조 오 백 년 더할 수 없는 핍박 속에서도 권력자에게 추파 보내기에 여념이 없었던 중들 아니었소? 돈 있는 아녀자들 치마폭에 가려졌던 게 조선의 사찰이었소. 그런고로 친일의 춤을 중들이 남 먼저 추고 나온 게요. 어찌 아전인수(我田引水) 백련교 운운하시오."

"아전인수라니, 하하하핫…… 하하핫, 소승이 불교로써 윤도집께 대항한다 말씀이외까? 추호 그럴 생각 없고 오히려 우리 조선에서 되어온 불교나 중들에 대한 도집 어른의 통박에는 소승도 동감하는 바이오. 그러나 그것은 모두 중이 한 짓이오. 사람이 한 짓, 부처님 말씀은 아니외다."

"그렇게 하라는 말이야 없었겠지요. 허나 핍박하고 착취하는 자, 칼을 들고 대항하라는 말도 없었겠지요."

"허 참, 칼 들고 싸우라는 교가, 그렇게 따지자면 종전의 교치고 그렇지 않은 교가 어디 있었소? 내 듣자니까 야소교도 남이 왼뺨을 치면은 오른뺨도 내밀어라, 했다지 않소. 그러니 잡동사니 아니고서는 칼 들고 싸우기 어렵지요."

"원래가 불교나 유교는 물심양면으로 힘 있는 자를 위해 봉사해온 종교요. 해서 교조께서도 불도 유도 누천년에 운이 다했다는 말씀을 하시었소. 서학(西學)은 좀 다르지요만,"

"소승이 동학을 헐뜯자고 한 말이오? 불교를 옹호하자고 한 말도 아니구요. 성미도 급하지 않은 분이 니 잘났네 내 잘났네 하자는 게 아닌 터인데 외곬로만 얘기를 몰고 가니 온,"

혜관은 딱하다는 듯 입맛을 다시고 비로소 윤도집은 웃는다.

"예, 말씀하시오 스님."

"네."

혜관은 침을 삼키고 나서,

"윤도집께서 자꾸만 갑치는 바람에 생각이 무산하였소. 어어 그러면 우선 잡동사니다 한 것부터 얘길 해야겠소. 수운제께서

는 본시 사족(士族)인 만큼 유학에 통했을 것은 물론, 사십 가깝
도록 방랑을 하다가 도를 받았다 했는데 그동안 불경에 관심
이 없었을 리 없지요. 서학을 아는 분이 불교에 등한했을까요?
소승이 무슨 말을 하려 했는고? 네, 그렇소. 중요한 것은 잡동
사니라는 것과 민생을 위하여 농민들을 몰고서 압제자에게 칼
을 들었고 외세를 몰아내려 했던 그 점이 태평천국과 흡사하다
그 얘기요. 어째서 흡사한가, 그것을 동학으로선 극구 부인하
겠지마는 수운제께서는 분명히 태평천국의 홍수전 영향을 받
았을 것이오. 홍수전을 일개 난적으로 치부하는 조선의 형편이
고 보면 그쪽 영향을 받았을 것이란 소승의 말을 언어도단이
라 하겠지요. 연이나 근본이 다르다는 것을 미리 말해두겠소.
좀 더 합당한 말이 있을 법하긴 합니다마는 도집 어른도 아시
다시피 소승 배운 풍월이 없는고로 뜻이 잘 전하여질지 답답하
오만, 한마디로 동학이 숭상하는 것은 하늘이요, 하늘에서 도
를 받아 천도(天道)라 그러니 분명 영신(靈神)을 본(本)으로 삼은
게지요. 그러나 홍수전은 스스로 자신을 천왕(天王)으로 일컬
었지마는 그의 포부는 인도(人道)였을 것이오. 처음부터 그들은
칼을 휘두르고 나왔으니까요. 중국에서는 칼을 휘두르지 않
는 유교나 도교도 눈앞에 볼 수 없는 하늘나라 얘기는 하지 않
았소. 알맹이야 서로 다르겠지마는 어떻게 사느냐는 얘기지요.
불교, 손쉽게 백련교를 예로 들어도 그렇소. 참 아까 윤도집께
서는 아전인수라 하셨지요? 아전인수가 아닌 것이, 소승은 백

련교를 불교와는 먼 것으로 생각하고 있는 터라, 백련교 역시 극락 가는 일보다 사람들 입에 풀칠하는 일이 더 시급했다 그 거 아니겠소? 중국이란 곳은 말짱 그 판이오. 내세보다 현세요. 하늘보다 땅이 중요하다, 어째 소승이 백련교 얘기를 하는고 하니, 오늘날 청조를 무너뜨린 힘은 대체 무엇이냐."

"꼭 같은 순환이지 뭐겠소."

"아니오. 도집 어른이 말씀하신 종전과는 양상이 좀 달라요. 그러니까 청조를 무너뜨린 힘은 무엇이냐, 그 힘의 줄기를 찾아볼 것 같으면 줄기 중에서도 백련교가 꽤나 굵은 줄기거든요. 향(香)이야 피웠다 하더이다만 목탁 뚜디리는 것보다 무예에 힘을 썼고 그의 날개 밑으로 기어들어왔던 농부며 역졸이며 광부들이며 그것들은 말할 나위 없이 청조를 때리부수려는 힘이었을 것이고 그 저력이 다시 태평천국으로 깔리며 스며들어 갔었고 홍수전이 패망한 후 그것은 또 신해혁명(辛亥革命)의 저력이 되었고, 지금 앞으로도 그 힘은 부당한 권력에 대항해 나갈 것이 틀림없소. 그러면은 어떻게 그 힘이 종전같이 몽땅몽땅 끊이질 않고 이어져서 내려왔는가, 강력한 정권이 들어서질 않아 그렇다고 할 수도 있겠으나 도집 어른 말씀대로 속아서 내려온 역사로 하여 단련된 때문이겠고 그러나 그보다 먼저 어째서 그들, 중국의 농민들은 번번이 정권을 때리엎을 수 있었느냐, 그게 중요한 것 같소. 우리 조선에 있어서 민란이 빈번하였건만 농민군이 정권을 엎은 일이 없었소. 수십만 동학군도 시초에는 왕가(王家)를 인정한 나머지의, 백성들 권리주장을 앞세우고 대항했던 거요. 그러나 동학군은 패망했고 지리멸렬, 친일파로 많이 넘어갔지요. 왜 그렇게 되었을까 그게 중요한 게요. 중국에서는 힘 있는 자를 위한 종교였었다고 도집 어른이 말씀하신 유교라는 것조차 사람 사는 법의 얘기며 영신 섬기는 얘기는 아니거든. 한데 조선에선 칼을 들고 싸운 동학조차 영신 섬기는 것이 본(本)이요, 자아 이렇게 되면 뭔가 확실해지는 게 있질 않소? 중국이란 곳엔 기껏 있어야 귀신 정도,"

"그러면은 영신과 귀신이 어떻게 다르외까?"

"그, 그야, 그 그것은,"

억지든 무엇이든 시원하게 나가던 혜관의 변설이 막혀버린다. 허를 찔리어 당황한 것이다.

"그, 그것은 찍어서 말하기가, 네, 더군다나 이 무식한 중이," 하다가 무안수세처럼 씩 웃는다.

"여, 역시 다르기는 다른 거지요. 본래 천지만물이 미망(迷妄)에서 미망으로 태어나고 죽고 다시 태어나는 그 끝이 없는 육도윤회(六道輪廻)이온데 그곳을 벗어나 사성문(四聖門) 영역으로 들어감으로써 비, 비로소 영신이라 일컬을 것이며 귀신이란 이승에도 저승에도 못 간 잡신이고 보면은,"

"혜관께서 불교에 바탕을 두고 말씀하시니 나도 알기 쉽게 불교식으로 얘기하겠소. 도교란, 즉 노자(老子)와 장자(莊子) 같은 사람을 두고 말할 것 같으면은 소승(小乘)에 속한다 할 수 있겠는데 소승도 분명 사성문에 들어갈 수 있거늘 어찌하여 중국에는 영신이 없다 하시오."

몰린 혜관은 화를 벌컥 낸다.

"아따, 도집 어른도 좁쌀양식 오지랖에 싸 다니겠소. 대략 이 그렇다는 얘기 아니오. 그렇게 낱낱을 가려낸다는 것이 어디 사람으로서 할 수 있는 일이겠소? 귀신이고 영신이고 논바닥에서 훑어낸 벼이삭도 아니겠고 노자 장자가 어디로 갔는지 묵자(墨子)가 귀신 나라에 가서 재상 노릇을 하는지 아는 바 없소만, 또 대승(大乘)으로 볼려면 볼 수도 있는 수운제나 해월(海月: 崔時亨)이 사성문 중 보살이 되었는지 부처가 되었는지 알 수 없는 일이요만."

하다가 혜관은 그 문제에서 도망을 친다.

"종교 가지고 따지잘 것 같으면은 애당초 불교 얘길 했을 일이지 무엇 땜에 동학을 쳐들었겠소. 소승은 어디까지나 종교를 빌려서 중국과 조선의 사정, 백성들의 성향 같은 것을 말하려 했던 게요. 아무튼 또 거두절미하지요. 아까 하던 말이요만 백련교나 태평천국이 뿌려놓은 씨앗이 오늘날 중국에선 아주 튼튼하게 자라고 있다는 것은 수천 년 사람을 본으로 하는 그곳 사상 때문이며 싹이 나자마자 짤려버린 우리네 조선국 사정과는 판이하지요. 아무리 비바람이 드세어도 나무가 뿌리째 뽑혀나가는 일이란 없을 것으로 소승은 그렇게 보았소. 중언부언하는 것 같소만 그네들의 종교는 신비라기보다 실질이오. 일찍이 우리 신라 중들이 당나라 불교계를 주름잡았던 일은 오늘 이 시점에서도 납득될 수 있는 일 아니겠소? 그들에게는 신비하거나 황당무계한 것에도 육신의 활동이 따르는 법이오. 중들이 무예를 익히는 것 소위 도술이지요. 살생계를 범하고 드는 게지요. 우리 조선 중, 의상이나 원효에게서 피비린내를 생각할 수 있겠소? 종교의 본질로 봐서는 우리 쪽이 깊다면 깊은 거지요. 우리 조선에선 유교만 해도 그렇지요. 학문으로서만 높이 올라갔고 실생활에는 도통 쓸모가 없었어요. 그야 실학을 도외시하고 예학만을 숭상하였으니 일반 백성들에겐 조상의 묘 지키는 것과 선영봉사 하는 것 이외 가르친 것이 없구요. 충절까지도 선비들이 독점하였으니, 동학은 또 어떠한가 하면은 천지 자연의 이법을 뜻하는 중국의 천도와는 다른 하나님의 도, 천도란 말씀이오. 이런 얘기는 머리 깎은 중의 할 말이 아닌 것은 말할 나위 없지만, 음…… 그러나 앞으로 동학이 어디로 나갈 것인가 어떻게 뿌리를 박을 것인가 그게 중요하기 때문에 소승 감히 고언(苦言)을 드리는 바이오. 노상 쟁점이 칼 드는 일과 포교하는 일 어느 편에 치중하느냐, 물론 포교하고 소승은 아무 상관이 없는 일이오만, 소승도 도집 어른 심중을 모르는 바는 아니지요. 단순한 포교가 아니라는 것쯤은. 해서 중국 땅에 가서도 독립군의 활동상태를 살피는 한편 백련교나 태평천국에 관한 것에 유심히 귀를 기울였던 것이오. 사실, 지금의 그곳 형편을 들어본즉 가지가지 비밀결사가 있긴 있으나 교 같은 것은 신다 버린 신짝 꼴이 되고 그 줄기를 타고 내려온 인재들만이 별의별 사람에게 섞여 일들 하고 있다더군요. 하기야 그렇게 되니 가지도 많을 것이겠으나 목적은 같아서 청조를 몰아냈듯이 또 하나의 패자 원세개도 몰아내려 하고, 거머리같이 들붙어서 피를 빨아대는 외세도 몰아내어 모두가 공평하게 먹고 입고 죄 없이 핍박받지 아니하고 양반 상놈 구별 없는 앞날을 위해 싸우며 준비하며."

윤도집은 묵묵부답이었다. 이제는 어지간히 밑천도 떨어졌는가 혜관은 손바닥으로 얼굴을 문지른다. 문지르면서 곁눈질하여 윤도집의 표정을 살핀다. 이윽고,

"얘기의 골자는 결국 환이와 내 사이의 의견 대립, 그것이로구먼."

"그것은 도집 어른 뜻대로 생각하시오."

"환이에게 신념이 있소?"

"소승에게 물어보실 말씀은 아니오이다."

이때만은 혜관의 얼굴은 완강하였다.

"그러면 왕시 김개주접주의 전철을 밟아서는 아니 되겠다는 생각은 해보시었소?"

"아니 되겠다는 생각 같은 건 할 필요가 없었소이다. 밟을래야 밟을 수 없게 되어 있는 게요. 수만 군병이 있소이까?"

"군병이 있고 없고, 과격한 행동은 종말을 재촉한다는 내 생각에는 변함이 없소. 적은 수효는 아껴야 하오. 새끼를 쳐

야지요. 시간을 벌어야 하오."

"적은 수효라도 안 쓰면 녹이 슬지요. 또 김개주접주의 경우만 하더라도 과격한 행동 때문에 종말을 초래한 것은 아니었소. 동학군 자체가 대세에 의해 무너졌지 김접주의 과격한 행동 때문에 무너진 것은 아니잖습니까?"

"……."

"윤도집께서는 지나치게 염려하시는 게요. 소승 아까도 얘기했소만 만주땅엘 가니까 처처에 우리 동포들이 학굘 만들고 있습니다. 서당 같은 거야 말할 것도 없구요. 그래 소승은 생각했소이다. 배우는 것도 좋고 인재 양성도 시급한 일이기는 하나 뭔가 같이 해나가야 할 일이 있지 않는가 하구요. 극단으로 얘기하자면 학교라는 곳도 법당 안의 염불 같은 것이 되기 쉽다. 네, 십 년 뒤도 좋고 오십 년 뒤까지 기다려보는 것도 무방하지만 그 기간 동안 백성들은 잊을 것이오. 교활무쌍한 왜 위정자들, 수수방관만 하고 있을 성싶소? 하니 불씨를 여기저기 묻어놓을 필요가 있다, 때때로 터지기도 하고 불붙기도 하구, 백성들 가슴에 충격을 주는 일이 교실 안에서 얻은 지식을 전파하는 것보다 월등 효력도 있거니와 널리 퍼지고, 함께 뛰고 싶어지는 거 아니겠소? 그러니 그것이 보다 강한 백성들 교육 방법이라 할 수도 있을 것이오. 또 길러낸 인재들 뿌릴 박게 하는 토양도 되구요. 미적지근한 것 가지고는 푹 가라앉아 버리지요. 불씨는 하나둘 꺼져버린다 말입니다. 윤도집께서는 교세 확장을 통하여 누긋하게 인원을 불려가면서 힘을 모아 치고 나가자는 셈을 하십니다만 안 됩니다. 푹 가라앉은 백성, 불씨 잃은 백성이 주문만 외고서는 법당에 앉아 저승길 닦는 절의 신도들과 한 푼 다를 것이 없지요. 어디까지나 동학은 위장이어야 하오. 신도들 대가리 수에 희망을 걸지 마시오."

"그러면 혜관께서는 중 옷 벗을 각오도 돼 있다 그 말씀이시오?"

윤도집은 날카롭게 반문했다.

"꼭이 벗어야 한다면 벗을 수도 있는 일이지요. 중 옷 입었다고 성불하게 생겼소? 하하핫……."

"이제 그 얘기는 그 정도 하십시다. 일리가 없는 것도 아니니까 나도 생각해보겠소. 그러나 환이가 생각을 좀 달리해주지 않는다면 양보하기 어렵지요. 내가 보건대 운봉 선생이나 혜관께서 그 사람의 역량을 과신하고 계시오. 아까 혜관께서는 회피를 하십디다만 그 사람한테 신념이 있는가 그게 문제요. 투철하지요. 그러나 투철하다 하여 그것을 신념으로 보는 것은 잘못이외다. 그 사람은 위험의 불씨를 안고 있소. 신념이 있느냐 하고 묻는다 해서 그 사람이 배신자가 된다거나 굴복한다거나 안일한 생활과 타협을 한다거나, 그럴 위인이 아닌 것은 나도 잘 알고 있소. 오히려 그 반대, 제 몸을 불사르거나 때리부수는 최후 수단을 언제 어느 시 그가 결행할지 모를 일이오. 그리고 그것에는 우리, 이 피나게 줏어 모아 형체를 겨우 만들어놓은 동학이 함께 불사루어지거나 때려 부숴질 위험이 있소."

순간 혜관의 낯빛이 흐려진다. 윤도집의 말은 정곡을 찌른
것이기 때문이다. 메마른 정열, 그렇다, 환이의 정열은 메마
른 것이다. 메말랐기 때문에 냉철한 것이다. 목적은 있으나
희미하고 과정만이 뚜렷하다. 대담하고 인내심 깊은 것은 야
망을 위한 집념 때문이 아니다. 절망의 정열, 그렇다. 환이는
절망의 밑바닥에서 걷고 있다. 혜관의 입에선 자신도 모를 한
숨이 새어 나왔다. 이때 문간에서 인기척이 났다.

"우리 스님이 여기 오셨지요."

"사랑에 기시니 들어가보시쇼."

윤도집 마누라의 말이었다.

"절에서 누가 온 모양이지요?"

"학장이 왔을 게요."

혜관은 입맛을 다신다. 곧이어,

"스님."

문밖에서 혜관을 찾는다.

"오냐. 손님 오셨느냐?"

"예."

"그래 알았다. 내 곧 가마."

"그럼 저는 먼저 가오리까?"

"그래라."

혜관은 절을 떠나오면서 윤도집댁에 가 있을 터이니 손님

이 찾아오거든 곧 기별하라는 말을 학장에게 일렀던 것이다. 학장이 가고 난 뒤 한동안 서로 머쓱해서 바라보다가 아무런 합치점도 발견하지 못한 채 혜관은 일어섰다. 윤도집 얼굴에는 흥분한 자신에 대하여 후회하는 빛이 조금은 있었다. 작별 인사를 하고 문밖을 막 나서려는데 한 사내가 다가왔다. 혜관은 누구더라? 하는 시늉으로 땅땅하게 되바라진, 노리끼하고 성근 수염의 사내를 쳐다보는데,

"도집 어른 그간 별고 없으시오?"

혜관이 돌아본다. 뒤에 서 있던 윤도집의 표정이 묘하다.

"자네가 웬일인가?"

혜관은 성큼성큼 걸음을 옮긴다.

"여거 볼일이 쪼깬 있어서 왔다가 들렸지라우."

"들어가세나."

뒤에서 들려오는 목소리에 혜관은 걸음을 빨리한다. 그 사내는 임실의 지삼만이었다.

혜관이 쌍계사로 돌아갔을 때 공노인이 기다리고 있었다.

"어이구 노인장, 용케 오시었소."

혜관은 반색을 한다.

"안 오고 어쩌겠소. 두루두루 살펴보고 돌아가야지요."

"일은 어찌 되었소."

"자알 되어갑니다. 약은 쥐가 밤눈이 어둡다 하잖소?"

"하하핫핫…… 네. 그렇소. 그는 그렇고 오늘 하루 쉬었다

가 내일 아침에나 떠나지요."

"허허, 절 인심이 여간 아니구먼요."

"네?"

"앉은자리에서 내쫓기지 않아 다행이오만."

"무슨 말씀을 하시오?"

"내일 아침 떠난다 해도 한 번쯤 더 쉬었다 가라 하는 게 수
인사 아니겠소?"

"하하핫핫핫…… 그러시다간 노인장께서도 밤눈 어두워지
겠소. 내일은, 그렇구면요. 공노인께서 만나보실 사람이 있어
그러오."

"아항, 이거 늙으면 나를 환대하나 천대하나 그것엔 눈치가
빨라지고 허허헛헛…… 참을성 없이 잘 삐치지요."

하룻밤을 절에 묵으면서 공노인은 대충 서울의 일을 혜관
에게 얘기해주었다.

"뭐니 해도 봉순이 힘이 컸구먼요."

"예."

"이래저래 그 아이는 최참판댁을 위해서, 그게 모두 삼생의
인연인가 보우."

"그 아이도 아이려니와 일본으로 건너가 없지만 이부사댁
자제분이 만들어놓은 연줄 아니겠소?"

"그야 그렇습지요. 그것도 삼생의 연분이라 할밖에요."

"그렇게 치자면은 삼생의 연분 아닌 것,"

"암, 암요. 옷깃이 스쳐도 그렇다 하거늘, 허나 이부사댁 그 사람은 최참판댁 손녀사위가 될 뻔했었소."

"그 얘기는 들은 듯도 하구,"

"어쨌거나 세상에 태어나서 무엇이든 위하여 산다는 것은 좋은 일이요. 역적을 섬기든 도둑놈을 섬기든, 위할 것이 없는 사람보담이야, 안 그렇소? 공노인."

"그야."

"나라를 섬기면 더욱 좋고 가난한 백성을 섬기면 더더구나 좋고 은인을 섬기는 것도,"

"그보다 한 가지,"

공노인이 말허리를 잘라버린다. 누굴 뭐 어린앤 줄 아나? 싶어 소위 삐친 것이다. 조준구를 손바닥에 올려놨던 자기 능력에 대한 자부심과 노인 특유의 어리광도 있긴 있었다.

"석이 가아 말인데 조준구 집에 심부름꾼으로 들어가게 해달라고 한사코 발작인데 어쨌으면 좋겠소."

"석이가요? 음……."

"내 생각에는 안 될 일이라, 하도 그러니 스님하고 의논해보마고 했지요."

"들어갈 수는 있겠소?"

"황부자 집에 지금 있으니까 안 될 거야 없지요. 임역관이 말하면은?"

"그럼 그렇게 하지요 뭐."

"예?"

"아이가 진중해서 경망한 짓은 안 할 게요. 병법에도 싸움에 있어서 상대를 알아야 한다 했으니."

혜관의 결단은 아주 쉬웠다. 너무 쉬워서 돌다리도 두드리며 건넌다는 신조가 고개를 치켜들었으나 공노인은 잠자코만다.

혜관을 따라 운봉 양재곤의 초막을 공노인이 찾아간 것은 다음 날 점심때쯤이었다.

"혜관스님한테 말씀 많이 들었소이다. 올라오시오."

백발이 성성한 운봉노인이 정중하게 맞아주었다. 운봉노인 옆에는 환이도 있었으나 통성명도 없이 그는 다만 고개를 숙이며 몸짓으로 인사를 했을 뿐이다. 그리고 혜관은 보릿자루 떠메다 놓고 가는 것처럼 간다 온다는 말도 없이 휭하니 가버리는 것이었다.

18장 영웅의 아들

"발바닥에 지남철을 붙였나?"

석벽을 타는 산양과도 같이 험하게 경사진 산길을 평지 가듯 내려가는 환이를 뒤쫓아 내려가며 공노인은 화가 나서 중얼거렸다. 반평생을 영(嶺)에서 영을 넘어 방랑으로 보낸 공노인이었는데 건각(健脚)이란 자부심도 있었고, 나이 탓일까 도저히 앞서가는 환이를 뒤따를 재간이 없다. 설령 한창나이였다 하더라도 저 걸음에는 따를 수 없으리라, 공노인은 화가 나면서도 속으론 감탄한다. 걸음은 그렇다 치고 위인이 노인에 대한 터럭만큼의 친절도 없다. 괘씸한 인사 같으니라구. 씽하니 혼자 내려가면은 어느덧 모습이 보이질 않는다. 허둥지둥 한참을 내려가노라면 나무 밑에 앉아서 우두커니 하늘을 쳐다보고 있는데 그게 아마 공노인을 기다리는 품인 모양이다. 그러나 공노인이 가까이 가기도 전에 훌쩍 일어선 환이는 다시 씽하니, 바람같이 내려가 버린다. 이러기를 몇 차례, 얘기를 나누어보기는커녕 낯선 나그네만도 못하다. 일부러 골탕을 먹이려는 심사 같기도 하고.

'지가 아무리 먹어봐야 서른대여섯, 마흔에는 못 미쳤을 텐데, 그래 저놈의 인사한텐 부모도 없나?'

이끼 낀 바위틈으로 수북이 쌓인 가랑잎 사이로 그리고 산죽(山竹)을 비집고 실낱같이 그어진 좁고 희미한 길을 따라 공노인은 시근덕거리며 급히 걸어 내려가는데 환이의 모습은 영 나타나지 않는다.

'제에기, 네가 이 늙은 나를 골탕먹여보자는 심보인 모양이지마는 좀 그렇게는 안 될 거로? 여보게! 젊은이 함께 가세나! 하면서 내가 동곳을 뺄 줄 아나? 어림없지. 가도 가도 사람 새끼라곤 눈 닦고 보아도 찾아볼 수 없는 만주 벌판을 헤

맨 공서방을 몰라? 산? 산이라면 이까짓 것 백두산을 위시하여 안 댕겨본 산이 어디 있었어? 내 나이는 비록 늙었다마는, 하기는 이 산도 명산이긴 명산이구만. 구렁이가 또아리를 튼 것처럼 겹겹이 산이라.'

시근덕거리다간 산세를 살피는 여유는 있다. 만산은 황홀한 단풍, 황홀하다기보다 일대 장관이다. 눈이 시렵도록 푸른 하늘에 기대어 황색과 적색, 그리고 미련처럼 점철된 녹색의 능선이 가파롭게 혹은 완만하게 연이어져 간다.

'가거나 말거나. 내가 부탁해서 따라 나온 것도 아니겠고 저쪽에서 슬머시 따라나와가지고서, 내 길 못 찾아 산속을 헤맬 인간도 아니니, 그는 그렇다 치고 도모지 저자가 어떻게 생겨 먹었기 저리 귀신같이 산을 탈까. 축지법을 쓴다 해도 과언은 아닐 게야. 서두는 것도 아닌데 절로 가는 모양이지?'

오기는 차츰 사라지고 감탄을 하는데 퍼뜩 공노인 머릿속에 주막 주모의 말이 떠오른다.

'축지법을 쓴단 말시. 하룻밤에 산을 타고 수백 리를 간다는디.'

"그러면은?"

환이가 간 방향을 향해 공노인의 눈이 차츰 벌어진다. 그리고는 다시 눈이 좁혀들면서 중얼거린다.

'음…… 이거 차근차근 생각해볼 일이구나.'

그러니까 평사리 영산댁 주막에 하룻밤을 묵으면서 공노인은 실로 많은 얘기, 새로운 사실들을 알게 되었는데 특히 최 참판네 내력에 관하여 영산댁은 소상하게 얘기를 해주었던 것이다. 꼬치꼬치 캐어물을 것도 없었다. 술꾼이 끊어진 휑뎅 그레한 술판이 외로웠는지 모른다. 영산댁의 얘기는 별당아 씨에 관한 대목에 이르러 고조되어 갔다.

"말이 머슴이지. 머슴이긴 혀도 인물이 옥골선풍이었지라 우. 어디서 떠돌아왔는지 근본을 웨찌 알겠으라? 이야그는 많 았제요. 어느 양반으 서출이라고도 히얐고 깊은 산중에서 도 를 닦다가 중도지폐혔다는 말도 있었는디, 또 동학당 허다가 내빼온 거란 말을 허는 사람도, 그러니께 동학 난리가 있었을 적에 최참판네는 터럭 하나 다치질 않았던 그 일을 두고 나온 말이 아닌가 싶소이. 그러니께 마님이 거두어준 것 아니겄느 냐 그 말이여라우. 그런디 삼수란 놈이, 삼수가 누군고 허니, 조가가 왜 헌병헌테 찔러서, 총을 맞고 밭뚝에 꺼꾸러져 죽은 놈인디 아 글씨 그놈이 의병질이나 허고 그리 되얐이면 내가 놈 자 붙여감시로 이약을 할 것이여? 그놈은 그렇그럼 죽을 만혀. 그러니께로 의병이 들고일어났을 적에 삼수 놈은 양다 리를 걸쳤다 그거 아니겄소? 처음에는 제 상전을 저바리고 조 가 놈 편역이 돼야 동네 사람헌티 못할 짓 많이 혔잖이요? 그 러던 놈이 의병이 최참판네로 치고 들어갈 때 문을 열어주었 고 앞장서 날뛰었답매. 헌디 그놈이 그 북새통에 다시 돌아눕 지 않았겄소? 조가를 숨겨주고 그러면은 톡톡히 한밑천 잡을 줄로 알았을 것이요. 어림이나 있는 일이관디? 내가 워째 삼수 이야그를? 옳제! 야 그, 그렇지라우. 삼수 놈이 구천이 뒤를 밟아 따라간 일이 있었다잖이요? 그런께로 축지법을 쓴단 말시. 하룻밤에 산을 타고 수백 리를 간다는디."

"설마한들 하룻밤에 수백 리를 갈까."

"금매. 산을 잘 타는 것만은 틀림이 없는 일이여라우. 최참판네 사랑양반이 총을 들고서도 눈앞에 있던 구천일 놓쳤인께로."

"그건 또 왜요?"

"이야그는 이렇게 됐지라. 구천이랑 별당아씨가 도망을 친 뒤 사랑양반은 두 남녀를 잡겄다는 독심을 먹고설랑 포수를 하나 사잖았겠소? 강포수라구,"

"강포수?"

"야. 텁석부리 강포수, 이 근동에서는 이름이 알려진 명포수여라우. 사랑양반은 강포수하고 수동이란 하인을 데리고 지리산을 이 잡듯이 뒤졌는디 금매, 눈앞에 보고설랑 놓치지 않았겄소? 혼자 뛰었다면 또 모르겄소. 산막에 숨겨둔 별당아씰 업고 달아났으니 그게 귀신이지 사람이랄 수는 도저히 없지라."

영산댁은 최참판댁이 어떻게 멸망했는가를, 최치수의 살해로부터 마을에 호열자가 만연하여 윤씨부인을 위시하여 집안의 수족 같은 하인들이 죽어나간 일, 그 틈을 타고 조준구가 재산을 가로챈 경위며 보리 흉년, 마을 사람으로 의병을 조직한 윤보며 김훈장, 처음 횃불을 들고 최참판댁부터 습격한 그 날 밤 광경 등, 계속하여 이야기를 해주었다.

"이것은 나중에 들은 소문이요만, 글씨 참말 겉지도 않소만."

"무슨 소문인데요?"

"아 글씨 구천이를 쌍계사의 노장스님 조카라 안 허겄소?"

"노장스님이라면?"

"우관스님이라고 했으라우. 여러 해 전에 돌아가셨지마는 생시에 최참판댁하고 인연이 깊은 중이란 말시. 어떻기 생각 허면 동학난리 때 최참판댁을 다치잖게 헌 것도 그런 연고 때문인가 허는 생각도 드요만, 워째 그러날 것 겉으면 노장스님의 동생이 바로 그 동학당 장수 김개주 아니겄소?"

"김개주라구!"

"손님도 아시누만. 야아, 바로 그 김개주장수가, 헌달 것 겉으면 구천이가 김개주장수의 아들이 되는 폭이어라우. 노장스님 조카랄 것 겉으면."

"허어."

"만일에 그렇다면 기찬 얘기 아니겄소? 그때, 내 젊은 시절 그 김장수가 이곳에 쳐들어왔지라우, 이제 최참판네 박살이 나는구나 혔소. 헌디 그것은 참말 썰물 겉은 것이었더란께로? 새벽에 소리 없이 동학군은 빠져나가 부리지 않았겄더라구? 풀잎 하나 다친 것이 없어야. 헌디 읍내로 나간 동학군은 그러들 안 혔소. 송림 모래밭에선 양반 아전, 모모한 사람들 목이 추풍낙엽으로 떨어졌답매. 산천초목이 벌벌 떨었인께,"

면면이 또 이어지는 사연, 막바지에 가서 영산댁은 이런 얘기를 했다.

"올봄이었제. 아 글씨 올봄 일이란께요. 어디서 죽은 줄만 알았는디 누구든 다 그렇기 생각했지라우. 헌디 그 죽은 줄로만 알고 있었던 구천이가 난데없이 마을에 나타나지 않았겠소?"

"그것 참 휘한한 일이구먼."

건성으로 장단을 쳤으나 공노인은 마음으로 깊이 귀를 기울이고 있었다. 그때 동네 사람들이 몰려나와 구천이는 그들에게 몰매를 맞았다는 얘기다.

"소위를 생각허면 맞아야 싸제. 벌써 죽었어야 헐 목숨인께로. 헌디 사람으 매음이란 요상한 것이여. 때리는 쪽보다 맞는 편이, 설사 죽을 죄를 졌다 혀도 불쌍한 것 아니겠소? 그때 내가 뜯어말리면서 순사가 온다 허질 않았으면 아마 맞아 죽었을 것이여. 달아나지도 않고 대항허지도 않고 지가 죽지 어쩔 것이라? 허기는 그렇그름 맞고서 종적을 감추었으니 살아 있을 것이란 장담은 못혀."

공노인은 비탈이 심한 길을 천천히 내려간다. 환이는 나무 밑동에 앉아 있었다. 공노인을 보자 일어서려 한다.

"가만,"

공노인은 손짓을 했다.

"늙은 사람 좀 쉬어가자구."

엉거주춤 몸을 일으키려다 환은 땅밑을 내려다보며 도로 주질러 앉는다.

"숨이 가빠서가 아니라 담배 생각이 나서, 뭐 날 받아놓은 일도 없는데 안 그렇소?"

공노인은 환이와 마주 보이는 곳에 자리를 잡고 앉아서 곰방대를 꺼내어 담배를 잰다.

"늙은 사람을 내버려두고 혼자 가면 어쩌누."

아무 말이 없다. 환이는 새소리에 귀를 기울이고 있는 듯했고 소나무를 친친 감고 올라간 칡넝쿨을 바라보는 것 같기도 했다. 담배를 붙여문 공노인은 연기를 뿜어내며,

"지리산에는 호랑이가 많다던데 산속을 헤매다 호식이 되면, 허 참 유언도 못하고, 그러면 안 되지."

"……."

"호랑이 얘기가 났으니 말인데 젊은 양반, 혹 텁석부리 강포수를 아시오?"

순간 환이의 상체가 햇솜처럼 앞으로 훌렁 기우는 것 같았다.

"이 근동에선 명포수로서 그 사람을 모르는 사람이 없다 하던데."

환이는 천천히 얼굴을 들었다. 공노인을 빤히 쳐다본다.

'왜 그런 말을 나한테 묻는 거요.'

눈이 공노인을 힐난한다. 그러나 입에서 나온 말은,

"나는 모르오."

"아아 그래요?"

"……."

"어째 내가 이런 말을 묻는고 하니, 용정에 있는 내 객줏집에 강포수라는 사냥꾼이 한번 찾아온 일이 있었소. 그러니까 지난 봄이었구먼. 오십이 훨씬 넘은 텁석부리 사내였는데 아마 손준가 부다 처음에 그리 생각했지. 여남은 살 먹은 아들애 하나를 데리고서 왔더란 말이오. 용정에 온 이유인즉 사냥한 것을 팔기도 하려니와 그보다 아들애 공부를 시키자는 것이었는데 말씨를 듣고 보니 영남 사투리라. 해서 고향이 어디냐고 물었더니만 무슨 곡절이 있었던지 화를 벌컥 내더란 말이오. 자기 고향은 경상도가 아니고 강원도며 그것도 어디서 났는지 모른다, 뭐 그거는 그렇고, 여기 오는 길에 하룻밤을 묵은 주막집에서 공교롭게도 강포수 얘기를 하지 않겠소? 지나가는 얘기였는데 주모 말을 요리조리 되살려보니 나이며 생김새며 또 아이 하나를 안고 갔다는 얘기며 아무래도 우리 객줏집에서 만난 그 강포수에 틀림이 없다는 생각이 들고 이 산에서 호랑이 얘기를 하다 보니 그 일이 피뜩 떠오르지 않겠소? 만일에 그 강포수가 틀림이 없달 것 같으면 세상이란 넓고도 좁은 것."

구천아! 수동의 절규다. 환이 돌아보았을 때 최치수의 총구는 자기에게로 옮겨지고 있었다. 구천아! 구천아! 구천천천…… 천아아아…… 환의 귀에 연달아 들려오는 수동의 고함소리, 고함은 고함을 부르고 또 부르고 연이어져 연속된다. 강포수, 텁석부리 강포수는 남쪽을 향해 뛰었다. 서쪽을 향해 뛰는 환의 방향을 몰랐을 리 없다. 강포수는 우회함으로써 환이 빠져나갈 시간을 벌어주었다. 그런 시절이 있었지. 그런 시절이. 꽃구름 같은 시절이라 할까 통곡의 시절이라 할까. 지나간 시절은 아름답다. 이제는 아름다운 것이 되었다. 산천도 사람도 처절한 비애, 젊었던 육신도.

'형님! 어머님! 아아 당신!'

환의 손끝이 떤다.

"강포수를 본 일은 없소만 얘기는 더러 들었소."

발아래 돌을 주워 숲 사이에서 알짱거리는 한 쌍의 고라니를 향해 팔매질을 하고서 환이는 입을 떼었다.

"세상이란 넓고도 좁은 것이란 말이 나왔으니 얘긴데 그 강포수가 볼일이 있었던지 아들아이를 데리고 나가고 난 뒤 모피장사를 하는 추서방이라는 사람이 들어오지 않았겠소? 얼핏 생각하기로 흥정을 붙여주자는 것이었소. 그래 얘기를 했더니 아 글쎄 아는 사이였더라 그 말씀이야. 추서방이 다소 홍범도 장군과는 관련이 있어서 강포수 내력을 알더란 말이오. 그러니까 삼수갑산(三水甲山)에서 홍범도 장군이 산포대를 만들었을 때 강포수도 참여하였고 그들을 따라서 두만강을 넘었다는 것이오. 역시나 추서방 말도 고향을 물으면 화를 낸다더구면."

"그러나 같은 강포수는 아닐 겁니다."

"어째서?"

이번에는 공노인이 환이를 빤히 쳐다본다. 얼음같이 가라앉은 눈이 마주 본다.

"제가 들은 얘기론, 떠도는 소문이 아닙니다. 눈으로 보고 온 사람의 말입니다. 강포수는 죽었다는 것이었소."

물론 거짓말이다. 공노인은 눈길을 거두고 미소한다.

"하기는 넓은 세상 닮은 사람도 많을 게고, 처지가 비슷비슷한 사람도 왜 없겠소."

"……."

"그는 그렇고오, 젊은 양반, 댁은 어디까지 가는 거요."

"제 말입니까?"

"그렇소."

"글쎄올시다. 작정은 아니했으나 서울까지 동행할까요?"

"서울까지?"

"네, 그럼."

일어섰다. 가파로운 길을 환이 앞서가고 공노인이 뒤따른다.

'틀림없다. 주모가 말하던 바로 그자, 김개주의 아들임에도 틀림이 없을 게야. 그것은 혜관이 이자를 대하는 품으로도 능히 짐작할 수 있는 일이지.'

'아버님!'

환이는 아버지 김개주가 죽었다는 생각을 한다. 십구 년 전 전주 감영에서 효수(梟首)당한 김개주의 죽음을 어제 있었던 일같이 환이는 생각한다. 다음은 김두수의 아비 김평산에게 교살당한 이부형(異父兄) 최치수의 죽음을 생각하고 다음은 호열자로 죽은 생모 윤씨부인, 북방 이름 모를 깊은 산에 묻어주고 온 여자. 십오 년 전, 십일 년 전, 칠 년 전의 죽음들이다. 어제 일 같다. 그 죽음들이 어제라는 한 가닥 새끼줄에 대롱대롱 매달리어 메마른 바람에 나부끼고 있다.

'아버님!'

환의 발길이 빨라진다. 바람같이 삽시간에 그는 공노인으로부터 그의 모습을 감추고 말았다.

'사람들 말이, 얘기책은 거짓말이지마는 노래는 거짓말 아니라고, 아니지이, 얘기책 그게 다 참말인 기라. 그러고 보니 우리가 모두 얘기책 속에서 살고 있다 안 할 수 없구면.'

공노인은 두메며 길상이며 월선이 봉순이 모두 기찬 얘기책 속의 인물들이라는 것을 깨닫는다. 하나하나의 인생이 모두 다 기차다.

'뜻대로 안 되는 것을 뜻대로 살아볼려니까 피투성이가 되는 게야. 인간의 인연같이 무서운 거이 어디 있나.'

공노인은 천천히 산을 내려간다. 노인을 골탕먹이려고 혼자 앞서 내려가버렸다는 생각을 안 하게 되니 부아가 날 것도 없고. 그러나 얼마를 내려가도 환의 모습이 나타나질 않는다. 하마 나타날 거라는 어림짐작을 한 지도 오래다.

'이거 길을 잘못 든 거는 아닌지 모르겠네. 가만있자.'

사방을 살펴본다.

'에이구 모르겠다. 바로 가나 모로 가나. 산에서 내려가기만 하면 됐지 뭐.'

한참을 내려가다가 공노인은 담배 생각이 나서 바위에 걸터앉는다.

'하야간에 기기묘묘한 일이 한두 가지가 아니야. 어쨌거나 김개주장수의 아들이랄 것 같으면 그만한 대접은 해주어야겠고 서울에는 뭣하러 갈려는고?'

이리하여 또 상당한 시간이 흘렀다. 그랬는데 먼저 내려간 줄 알았던 환이 위쪽에서 성큼성큼 걸어 내려온다.

'……?'

눈에 핏발이 서 있었다.

'울었구나. 못난 위인 같으니라구.'

공노인은 공연히 마음이 놓인다.

구례 윤도집댁에 당도한 두 사람은 인색스런 가모(家母)지만 음식 솜씨가 좋은 이 집에서 저녁을 치렀다. 깐깐하고 냉정한 성미의 윤도집과 역시 깐깐하고 능청스런 공노인, 서로 사이에 까칠까칠한 까시랭이 같은 것이 느껴졌던지 몇 마디 오가는 얘기는 겉돌기만 하였고 장승같이 앉아 입을 떼려 하지 않는 환의 존재도 거북했던지 윤도집은 초저녁에 자리를 떴고 사랑의 불도 초저녁에 꺼졌다. 이튿날 아침 공노인이 눈을 떴을 때 환이는 단정한 모습으로 벽을 향해 앉아 있었다. 이미 세수도 끝낸 눈치였고 어디서 났는지 눈빛같이 흰 진솔 두루마기를 입고 있었다. 망건에 탕건까지 쓰고 있질 않은가.

'어떻게 된 일이고?'

소쇄(瀟灑)한 선비. 공노인은 경이에 찬 눈을 크게 뜬다.

'허어, 과연 김개주장수의 아들이로다. 천질(天質)이 귀골이구만. 저러허니 별당아씬가, 명을 걸고서 인연을 맺었지.'

공노인은 몸을 일으켰다. 입맛을 다시고 기지개를 켜면서,

"어이구 잘 잤다. 어떻게나 곤하던지."

"더 주무시지 않고."

환이 입에서 제대로 된 음성이 나왔다.

"실컷 잤거마는."

오히려 공노인 쪽이 수줍어한다.

"오늘 떠나시는 거지요."

"아암 떠나야지요."

"가시는 길에 평사리 주막에 들르시렵니까?"

공노인은 놀라며 환이를 쳐다본다. 입가에 미소가 흐르고 있다.

"거, 거긴 뭣하러 또 가겠소."

"흠씬 더 매를 맞았으면 싶어서요."

공노인은 차마 그 얼굴을 더 볼 수가 없어 외면을 한다.

"저어, 그러니까 석이라는 아이를 아는지 모르겠소?"

난처해진 공노인, 이미 혜관과 타협을 본 석이 문제를, 다시 거론할 필요도 없는 일을 꺼내었다.

　"알지요."

　"그 아이가 한사코 조준구 집에 들어가겠다 하니, 혜관스님한텐 얘기를 했소만,"

　"본인이 소원이라면 괜찮겠지요."

　"행여 무슨 일을 저지르지나 않을까 싶어서 그러오."

　"저지를 만큼 원한이 얕을까요?"

　"원한이 깊으니까 근심하는 거요."

　"글쎄올시다. 원한이 깊을수록 뱀처럼 지혜로워지는 것 아니겠습니까?"

　"그도 그럴 법한 말이긴 하나……."

하고는 공노인 말을 뚝 끊었다. 행여 환이가 말을 걸어오지 않을까 겁내는 표정이 되어서. 왜 공노인은 별안간 환이를 두려워하게 되었을까. 그 자신 의식하지 못한 일이나 그것은 상민의 피, 공노인 내부에 흐르고 있는 상민의 피 탓이다. 김개주의 아들이라는 확신 때문이다. 저 준수한 젊은이가 김개주의 아들이라니. 김개주는 영웅이다. 상민의 영웅이다. 이조 오백 년을 들어엎으려던 그를 사람들은 살인귀라 하였다. 압제자의 목을 추풍낙엽같이 날려버린 살인자, 살인귀건 흡혈귀건 아무래도 좋았다. 뭣이건 그는 핍박받아온 백성들 가슴에 등불로 살아 있다. 녹두장군 전봉준을 서울로 압송한 데 반하여 김개주는 위험인물이라 하여 체포 즉시 전주 감영에서 효수되었다. 위험시한 만큼 상민들 가슴에는 낙인처럼 뜨겁게 남아 있는 풍운아 김개주, 그 반역의 피를 지금 눈앞에 있는 아들에게서 본다. 반역의 피는 모든 상민들의 피다. 양반댁 유부녀를 데리고 달아난 것도 반역의 피 때문이다. 반역의 피는 억압된 상민들의 진실이요 소망이다. 수백 수천 년의 소망이다.

서울에 도착했다. 여인숙에 든 두 사람은 잠시 쉬었다가 이곳에서 저녁때 다시 만나기로 하고 제각기 볼일을 보러 나섰다. 공노인은 우선 임역관을 찾아갔다. 명빈이 일부러 나와서 공노인에게 인사를 한다. 그리고 웃었다. 큰사랑에 들어갔을 때 임역관도 명빈과 똑같은 웃음을 띠었다.

"일이 안 될 뻔했지요."

웃는 얼굴로 임역관은 말했다.

"무슨 말씀이신지요?"

"예. 다 된 밥에 재 뿌리는 격이 될 뻔했소이다."

"허허어."

공노인은 눈을 딩굴딩굴 굴린다.

"황부자가 말을 들어먹어야지요. 어디서 소문을 들었는지 변리 같으면 자기도 그 정도로 내려줄 수 있다 그 얘기 아니겠소? 하기야 절로 굴러오게 돼 있는 땅인데 왜 안 그러겠소. 조준구 돈으로 빚을 갚는다면야 별수 없는 노릇이지만 아무튼 조준구가 그 사실을 안다 하더라도 약은 자가 돼나서 양다리를 걸치려 할 게구요. 그래서 서참봉네 아들하고 우리 집 아이가 수습을 했소이다."

"어떻게요?"

"황부자네 큰아들하고 모두 친구 간이어서, 다 친구 좋다는 게 그런 거지요. 태수가 그러니까 황춘배노인 아들인데 그 아이가 아비를 설득하는데 처음엔 영 들어먹지 않았어요. 황춘배가 어떻게 해서 돈을 벌었게요? 허허헛…… 태수가 아버지한테 협박을 놨지요. 그 땅은 조준구가 눈이 시퍼런 땅임자를 놔두고 뺏은 땅이니 후일을 생각하라고 허허헛헛……."

"거 참, 부친의 재산이자 즉 자기 재산이 될 터인데 기특한 사람이구먼요. 젊은 사람이,"

"젊으니까 그렇지요."

"젊다고 어디 다 그렇겠습니까?"

"신학문 덕도 있는 셈이지요. 종전만 같애도 부모 하는 일에 감히 자식이 뭐랄 수 있었습니까? 하여간 일은 썩 잘돼간 겝니다."

"수고하시었습니다. 한데 자질구레한 부탁을 하나 더 드려야겠습니다. 기왕 일을 보아주는 김에,"

하고 공노인은 석에 대해 얘기를 한다. 아비가 조준구로 말미암아 죽었다는 것까지 소상하게 말하지 않고,

"그러니까 이를테면 염탐꾼 비슷한 거지요. 여러 가지로 그 집 형편 돌아가는 것을 안다는 일이 유익하니까요."

"그거 참 거창하십니다."

하고 임역관은 웃었다. 좀 내키지 않은 듯했으나 거절은 아니했다. 조준구 만날 날을 주선해달라 하고 임역관 집을 나온 공노인은 이틀 동안 기화를 만났고 석이도 만났다. 그러나 동행이 있다는 얘기는 그들에게 하지 않았다.

"석아, 잘해라. 십년공부 나무아미타불 될라."

기화는 철없는 동생을 보듯 걱정스러워했고 석이는,

"걱정하지 마이소."

이를 악물듯 말했다.

"아직은 어느 집에 있게 될지 모르는 게야. 내 생각에는 황부자댁에 있었다니까 믿고 응낙을 한 모양이야. 또 심부름꾼이 하나 필요하기도 하구,"

"한데 말입니다. 할아부지,"

"오냐. 소원성취해서 좋은가?"

"좋기보다…… 한데 말입니다. 교동집의 그 여자가,"

"그 여자가?"

"평사리에 내리가서 육손이 딸을 데리다 났다 카니께,"

"육손이는 누군고?"

"최참판댁 하인이오. 딸아이를 조준구 마누라가 부려먹을려고 뺏아왔다 하더구먼요. 석이가 조심하는 건 혹 그 아이가 석이를 알아보면 어쩌나 하구, 아주 어릴 때니까 알아볼 리 없다 해도,"

기화가 대신 설명을 한다.

"아아 그거라면 걱정 안 해도 될 게야. 간다 해도 남산 쪽이 아니면 가회동, 본가에는 도통 발걸음을 안 한다는 얘기니까."

이러는 동안 환이는 무슨 볼일을 보고 다니는지 언제나 밤 늦게 돌아왔다. 돌아와서는 그냥 자리에 들었다. 공노인의 호기심이 발동했으나 환이에게는 능청을 부릴 수 없다. 물어보기도 어려웠다. 아무튼 공노인은 환이에게 풀이 푹 죽었다. 환이는 아무리 늦게 돌아와서 자리에 들어도 아침이면 공노인보다 먼저 일어났다. 그리고 함께 밥상머리에 앉으면은 자연 공노인이 환이에게 보고를 하게 된다. 그렇게 할 아무런 이유가 없는데 어제는 누굴 만나 뭘 했노라는 식으로, 그러면 환이는 언제나 어둡고 우울한 표정으로 밥을 먹으며 말이 없는 것이다. 이날도 공노인은 밥상머리에서,

"오늘은 조준구하고 만나기로 되었는데 아마 일이 뜻대로 될 성싶소."

환이 힐끗 쳐다본다.

"일을 매듭짓고 나면 일단 회령으로 돌아가야겠는데,"

"그러면 공노인과 함께 저도 쳐들어가겠소."

공노인의 눈이 커다랗게 벌어진다.

"쳐들어가다니요?"

"방법이야 여하튼 쳐들어가는 거 아닙니까."

비로소 공노인은 환이 서울까지 따라온 이유를 깨닫는다.

"예. 좋소이다. 함께 가시지요."

해서 두 사람은 미리 기별이 가 있는 가회동 조준구 소가를 찾아들었다. 향심이 의아해하며 환이를 쳐다보았고 방 안으로 들어가자 보료 위에 앉아서 손님을 맞이하던 조준구도 어리둥절한 듯 환이를 쳐다보더니 힐난하는 눈빛을 공노인에게 옮긴다.

"안녕하시었소. 역관 어른께서 누차 기별이 있었기 찾아왔십지요."

"헌데 저 사람 뉘시오?"

턱으로 환이를 가리킨다.

"예. 시골에 있는 분이온데, 지가 떠나고 나면 주로 거기서 연락을 할 터이고, 허나 그보다 저 사람이 산중에서 오랫동안 수도하여, 앞일을 보는 눈 범상치가 않고 사주관상은 물론이려니와,"

조준구 눈에 희미하게나마 호기심이 떠오른다. 범상치 않다는 말도 그의 용모에서 수긍이 되고 산중에서 수도하였다는 말도 산중냄새가 풍겨오는 듯하여 수긍할 수 있다. 환이는 어처구니 없는 공노인의 거짓말에 웃음을 입가에 띠며 때때로 매와 같이 날카로운 눈빛이 조준구의 면상을 치곤 하는 것이었다.

"해서는 안 될 일, 해서 좋은 일을 반드시 알려주는데 그것이 백 번이면 백 번 빗나간 일이 없고 보면 과히 신통력이라 아니 할 수 없소이다. 특히나 사업, 그중에서도 광산같이 종잡기 어려운 일을 하는 사람에게는 참으로 긴요한 사람이지요."

"호오? 그러면은 나도 한번 시험을 해보아야겠구먼. 정말 효험이 있다면 내 여기저기 얘기하여 돈 벌게 할 수도 있고."

"아아, 아닙니다."

공노인은 황급히 손을 저었다.

"돈 받고 그런 짓 할 사람은 아니오. 그랬을 양이면 돈방석에 앉았을 것이요만 아무나 보아주는 것도 아니구 보아달랜다구 보아주는 것도 아니구."

"그러나 밥은 먹고살아야지."

거만하게 내뿜는다.

"먹고사는 거야 걱정 없으니까."

"아 그래요? 그럼 어디 내 관상부터 보아주겠나?"

환이를 향해 말했다. 환이 피시시 웃으며 말이 없다.

"말이 없는 걸 보니, 음,"

평신저두(平身低頭)는커녕 묻는 말에 대답도 없는 것에 기분이 상한 것이다.

"오늘은 일진이 나빠서,"

말하는 환의 눈꼬리가 흔들린다.

"일진?"

"이 댁 문전에 들어섰을 때 일진이 나쁘다는 생각을 했었소."

공노인과 환의 눈이 마주쳤다. 공노인 눈에는 말할 수 없는 만족의 빛이 떠오르고 입가엔 교활하기 그지없는 미소가 흘러갔다.

제5편

세월을 넘고

1장 - 15장

1장 황막(荒漠)하다는 것

길상이보다 두세 살쯤 위일까? 몸집이 작은 사내는 시종 여유 있는 미소를 띠며 술잔을 거듭했다. 그러나 미소 짓는 사내의 얼굴은 온유하기보다 오히려 그 미소로 하여 싸늘한 냉기를 느끼게 한다. 연장자인 권필응의 앞이어서 그랬는지 술버릇도 좋았고 단정한 몸가짐에는 잘 훈련된 흔적이 있었으며 평지를 같은 보조로 가듯이 억양 없는 나지막한 음성이었다. 어쨌건 좀 파악하기 어려운 인물이다. 그는 상해에서 오는 길이며 이름은 신태성(申泰成)이라 했다.

"대체적으로, 중국으로선 이번 세계대전의 덕을 보는 형편 아닌가 싶습니다."

"그럴 리가."

"네?"

하며 신태성은 신경이 무딘 것처럼 길상을 희미하게 쳐다보았다. 길상은 불쾌했던지 미간을 찌푸린다.

"교주만(膠州灣)을 비롯하여 청도 산동반도 등, 독일이 차지했던 것을 참전을 빙자하고 일본이 탈취한 것이 바로 재작년의 일 아닙니까."

"그는 그렇지요."

"뿐이겠소? 원세개가 일본이 내민 이십일 조 요구조항에 도장을 찍은 것도 바로 작년이었구요. 한데도 이번 전쟁에 덕을 보나요?"

신태성은 다음 말을 기다리듯 잠자코 있었다. 세계대전이 발발한 것은 1914년 7월의 일이다. 영국과 공수동맹국인 일본은 호기도래(好機到來), 쾌재를 부르며 교주만의 공격개시로 세계대전에 참가했던 것이다. 그리하여 독일이 획득했던 중국에서의 디딤판을 차례차례 공략하여 손아귀에 넣었는데 그것은 물론 영국과의 공수동맹국으로서 대독선전(對獨宣戰)에 의한 군사행동이라는 정당성을 앞세운 노골적인 침략이었던 것이다. 그 저의는 원세개 코앞에다 디민 소위 이십일 조에 이르는 요구조항에서 여지없이 드러났다. 구라파에서 열강(列强)이 전쟁이라는 급한 불에 정신을 못 차리고 있는 사이 교활하기 그지없는 여우는 독일을 몰아내기가 바쁘게 이십일 조에 이르는 요구조항에 도장을 받아내어 부당한 권리를 굳히려 한 것인데 이십일 조 요구조항에는 점령한 교주만 청도 산동반도 등 독일에 속해 있던 기왕의 권익을 일본의 권익으로 인정하라는 조항은 더 말할 나위가 없고 남만(南滿)과 몽고에 대한 정치적인 개입, 기타 경제적 침략을 골자로 한 요구사항도 포함되어 있었다. 일본은 그들의 목적을 관철하는 데 있어 무력으로 위협하였고 거금으로 원세개의 측근을 매수하였으며 대총통 자리는 물론 유지하게 할 것이나 황제에의 열망도 뒷받침하겠노라 회유하였던 것이다. 결국 원세개는 도장을 찍었고 황제 자리에까지 올랐으며, 그 너구리 또한 배일(排日)의 회오리바람을 일으키고 부채질하며 자신의 정치적 안정을 꾀하였던 것이나, 1913년 토원군(討袁軍)이 봉기했을 때 손문을 일본으로 패주케 하고 남경을 함락했던 그때와 달리, 원세개는 옥좌에 오른 지 석 달 남짓 재차 봉기한 토원군에 밀리어 제정취소(帝政取消)를 선포하는 희극을 연출했던 것이다. 그로부터 다시 석 달 후, 그러니까 금년 유월, 중국의 역사를 뒷걸음질시킨 인물 원세개는 그 나름대로 울울한 심정을 안고 저세상 사람이 되었다. 세계대전은 아직 계속되고 있으며 중국의 정정(政情)은 미로와 안개, 예측할 수 없는 혼란 속에서 단기서(段祺瑞) 내각이 성립되었고, 무창(武昌)혁명 때부터 꼭두각시였던 여원홍이 지금은 대총통이다.

"노일전쟁이 끝나기 무섭게 을사보호조약이라는 것을 강요

하여 통째 먹어치운 것은 삼척동자도 아는 일 아닙니까?"

"네."

계속 얘기를 해보란 듯 신태성은 또다시 길상을 희미하게
쳐다본다.

"그때 경우와 지금 중국의 형편이 한 푼 다를 것이 없는 거
로 소생은 생각하오."

"물론 흡사하지요."

"한데도 신형은 세계대전의 덕을 중국이 보고 있다 말씀하
시오? 나로선 납득되지 않는 얘기요."

"네. 흡사합니다. 그놈들의 수법이, 그리고 그놈들의 노린
바와 같이 될지도 모를 불행을 예상할 수도 있는 일이지요."

"그렇다면은?"

"그러나 조선의 경우 그 노일전쟁이란 게 좀 묘해요. 결국
은 일본이 러시아의 남진정책(南進政策)을 일시나마 막은 거지
요. 그 결과로서 너 떡 하나 먹어라 하고 내던져진 것이 바로
조선 아니겠소? 허나 중국의 경우 떡 하나 먹으라는 식으로
내던져질까요?"

"……."

"그러기엔 너무 땅덩어리가 크지요. 무슨 인심이 좋아서 왜
놈 혼자 처먹게 내버려두겠습니까. 지금이야 발등에 떨어진
불 끄노라 정신이 없지만요."

싸늘하게 웃는다.

"하면은,"

"간단하게 얘기하자면 왜놈들이 아무리 뜀박질을 해본들 그
보다는 중국의 경제성장이 앞설 거란 그 말입니다. 그 경제성
장이야말로 중국으로선 지금이 절호의 기회요. 세계대전이 갖
다 준 기회란 말입니다. 모두 이해가 상반되어 얽히고설켜 복
잡한 이번 세계대전은 그 싸움터가 구라파인 만큼 당분간 세
계 열강들은 중국을 잊어버릴 수밖에 없고 군비에 총력을 기
울이지 않으면 안 될 사정이고 보면 상품을 생산하며 외국에
팔 여력이 없어집니다. 결국 중국에 수입돼온 모든 그곳 공업
상품이 품절될밖에요. 일본이 제아무리 뛰고 날아도 구미 각
국에서 쏟아붓던 상품을 대신 충당하기는 어려운 일이지요.
하여 거대한 외국자본이 중국의 허약한 자본을 짓밟아 자라나
지 못하게 하던 힘에서 중국이 당분간이나마 놓여나면은? 뻔
한 얘기지요. 어디 중국사람이라고 멍청히 보고만 있겠어요?
이미 그런 조짐은 시작되고 있습니다. 민족자본이 바쁘게 돌
아가고 있다는 얘기지요. 결국 무수한 독충에 시달리어 만신
창이가 되었던 몸뚱아리에 새살이 돌아나고 있다는 얘기도 되
겠구요. 아무리 잠식해와도 일본은 기껏 남만주 정도를 넘지
못하지요. 물론 제 얘기는 중국에 한한 것이겠습니다만,"

"그것은 신군의 말이 옳아."

권필응이 말했다. 그리고 덧붙이기를,

"그 점에서는 퍽 기회가 좋았던 게야. 허나 일본의 경우도

기회가 좋았던 거지 하하하핫……."

길상은 주판으로 머리를 호되게 얻어맞은 기분이었다. 눈 앞에는 사무실의 장부가 펄럭이고 있었다.

"그러면 앞으로 어떻게 되는 겁니까?"

길상의 물음은 하나의 타성이었다.

"어떻게 되리라 누가 장담하겠나. 사람이 미치듯이 역사라는 것도 때론 미치니까. 예측할 수 없는 일이란 얼마든지 있는 거구. 대체로 그렇게 되는 거 아닐까, 그러니까 예측일 뿐이지."

신태성은 생선포를 찢어서 입에 밀어 넣고 우물우물 씹으면서 희미하게 또 쳐다본다. 그 눈길엔 무슨 뜻이 있는지 아니면 버릇인지, 결코 기분 좋은 것은 아니었다. 길상은 자신이 산중 개구리라면 신태성은 양자강 잉어겠구나, 엉뚱한 비유를 해보는데 자조의 웃음이 푹 하고 터지려는 것을 술잔으로 막는다. 술이 창자를 타고 내려간다. 노여움도 비애도 아닌데 뜨거운 것이 마디에서 마디로 도약하듯 울컥 치밀고 또 치민다.

'아니지.'

다시 술잔을 들어 목구멍에 들이붓는다.

'네모 반듯하게 줄을 그어간다. 사방팔방으로 아주 정확하게 도판 하나를 만들었다. 그리고 그것을 머리통 속에 차곡차곡 밀어 넣었다. 그래서 어쨌다는 거야? 그래 선생님 말씀대로 사람이 미치듯이 때론 역사도 미친다면은, 사방팔방 정확했던 줄도 서로 얽히고설켜서 쓸모가 없게 된다. 저 친구 대단히 똑똑하고 대단히 머리가 좋아 뵌다. 도판 하나가 머릿속에 들앉아 있는 게야. 하지만 미치는 데야…… 함께 미쳐야지. 저 희미한 시선이 미쳐? 싸늘한 냉기는 찬 바람도 아니고 얼음장 밑을 흐르는 차디찬 강물도 아니고 그냥 냉기일 뿐이다. 미쳐? 어림없지. 그럼 나는 미쳤나? 미칠 수 있단 말이야? 지금 나는 외도하듯이 이 사람들 속에 끼어 있는 거 아니냐 말이다. 해서 신가라는 저 친구가 나를 우롱하는 게야. 인마, 보아하니 돈푼이나 있는 모양인데, 그러니까 독립운동가, 응 그놈의 독립운동가라는 비단옷도 한 벌 걸쳐보겠다 그거야? 병신 같은 자식, 하고 날 우롱하고 있는 게야. 그렇고말고. 상해 바닥에서 새 물 먹고 머리통 속에 도판 하나 꾸겨넣고, 그렇담 그런 조롱할 만도 하지. 아암 할만하고말고, 미친놈 소용없고 미치지도 못한 이런 놈은 더욱 소용없고, 왜 불쾌해. 어째서 저 친구가 맘에 안 들어? 못난 놈!'

　돌연 주갑이라던 사내 얼굴이 길상이 눈앞에 나타났다. 주갑이, 작년 섣달그믐께 산판의 일을 끝내고 용정에 돌아오는 용이를 따라왔었던 사내다. 전라도 사투리의 수수깡같이 야윈 사내, 그 무식한 사내가 길상을 우롱했던 것이다. 길상의 뺨을 겨냥하여 우스개의 일격을 가했고 길상의 가슴팍을 겨냥하여 세상을 두루 다녀본 경험담의 난타질을 했다. 미끄럽기가 미꾸라지 같은 말은 모두가 화살이었다.

　"내가 이런 이야그를 헌다고 혀서 댁의 덕을 좀 보자, 그건 아닌 게라우. 없이 사는 우리 성님을 도와주지 않는다고 트집 부리는 것도 아닌께로 오해는 마시더라고."

술이 거나해진 용이 혀 꼬부라진 소리로,

"저눔의 인사 또 사설 나온다. 때리치어라! 때리치워!"

했으나 아랑곳없이,

"이리 뵈야도 나는 내 근본 믿고 사는 사람, 세상에는 제 근본이 제일이어라우. 지 애비 지 에미가 제일 아녀? 개천에 빠졌거나 용상(龍床)에 빠졌거나*, 하늘 밑에서 땅 위에서 사는 거는 다 마찬가지란 말시. 마찬가지랄 것 같으면 제 근본이 남만 못헐 것 없는 거여."

"군대쟁이 영문 모리는 소리 그만두라!"

혀 꼬부라진 소리가 다시 끼어들었으나,

"성님, 산판에서 몇 해 동안 벌목을 혔어도 아직 머리털 안 빠졌단가?"

"대포 겉은 소리 뻥뻥 하는고나."

"아, 암은이라우. 대포가 소리만 크더란가? 박살은 안 내고오?"

"그까짓 모기 다리 겉은 몸뚱이로 박살을 내? 누굴?"

"심자랑하는 놈치고 제 대가리 안 깨는 놈 없더란께?"

"말 잘하는 놈치고 옥살이 안 하는 놈 없지."

"제법이오 성님. 좌우당간 내가 헐라는 말은 뭐였지라? 아 그렇구만이라우. 좌우당간 개명천지가 되야서 니도 나도 양복 입고 모자 쓰고, 아 그게 웨찌 나쁠 것이여? 허나 눈까리 머리털은 까맣다, 그걸 잊지 마시라 그 말이여라우. 근본 잃은 놈은 산에도 물가에도 못 가는 법이여. 연해주방면을 몇 해 동안 돌아댕기면서 가만히 살펴본께로 역시나 돈푼 있는 놈들이 다 썩었어야. 내가 몇 해를 따라다닌 강의원께서 말씸하시기를 설한풍허고 강냉이죽은 소금이니라, 썩을래야 썩을 수 없지야. 식자 들었다는 놈도 마찬가지여. 계집년 옷고름에 노리개 달고 댕기는 것과 별다를 게 없더란께로. 식자라는 게 노리개더란 말시. 남헌티 자랑허는 상판대기 뻔뻔한 놈치고 계집 덕에 호강허겠다는 생각 안 가진 놈 없고오,"

순간 용이 술상을 번쩍 들어 엎었다.

"네놈 말이 맞다! 계집 덕에 호강한 놈이 여기 있어! 여, 여기 있단 말이다!"

용이는 제 가슴에 주먹질을 하며 별안간 아우성을 쳤다.

"그 계집이 죽게 생겼다! 살아서 오래오래 날 호강시켜줄 그 계집이, 와 그 계집이 죽을라 카노!"

주갑이 얼굴이 새파래졌고 길상은 술상을 엎을 수 없었던 자신을 덫에 걸린 한 마리의 쥐라고 생각했다. 월선이 살아나기 어려운 병에 걸렸다는 진단을 받은 뒤 용이를 위로하기 위해 마련한 술상이었던 것이다.

"이번 세계대전이 얼마나 갈지…… 중국이 웬만큼 힘을 회복하면은 결국 일본과의 싸움이 되지 않겠습니까?"

신태성의 목소리였다.

"싸움이 붙으면 우리가 좋지."

"여기까지 파급되었다는 얘길 들었습니다만 지금 본토에선 배일운동이 한창입니다. 특히 일본 상품, 일본 화폐 배격에도 정부에서 부채질을 하는 데다가 자본가 상인들이 쌍수를 들고 환영, 국민들은 또 자발적입니다. 그러니까 물결이 크지요."

"끈질긴 저항이 될 게야. 이젠 충동에 의한 것이 아닌, 저항은 조직화되어가고 있다. 아편전쟁 때처럼 평영단(平英團)의 깃발을 세우고서 모여든 수만 농민들이 이백여 명의 영국인을 노상에서 살해하는, 앞으론 그런 일은 없을 게야. 그러나 더 무섭지. 자각하고 꾀가 생긴 민중이란."

"그렇지요."

"만일 일본과 싸움이 붙게 된다면 이번에는 양상이 달라. 물론 세계대전이 끝나준 후의 경우겠지만 이젠 일본이 고립될 수밖에 없지."

"남은 핏댈 세우고 싸우는 판국인데 무방비 별 저항도 없는 곳을 점령하여 저 혼자 요리하여 처먹는데 어여삐 볼 사람이 있겠습니까? 다시 말하자면 불난 집에 든 도둑* 격이지요."

"김군."

권필응은 신태성과의 화제를 끊고 길상을 불렀다.

"자네 중국인들, 특히 서민층의 기질이 어떤 것인지 아는 가?"

"글쎄올시다."

"실속을 차리는 사람들이야. 그런 점에서는 우리 조선사람들 따라가려면 아득해. 흔히 소리를 지르고 떠들어대는 그들을 보는 경우가 있지만 그들은 떠드는 척해 보이는 거야. 잘못했다고 연신 이마방아를 찧어대지만 그것도 잘못한 척해 보이는 거구. 천치 바보처럼 맹하니 사람을 쳐다보지만 그것 역시, 실상 그네들 알맹이는 소란하지 않고 비굴하지도 않고 아주 잔잔하거든. 그네들의 행동이나 태도는 옷과 같은 것이어서 필요할 땐 입고 불필요할 적엔 벗어 던지는 게야. 그러니 알몸은 언제나 말짱하지. 물론 모두가 다 그렇다는 건 아니구 대체로 그렇다는 건데 그들은 빌어서 될 일이면 빌어서 되게 하구 볼기를 맞아 될 일이라면 볼기를 맞으며 되게 하구."

"응큼한 민족이지요."

감정의 요동이 없는 신태성의 음성이다.

"일본놈들 배 가르고 자결하는 따위 그건 말하자면 속결전법(速決戰法)의 부산물이라고 생각하는데 지금 그네들은 그것으로 한몫 보고 있긴 하지. 어쩔 수 없는 섬나라 일본이 가지는 한계점을 가장 유효하게 활용하고 있는 셈이야. 백 번이라도 도망갈 필요가 있으면 도망가서 다시 싸우는 중국인은 그러니까 언제나 힘을 다 빼지 않는다 그런 얘기가 되겠군. 국민성이 겁쟁이다 비굴하다 애국심이 없다, 그건 일본의 성급한 속단이야. 어째 하필 일본의 견해를 말하느냐, 조선의 식자들은 부지불식간 일본 여론의 영향을 받기 때문이지. 중국인만큼 존대한 민족도 그리 흔친 않아. 달겨들어 물어뜯고 질 경질경 씹어도 슬그머니 빠져나가 제자리에 서는 민족이야."

그런 얘기를 하는 권필응의 저의를 깨달으면서 모르는 척 길상은 듣기만 한다.

"지금 중국 도처에서 배일운동이 날로 고조되어가고 있는데 아까 신군이 말한 것처럼 정부가 부채질하고 자본가 상인들은 쌍수를 들어 환영하고 국민들은 자발적인 게 사실이야. 하니 혼연일체 같긴 하지만 알고 보면 동상이몽이거든. 원세개는 자신의 권좌를 공고히 하기 위해 이십일 조 조약에 도장을 찍어놓고서 자신에게 올 국민들의 화살을 일본 쪽으로 돌려놓을 필요가 있기 때문에 배일운동을 부채질한 것이요 자본가들은 자신들 자본의 신장을 위한 배일운동의 열렬한 지지, 그러나 국민들은 결코 어느 개인의 권력유지 어느 개인의 자본발전을 위해선 아니거든. 민족과 국가보다는 자기 자신을 위해서지. 어떤 뜻에서는 이들 삼자 간의 관계야말로 치열하고 원한 깊은 것이라 보아야 해. 그들의 싸움은 오랜 옛날부터 계속되어왔고 앞으로도 계속되어나갈 것인데, 군벌시대라 하여 칼 든 사람이 정치하는 시대라고 한마디로 말해버릴 수 없는 것이 오늘날의 중국 형편이긴 하나…… 군벌정치의 특징으론 중간층이 없어지는 상태를 말할 수 있지. 자고로 군벌정치란 백성과의 힘내기 정친데 그런 만큼 강력한 힘을 제

켠으로 몰아들이는 것은 당연지사, 강렬한 힘은 무엇이냐 그건 말할 것 없이 무력과 금력이지. 결국 그러니만큼 자본가들은 권력과 결탁하지 않는 이상 존재할 수가 없고 필연적으로 군소자본가들을 잡아먹는 것이 그들 생리고 보면, 그리고 또 권력층과 이윤분배를 위해서도 군소자본가들을 잡아먹고서 자신이 비대해질 수밖에 없는 것이 존재하는 자들의 운명이기도 하니까. 그러면 결과는 어찌 되나, 와해된 중간층은 별수 없이 하층으로 흡수된다. 중간층이 내려앉아 깔리는 만큼 저변은 넓어진다. 이렇게 되면 또 불안해지는 것은 권력층이야. 힘을 보강하지 않으면 안 돼. 간단하게 비유를 한다면 산처럼 저변에서 경사를 이루며 정상이 있는 정치형태와는 다르게 저변에다 꼿꼿이 칼을 꽂아놓은 것 같은 군벌정치 형태에 있어선 칼은 칼이로되 산보다는 허약하지. 저변에 쫙 깔린 수억의 개미들이 스물스물 기어 올라가는 날엔? 칼끝을 높일 수밖에. 결국 힘의 보강인데 화급해지면 외세를 끌어들이는 것도 어렵잖은 일이요 그 넓은 저변에 우글거리는 개미 떼를 소모하기 위한 전쟁도 불사 아니겠나?"

권필응은 일단 말을 끊고 술잔을 들었다. 신태성은 여전히 아무런 감정의 요동 없이 술잔을 기울이고 있었다. 길상은 권필응의 내리깐 눈언저리를 바라본다. 삭막한 그늘이 새 그림자처럼 지나간다.

"배신에서 시작하여 배신으로 끝내는 야망……."

혼잣말같이 했다. 그리곤 술잔을 놓고 얼굴을 들었다.

"아까 내가 그 서민기질을 말한 것은 중국의 저변이란 것을 한번 생각해보고 싶어서였지. 오늘날 구미에선 대개의 나라들이 민주주의라는 것으로 정치 이념을 삼고 제도라는 것도 그것에 따라서 정해져 있으며 중국에서도 손문이 시도해본 정치형태인데 사실은 말이 새롭다 뿐이지 그러한 관념은 고대 중국에서부터 상당히 뿌리 깊게 박혀온 정치사상이야. 요순시대가 바로 그러한 소위 민주주의 정치형태라고 나는 생각하지. 요, 순은 황하를 다스림으로써 자신의 능력을 백성들에 물었던 거지 권력을 구축함으로써 백성들에게 힘자랑을 하려 하진 않았거든. 요순시대란 중국인들에겐 그네들의 이상이요 바라는 정치형태, 우리 조선에 비하여 그런 정신면에선 상당히 훈련이 된 민족이라 나는 생각하네. 조선에서도 민란이 끊일 새 없었으나 정권을 엎은 일이 없었고 동학이라는 종교적 조직과 합함으로써 비로소 대규모의 민란이 가능했지만 중국에 비하면은 상당히 소극적인 것, 군왕을 부정하지 않았거든. 나는 가끔 의심 많은 중국인 기질을 생각할 때가 있어. 그것을 나는 결함으로 생각하진 않지. 배신당하고 기만당해온 역사, 왜 중국의 민중들은 기만당한 것을 자각하느냐, 그것은 그들 농민들 스스로가 엎은 정권을 가로채간 패자(覇者), 어제까지 동지였던 그 패자의 칼끝을 농민들은 등줄기에 느껴야 하는 역사, 반복되어온 역사 때문이지. 조선사람들에겐 군왕에 대한 배신감 같은 것은 아주 희박하거든. 중국인은 의심이 많다, 당연하지. 당연할 뿐만 아니라 결코 희망을 버리지 않았다는 얘기도 되는 게야. 의심이란 가장 좋은 상태를 선택하고자 하는 조심성이기 때문에, 믿지 않는다는 것은 믿을 수 있는 것을 찾는 욕망이 강하다, 그렇게도 볼 수 있는 것 아닐까? 이건 민족성의 얘기지만…… 중국의 서민들 기질 얘기야. 김군은 나보다 더 잘 알고 있겠지만…… 그러면 더부살이같이 이곳에 와 있는 우리는 막말로 어느 곳에 빌붙어야 하는가……."

다시 권필응은 길상이 부어놓은 술잔을 들고 눈을 내리깐다.

"지금 배일을 외치는 중국사람들…… 부채질하는 사람, 열렬하게 지지하는 사람들 모두 우릴 배신할 걸세. 우린 중국 민중들에게 배워야 해. 볼기를 맞아 될 일이면 볼기를 맞고 도망갈 필요가 있으면 백 번이라도 도망가고. 그리고 우린 그들 민중들에게 빌붙어서 함께 가야 해. 지구전에 도전해오는 속결전이란 일종의 환상이며 항상 기만당하는 것, 일본놈들은 중국사람들을 겁쟁이로 보고 있다. 기만당하고 있는 게야. 우린 기만당해선 안 돼."

밤이 저물어 신태성은 돌아갔고 길상은 권필응에게 안녕히 주무시라는 인사를 겨우 하고 안으로 들어왔다. 입은 채 불도 켜보지 않고 길상은 자리에 쓰러졌다. 얼마쯤이나 잠을 잤을까. 길상은 눈을 떴다. 눈을 떴지만 몸은 잠에서 깨어나지 않고 있는 것만 같은 느낌이 든다.

'어제저녁에 술을 마셨다. 아주 많이 마셨다.'

중얼거리는데 끈적끈적한 문어 다리 같은 것이 철버덕 얼굴 위에 떨어져서 목을 감는다. 길상은 징그러운 환각에 머리를 마구 흔들어댄다. 이상한 환각과 더불어 육체는 서서히 잠에서 깨어나는 것 같다. 사지에 감각이 돌아온다. 손을 뻗쳐 어둠 속을 더듬더듬 더듬는다. 자리끼를 더듬다 말고 길상은 일어서서 전등을 켠다. 부신 눈에 흰 버섯 같은 두 개의 얼굴이 보인다. 작은 얼굴 큰 얼굴 두 개의 얼굴은 푸른 산 돌 틈새서 솟아난 흰 버섯. 아내와 둘째 아들, 생후 육 개월 된 윤국(允國)의 잠든 얼굴이다. 어둠이 눈부신 밝음으로 변했는데 어미와 어린것은 미동도 하지 않는다. 첫아이 때도 그러했었다. 아이가 젖을 많이 빠는 요즘의 서희는 업어가도 모르게 깊은 잠 속에 빠진다. 또 많이 잤다. 길상은 자리끼를 찾던 생각을 잊어버리고 어린것과 아내 얼굴을 번갈아 내려다본다. 유모 젖을 먹여라 했었지만 기여 제 젖을 먹이는 서희다. 길상은 두 개의 얼굴 말고 유모 곁에서 꼼짝 않고 잠들었을 큰 아들 환국(還國)이를 생각한다.

'그놈을 데려다 놓으면 문어 다리 세 개가 되겠구나. 하나는 내 목을 감고 둘은 각각 내 한 팔씩을 감는다. 그러면 나는 꼼짝할 수 없지. 꼼짝할 수 없구말구.'

허리를 구부려 어린것의 볼을 쓸어주고 전등을 끈 뒤 길상은 소리 없이 방문을 열고 밖으로 나온다. 속박에서 풀려나는 순간의 공허, 공허 속에 어둠이 스며오고, 가득히 스며오고 밤의 침묵이 모난 짐짝처럼 창자를 타고 내려간다. 모서리에 찔리는 통증과 더불어 마음 바닥에 짐짝이 가라앉는다. 밤인가, 아니 신새벽이다. 물먹은 듯 별들이 희미하게 하얗게 깜박거린다. 초가을의 냉기가 옷깃 사이로 기어든다. 가난하다. 허기지게 마음이 가난하다. 길상은 안마당을 돌아나간다. 옛날 최참판댁 안마당을 걸어가는 착각이 든다. 오소소 떨며 신새벽 안마당을 건너서 사랑에 군불을 때러 가던 소년. 그동안 과연 세월은 흘렀는가. 흘러갔는가. 사랑에서 불빛이 새나온다.

'벌써 일어나셨구먼.'

창문에서 새나온 불빛은 사랑채 처마 밑을 아슴푸레하게 비쳐준다.

'그렇게 술을 많이 하시고서도,'

길상은 그곳을 피하듯 급히 뒤꼍으로 돌아나간다. 숲에서 밤새 우는 소리가 들려온다. 꺼뭇한 잡목숲을 바라보고 서 있다가 곧장 숲속으로 들어간다. 나직한 잡목숲에서 얼마 안 가 별빛을 가리는 짙은 숲이 이어진다. 육 년 전 용정을 삼킨 대화재 때 불길을 면할 수 있었던 숲이다. 가득히 들어찬 나무 그림자를 두 어깨로 가르듯 길상은 성큼성큼 걷는다. 숲은 완만한 구릉을 이루고 있었다. 성큼성큼 걷는 걸음걸이와 달리 길상의 입에선 늙은이처럼 한숨이 자꾸 새나온다.

"이렇게 나와보는 것도 여러 해만이군."

낙엽더미 위에 엉덩이를 박고 앉는다. 앉아서도 한숨을 쉰다. 답답한 것이다. 밤이슬에 젖은 바짓가랑이가 살갗에 차다.

"왜 이리 답답한가. 가슴에다 맷돌을 얹어놓은 것 같다."

들어주는 사람이라도 있는 것처럼 중얼거린다. 맷돌을 가슴에 얹어놨다기보다 아까 자리 속에서 느낀 그것, 끈적끈적하고 물컹물컹한 것, 문어 다리가 목과 양쪽 손목에 휘감기어 흡반이 피를 빨아대는 것처럼 죄어드는 느낌. 눈앞에 보이는 것은 하얀 버섯 세 개가 푸른 바위 곁에서, 서희의 얼굴이요 환국이와 윤국이의 얼굴이다. 아이들을 유모 젖 아닌 제 젖으로 기르는 서희, 그 끈질긴 종족 보존 본능에 길상은 넌더리를 칠 때가 있다.

'당연하지 당연해. 천애고아가 제 핏줄을 보았는데, 나도 마찬가지다. 그것들은 내 핏줄, 세상에 나서 처음 보는 핏줄이다. 소중하기론 그 사람하고 뭐가 다를까.'

그러나 길상은 내 할머님, 할 적의 서희 얼굴을 잘 기억하고 있다. 내 아버님 하는 일은 별로 없었지만 그 절절함은 다를 바가 없을 것이다. 애정이라기보다 숭배와 절대적인 감정이랄 밖에. 서희는 열 개 손톱이 다 빠지는 한이 있어도, 기어서라도 돌아갈 거라 했다. 잃었던 모든 것을 찾을 것이라 했다. 그 무서운 집념은 핏줄에 대한 흐느낌에서 비롯된다. 길상은 공 노인으로부터 전해 들은 정한조의 아들 석이를 생각한다.

"흐흐흐흐…… 흐흐흣, 이를 갈아야 하고 칼을 갈아야 할 그런 아무것도 내겐 없다."

허전하다. 가슴이 멘다. 가슴을 쥐어뜯고 싶은 아픔이 온다. 다시 허전해진다.

"돌아가겠지. 금년은 아니고 늦어도 명년엔 돌아갈 거야. 내게는 조가 그놈에 대한 응어리도 없는데, 한이 맺힌 것도 없는데 다만 악질 친일파 나쁜 놈일 뿐이지. 최서희는 친일파 아니란 말이야? 보복을 위해서든 고향으로 돌아가기 위해서든 어떤 이유든지 이유를 이마빡에 붙이고 다니는 친일파는 아무도 없어. 돌아가겠지. 명년에…… 내가 왜 거길 가나. 뭣하러 돌아가나."

눈앞에 공노인이 웃고 있다. 그새 앞니가 빠져서 하부죽한 입술을 오므리며 웃고 있다.

"나머지 이천 석에 목을 매고 있는데 허허허헛…… 별수 없지이. 별도리 없을 거야. 하긴 이천 석이라면 그것도 장자는 장자라. 천석꾼이 아무데나 굴러 있나? 조가 놈 지 신상을 위해 그것이나마 꼭 붙들고 있어야 하는 건데 욕심이 사람 잡지. 내리막길은 또 멎어지는 것도 아니구. 광산에 미쳐 미두(米豆)에 미쳐, 한번 미치고 보면 끝장이 나야 끝나는 법이거든. 잃은 것 찾으려고 두 번 미치니께, 자고로 노름꾼이란 마지막 깝데기까지 뺏겨야 손 털고 물러나거든. 회를 쳐 먹든 초를 쳐 먹든 그것은 조준구 사정이고 아무튼지 간에 돌아갈

날도 멀지 않았으니, 허허헛헛…….”

공노인의 웃음소리가 갈까마귀 우는 소리처럼 길상의 귓가
를 맴돈다.

“망해라. 망해라. 최서희! 망해라! 망해! 망해! 망해라. 그
러면 넌 내 아내가 되고 나는 환국이 윤국이 애비가 된다. 그
리고 돌아가지 않아도 된다! 어떻게 망해? 어떻게 망하느냐
말이다! 비적단이 몰려와도 최서희는 안 망한다. 고향에는 옛
날같이, 옛날과 다름없는 엄청난 땅이 최서희를 기다리고 있
어! 기다리고 있단 말이야!”

지금까지, 돌아가는 일에 대해서만은 타인이었다. 오 년 동
안―서희가 독단으로 일을 진행해왔었다. 그 독단은 서희의
의사였다기보다 조선에서 매입되는 토지에 관한 일엔 길상이
극단적으로 회피해온 것이 실정이다. 서희는 서희대로 얼마
나 외로웠을 것인가. 그러나 서희는 의지로써 뻗쳐왔고 길상
은 애정 때문에 뻗쳐왔다.

먼동이 트려면 아직 한참은 더 있어야 한다. 나뭇가지가 얼
기설기 걸려 있는 희뿌연 하늘에 별이 하나 동편 기슭을 향
해 떨어진다. 날이 갈수록 애정의 질곡은 뼛속 깊이 몰려들어
가는데 그럴수록 몸을 흔들며 질곡에서 빠져나가는 꿈은 희
망봉(希望峰)만큼이나 거대해지는 것. 자승자박의 상태는 바로
그 상승작용의 갈등 때문이다.

‘그러면은 오늘, 오늘은 아니야. 청진의 이씨가 오기로 돼 있

고 권선생님도 아직 떠나시지 않았으니, 그러면 내일? 모레?'

길상은 하얼빈에 갈까 말까 망설이고 있는 것이다. 하얼빈의 상가를 한번 둘러보아야겠다는 생각을 한 지는 오래된다. 그러나 지금, 돌아갈 준비에 착수해야 하는 지금 그것은 전혀 무의미한 일인 것이다. 다소의 용무가 없는 것은 아니었다. 송장환이 김훈장의 유품 몇 가지를 가지고 지금 하얼빈에 와 있다는 기별을 받긴 받았다. 이 년 전 상의학교 운영을 다른 사람에게 넘겨주고 삼원보에 갔던 송장환이다. 그보다 앞서 그러니까 오 년을 거슬러 올라 당시 혜관과 함께 떠났던 김훈장은 삼원보에 눌러 앉아버린 것인데 그 김훈장이 별세하고 이미 장례까지 치렀다는 송장환의 편지를 달포 전에 길상은 받은 바 있다. 송장환은 어떤 임무를 띠고 당분간 하얼빈에 머물 것이라 했으니 서둘 것은 없고 그러나 그가 떠나기 전에 한번 가기는 가야 한다. 그러나 그보다,

"간나아르 달고서리 어디메 재가르 하겠수꼬마?"

여자는 쓸쓸하게 웃으며 말하였다. 옥이네였다. 회령 셋방에서 자취를 감춘 후 오 년인가 육 년인가 세월이 흐른 후의 대면에서 길상이 묻는 말의 대답이었던 것이다. 우연히 나루터에서 마주쳤을 때 여자는 당황했다. 얼굴이 벌겋게 상기되어 눈 둘 곳을 몰라했다. 그러나 여자는 곧 평정한 상태로 돌아갔었다.

"옥이는 어떡허고 혼자요?"

"하얼빈에 있소꼬망."

"하얼빈?"

"옛꼬망. 예배당핵교르 댕깁매다."

"아아 벌써…… 옥이엄마는 뭘 하구서?"

"예수 믿으이 서양사람 목사님 댁에 있습매다. 일해주고서리."

"옥이랑 함께?"

"옛꼬망."

"다행이구면."

길상은 강바람을 막으며 담배를 붙여 물었다. 옥이네 차림새는 깨끗했다. 검정 치마에 흰 무명 적삼이었으나. 길상은 물살에 흔들리는 뱃전에 등을 붙이며 다시 물었다.

"헌데 어딜 가는 길이오?"

"하얼빈 목사님 댁으로 돌아가는 길입꼬망. 한 분 계시는 오라바이 병났다는 기별을 받고서리."

길상은 담배 연기를 뿜어내며 나루터에서 만나 한배에 오르자마자 하필이면 개가(改嫁)했느냐 그 말부터 물을 것은 뭣인가, 물어본 자기 자신에 대하여 고소를 머금었다. 여자의 담담한 태도가 오히려 마음에 아팠던 것이다.

"어차피, 옥이엄마도 시집을 가야, 혼자 살 순 없을……."

길상은 또다시 그 말을 하고 있는 자신이 미웠고 딱했다.

"예술 믿고 살잲고? 우리 옥이 크느 거르 보구서리 낙으 삼겠습매다."

길상은 나루터에서 옥이네 만난 얘기를 서희에게 하지 않았다. 무슨 까닭인지 서희는 가끔 옥이네 행방을 궁금해했었지만. 길상은 예수를 믿고 옥이 크는 것을 낙으로 삼겠다면서 발끝을 한 번 내려다보고 고개를 들어 강기슭에 눈을 던지는 검정 치마에 흰 무명 적삼을 입은 여자를 다시 생각한다. 그를 만난 것은 한 보름쯤 전의 일이다. 하얼빈이 넓은 도시라 하여도 서양사람의 목사 댁이라면 쉬이 찾을 수 있으리라, 찾아가서 어쩌겠다는 겐가, 돈을 주어? 정을 주어? 돈은 받지 않을 것이요 정은 줄 수가 없다. 개갈 하지 않은 한 여자는 어느 하늘 밑에서건 버림받은 사내를 생각할 것이요 사내는 또 가끔 고독한 여자의 생애를 묵은 상처처럼, 궂은 날 묵은 상처의 통증처럼 마음 한구석에 떠올릴 것이다.

'그까짓 처녀도 아닌 과부, 한평생을 나하고 함께 살 생각이야 당초 안 했을 것이고 개갈 하건 아니하건 제 뜻대로 하는 거지 내 관여할 바는 아닌 게야.'

어둠과 숲속의 기척들이 길상의 등을, 양어깨를 누르며 떠밀어내는 것만 같다.

숲속에서 내려온 길상은,

"선생님 일어나셨습니까?"

사랑방 앞에서 묻는다.

"음."

"잠깐 들어가도 되겠습니까?"

"그렇게 하지."

별로 탐탁해하는 음성이 아니다. 길상이 방 안으로 들어갔
을 때 권필응은 책을 보는 것도 아니요 방 한가운데 우두커니
앉아 있었다. 자리에 들지도 않았던 것처럼 침구도 말짱하니
개켜놓았고, 마주 앉은 뒤 한동안 길상은 멍한 표정이었고 권
필응 역시 그러했다.

"선생님."

"……."

"저는 정말로 뼈아프게 내 나라를 사랑하는지 믿을 수가 없
습니다."

순간 권필응의 깡마른 몸이 약간 동요를 일으키는 것 같다.

"모두 열심히 목숨을 내걸고서, 네. 저도 그럴 수는 있을지
모르겠습니다. 그러나 제 육친같이 제 피같이 그렇게 조국이
란 것을 실감할 수 없습니다."

"당연한 얘기지."

"네?"

권필응은 말이 없다. 오랫동안 침묵을 지킨다.

"물에 물 탄 듯 술에…… 선생님 부끄럽습니다."

"말로써 되어지는 일은 하나도 없는…… 그만두지. 그보다
자네 부인께서 친일하는 덕분에 내가 이 곳에 무사할 수 있으
니 고마운 일 아닌가."

권필응은 웃었다. 길상의 얼굴이 일그러진다. 그런 말을 하는 권필응의 저의는 충분히 알 수 있었다. 겉으로는 비난한 것 같았으나 따뜻한 마음을 그런 식으로 표현하는 권필응, 말로써 되어지는 일이 없다는 것은 어젯밤 신태성을 두고 한 말인 듯, 서희의 경우도 역시 깊이 개의치 말라는 뜻인 것이다.

2장 사춘기

"무시레? 월선옥네 안깐 말임둥?"

"그렇다니까."

"쯔쯔쯧, 거 아무래두 살기 어렵잖잉요?"

"그러니까 말이에요."

"이해르 넘기기…… 어렵지비."

"그래가지고 며칠 전엔 물 길러 나오지 않았겠소?"

"홍이 앙이 시키려고 그랬을 기야."

"무슨 청승인고."

"객줏집 공노인이 데리구 가서 벵구완하겠다면서리, 별의별 말으 앙이 했겠슴? 무시기, 그래두 앙이 듣는다이. 홍이 땜에 한새쿠 고집부린다 말이."

"제 속에서 난 자식이래두 제 일신이 병들면 귀찮은 법인데 그까짓 남의 자식, 난 그 속을 모르겠구먼. 입버릇이 우리 홍이 공부시키고 장가들이고, 눈이 시퍼렇게 생모가 살아 있는 데 말예요."

"그는 그렇기 말으 할 수 없습매. 홍이 가아느 다르다이."

"다르기는 뭐가 다르겠소."

"다르지비. 며칠 전에도 밤중에 뛰어들잖앴습? 우리 어망이 죽는다구 울면서리, 그래 갔덩이 피를 쏟고 까무라쳤답매."

"아무리 그래두 오리 새끼는 물로 가는 거예요."

"그 안깐 홍이가 낙이구 보람인데 어쩌겠습."

"나이가 어찌 되지요?"

"오십이 다 돼간다이. 마흔아홉이랍매."

"사람마다 아홉수가 사납지."

"되우 고생으 하덩이 돈으 모아 발 뻗고 사재니까 병이 나 잖습? 불쌍하답매."

마루에 앉아 고추 꼭지를 따며, 두 아낙이 이웃집에 사는 월선을 두고 하는 말이다. 함경도 말씨를 쓰는 오십 안팎의 여자는 가위로 고추를 자르며 씨를 털어내고, 마을 왔다 일을 거들어주는 서울말씨의 여자는 고추 꼭지를 딴다. 가을 하늘에는 구름이 한가롭게 지나가고 예배당 종소리는 은은하게 울려온다.

두메는 책을 펴놓고 앉았으나 공부할 기분이 아니다. 몇 주일 동안 성당에 나가지 않았던 것이 마음에 걸리기도 했다. 열여덟 살의 사춘기, 소학교는 시초부터 고학년에 들어가 진작 졸업을 했고 지금은 중학생으로서 명년 봄에는 졸업이었다. 정호네 일가가 연해주로 이사하는 바람에 시내 하숙으로 옮긴 지도 어느덧 일 년이 넘었다.

'공부를 하면 머하나. 내가 아무리 공부를 잘해도 좋아해줄 사람은 아무도 없다. 남이 칭찬해주면 머해, 남인데.'

정호가 연해주로 떠나버린 후의 일 년은 두메에게 더욱 외롭고 쓸쓸한 날들이었다.

강포수가 죽은 것은 삼 년 전의 일이다. 장마가 계속되는 여름방학, 가야하[嘎牙河] 상류에 있는 소삼차구(小三岔口)로 가려던 두메는 하천의 범람으로 떠나지 못하고 있었는데, 장마가 그치고 아비 있는 곳에 갔을 때, 두메는 아비가 죽은 것을 알았다. 산막 근처 화전민들에 의해 이미 장사를 치렀다는 것이었다. 사인은 오발사고라 했으나 다분히 미심쩍은 점이 있었다.

"아부지! 아부지! 두메가 왔소!"

울부짖었으나 험준한 산속에 돌아오는 것은 울부짖음의 메아리뿐이었다.

강포수는 자신의 죽음을 미리 알고나 있었던 것처럼 그해 봄, 그러니까 두메를 학교에 넣어놓고 돌아간 후 한 번도 용정촌에 나타난 일이 없었던 그가 뜻밖에 송장환을 찾아왔던 것이다.

그리고 그로서는 거금인 삼백 원을 내놓았다.

"선생님이 요량하시어 두메 학자로 했이믄 좋겠십니다."

그 말뿐이었다. 교실에서 공부하고 있는 두메를 불러내어 잠시 만나본 뒤 강포수는 아무 말 없이 그림자처럼 사라졌던 것이다. 공노인을 찾지 않고 송장환을 찾아온 것은 방학에 돌아온 두메로부터 선생님이 얼마나 잘해주시는가 소상하게 얘기를 들은 때문일 것이며 스승이란 부모나 마찬가지라는 종전의 생각 때문이기도 했겠지만 경상도 사람, 경상도와 연고가 있는 사람에 대한 강포수의 기피증이 작용 아니했다 할 수는 없을 것이다.

그런 일이 있은 뒤 송장환은 학자금 삼백 원을 공노인에게 이관하고 적절한 조처를 부탁하면서 용정을 떠났다. 공노인은 그것을 활용하여 이자만으로 두메 학자금에 충당했는데, 학자금이라야 늘 수석을 차지해온 두메였으므로 학교에 내는 돈이란 별로 없었고 하숙비와 약간의 잡비 정도였으니까 원금 삼백 원은 축나지 않은 채 남아 있는 셈이다.

밖에서는 여전히 함경도 사투리와 서울말씨 아낙들이 주고받는 얘기, 고추를 자르는 가위 소리가 들려왔다.

'용돈이 떨어졌는데, 벌써 떨어졌는데…….'

두메는 죽은 아비 생각을 하다가 공노인을 찾아가야 할 필요를 느낀다. 필요를 느꼈다기보다 가야 하는데 가기가 싫은 것이다. 공노인댁 방씨할머니가 들먹이고 있으리라는 생각을 하면서 그래도 가기가 싫다. 왠지 가기가 싫다. 열려 있는 들창에 새 그림자가 지나간다.

"사람이 저 지경 되었는데, 사내는 그림자도 안 비치지 않아요? 본처는 아니지만……."

"본처 앙이기로는 홍이에미도 같소꼬망. 시집으 보낸 딸애는 전남편 사이에서 났답매."

"그런 시시꼴꼴한 사정이야 어찌 되었든, 데리고 살던 여자 아니에요? 아픈 사람을 내팽개쳐놓구 너무 야박하지 않소."

"그거는 헹펜이 좀 다르당이. 홍이아바이가 와봅세? 얼씨구 홍이에미가 오쟀응가. 지난해도 와가지구서리 벵재가 누워 있지도 못했다이. 벵이 더 나빠지쟀앴음? 홍이르 다글다글 볶고서리 가자구 팔으 잡아끌구 도산(소란)으 피웠답매."

"학교 다니는 애를, 그래 데려가서 어쩌겠다는 겐가?"

"그러잉 에미 값새도 못하느 거이 앵이오."

"……."

"홍이아바이는 가슬걷이하구 나문 산판에 갈 기구, 거기서리 일으 하구 나문 설에느 올 것입매."

"정월의 견우직녀구먼."

"호호홋홋…… 그 말이 바로 맞다잉."

"설이 오기 전에 죽으면 어떡허지요?"

"무시기…… 그렁이 불쌍하지비."

"자식까지 맡겨놓구……."

"앙입매. 홍이까지 없어보라이. 그 안깐 깜박 죽어버린답매."

"아주머니두, 홍이네 얘기라면 사사건건 역성이오."

"마음이 착하이."

"어쨌거나 사내가 물렁죽이라 그래요. 다스리지도 못할 두 계집 거느리긴 왜 거느렸는구."

"도척이 같은 성정으 하누님도 관대루느 못하신답매. 옥루 몽으 보면으 양창곡의 둘째 부인 황씨던가, 무슨 보살이 오장 육부를 끄내서 냇물에 씻쟪잉요? 악하다고 해서리 직일 수도 없는 일입매. 그 안깐 두고 도망을 해보랑이? 바늘산이라도 피 흘리감서리 따라오쟬까? 전생에서 죄르 짓구서리 만낸 인 연이지비."

"죄를 짓고 만났다……."

'나가보기나 하자. 답답해서 꼭 미칠 것 같다.'

두메는 후닥닥 일어선다. 학생복 상의 단추를 끼우며 나가 는데 베수건을 쓴 아낙 둘이 고개를 치켜든다.

"무시기, 학생 어디메 나가능가? 공일이라 성다앙에 갑매?"

"아니오. 저기이……."

"나가보랑이. 방으 지키구서리 그새 앙이 나가더이……."

"갔다 오겠습니다."

"갔다 옵세."

"어이구, 저 도령 거동 보소. 헌언장부 아니오?"

서울말씨의 아낙이 까르르 웃는다.

"인물이 훤하지비. 일등신랑감 앙입매? 자랑스럽다이."

문을 열고 나가는 두메 목덜미가 시뻘겋다.

'만사가 다 시시해. 그만 총 메구 산에나 들어갈까 부다.'

집 앞에서 몇 발짝 걸어나온 두메는 남의 집 울타리를 올려다보며 우두커니 서 있다가 방향을 바꾸어 발길을 옮긴다. 부끄러운 기억 때문에 아무래도 객줏집에 갈 수가 없는 것이다. 자신의 행동거지가 부끄러웠고 그들이 주고받던 말은 또 얼마나 모욕적이던가. 두메가 용정 시내로 하숙을 옮기면서부터 한 가지 버릇이 생겼는데 할 일 없이 거리를 쏘다니는 그 버릇이다. 두메는 항상 외로웠고 쓸쓸했다. 사람이 그리웠다. 특히 여인에 대한 그리움은 번번이 충동적으로 그의 마음을 괴롭게 했다.

그날은 토요일이었다. 해거름, 두메는 저도 모르게 백화수(百花壽)라는 요릿집 앞에 넋을 잃고 서 있었던 것이다. 권번에서 정식으로 수업한 기생도 아닌 기생들, 얼굴들은 반반하고 수심가 잡가 정도는 흉내낼 줄 아는 그런 여자들이 저녁 술손님을 맞기 위해 분단장을 하고서 드나들고 있었다. 두메는 그 여자들을 바라보고 서 있었던 것이다.

"두메야."

누가 불렀으나 두메 귀에는 들리지 않았다.

"두메야! 니 거기서 뭐하노?"

두메는 아찔했다. 돌아보았을 때 공노인댁 방씨가 근심스런 얼굴을 하고 서 있었다. 그리고 며칠 후 두메는 객줏집에 용돈을 받으러 갔다. 공노인은 조선에 가고 없었으며, 일전에 일도 있고 하여 마음이 내키질 않았다. 왔다는 말 없이 마루 끝에 걸터앉아 사람 나오기를 기다리고 있었다.

봉놋방 옆방에서 얘기 소리가 흘러나왔다. 방씨와 순이네의 음성이었다. 송애가 나가고 머슴 권서방도 이태 전에 새경을 받아 고향으로 가버린 뒤 딸애를 데리고 사십 가까운 순이네라는 여자가 들어왔던 것이다. 순이도 열다섯 그도 자기 몫의 일을 맡아하고 있었다.

"늘 보믄 에미 가난이 든 아이 같다. 그날도 넋을 잃고 서 있는데 어찌 불쌍한지……."

"열여덟 살 아니오? 에미 가난은 무슨, 계집애 생각할 나이지요 머."

"그러세. 에미 없이 자라서 그런 데 눈이 먼저 떠지는지도 모르지만."

"여자 좋아하게 생겼습니다. 저번에도 우리 순일 눈이 뚫어지게 쳐다보는 바람에 순이가 무안해 죽을 뻔했다 그러더구먼요."

"그건 순이 편이 조달(早達)해서 그런 게지. 두메가 무신……."

"그렇게만 말할 수 없지요. 하필이면 기생집 앞에 서 있을 건 뭐람? 열여덟이면, 장가들어서 아이 아범도 될 수 있는 나이 아니오?"

"그건 그렇지만, 두메 처지로는 공부를 더 해얄 기고 장개

사 늦잡아야지. 핵교 선상님도 그렇지마는, 우리 집 늙은이가 얼매나 그 아아한테 희망을 보고 있다고? 장차 큰사람 될 기라 카고 신동(神童)이란 두메를 두고 하는 말이라 카던지…… 에미 애비가 없어도 자알 커야 할 긴데."

"신동이고 뭐고 그런 데 눈뜨면 별수 없는 거요, 패가망신 하는 것도……."

"무신, 아직 어린것을 두고, 무신 말을 하노?"

"아니, 그렇다는 얘기지요."

"하고 버릴 말이라도…… 그 나이가 되믄 가시나 머시마 할 것 없이……."

"두메아버지가 죽은 건 나도 알지마는 어머니는 어찌 됐어요?"

"그러세, 그걸 뉘 알겠나. 두메를 낳아놓고 이내 죽었다던가? 그것도 우리 집 늙은이가 들은 말이고……."

"누가 아나요?"

"머를?"

"두메는 좀 잘났수? 꺼무꺼무한 눈하며, 산포수 아들 같지가 않아요."

"내사 한분 설핏 봤지마는, 아비사 못났지. 그래도 두메 피 섯이(비슷하게) 있더마. 해천에 용 나는 수도 있인께."

"모르는 일이지요. 그 애 어머니가 살았는지, 안 그래요? 두메를 보면 그래 어머니 인물이 보통 아닐 거요. 산포수 계집 되기는 아까운 여자였다면? 바람 잡아 나갔는지 뉘 알아요? 호호홋홋…… 두메 그 애도 좀 여자 좋아하게 생겼수?"

"별소릴 다 하네. 안 본 일을 가지고 간둥간둥 얘기하는 거 아니다. 어림짐작만 가지고 말한다믄 그 아아 어마니 공주마마라고는 못할까? 이력저럭 다 됐구만."

갑자기 방문이 열렸다. 방씨는 순이네와 함께 이불 홑청을 꿰매고 있었던 모양이다.

"아니 두메야!"

당황한 방씨, 새파랗게 질린 두메 얼굴을 보자 그도 낯빛이 변한다. 두메는 벌떡 일어섰다. 그리고 쏜살같이 뛰어나간다.

"두메야!"

돌아보지 않았고 대문을 탕 닫는 소리가 들렸을 뿐이다.

두메는 고물상 모퉁이 골목으로 들어선다. 찾아간 곳은 육 년 전, 작부 출신인 서울댁이 살았으며 김두수가 가끔 와서 묵고 가던 그 집이었다. 서울댁이 용정을 떠난 것은 벌써 옛날의 얘기였고, 송애가 김두수 계략에 걸려 몸을 버렸던 그날 밤, 문을 따주던 여자는 물론 그 후 집 임자가 여러 차례 바뀐 뒤 월선이가 사들였다. 초가는 함석지붕으로 갈아 얹혔으며 나무판자 문도 대문으로 달라져 있긴 했다. 월선이 이곳으로 옮긴 것은 병이 무거워지면서 국밥장사를 할 수 없게 된 때문이다. 공노인 내외는 집 사는 것을 처음부터 반대했다. 월선이를 객줏집으로 데려가서 병을 고쳐야 하며 방씨가 옆에서 병간호를 해야 한다는 것이었다. 그러나 월선은 자기 병이 그렇게 중병도 아니며 장사 안 하는 것만으로 충분히 회복될 수 있는 거라고 우겼다. 그것이 다 홍이 때문이라는 것은 뻔한 일, 공노인 내외는 남의 속에서 빠진 것 수덕 망덕 볼 거라 그러느냐 하면서 화를 냈던 것이다.

"홍아! 홍이 있어?"

두메는 문을 흔든다.

"두메형! 어서 와."

홍이 뛰어나온다. 그새 키가 많이 컸다. 목소리는 앳되고 얼굴도 여리게 보였지만 아비를 닮아선지 키는 두메와 비슷하다.

"어서 들어와. 일요일이라구 왔어?"

"응. 어머닌 좀 어때?"

"그저 그렇지 뭐."

환하게 밝았던 홍이 얼굴이 어두워진다. 열려진 대문 사이로 마루에 걸터앉은 남자의 모습이 반쯤 보인다.

"손님 오셨어?"

"응."

"어디서?"

"몰라. 한데 말이다, 그 손님 절름발이야."

홍이는 귓속말로 소곤거렸다.

두메가 마당에 들어갔을 때 마루에 걸터앉은 남자는 사십 남짓 콧날이 보기 좋은 얼굴이었다. 그는 들어선 두메를 유심히 바라본다. 눈에 미소가 흐르고 있는 것같이 느껴진다.

"두메 왔나?"

방 안에서 월선이 반갑게 묻는다. 두메는 마루까지 올라가서,

"네 아주머니. 좀 어떻습니까. 일요일이라서 놀러 왔습니다."

"응, 잘 왔다. 홍아."

"야."

"누부보고 점심, 어서 하라 캐라. 손님도 기시고 두메도 왔인께로."

"야."

"그라고 니도 점심 묵고 나믄 두메랑 놀러 가거라. 집구석에만 들어백히 있지 말고."

"옴마는 편안하게 누워 있이믄 될 긴데 별걱정을 다 한다. 형, 우리 집에 말이다? 서누나가 와서 밥해준다."

"그래?"

"누나!"

"알았어!"

홍이 미처 말하기도 전에 부엌에서 미리 대답한다. 안자(安子)는 얼마 전 서희가 보내준 그 집 심부름 아이다. 편애라 하면 좀 우스운 얘기지만 옛날 최치수가 용이에게 그러했듯이 월선에 대한 서희의 관심은 각별하였다. 육친에 가까운 그런 정

인데, 그래서 할 수 있는 일을 다 해주었다 하여도 과언이 아니었다. 영국인이 경영하는 병원에도 여러 번 보내었고 월선이 치명적 병을 앓고 있으며 얼마 살지 못할 것이라는 진단을 받은 후에도 자상하게 돌보는 것을 잊지 않았다. 색다른 음식을 만들게 하여 안자에게 들려보낸 것도 수차례, 그래서 안자는 이 집에 자주 드나들게 되었던 것이다. 남의 눈치를 햴끔햴끔 보는 객줏집 순이와는 달리 안자는 투박하게 생겼고 무던했다. 순이보다 나이도 많았으며 홍이 누나같이 따랐다. 안자! 서! 안자! 서 하며 곧잘 놀려주기도 하고, 언제부턴가 안자는 서누나로 불렸는데 누나라는 호칭을 안자는 매우 만족해했다.

"학생이냐?"

마루 끝에 걸터앉은 손님이 말을 걸었다.

"네, 아저씨."

두메 대신 홍이 나선다.

"이 형은 우리 학교 졸업반입니다. 전교에서 젤 공부 잘해요."

"그러냐? 고마운 얘기군. 아암 공부 잘해야지."

손님의 눈빛은 홍이랑 두메를 알고 있는 것만 같았다. 두메는 손님에게 별반 관심이 없고 부엌 쪽만 바라보고 있었다.

'서누나? 안자누나? 누나⋯⋯.'

마음속으로 중얼거리고 있었다. 좁은 이마에 약간 고수머리, 광대뼈가 솟아오른 안자 얼굴이 떠오른다. 안자가 진짜 누님이었으면 좋겠다고 생각한다. 안자보다 더 못생기고 호박같이 못생긴 여자라도, 그런 여자라도 진짜 누님이 하나 있었으면 하고 두메는 생각한다. 두메가 그런 생각을 하고 있는데,

"내가 아는 아이가 하나 있지. 그 아이도 아마 너이들 학교에 다녔을 게야."

"누굽니까? 이름이 뭐지요? 아저씨."

홍이 성급하게 묻는다.

"음 지금은 연추에 있다는 얘기를 들었다마는."

"네에? 뭐라구요?"

두메가 고개를 휙 돌린다.

"아저씨! 그 애 이름 박정호 아닙니까?"

"아니 네가 그걸 어찌 아느냐?"

눈을 껌벅껌벅하며 손님은 장난스런 미소를 띤다.

"맞아요! 알았어요!"

홍이 얼굴이 시뻘겋게 부푼다.

"아저씬 정호 작은아버지, 틀림없어요. 그렇지요?"

다그치듯 말했으나 목소리는 낮았다.

"그럴까? 잘못 알았다."

"아저씬 우릴 믿지 못해 그러시는 거지요? 하지만 우리도 애국잡니다! 우리 학교 학생들은 모두 애국자 될 사람들입니다. 저, 저는 담박에 알아차렸습니다. 정호 말이 나왔을 때, 저는 정호한테서 작은아버지가 밀정 놈 때, 땜에 다리를 다쳤

다는 얘길 들었거든요."

손님 얼굴을 바라보던 두메는 눈이 다리 쪽으로 내려간다. 손님은 애매한 미소를 머금고 있었다.

"우릴 철없는 애로 생각하지 마십시오. 우린 정호하고 두메형하고 맹셀 한 사이란 말입니다. 독립을 위해 같이 싸우고 같이 죽자구, 모르셔서 그렇지 두메형은 정호랑 한집에 살았어요. 우린 아저씨 얘기 입 밖에 내지 않아요. 그 정도는 우리도 알구 있어요."

홍이 음성은 아주 낮았다. 부엌의 안자가 들을세라, 방 안의 어머니가 들을세라.

"애국자 되려면 앞으로 알고도 모르는 척 그런 것도 배워야지. 핫하핫하핫……."

손님은, 아니 박재연은 크게 소리 내어 웃어젖힌다. 홍이도 따라서 귀엽게 웃었고 두메는 싱긋이 한 번 웃는다.

"아저씨는 알고 있었지만 모르는 척했는데, 정호 놈이 밤낮 너희들 얘기만 하잖겠어?"

박재연은 권필응과 동행하여 용정까지 왔다. 용정에서 모종의 회합이 있어서인데 안전을 꾀하기 위해 권필응과 따로 숙소를 정해야 했고, 여관이나 객줏집도 일본의 경찰력이 강화된 요즘 위험이 없다 할 수 없으므로 길상이 월선의 집을 주선한 것이다. 박재연은 이 집 골목에 들어설 때 육 년 전 김두수와 마주쳤던 그 골목이라는 것을 깨닫고 매우 심기가 좋지 않았으나 자기를 피하여 한잠 늘어지게 자고 밤이 되어 양복과 캡으로 변장한 김두수가 빠져나간 바로 그 집이라는 것을 알 리가 없다.

"아저씨."

두메가 점잖게 불렀다.

"오냐."

"할머님이랑 아주머님께선 안녕하십니까?"

응석받이 홍이하고는 다르다.

"음, 모두 편안하시다. 아주머님께서도 가끔 두메 애길 하시지."

"아저씨 제 얘기는요."

샘이 나서 얼른 묻는다.

"홍이 얘기도 물론 하시구."

"저도 자주 놀러 갔었거든요. 셋이서 늘 붙어다녔어요."

이리하여 두 소년과 점심상을 함께 받은 박재연은 기분이 좋은 모양이었다. 막상 조카애들에겐 엄격했으면서도. 그의 기분이 좋은 것을 기화로 홍이는 스스럼없이 이것저것 질문이었고 두메는 침착하게 요점만 따서 질문을 하곤 한다. 점심이 끝난 뒤에도 두 소년은 박재연에게 늘어졌다. 열다섯 사춘기에 들어선 홍이와 사춘기에 있는 두메, 그들 세계에서의 느낌이란 의외로 엉뚱한 것이 있었다. 상상력은 자유로웠으며 분방했다. 가령,

"그까짓 대포나 총 같은 것 만들면 되지 않습니까? 사람 없는 밀림 속에 큰 굴을 파놓고 쇠붙이랑 화약을 실어들여서 만드는 거예요. 중국사람 아라사사람들도 다아 왜놈을 미워하니까 말입니다. 그 사람들 기술자를 불러와서, 안 하겠다면 아무도 모르게 부대에다 넣어가지고 데려가는 겁니다. 탄약이구 총이구 막 맨들지요. 그래가지구 결판을 내는 겁니다."

하는 식이다. 두메는 두메대로,

"철없는 소리 마. 그럴 군자금이 어디서 나와? 그보다 열 명이든 다섯 명이든 조(組)를 수백 개 맨들어서 영사관이고 파출소고 불을 지르고 다니는 겁니다. 그리고 왜놈 순사 헌병을 죽이는 겁니다. 밀정 놈들은 이 잡듯 없애야 하구요. 그러노라면 잡혀서 죽는 사람도 많이 생기겠지요. 하지만 총질하는 전쟁보담이야 덜 죽을 거 아니겠습니까? 한 곳에서만 하는 게 아니라 여기서 번쩍, 저기서 번쩍, 정신을 못 차리게 해야 합니다. 그러면은 자연 중국사람들도 나설 거 아니겠어요?"

홍이는 덩달아서,

"아저씨 저는 이런 생각을 했어요. 조선사람 두 명이 왜놈 하나를 죽이면 된다구요. 그러면 이 용정에선 왜놈 씨가 마를 거 아닙니까? 조선사람이 훨씬 많거든요. 중국사람들은 좋아라 할 거구요. 지금 중국사람들도 모두가 배일운동을 하구 있잖아요?"

"글쎄다. 하하핫핫……."

속으로 박재연은 땀을 뺐다. 워낙이 흥분의 도수가 올라가 있는 소년들에게 너희들은 공부나 해, 하며 뿌리칠 수 없었던 것이다. 그러나 나갈 시간이 되자 그는 다소 엄격한 표정이 되어 일어섰다.

"우리 훗날에 또 만나자."

박재연이 나가버린 뒤 홍이와 두메는 맥이 확 풀어진다.

"우리도 나갈까, 형?"

"응."

신돌 위에서 신발을 신으면서 홍이는,

"옴마, 우리 좀 나갔다 오께."

"그래라. 두메는 밥 많이 묵었나?"

"네. 많이 먹었습니다."

"어이구, 어이구, 좀이 쑤셔서 일요일을 그냥 배길 수 있담?"

걸레를 빨며 안자가 핀잔이다.

고물상 앞길까지 나온 두메는 어쩔까 망설이는 듯,

"홍아."

"응."

"객줏집에 안 가겠니?"

"거긴,"

대답이 찐찐하다.

"나 거기 가기 싫어하는 거, 형 잘 알지 않아?"

"그래. 실은 나도…… 그럼 선생님한테 놀러 갈까?"

"그게 좋겠다!"

홍이 빙긋 웃는다.

"형! 호떡 사 가자!"

"나 돈 없다."

"걱정 마. 나한테 있어."

호주머닐 툭툭 친다. 홍이 다른 날보다 들떠 있는 것을 두메는 이상하게 생각한다.

'정호 작은아버지 때문이겠지.'

그렇다손 치더라도 홍이는 여느 때완 사뭇 다르다. 얼핏 보기에 명랑하고 흥분에서 오는 수선스러움 같았으나 어쩐지 그런 행동이 억지처럼도 느껴진다.

호떡 열 개를 사 든 홍이와 두메가 문을 닫고 나오는데 호떡집 간판이 흔들리고 간판에 걸려 있는 붉은 천이 흔들렸다.

"저눔의 간판 좀 높이 매달 수는 없을까? 매번 부딪친단 말이야."

머리를 매만지며 화가 나서 두메는 말했다.

"형."

"왜."

"우리 선생님한테 가지 말고 강가에 안 가겠어?"

"강가는 왜."

"그냥."

"그럼 가자꾸나. 나는 아무래도 좋아."

호떡 봉지를 들고 홍이는 터덜터덜 앞서 걷는다. 종전까지 들떠 있었던 홍이 뒷모습은 기운이 빠진 듯 두 어깨가 축 늘어져 있었다. 두메가 함께 걷고 있다는 것도 잊은 듯 보였다. 강가에 나갔을 때 노을과 단풍이 강물을 시뻘겋게 물들이고 뗏목이 강 위를 흐르고 있었다.

"좀 있으면 너이네 아버지 산판에 가시겠구나."

"응,"

홍이는 짤막하게 대꾸하고 모래밭에 다릴 뻗고 앉는다.

"형, 호떡 먹자."

봉지를 찢어 호떡을 펴놓고 두메를 한 번 쳐다본 뒤 홍이는 호떡 하날 입 가득히 베어 문다. 소년들은 피차 아무 말 없이 노을을 받고 떠내려가는 뗏목을 바라보며 한 개, 두 개, 세 개, 호떡을 먹어나간다.

"왜 그래?"

"뭘."

"실컷 까불더니 맥빠졌나?"

"맥빠지긴,"

입 안에 가득 찬 호떡 때문만도 아닌 듯 목멘 홍이 음성이다.

"어렵쇼? 울어?"

"형!"

"말해보아."

"우리 옴마 죽을 거래."

"……."

"못 고치는 병이래."

"누가 그랬어?"

"옴마하고 나만 모르고 있었는데…… 병원에서 그랬다는 거야."

베어 무는 호떡 위에 후둑후둑 눈물이 떨어진다. 호떡을 꿀 컥 삼킨다.

"저번 때 응칠이가 하는 말을 내가 몰래 들었거든."

"오래 앓았으니까 너도 그만한 각오는 돼 있어야지."

"옴마가 죽을지 모른다는 생각이야 안 한 것도 아니지만 병 원에서 딱 잘라서 말했다니까…… 불쌍한 옴마!"

먹던 호떡을 버리고 무릎에 얼굴을 묻으며 흐느껴 운다.

"그래도 너에겐 친어머니가 또 계시지 않어."

"그러니까, 그러니까! 부, 불쌍하다는 거지. 흐흐흣흣…… 흐흐……."

격렬하게 흐느낀다. 흐느끼면서,

"나, 나 벌 받을지 모르지만 퉁포슬에 있는 어머닌 싫다! 날 낳아준 사람 같지가 않어. 나쁜 사람이야! 욕심꾸러기야! 세 상에 돈밖엔 몰라!"

두메는 떠내려가는 뗏목을 바라본다.

'넌 그래도 나보담은 낫다.'

"형! 나 얼마나 고통을 받았는지 알어? 모를 거야. 모, 모를 거야!"

"알 턱이 없지."

홍이는 울면서,

'퉁포슬의 어머닐 난 왜 미워할까? 미워하는 내가 또 밉고, 부끄럽기도 해. 하지만 우리 옴만 죽는다. 죽는단 말이야! 그걸 좋아할 것을 생각하면 치가 떨려. 난 옴마 눈만 보아도 기분이 좋았다. 홍아, 이놈 자식아, 하면은 화나는 일도 다 풀어지고, 그런 옴마가 죽다니, 어이구우……'

"옴마가 죽으면 나, 나 퉁포슬 어머닐 용서 못 할 거야."

"인마, 그건 너 옹졸한 생각이야. 너 친엄마가 여기 엄마 죽인 것도 아니고 병이 나서 그런 건데."

콧물 눈물이 범벅이 된 얼굴을 쳐들고,

"그걸 누가 몰라? 모르느냐고!"

별안간 악을 쓴다.

"나한테 비하면 넌 팔자가 늘어진 거야."

"뭐이라구? 팔자가 늘어져? 어떻게 그런 말을 할 수가 있어!"

"난 내 아부지 돌아가시는 것도 못 봤다. 묏등을 치며 혼자 울었어."

"그, 그렇지마는 모, 모르는 편이 낫다! 죽을 거라는 것을 알면서 쳐다보고 있는 것보담,"

"그쯤 해두어. 사내자식이, 나는 난생 엄마라 불러본 일도 없고 불러볼 사람도 없었다, 인마."

"지나간 얘기는 왜 하노! 나는 지금,"

"그만하라니까! 홍아, 서러워 말아라 해야겠니? 시시하게. 한데 너이네 아버진 왜 안 오시냐?"

"아부진 그런 사람이야. 냉정해. 나한테도…… 산판 일 끝나면 오시겠지. 오시면 산판서 셈해온 돈 반으로 똑같이 나누어서 옴마한테 주겠지."

홍이는 비웃듯 말했다.

"불쌍한 울 옴마."

"제에기랄! 또 울 옴마야? 실컷 혼자서 울어! 나 갈 테니까."

두메는 훌쩍 일어선다. 짜증이 난 얼굴이다. 그러나 두메는 모래밭을 왔다 갔다 할 뿐 혼자 돌아가진 않는다. 노을은 차츰 사라져가고 있었다. 불붙듯 붉은 노을, 강 건너 단풍 든 숲이 서서히 검은 빛깔로 옮겨지고 있다.

"두메형."

"실컷 울어."

"가아."

돌팔매질을 하며,

"실컷 울라니까."

"깜깜해온다."

두 소년은 모래를 밟으며 돌아간다.

"호떡 네 개 남았다."

"그게 어쨌다는 거야."

"선생님한테 들고 가기가 안됐어."

"선생님한테 갈 테야?"

"집에는 눈이 부어서."

"그래, 그러자. 돈 남아 있으면 서너 개 더 사라."

호떡꾸러밀 안고 그들은 김사달(金思達) 선생의 하숙집을 찾아 들어간다.

"선생님!"

"어, 놀러 왔구나."

"네."

"들어와라."

김사달은 코를 매만지며 책상 앞에서 책을 읽고 있다가 돌아앉는다. 아주 젊은 동안(童顔)의 청년이다.

"계실 것 같아서 찾아왔어요."

홍이 호떡 봉지를 한 곁에 놓으며 말했다.

"나야 밤낮 있지. 학교 가는 일 말곤."

벽에 붙여 책이 무질서하게 쌓여 있었으며 고리짝 위에는 이불이, 그리고 벽에 양복 한 벌이 대롱대롱 걸려 있을 뿐 몹시 살풍경한 방이다.

"그게 뭐냐? 이리 내."

"호떡입니다."

홍이 얼굴이 빨개져서 내놓는다.

"함께 먹자."

두메와 홍이 마주 본다. 두메가,

"저희들은 먹었습니다."

"그래?"

김사달은 출출했던지 호떡을 뭉떡뭉떡 베어먹는다.

"그래 공부는 좀 하고 놀러 다니냐? 홍이 말이야."

"실은,"

두메가 말을 하다 말고 홍일 힐끗 쳐다본다. 홍이 눈을 깜
박거린다. 씩 웃는 두메,

"홍이가 찔찔 울어서 끌고 왔습니다. 종아리 좀 때려주시라
구요."

두메는 선생님이라기보다 형님을 대하듯 한다.

"울긴, 왜?"

"어머니 병환 땜에 그러는 거지요 뭐."

"음…… 그거 야단났군."

사정을 다소 아는 김사달 얼굴이 흐려진다.

"어머니 병환은 의사에게 맡겨두고 홍이는 공부나 열심히
해. 성적이 시원찮아. 그래서 어머님이 병나신 것 아니야?"

홍이는 잠자코 있다.

"그는 그렇고, 두메야."

"네."

"너 이름 말이다."

"이름요?"

"응, 아버님께서 두메산골이 좋아 그렇게 지으신 모양인데 나도 너 이름 좋다고 생각해. 그러나 앞으로 넌 아무래도 만주 바닥에서 살 모양이니 음에 맞는 한자 이름이라도 있어야겠어. 안 그래?"

"네."

"강두메, 나도 이름 짓는 덴 자신이 없지만 두메 두는 막을 두(杜), 메는 매화나무 매(楳), 그러니까 머, 메에서 마, 매가 되는 셈인데 두매(杜楳), 어떠냐?"

"두보(杜甫)의 두 자지요?"

"그렇지이."

"두는 좋은데요, 매화나무 매가 어쩐지 여자 이름 같지 않습니까?"

"그렇지가 않다. 중국사람 중에는 매화나무 매 자의 이름 가진 사람이 더러 있어."

"글쎄요, 좋긴 좋은데요."

"그럼 그렇게 하는 거다."

김사달은 다시 호떡을 뭉떡뭉떡 베어먹는다.

"일전에 송선생님한테서 편지가 왔었다."

"네? 송선생님한테서요?"

"응. 두매 너 얘기가 있었다. 명년엔 졸업인데 중국 군관학교에 갈 수 있게 주선 중이란 말씀이 씌어 있었어. 열심히 해야 한다. 모두 너에게 기댈 걸고 있어."

"네."

"선생님 저는요."

실은 샘이 나는 것도 아닌데 홍이 말했다.

"홍이 너는 아직 새까맣다. 아직은 몇 년 더 있어야지."

"네. 그건 알아요."

"어머님 간호나 잘해드려. 공부도 더 하구."

그러나 아무래도 홍이는 풀이 죽는다. 안 그런 척하려고 애쓰는 눈치였으나 때때로 멍해지곤 한다.

3장 가난한 사람들

동저고리 바람으로 권서방은 헐레벌떡 객줏집을 들어선다. 들어서자마자 고함을 지른다.

"아주머니!"

"와 그라요?"

햇볕 바른 마루에 걸터앉아 마늘을 까고 있던 방씨가 짱구 이마를 든다.

"형님 안 오셨지요?"

"오기는 어디로 와."

"안 오셔요……."

"함흥차사가 된 모양이구마."

머리가 빠져서 가르마 길이 훤했다. 이마만 툭 불거졌을 뿐양 볼은 더욱 꺼지고 방씨의 허리는 한층 길어 보인다.

"큰일 났는데, 제에기."

마루에 몸을 내던지듯 앉으며 권서방은 한숨을 내쉰다.

"큰일은 무슨 큰일, 다 늙어빠진 처지에 마누라 해산달도 아니겠고……."

"그런 악담 마시오. 해산달이라니? 날 죽어라 그 말입니까?"

해산달도 아닐 거라 했는데 권서방은 역정을 낸다.

"그거는 삼신님 하시기 탓이고, 다 지 묵을 거는 타고 나오니께 생기는 거야 어쩔 수 없지. 그런데 큰일이라니 무신 일이오?"

"아주머니한테 얘기해봐야 소용없어요. 아무튼 형님이 오셔야 얘기가 되는 건데."

권서방은 콧구멍을 후비다가 마루 밑을 내려다보며 풀이 죽어서 말했다.

목덜미의 살갗은 늘어지고 머리칼도 희끗희끗한 권서방. 늦장가를 들어 올망졸망 손자 같은 자식들. 세월이 바쁘고 마음도 바빴을 것이다.

"아이구 참, 그래요? 이자는 사정이 영 달라졌거마는……."

"예?"

"아 그러세, 권서방이 급할 때 부르는 거는 노상 아주머니 아니었소? 그래 봐야 별 실속도 없일 기구마는……."

"무슨 말씀이오?"

"우리 집 늙은네 말이오. 권서방이 찾아쌓아도 별 실속이 없일 기다 그 말 아니오?"

"하긴 그렇소. 실속은커녕 얼굴 보기도 어려운데 그러나 이번만은 꼭 만나야……."

하다 말고 순이네가 뒤꼍으로 옮겨가는 무 배추를 힐끗 쳐다본다.

"실은 말입니다, 길서상회 그 댁에서 그 왜 곳간 뒤에 있는 땅을 판다 했다면서요? 그게 틀림없는 얘기겠지요?"

"그러기, 그런 말을 들은 것 같기도 한데…… 나야 뭐 밖의 일을 알아야 말이지."

"그 땅을 사자는 사람이 있어요."

"판다면야 사자는 사람은 많을 기요."

"그걸 내가 좀, 그래야 겨울을 나지 않겠소? 형님이 어서 오셔얄 텐데……."

"오는 거사 기약이 없는 일이고 바깥주인한테 말해보는 게 좋을 성싶구마는……."

"그걸 나도 생각 안 한 거는 아니지만 몇몇 거간들이 명함을 들여본 모양인데 자기는 모른다 공노인한테 물어보아라,

하더라는 게요."

방씨는 짐작이 가는 듯 잠자코 만다. 자기 말대로 바깥일은 모르는 방씨였으나 길서상회댁이 불원간 조선으로 돌아갈 것이라는 것, 길상이 그것을 싫어하고 있다는 정도는 눈치채고 있었다.

"늙은이가 기력 좋은 것도 탈이라니까."

"왜 아니라요."

"환갑을 지냈으면 편안하게 안방 차지나 하고 계실 일이지, 큰집 드나들듯 조선에는 뭣 하러 밤낮 가시는지 모르겠소."

"역마살이 들어서, 그것도 병이라."

"혹 서울에 소가라도 둔 것 아닙니까? 늘그막에 자식이라도 보려고?"

"그 주제에? 무신 억만장자라고."

"약초 캐러 다니던 젊었을 시절에 백두산을 위시하여 안 가본 산이 없노라고 노상 자랑하더니 산삼을 캐서 장복을 하시는가?"

"모르지요 그거야. 내사 동삼 꼬랑지도 구경 못했인께."

방씨는 웃는다. 가르마 길이 훤하고 양 볼은 푹 꺼졌어도 웃는 눈매는 여전히 귀엽다.

"볼품도 없는 늙은이가, 하긴 코 밑이 길어서 수는 하게 생겼습니다만."

"아무튼지 젊었을 때부터 한곳에 붙어 있이믄 몸살이 나는 성미니께 그것도 집안 내림인가 배요."

"내림요?"

"월선옥의 그 아아 부친, 그러니께 시숙도 객지로 객지로 떠돌아다니시더니 객사 죽음 하싰지."

"참 월선옥의 그 아주머니 좀 어떠시오?"

"……."

"금년 넘기기 어렵다고들 하던데."

방씨의 얼굴빛이 금시 달라진다.

"누가 그런 말 합디까?"

"글쎄, 소, 소문이……."

"아프다고 사람이 다 죽는가요?"

"그야 그렇지요."

"그놈 아아는 고집이 세서……."

"……."

죽는다는 말에 발끈 화를 내던 방씨는 제풀에 기가 죽는다.

"우리 늙은네 뒤 핏줄이라고는 그 아이 하나뿐인 거는 권서 방도 알지만 그만 우리 말을 듣고 여기 오믄은 좀 좋겠소? 아무리 집에 가자고 타이르고 달래도 보고, 남의 이목이 있지 않소? 남이 부끄럽다 카이. 그놈의 아이새끼 땜에 못 오는 기요. 수덕 망덕을 볼 그놈의 아이새끼 땜에."

치마를 걷어 콧물을 닦는다.

"남부끄러울 거야 뭐 있겠소. 아무도 병든 조카딸 내버려둔다는 말 하는 사람은 없어요. 그런데 이서방은 통 안 오는 모양 아니오?"

방씨 얼굴이 벌게진다.

"그 목이 뿌러져 죽을 놈의 인사, 안 와보는 거는 고사하고 지 새끼까지 아픈 사람한테 처맡기놓고, 아 그러시, 천 리 밖에 산단 말가 만 리 밖에 산단 말가, 가물치 콧구멍, 분한 생각 같아서는 못할 짓이 없겠지마는 참는 기지."

"그 사람 그래도 속으론 끓을 게요. 본시 의리가 없는 사람은 아니니까."

"그런 소리 마소. 마음속으로 육도벼슬을 하믄 뭐하는고? 와서 찬물 한 그릇이라도 떠주는 그기이 남남끼리 함께 살던 정이지. 세상에 그렇기 매몰차고 독사같이 모질고,"

"글쎄요. 사내들이란 떠나 있으면 자연 잊을 수도 있고 그 사람도 살기가 고생스러우니,"

"아무리 고생스러워도 아픈 사람만 하까? 내 이분에 오기만 해봐라. 모가지를 비틀어부릴 긴께."

"그 팔로 장골 모가지를 비틀어요? 하하핫 하하하……."

"오직 괘씸하믄 그런 말을 하까? 하기사 아무리 괘씸해도 이쪽은 지는 해, 죽는 사람만 불쌍하지. 그 짠한 기이 명이나 길어서 살았이믄 좋겠는데 어이구 신령님도 야속하시지."

"박복한 사람은 가로 뛰고 세로 뛰어도 별수 없어요. 신령님이 어디 있으며, 그것 다 구름 잡는 얘기고 제기랄!"

"그러기, 박복한 사람은……."

"더럽고 아니꼬운 놈들만 잘사는 이눔의 세상 아니오? 도둑질 많이 하는 놈일수록 잘살고, 신령님이 있긴 어디 있어? 신령님? 복장 터지는 얘기지."

갑자기 흥분하여 허공에다 주먹질을 하던 권서방은 벌떡 일어섰다.

"아주머니. 나 가겠소!"

무슨 급한 볼일이라도 생각난 듯 허둥지둥 좇아 나간다.

"온 사람도……."

문간을 쳐다보던 방씨는 다시 마늘을 까기 시작한다.

거리에 나온 권서방은 제에기랄! 제에기랄!을 연발하며 걷는다. 공노인의 귀가가 늦어져서 화가 났지만 노상 하는 공노인 잔소리가 생각나서 울화가 치민 것이다.

"내가 복장 옳게 못 써서 떼돈을 벌었단 말이야? 옛날이나 지금이나 남의 석가살이, 어린 자식새끼들 배불리 못 먹이고 흥! 집 사는 사람이, 땅 사는 사람이 누구냐 따져가면서 흥정 붙이게 생겼어? 상대가 누구면 어때? 거간이야 흥정 붙이고 구전 먹으면 그만이야. 배부른 소리 하지 말라구. 아 내가 독립운동하는 사람을 찔러서 왜놈한테 돈을 받아먹었나야? 목구멍이 포도청인데 삼시 세 끼 죽물이라도 먹어야 애국자도 되고 양심가도 되지. 나도 공노인만큼 지반 잡고 산다면야, 그 늙은이보다 더한 양심 찾고 애국자도 되겠다! 제에기, 제에기랄! 지금 같애서야 왜놈 아니라 왜놈의 할애비라도 좋다! 우리 식구 먹여만 살려준다면, 이 나이 해가지구서 기저귀 차는 어린것부터…… 생각만 하면 눈앞이 캄캄한데 그것 찾고 이것 찾고, 언제? 우리가 잘못해 나라를 잃었나? 빌어먹을, 참말이지 사람이라도 잡아먹고 싶은 심정이다!"

마맛자국만큼 굵었던 땀구멍도 졸아들고 검버섯이 핀 얼굴이 푸릇푸릇하다. 설렁한 날씨 탓이겠지만 울분, 누구에겐지도 모를 분노 때문에도 그런 성싶다.

객줏집을 찾아갔을 때 권서방은 조급했을 뿐이었다. 공노인이 아직 오지 않았으리라는 짐작도 했었고 땅 사자는 사람이 성화를 부린 것도 아니었다. 다만 자기 혼자서 그냥 조급했을 뿐이다. 박복한 사람은 가로세로 뛰어도 별수 없다는 자신의 말, 그 말 때문에 권서방의 울분이 제물에 폭발한 것이다. 굳이 따진달 것 같으면 공노인이 권서방을 도와야 할 의무는 없는 것이고, 권서방 처신에 대하여 왈가왈부할 권리도 없는 것이지만, 그간 공노인은 그를 도와준 것이며 처신에 대해서 이러쿵저러쿵했었다. 그러나 이 몇 해 동안 이들의 관계가 약간 달라진 것이다. 한마디로 공노인은 권서방에 대한 관심뿐만 아니라 용정 형편에 도통 관심이 없어졌던 것이다. 그는 서울 조준구와의 싸움에 열중해 있었다. 처음 서희의 부탁을 받고 혜관을 따라 서울에 갔을 때 공노인은 자기 임무에 대해 자기 나름대로 이유와 정당성이 있었지만 어느새 공노인은 조준구와의 지략적(智略的) 싸움에, 싸움 그 자체에 빠져 들어 갔던 것이다. 미쳤다 해도 과언이 아닐 지경으로. 논문 서가 넘어올 때마다 공노인은 성(城) 하나를 공략한 쾌감과 나머지 성을 향한 용솟음 때문에 그는 자신이 노쇠해가고 있다는 것도 잊고 있었다. 그 일 이외 관심을 가졌다면 그것은 월선이 중한 병을 앓고 있다는 일이며 겨우 현상유지를 하는 객주업에 대해서도 무관심이었다.

얼마 가지 않아 권서방의 분노는 차츰 가라앉았다. 별도리가 없다는 체념이 그의 걸음걸이를 더디게 한다. 무슨 바쁜 일이 있는 듯 객줏집을 뛰어나오기는 했으나 별 볼일이 없었고 갈 만한 곳도 없었다.

'내 잘못이야. 늦장가는 왜 들어서 이 고생인고. 털고 일어서자 해도 딸린 식구가 없어야 말이지. 홀몸이라면 되든 안 되든 훌쩍 떠나서 고깃배를 타든지 광산일을 하든지, 그것도 못하면 길가 송장이 되면 그만 아냐? 이건 죽도 사도 못하고, 그 놈의 아이새끼들 생각만 하면 머리빡의 핏줄이 터질 지경이야. 겨울이 눈앞에 있는데 내 잘못이야. 늦장가는 왜 들어서,'

"아저씨 어디 가세요?"

권서방 앞을 젊은 여자가 가로막는다.

"뭐야?"

권서방은 퉁명스럽게 말했다.

"저를 모르시겠어요?"

"저라니?"

"아저씨도, 나 송애예요."

"아아니 뭐이라구?"

"그간 안녕하셨어요?"

"대관절 어찌 된 일이야."

"제가요? 왜요?"

상글상글 웃는다. 신수가 훤했다. 손목시계를 차고 금반지를 끼고 옷도 비단이다. 눈썹을 가늘게 치켜올려 그린 얼굴은 옛날의 송애를 연상할 수 없다.

"이거, 그래 그간 어디 가 있었지?"

"봉천에요."

"시집은 갔나?"

"글쎄요?"

"살기가 편해진 모양이구나, 아주 하이칼라가 됐네?"

"저라구 못살라는 법 있나요?"

눈에 날이 선다.

"그야 그렇지. 그래 객줏집에 오는 길이냐?"

"거긴 왜요? 제가 거길 뭣하러 가나요?"

"아아니이, 이 말하는 것 좀 보게나?"

"난 거기 볼일이 없어요."

"거기 볼일이 없다니? 이봐 송애."

눈을 부릅뜬다.

"말씀하세요."

"낳은 사람이 부모면은 길러준 사람도 부모는 부모야. 거기 볼일이 없다니? 네가 어떻게 해서 나갔는지 곡절이야 모르겠다만 그러는 게 아니야. 보아하니 썩 잘된 모양인데 개구리 올챙이 적 생각 안 하면 못쓴다."

"실컷 부려먹구, 나 그 집에서 공밥 안 먹었어요. 그리고 난 빈 몸으로 나간 거예요. 그 사람들한테 신세진 것 없어요. 공연히 모르는 말씀 마세요."

쌀쌀하기가 이를 데 없다.

"네가 자란 이력을 내가 아는데 내 앞에서 그런 말을 해? 에키! 순, 잔말 말구 술 한 병이라도 사 들고 찾아가아. 사람이 은혜는 알아야지. 아무리 철이 없기로서니."

"그런 얘기는 그만두시구요. 듣고 싶지도 않으니까. 그보다나 아저씨하고 의논할 일이 있어요. 찾아가 뵐려고 생각던 참이었는데 마침 잘 만났네요. 다름이 아니라 집 칸이나 장만해볼까 싶어서요."

"그만두어. 한다는 얘기가 괘씸하기 짝이 없구나."

화를 낸다.

"아저씨한테 이득이 되는 일인데 왜 그리 화를 내죠? 객줏집에서 먹여 살려주나요?"

"이득이 된다구?"

"구전이라도 받을 거 아니에요. 누가 공짜로 해달랬어요."

"야, 야아! 이 계집애야! 네까짓 것 구전 안 먹어도 이 권필구 굶어 죽진 않아. 앞길이 먼데 복장을 그따위로 써가지고 빤하다 빤해. 몹쓸 기집애 같으니라구."

퉤! 침을 뱉은 권서방, 송애를 떼밀어내고 걷는다.

"흥, 계집애? 세월 가는 줄 모르고 사는구먼."

"그래, 그새 세월이 오십 년 백 년 지나갔다! 이 할망구야!"

권서방, 퉤! 퉤! 또 침을 뱉는다.

'제에기랄! 오늘은 연달아 화나는 일만 생기는군. 제에기랄!'

왜놈 아니라 왜놈의 할애비라도 좋으니 우리 식구 먹여만 준다면…… 방금까지 그랬었던 권서방이다.

"참 세상이 더럽고나야. 이마빡에 피도 안 마른 것이, 새파랗게 젊은것이 만리장성 같은 앞날을 두고, 내 나이 오십이 넘었어도…… 무섭군. 세상인심 무서워. 하아 참!"

탄식한다. 다음 권서방이 찾아간 곳은 갖바치 박서방의 가게다. 손바닥만 한 점포에서 박서방은 신발을 짓고 있었다.

"바람 한번 잘 불었군요."

가죽 신발 한 짝을 신틀에 끼워놓고 징을 박으면서 박서방이 말했다.

"샛바람이 불고 있는데 뭐라?"

"샛바람? 그건 또 왜요?"

"온갖 게 다 아니꼬워서 못살겠네. 속이 부글부글 끓는다."

"젊은 마누라한테 혼짝났구먼."

"돼지 꼬리만 한 상투라도 있었다면 혹 모르지. 누구처럼……."

권서방은 엉성하고 성근 박서방의 상투머리를 곁눈질하며 성난 얼굴로 말했다.

"하긴 잘 생각했어요. 형님 상투 짤라버린 건 썩 잘한 일이었지. 봉변을 덜 당할 테니까. 우리 마누란 상툴 끄덕이재두 늙어빠져서 그럴 힘이 없소."

약을 올리면서 박서방은 끌을 찾아 든다. 권서방은 삿자리가 깔린 바닥에 엉덩이를 붙이고 앉는다.

"지랄 같은 세상. 나도 진작, 누구처럼 엿판이나 메고 용정을 떠나는 건데……."

"배꼽 웃을 얘기 하지도 마시오. 홍가 같은 놈도 돌아왔는데……."

"언제?"

"그저께 왔다던가."

남한테 이용만 당하고 빚만 지게 된 홍서방이 엿판을 짊어지고 용정을 떠난 지가 이 년이 넘었다. 그 홍서방이 돌아왔다는 박서방의 얘긴 것이다.

"돈 좀 벌어왔나?"

"물으나 마나, 무슨 돈을 벌어요? 홍가 허풍이야 세상이 다 아는 일이구. 엿판 메고 다니면서 돈을 벌었다면 그건 누웠던 송장이 일어날 일이오."

"그야, 엿판 메고 나갔지만 딴 일도 할 수 있는 거구……."

"혹 모르지요. 가다가 금덩이나 줏었다면,"

"흥, 돌아오는 사람이 왜 그리 많아? 떠난 사람이 돌아오는 철인가?"

권서방의 기분은 여전히 우울하다.

"누가 또 돌아왔기?"

박서방은 일손을 놓고 곰방대를 꺼낸다.

"그 왜 객줏집의……."

말을 끝내기도 전에,

"아아 데려다 길린, 그 애 말이구면. 아주 몰라보게 됐던데요?"

"으음……."

"닷새 전인가? 당혜 한 켤레 지어달라고 왔었는데, 나도 처음 몰라봤지요. 땟물이 쪽 빠졌더만. 거 아무래도 온당치 않을 게요."

"아 글쎄 고년이 내가 객줏집엘 가느냐 물었더니 거긴 왜 가느냐, 볼일이 없다, 그러질 않겠어? 배은망덕도 유분수지. 자식 없는 늙은이들 자식 삼아 기른 것을 내가 뻔히 아는데 세상에 그럴 수가 있나?"

"아닌 게 아니라 나도 좀 이상하다는 생각이 들긴 들더구면. 무슨 원한이 있는지 모르지만,"

"그 늙은이들 심성 몰라서 하는 얘긴가? 그년이 바람이 나서 나갔지."

"하여간 여염집 여자는 아닌 것 같고 그렇다고 술집 여자도 아닌 것 같고 뭐 봉천에 가 있었다던가?"

"뻔하지."

"뻔하지요."

"돈푼 있는 놈 물어서 첩살이 아니면 지가 무슨 재주로 시계다 반지다."

"상판은 반반하니까. 기명통에 손 안 당구고 살자면, 그런 길밖에 없었겠지요."

하는데, 사내 하나가 바쁜 일이라도 있는 듯 헐레벌레 들어선다.

"아아니, 이 사람 홍가 아닌가?"

"어이구, 이거 누구요? 오래간만이구먼."

홍서방은 머리를 긁는 시늉을 한다.

"호랑이도 제 말 하면 온다더니……."

박서방은 곰방대를 발밑에 떨고 일손을 잡는다.

"이 년 넘기, 많이 늙었네?"

"세월이 꺼꾸로 돌지 않는 바에야 안 늙고 어찌겠수. 형님도 많이 늙었수다."

"그래 돈 많이 벌었다면?"

"또 저놈의 박가, 쫑알거렸구먼."

"흥, 그게 참말이라면 오죽이나 좋을까? 떨어진 밥풀이라도 줏어먹게."

"알기는 아는구면. 내 잘되면 덕 보는 것쯤."

"홍가가 돈을 벌었다면 나는 벌써 옛날에 돈방석에 앉았겠다아."

"혀는 짧아도 침은 길게 뱉는다."

"아암. 엿판 메고 돈 벌어왔다는 놈도 있는데, 그까짓 침 좀 길게 뱉기로서니."

"아아니, 이놈의 인사가 누굴 바람 따라 굴러온 가랑잎 신세로 아나?"

홍서방의 어투가 삐딱해진다.

"망망대해서 오가도 못하는 철새 신세지."

"꼬막딱지만 한 점방에서 남의 밑창이나 꿰매주는 갖바치 신세 안 부럽구면."

"그럴 거야. 저승에 먼저 가서 재상 노릇 할 테니까."

"누굴 굴리는 거야?"

"엿가락도 아니겠고 거적을 쓰면 굴릴 수도 있겠지."

홍서방의 얼굴이 벌게진다.

"내가 네놈한테 밥 달랬나? 얻어먹으러 왔냐?"

"화내는 것부터가 수상쩍어. 기어들어온 놈이 고갤 숙여도 뭣할 텐데 뭣처럼 대가릴 치켜들어? 그래가지고는 홍가야, 밥 빌어먹기 썩 글렀다, 썩 글렀어."

"뭣이 어쩌고 어째? 너 이놈! 말 다 했냐?"

홍서방이 주먹을 휘두를 기세다.

"아아, 왜 이래? 노상 하는 친구 간의 가락인데,"

권서방이 막고 들어선다.

"말 다 안 했지. 아직 할 말이 많이 남았다."

박서방은 태연하게 연장통을 뒤적이며 줄을 찾아내어 신발 모서리를 쓸기 시작한다.

"야 이놈아! 밥 빌어먹기 썩 글렀다구? 사람을 뭘루 보는 게야! 네깟 놈이 날 업수이 보아? 꼬막딱지만 한 점방 하나 생겼다구 도실청에 오른 성싶냐! 이 개새끼!"

치려고 덤비는데 권서방이 팔을 꽉 잡는다.

"이 사람이 왜 이래? 안 하던 짓을 하는구먼."

"놔요!"

권서방을 뿌리치려 하자 박서방은 줄을 던지고 일어섰다.

"이놈아 정신차려!"

소리를 지른다.

"뭣이 어째?"

"노상 몸이 성할 줄 아냐? 피래미라도 열 마리 잡으면 중고기야! 되지도 않을 고래 잡을 생각만 하구서, 판판 생일은 굶고 넘기면서 생일 잘 먹을 생각만 하고 이틀 굶는 놈이 바로 네놈이다!"

"굶거나 말거나 웬 참견이야! 네놈 참견을 왜 내가 받누. 오사(誤死) 죽음 할 놈 같으니라구."

"다 친구 생각해서 하는 말인데 화낼 것 없네. 자아 앉으라
구. 앉으라니까."

권서방은 억지로 홍서방을 눌러 앉히려 한다. 못 이긴 척
물러서며 홍서방은 길을 향해 침을 뱉는다.

"더러워서. 되지 못한 것이 사람 괄시하는구면."

한결 누그러진다.

"옛말에도 영에서 매 맞고 집에 와서 계집 친대더라."

"네놈이 계집이야! 계집이냐구! 하기야 쓴 물 단물 다 빠진
늙은 쥐새끼 같은 놈이니까 계집보다 나을 것이 없지."

욕설을 하면서 홍서방은 계면쩍게 웃는다. 웃는 얼굴을 힐
끗 쳐다본 박서방 던진 줄을 찾아 일자리에 앉으면서,

"내가 네놈 계집 같으면 벌써 옛날에 쓸모없는 그놈의 연장
뽑아버렸을 게야."

"흥, 계집같이 입만 살아서."

"제수씨 물이 눅어 그렇지."

권서방이 껄껄 소리 내어 웃는다.

"닭싸움이군. 그런데 싸움이 끝나면은 그 왜 화해주란 거
있잖은가? 듣자 하니 홍서방 돈 좀 잡은 모양인데 이럴 때 인
심 쓰는 게야."

"그, 그야……."

풀이 죽어 우물거리더니 무슨 생각이 났던지 벌죽 웃는다.

"허허어 참, 형님두 하루만 기다리슈. 내 떡 벌어지게, 예일류 요릿집에서 기생 불러다 놓고 떡 벌어지게 한턱하겠소."

"에키! 순, 이 능구렝이야. 곧 죽어도 돈 없단 소린 못하는군. 그나저나 세월은 가고 동지섣달 단대목같이 저승길은 다 가오는데 아직도 끼니 걱정이라, 이거 이래가지고 정말 안 되겠는걸?"

자탄하며 거리를 내다보던 권서방,

"여보게들, 저기 안깐이 온다."

홍서방과 일하던 박서방이 동시에 거리 쪽을 내다본다.

"용정 사람들 노망한 게야. 저렇게 당당한 신살 보고 안깐이라니, 허허어허……."

권서방은 맥빠진 웃음을 웃는다.

거리에는 배가 나와서 그렇지 당당한 초로의 신사 한 사람이 개화장이란 것을 짚고, 뽐낸 몸짓으로 걸어오고 있었다. 중절모자를 눌러쓰고 회색 춘추 코트를 입고 코밑의 소위 카이젤 수염이란 게 엄숙하다. 시천교의 간부며 열렬한 친일파 남비산(南飛山)이란 사람이다. 이때 어디선지 왜병이 탄 말 한 필이 질풍같이 달려왔다. 남비산 옆을 아슬아슬하게 스쳐가는데, 순간 남비산의 몸이 기운다. 길 위에 나자빠지는가 싶더니 용케, 나온 배 덕을 보았는지 몸의 균형을 잡는데 얼굴은 홍당무, 번쩍 쳐들었던 손의 개화장이 그냥 허공에 떠 있다. 그 모습은 개화장을 든 채 만세를 부르는 꼴이다.

"으하하핫…… 으하하핫……."

신전에 앉은 세 사나이 입에서 동시에 폭소가 터진다. 남비산은 울 듯이 입을 비죽거리다가 팔을 내리고 개화장으로 땅을 짚으며 눈알을 굴린다.

"으흠―."

큰기침을 한다.

"으하핫핫…… 하핫핫……."

세 사내는 다시 목청을 합쳐서 웃어제친다.

"고얀 놈들!"

남비산은 개화장으로 삿대질을 하다가 종종걸음으로 가버린다.

"아이구 배야! 으하하핫, 아이구 배꼽 터지겠네."

남비산을 왜 하필이면 안깐이라 하느냐, 남비는 왜말로 나베요, 산은, 정확한 발음으로 상이지만 씨나 혹은 님, 그러니까 남비산은 남비님 왜말로 'お鍋さん', 아낙을 부엌데기로 낮추어 말한 속어다. 그러니까 이곳 말로 안깐이 되는 셈인데 그런 별명으로 불리어지는 남비산이 용정 주민들에게 미움과 경멸의 대상인 것만은 틀림이 없다.

"우리네 홀쭉 들어간 이 배가 웃음 때문에 지금 터질 지경이지만, 그놈의 뚱뚱이 배는 보통 조화를 부리는 게 아니라구. 으허헛헛핫핫……."

박서방이 또 웃어젖힌다.

"어떻게?"

권서방이 묻는다. 박서방은 줄을 든 채 일어섰다.

"이렇게 배를 쑥 내밀고, 개화장이 도리깨질을 하며 걷다가……."

"아아, 그거 틀렸다. 이렇게 이렇게……."

좁은 점방 안에서 이번에는 홍서방이 배를 쑥 내밀고 개화장 흔들어대는 시늉을 한다.

"아이구 배야! 아이구—."

하며 권서방이 웃는다.

"그러다가 왜놈 순사만 얼씬했다 싶으면 그놈의 배 간데온데가 없어진단 말씀이야. 왜말도 못하는 주제에 대가리는 연신 떡방아를 찧어대고……."

"실속이 없는 게지. 진짜 놈들은 엎어치고 메치면서 속 차리고 협조하고, 저눔의 개화장은 말짱 헛거야."

권서방 말에 홍서방이,

"도대체 그놈의 개화장이란 뭣인고?"

"뭣이긴, 개화장이지."

"허허 개화장을 뉘 몰라서?"

칠 듯이 으르렁거리더니 언제 그런 일이 있었느냐는 듯이 홍서방은,

"가만히 생각해보면 그렇지 않아? 개화장이고 개뿔이고 다 같은 막대긴데 그러니까 지팡이다 그거 아니겠어? 안 그래? 내

가 이상히 여기는 것은 사대육부 멀쩡한 놈이 먼 길 가는 것도 아닌 터에 그걸 휘두르고 다닌다 그거야. 지팽이라는 것은, 본시 눈 어두운 사람, 늙어서 다리에 힘 빠진 사람들이 짚는 게야. 또 있지. 수백 리 먼 길 가는 사람, 험한 산길 가는 사람이 그걸 들고 다닌다 그 말씀이야. 그리고 동냥 얻으려 밤낮 쏘다녀야 하는 중놈이 드는 거구, 아이고대고, 빈 창자 움켜쥐며 곡을 해야 하는 상주, 그러니까 좋을 것이 하나도 없는 것인데 모자 쓰고 양복 입고, 구두 신은 놈들 엎어지면 코 닿는 곳엘 가도 개화장이라. 모자 쓰고 양복 입고 구두 신은 양놈들은, 그러면 모두 양기 부족이다 그런 얘기가 되지 않겠어?"

"지랄 같은 소리."

"그 말은 맞네. 지팽이라는 건 대체로 장님이나 늙은네 거지들이 드는 거니."

권서방이 홍서방 말에 동의하고 박서방은 연장들을 밀어붙이며 일어선다.

"나 잠시 나갔다 올 테니 점방 좀 보라고."

접은 등을 펴면서 나간다.

권서방과 홍서방은 하던 얘기가 뚝 잘린 기분이다. 웃음과 객담 뒤에 오는 허무와 절망 같은 것이 두 사람의 가슴을 적신다. 울어도 시원찮을 텐데 뭐가 좋아서…… 두 사람은 다 같이 마음속으로 중얼거린다.

"형님."

"왜."

"형님은 살기가 어떻습니까."

"나앉은 거지가 도신세 걱정하누만."

"그렇게 되는구면요."

"하기야 피장파장, 우리 같은 어정개비가 큰일이라……."

"듣자니까 길서상회 댁에 마차가 있다는데……."

"짐마차?"

"그건 전부터 있었던 거구, 내가 용정 떠나기 전에 마차 한 번 끌어보지 않겠느냐, 말이 있었지요. 그걸 마다하고 떠났는데 이번에 오니까 그 댁 식구들이 타고 다니는 마차가……."

"그거라면 끌어보겠다 그 말인 게로군."

"내가 차마 찾아갈 순 없고 공노인이 계신다면……."

"그 늙은인 말도 말어. 함흥차사야. 그 늙은이 기다렸다간 목 뿌러진다."

"……."

"헛소문인지는 모르겠으나 길서상회 그 댁 조선으로 돌아간다는 얘기도 있어. 창고 뒤의 공지를 팔려고 내놨다는 것은 확실한…… 그래서 나도 공노인을 일각이 여삼추라 기다리고 있는 판이지."

"그래요?…… 용정 바닥의 돈 싹 쓸려가겠소. 땅이다 집이다 팔고 가면은…… 그래서 공노인 조선출입이 잦구면요."

"아마……."

"오나가나 돈 있는 사람이야 무슨 걱정이겠소."

"하여간에 되는 놈은 엎어져도 금가락지가 코에 걸리니까. 그 집은 이번 전쟁통에 무지무지하게 또 벌었지."

"어떻게요?"

"그 집에서 두류(豆類)를 많이 취급하긴 옛날부턴데 생각해 보면 눈이 밝고 꾀가 많았던 게지. 허기야 밑천이 든든하니까 그 짓도 했겠지만, 다른 곡물에 비하여 아무래도 두류는 수량 이 적다 그거야. 그걸 몽땅 사서 혼자 차지…… 남이 안 가진 물건값이야 마음대로 아니겠어? 헌데 이번 난리통에 어찌 되 었는고 하니, 강낭콩 완두콩 한 섬이 많아야 칠팔 원…… 그 게 글쎄 이십오륙 원에서 삼십 원까지 세 배 네 배로 치솟았 거든. 하 참! 그러니 그 장사가 어찌 됐겠어? 갈구리로 마구 돈을 거둘 수밖에. 강낭콩 완두콩은 코쟁이들이 좋아 먹는 거 라나? 멀리 미국 영국으로 나간다는 게야. 하여간에 되는 사 람은 엎어져도 코끝에 금가락지가 걸린다니까."

"구만리 밖의 얘기 들으나 마나……."

"공노인이 돌아오면 내놨다는 땅이나, 그것만 흥정 붙이면 그럭저럭 겨울은 넘기겠는데 글쎄……."

"공노인은 번질나게 조선을 드나들면 무슨 부가 있소?"

"그 늙은이야 뭐 미쳤지 미쳐. 요즘에 아주 유식해져서 에 헴! 자고로 사람이란 어쩌고저쩌고 천년 묵은 여우가 다 돼간 다."

"홀몸만 같애도 제에기이, 여기 올 것도 없이 아주 멀리 날라버리는 건데."

"입 하나 더 보탠 거지. 자네가 떠돌아다니는 새 식구들 굶어 죽진 않았어. 사는 거야 기막혔지만."

"그건 빈말이 아니오."

두 사내는 우두커니 서로 바라본다. 뾰족한 수가 없다. 한해, 두 해 책장 넘기듯 쉽게 가버리고 설마 설마 하며 보낸 세월 배불리 먹은 일 별로 없고 일 안 하며 놀아본 것도 아니지만 이들 눈앞에는 황혼의 서리가 내리고 있는 것이다. 길서상회 그 집을 지을 때만 해도 이들은 퍽이나 낙천가들이었다. 어설픈 도방 출신, 땅에도 사람에게도 매이기 싫어한 기질 탓으로 여름 한 철 노래 부르지 않았건만 겨울 베짱이 신셀 면할 수 없게 된 것이다. 덩치는 큰 것이 오히려 더 을씨년스럽다.

권서방이 아침에 집을 나올 때,

"이보우 돈 있으면 몇 닢 주옵게나. 이불, 솜이 돌뎅이 같아서리 타오잖고 앙이 되었겠슴. 겨울으 어찌 날까 심란하답매."

젊은 마누라가 뒤통수에다 대고 말했다. 아저씨한테 이득이 되는 일인데 왜 그리 화를 내죠? 송애가 던진 말이 울린다. 귓가에서 자꾸만 울린다. 홍서방은 혼자 주절거리고 있었다.

"연해주에 가서 고깃배를 타보았는데 안 되겠더군. 물이 무서워서, 도무지 물이 무서워서 꼼짝할 수가 있어야 말이지. 배라곤 나룻배 말곤 타본 일이 없었거든요. 처음부터 늦었다고 하는 것을…… 별수 있어요? 미역국이지. 몇 해 전에 용정서 함께 막일을 하던 막둥이 놈, 그놈도 배 타는 게 어설퍼서 쩔쩔매는걸…… 그래도 젊은 놈이니, 이제 우린 해먹을 것이 없어."

우리라고 했으나 권서방은 잠자코 있다. 자긴들 거간 아니면 무엇을 할 것인가.

"이제 제법 설렁해지는군."

박서방이 술병을 들고 들어온다.

"그게 뭐야?"

"보면 몰라?"

"술 들었냐? 아니면 맹물이야?"

"술이다! 네놈이 화해 술 안 사오니 내가 사왔다 왜?"

"술도 못 처먹으면서…… 되놈이 맹물 부어준 건 아닌지 모르겠네."

중얼거리듯 그러나 홍서방 눈에 눈물이 핑 돈다.

점심에 먹고 남은 김치와 풋고추 졸임을 꺼내놓고 술잔으론 밥그릇 뚜껑에 물대접을 내어놓는다.

"형님, 우리 듭시다."

두 사내는 엉거주춤 등을 꾸부리고서 찌꺼기 같은 값싼 술을 허겁지겁 마신다.

"지금 오면서 공노인댁 양딸로 있던 그 앨 또 만났구먼."

"뭐라구 해?"

권서방은 아까와는 사뭇 달랐다. 아저씨한테 이득이 되는 일인데 하던 말이 단비같이 마음 바닥에 스며들고 있었다.

"뭐라 하긴요. 어떤 사내하고 함께 가는데 그 애도 영 온당 찮어. 이마빡의 제비초리 하고선 사내 몇 잡아먹을 걸."

"사내가 뻐드렁니에 돼지 상 아니던가?"

"제법 곱상하게 생겼던데? 뻐드렁니에 돼지 상이랄 것 같으면 왜 그……."

"이상한 놈이었지. 송애가 객줏집에서 나간 것도 그놈 때문인 모양인데……."

하면서도 여전히 권서방 귀에는 아저씨한테 이득이 되는 일인데, 그 말이 맴을 돈다. 홍서방은 그들 대화에는 전혀 관심이 없다.

"형님 술 안 드시겠소?"

"들지."

4장 예감

마차가 있었지만 가까운 거리였으므로 서희는 인력거를 타고 집을 떠났다.

'마음이 왜 이리 소란스러운지 모를 일이야.'

서희는 눈을 감는다. 뭉게구름같이 뭉게뭉게 피어오르는 정체 모를 근심은 벌써 달포 가까이 서희를 어지럽혀온 터이긴 했다. 실상 정체를 전혀 모른다 할 수만도 없는 근심인 것이다.

'서두는 게야.'

얄팍한 입술을 굳게 다무는 서희의 눈빛이 날카로워진다. 마음이 그럴 때는 서둘러야 한다는 것, 보다 결연히 단안을 내려야 한다는 것, 이미 내디딘 걸음이 비틀거려서는 안 될 것이며…… 서희에게는 모든 일이 뜻대로 어김없이 아니 예상 이상으로 된 것이 사실이다. 다만 마무리가 남아 있을 뿐, 강남으로 가는 제비처럼 날면 되는 것이다. 자식 둘을 앞세우고 날면 되는 것이다. 그런데 왜 이리 허한가. 때때로 마음 밑바닥에서 거슬러 오르는 설렁한 냉 바람은 무슨 까닭인가. 전신을 떨게 하는 춥고 적막한 바람 앞에 그냥 주저앉아버리고 싶어지는 그 까닭을 서희가 왜 모르겠는가. 내내 외면해왔었다. 보이지 않게 가로질러진 벽을 서희는 무던히도 둔하게 느끼지 않는 듯 외면해왔었다. 그런데 그것을 이제는 외면할 수 없는 지경에 이른 것이다. 과연 길상은 처자와 더불어 조선으로 돌아갈 것인가. 인력거에 흔들리면서 서희는 무릎 위에 가지런히 놓인 자신의 손을 내려다본다. 길상은 조선으로 돌아갈 것인가. 아내의 경우는 그렇다 치고 두 자식의 끈질긴 핏줄을 설마 외면하기야 하려고. 다짐했으나 대단히 자신 없는 일이다.

'어쩔 수 없는 일, 나는 가야 해. 돌아간다는 것은 이미 정해진 일이 아니냐. 십 년 동안 이를 갈았다. 아니 십오 년 동

안 이를 갈았다. 원한에 맺힌 세월을, 원한대로였다면,'

원한대로였다면 밤낮으로 이를 갈아 이빨 하나 남지 않았을 것이란 생각을 한다. 남지 않았을 것이다.

'돌아간다! 돌아가서 조가 놈! 홍가 그 계집! 마지막 살에 붙인 내의까지 벗게 할 테다! 내 소망은 바로 눈앞에 와 있어. 내 주저할 이유가 없지 않느냐?'

서희의 양 볼이 파라랗게 질린다. 증오와 저주의 바다다. 조준구와 홍씨의 두 물기둥이 솟아오른다. 연속적으로 최참판댁을 엄습해왔었던 불운의 씨앗들이 두 물기둥 둘레에서 맴을 돈다.

'어찌 너희들이 넘보았느냐. 어찌 너희들이 강탈하였느냐. 어찌 너희들이 감히 오욕을 끼얹을 수 있었더란 말이냐. 나는 돌아간다! 그이가 돌아가지 않는대도 나는 돌아간다! 그것은 애초부터 말없는 약속이 아니었더냐? 그것은 엄연한 약속이다. 이제 내 원한은 그이의 원한이 아니며 그이의 돌아갈 이유도 아닌 것을 안다. 왜? 왜? 왜 내 원한이 그이 원한이 아니란 말이냐! 남이니까, 내 혈육이 아니니까.'

서희 심중에 경풍(驚風)이 인다. 자기 뜻한 대로 자기 소망대로, 그것이 되지 않을 때 이는 어릴 적의 그 경풍이다. 양 볼은 더욱더 푸르게 질린다.

'내 인내는 그이를 위한 인내가 아니었다.'

숨을 돌리듯 서희는 자신의 현장으로 돌아간다. 무조건이 있을 수 없는, 세월에서 터득한 판단이 그의 경풍을 잠재운 것이다. 판단, 서희의 소망과 서희의 가진 것 그 모든 것을 잃지 않는 이상 길상은 길상 자신을 잃을밖에 없다는 판단이었다. 양반도 아니요 상민도 될 수 없었던 김길상, 남편도 하인도 될 수 없었던 김길상, 부자도 빈자도 될 수 없었던 김길상, 애국자도 반역자도 될 수 없었던, 왜 김길상은 허공에 떠버렸는가. 그것은 서희의 가진 것과 서희의 소망의 무게 탓이다. 시초, 치열한 소망과 기득권에 대한 절대적인 가치관 때문에 휘청거렸지만 최서희는 기왕의 자리에서 떠나지는 아니했다. 그러나 이제는 그 무게에 최서희는 눌리어 떠나질 못했다. 그 무게는 소망과 가치관의 약화와 반비례하여 가중되어왔다. 이제 무게는 완벽하다. 그렇다. 떠나는 일만이 남아 있는 것이다. 마상에 상전 아씨를 싣고 말고삐를 잡으며 가는 하인이 아니고서는 돌아가지 못할 길상의 문제가 남아 있다. 서희에게 그것은 처절하고 절체절명의 판단이다. 아이 둘이 아비의 옷깃을 잡아주리니 그 희망에 기대를 걸지 못하는 것도 자신이 애소하지 못하는 것도 그 판단 때문이다. 파아랗게 질렸던 서희 얼굴에 핏기가 돌아오고 평정으로 돌아간다. 무릎 위에 놓인 자신의 손을 내려다본다. 별안간 인력거가 전후로 강하게 흔들렸다.

"무시기! 어째 이럽매!"

차부 천서방이 고함을 질렀다.

"아아니! 뭣이 어째?"

앙칼진 여자 목소리가 뒤쫓아 울렸다.

"어째 가는 인력거 앞에 달기드는 기야!"

"달기들어? 이게 성한 사람이야? 가는 사람을 딜이받고서 무슨 개수작이지?"

"앙이 이 간나아! 사람으 잡아묵는당이? 꿈꾸다 나왔니야!"

"간나아랑이! 어디다 대구 함부르, 이놈아! 눈깔이 멀었냐! 네놈 눈에 내가 간나아로 보이니?"

여자가 달려들어 멱살을 잡으려는 기색이다.

"이거, 이거! 하 참, 기가 차서 말으 못하겠다이."

여자 팔을 뿌리치는 모양이다.

"아 모두들 보았잖앴슴? 이 안깐이 덤벼들었지비?"

구경꾼이 모여든 것이다. 와글와글 소리가 요란하다.

"손이야 발이야 빌어도 내 가만히 안 둘 것인데 아아, 글쎄 이게 뒤질려고 이래? 응? 가는 사람을 딜이받아 놓고 뭐 어째? 너! 너 다리몽댕이 성할 줄 아냐?"

"이거 참말입지, 마른하늘 울잴까?"

"천서방, 시간 없네."

인력거 안에서 서희가 말했다.

"옛꼬망. 내 니르 죽이주잖은 거 고맙기 생각하랑이."

천서방이 인력거 손잡이를 드는데,

"곱게 갈 줄 아냐? 사람을 치어놓고 욕설까지, 가긴 어디루 가아!"

인력거가 또 흔들린다.

"이 쌍간나아! 비키지 못하니야!"

"쌍간나아? 어느 놈 집구석의 종놈인지 모르겠다만 자손 대대로 종질할 이놈아!"

"가는 차에 뛰어들고서리 미친 지랄 혼자 한답매."

"천서방, 안 가고 뭘하는 게야."

"이 간나가 못 가게서리 막지 앙이합매까?"

비로소 서희는 인력거의 가리개를 젖힌다. 예상한 대로 악 쓰는 여자는 송애였다.

"거기 좀 비켜줄 수 없겠느냐?"

"뭐라구요?"

송애 입가에 경련 같은 웃음이 떠오른다.

"비켜줄 수 없겠느냐 했느니라."

똑바로 송애를 쳐다본다. 구경꾼들의 눈이 일제히 서희에 게 쏠린다. 투명한 얼음조각이다. 푸르고 아름다운 비수의 날 이다. 그리고 고귀한 학 한 마리. 구경꾼들은 다음 벌어질 광 경에 숨을 죽이며 지켜본다. 송애는 잠시 비틀거리듯, 가까스 로 중심을 잡는다.

"비켜줄 수 없다면요? 어쩌시겠어요 마님."

"……."

"타고 다니는 양반만 사람이지 걸어다니는 우리네 상것들은 사람이 아니다, 설마 그렇게 생각하시는 건 아니겠지요? 마님."

구경꾼들을 염두에 두고 한 말이다.

"거기서는 친일파로 명이 나신 모양인데 이쪽에도 고래 심줄만큼이나 튼튼한 뒷줄이 있답니다. 하늘 밑에 머리 둔 사람*이 어디 당신네들뿐인 줄 아셨소?"

계속 지키는 서희 침묵이 송애에겐 기분 나쁘다. 초조해지기 시작한다.

"사람을 치고 욕설까지 하고 그냥 보낼 순 없어요. 나도 왜헌병 나으리의 여편네니까요."

"무시기, 저 안깐 왜헌병 여편네라?"

"지금 제 입으로 말하지 않았슴?"

"저게 객줏집 양딸 앙입매까?"

구경꾼들 속에서 숙덕거리는 소리.

"송애야! 너 그러면 못쓴다아?"

드디어 구경꾼 속에서 큰소리 하나가 튀어 올랐다.

"모르는 처지도 아닌데 그럴 수 있냐? 아까부터 내 보고 있었다. 부딪친 건 너 쪽이란 말이야. 일부러 찍자를 부리자 하는 건데 아서, 아서. 사람이 그럼 못써. 못쓴단 말이야."

"뭐라구요?"

송애가 인력거 손잡이를 움켜쥔 채 돌아본다. 거간 권서방이다.

"그렇답매! 증거가 있다이! 본 사람이 있는 기야!"

살았다 싶었던지 천서방이 소리 지르고 송애도 소리 지른다.

"남의 일 참견 말아요!"

"사람 변할라니 잠시, 너도 이젠 막돼먹었구나, 야아!"

"창자에서 소리가 꼬갈꼬갈 나는 가난뱅이 살판나겠네? 돈 푼이나 좋이 받겠구먼."

하다가 그쪽은 내버려두고,

"아무튼 그냥은 못 가! 땅에 엎디어 빌어도, 뭐 쌍간나아라 구? 이 새끼야! 인력거만 끌고 다니면 무법천지냐? 경찰서에 가서, 거기 가서 따지자!"

경찰서에 가자는 것은 진심이 아니었으며 애를 먹이자는 것이었는데 인력거에서 서희가 내려섰다. 수군거리던 구경꾼들이 잠잠해진다. 옥색 자미사의 춘추 두루마기, 미색 장갑을 끼었고 순백색 치맛자락이 물결친다. 고독과 고뇌와 멍에를 쓴 불행한 여인— 천부의 미모는 과연 자기 자신을 위한 행복은 아닐 성싶다. 자신의 미모로 하여금 행복을 느끼는 가엾은 천치가 아니면은 그 행복이 환상일 따름이요 기만일 뿐이다. 여자의 미모는 타인의 행복이다. 행복하리라 오해하는 뭇사람들에게 바수어서 나누어 주는, 가령 지금의 이런 경우다. 서희에게 집중되는 뭇시선들은 바수어서 나누어 가진 일순의 작은 행복을 맛보고 있는 것이다. 호기심과 흥미와 동경과, 자아, 그러면은 다음 어떠한 광경이 벌어져서 구경꾼들을 흡족하게 해줄 것인가. 미인은 노상 무대 위의 비극배우요 익살꾼은 무대 위의 광대다.

"타지."

나직한 음성이다.

"타는 게야."

송애는 당황하고 구경꾼들은 의아해한다.

"마침 그쪽, 영사관으로 가는 길이니 타고 가는 게야. 왜헌
병 부인께서 걸어가 되겠느냐?"

송애는 풀이 콱 죽으면서 낭패한 기색을 드러낸다.

"내가 왜 타요?"

뒷걸음질을 친다.

"내 발 있으니 걸어가겠소."

인력거 손잡이를 슬그머니 놓는다.

"하 참, 아니꼬워서……."

길가에 침을 뱉고,

"때리는 시어머니보다 응? 여보세요! 권간지 거간인지 하는
아저씨!"

하고 몸의 방향을 바꾸어버린다. 권서방은 어처구니가 없었
던지 허허허 하고 웃는다.

"되게 걸렸답매."

누군가의 말에 구경꾼들도 웃는다.

"마님. 타시옵게나."

해서 인력거는 떠나고, 송애는 권서방에게 시비를 건다. 그것
은 건성이며 일종의 무안수세인데,

"막돼먹었다구? 내가 막돼먹어서 누구 할애빌 붙어먹었나?"

오 년간의 험악했던 생활을 들내어놓는다.

"온당한 여자가 길가에서 가는 사람을 잡고 시빌 해?"

권서방은 시비상대가 안 되는 것을 깨닫고 화를 내지 않는다.

"그럼, 그럼. 시비하게 생겼지비. 헌병 나리 가물댁(마누라) 아입매?"

"밟혀 죽어도 말 못한단 말이오!"

"무시레, 인력거 떡 타고서리 가쟀구서?"

"아암! 친일파보다 헌병 나리 가물댁이 높다이. 송사하면 이길 것입매."

여기저기서 야유가 날아온다. 그러나 송애는 얼굴도 붉히지 않는다.

"비켜요, 비켜!"

구경꾼들을 헤치고 송애는 나간다. 뒤통술 치듯이 날아오는 웃음소리.

"뱁새가 황새 따라가자면 가랑이가 찢어지지, 찢어져!"

"되게 영광이겠궁, 왜헌병 가물댁이랑이. 허허헛, 허허헛헛……."

망신을 주기 위한 것이 도리어 자기 쪽에서 당하고 말았다. 타고 다니는 양반만 사람이지 걸어다니는 우리네 상것들은 사람 아니냐까지는 좋았는데 일본의 헌병 나으리 여편네에서 들통이 난 것이다. 으름장을 영 잘못 놓은 것이다.

왜헌병 여편네라는 말이 전혀 근거 없지는 않았다. 그러나 사실과는 약간의 차이가 있다. 오 년 전에 객줏집을 떠난 송애는 김두수를 따라 봉천까지 갔었다. 그곳에서 김두수는 귀찮은 짐짝을 버리듯 송애를 떨어뜨리고 떠났는데 떠나면서 두칠이라는 사내를 면대시켜 주었다.

"내가 돌아올 때까지 두칠이동생이 송앨 돌봐줄 테니까, 알았어?"

그러고는 너털웃음을 웃었다. 송애는 지금도 김두수의 그 웃음소리만은 기억하고 있다. 두칠이가 처음 송애를 데려간 곳은 카페였다. 송애는 많이 울었다. 그러나 김두수가 떠날 때 이미 버림받은 것을 예감하였고 자포자기 상태에 있었던 송애는 한편 카페라는 화려하고 새로운 분위기에 호기심이 없지도 않았다. 봉천은 용정에 비하여 말할 수 없이 큰 도시였으며 한때 여진의 서울이었던 만큼 신구 건물이 그득히 들어찼고 그 도시를 수없이 오가는 행인 속에 잘나고 멋진 여자들도 많았다. 처음부터 송애의 가슴은 설레고 있었다. 그러나 울었던 것이다. 얼굴이 반반했던 송애가 카페 여급으로 출발하여 전전한 곳은 다 그렇고 그런 장소였는데, 그렇고 그런 장소에서의 오 년은 수치심 없는, 자포자기한, 세상을 우습게 보는, 뻔뻔스럽고 거칠고 배짱 하나 대단하여 교활하고 가학적인 한 여자를 만들어내었던 것이다. 사내라면 모두 같은 개, 그 개의 본성을 이용하여 여자는 적당히 울궈내면 된다는 신조도 터득하기에 이른 것이다. 다소의 돈을 모으긴 했다. 최근에 와서 일본 헌병 하나를 알고 지내게 되었는데 그자가 송애에게 반하기는 반한 모양인지 술집에는 나가지 못하게 하고 생활비랍시고 돈을 갖다 주곤 했으나 결혼한 것도 아니며 결혼의 약속 같은 건 하지도 않았다. 술집에 나가지 않고 빈둥빈둥 놀게 된 송애는 사내가 오지 않는 밤이면, 자연 이일 저 일 생각이 많아지기도 했는데,

'집을 하나 살까? 이 돈 가지구? 어림도 없다. 이 봉천 바닥에 이 돈 가지고 살 집이 어디 있어. 그 새끼는 걷어차고 어디 중국놈 하나 잡아볼까?'

돌아누워 보지만 할 일 없이 낮잠만 자다 보니 밤은 길고 지루하기만 했다.

'아니야, 가만있자…… 용정 같으면? 살 수 있을 게야. 그러면 내가 용정에 간단 말이야? 아니지. 사서 세를 내면 되지 않겠어? 돈 더 벌어서 그것 팔아 보태고 하면은 큰 집 마련이 어려울 것 없지. 그리고 요릿집을 차리는 거야. 내 보란 듯이, 송애는 죽지 않았다고.'

공상은 공상을 낳아 드디어 결론을 내린 송애는 마음이 달떴다. 있는 대로 다 끼고 차고 걸치고서 용정에 나타났던 것이다.

'지랄 같은 말을 했지. 최가 계집이 친일파라고 소문이 자자

하던데 영사관에 볼일이 있어 가는 거야 빈말은 아닐 것이고 필시 웃대가리나 상대하지 피래미 같은 거야, 그래 내가 거기 갔더라면 내 꼴이 뭐가 되누. 나 땜에 그 새끼도 혼짝날 건데, 흥!'

하늘과 땅 사이만큼이나 아득하다. 아득할 뿐만 아니라 최서희에게 보복하리라는 계획도 없었다. 순간적인 일이었다. 순간적으로 심술이 났던 것이다. 저기 길서상회 인력거 간다는 행인의 말에 어디 한번 곯려주자는 기분이었던 것이다. 인력거 안의 사람이 길상인지 서희인지, 어느 쪽이거니 생각하고서. 왜헌병의 여편네라 한 것도 순간적인 착오였다. 그러면 일본 헌병의 여편네란 어떤 것이냐. 제일 밑바닥 색주가보다 못한 것이 일본인하고 사는 조선여자다. 그것도 지극히 드문 일이지만. 웃음소리도 들리지 않았고, 구경꾼도 없는 호젓한 길을 거니는 송애, 아무리 수치심을 잃고 배짱 하나 두둑해졌다지만 다른 곳 아닌 용정에서 그것도 긁어 부스럼, 처량하고 심란해질 수밖에 없다.

'모르겠다. 웃으려면 웃으래지. 조롱하고 욕하고, 그 이상 지들이 뭘 해? 욕이 살을 뜯고 들어가나? 이미 난 들내놓은 계집이야. 싯누런 상판들 하구서 구경이랍시고 모여든 꼴이라니, 막돼먹었건 온당찮건 그래도 난 네놈들보담은 배가 부르단 말이야. 웃어? 이 새끼들아! 웃고 싶은 건 나야, 나아! 지게 지고 서 있던 놈, 보퉁이 이고 서 있던 년들, 그래 인력거 타고 가는 년은 친일을 해도 좋고 걸어다니는 나 같은 년은 왜놈 계집년이니 죽일 년이다 그거지? 흥! 웃기지 마라. 인력거 타고 다니는 년은 갖다 바치지만 두 발로 걸어다니는 나는 이 나는 왜놈을 **뺏겨먹는다** 이거야. 병신같이 늙은 놈! 햇볕에 쭈그리고 앉아서 어느 놈이 술이나 안 사주는가, 어디 흥정거리나 없는가 하고 궁리나 할 일이지 주제넘게 뭐 그러면 못쓴다구? 못쓰기는 옛날 옛적에 못쓰게 됐다! 못쓰게 안 됐으면 지가 밥 먹여주어? 옷 입혀주어? 흥! 이래 사나 저래 사나 사람 한평생, 에라 모르겠다. 수틀리면 이곳에서 날라버리면 그만, 내 답답할 것 한 푼 없다구. 이 세상에 그것 달린 놈이 있는 한 밥 먹을 수 있고 옷 입을 수 있는 내 신세가 좀 좋으냐! 흥! 비단옷에 이밥 먹기론 최가 계집이나 나나 마찬가지란 말이야. 꿀릴 게 뭐 있누? 좋아하네 죽네 사네 그거 다 말짱, 말짱 헛거라구.'

속으로 쫑알거려보는 것이지만 심란하기론 마찬가지다. 여관 있는 쪽으로 발길을 돌린다. 명색뿐인 여관, 방 한구석에 댕그렇게 놓인 가방 하나가 그를 기다리고 있는 것이다. 수염자국이 까실까실한 왜헌병 나카지[中路]의 체취가 되살아난다. 여관방에 나카지라도 기다리고 있었으면 싶어진다. 봉천에 있는 자가 올 리도 만무하건만, 악질로 소문이 나 있지만 여자에겐 숙맥인 나카지였다. 구석진 여관방의 벌거숭이 전등이 생각난다. 그 벌거숭이 전등 밑에 우두커니 앉아 있는 나카지를 상상해 본다. 가슴에 쓰러져서 한바탕 울어버릴까? 아니야 실컷 아양을 떨고 즐거운 밤을 보내는 거야.

'미친년! 나카지 그 새끼하곤 머리카락 파뿌리 되도록 살 것 같애? 미친년! 그런 것 기대했던 것은 옛날 옛적 고릿적 얘기야. 왜놈이고 되놈이고, 아무라도 좋다 이거야. 살다가 송장 되면 버려주는 놈 있다면 말이야. 김두수! 그 죽일 놈! 어디서 뒤졌나? 개처럼 뒤진 것 아냐? 뒤져도 그놈이 옳은 죽음은 못했을 거야. 악독한 놈! 아마 그놈이 윤이병을 죽였을 게야. 김가 놈이 윤가 놈을 죽였다면? 흐흐흐…… 그건 썩 잘한 일이지. 그랬다면 말이야. 아암, 잘한 일이구말구. 그 쥐새끼 같은 놈 땜에 나도 김두수한테 당한 게야. 다 뒈져라! 다 뒈져! 김길상이 그 개새끼! 모두 개새끼다! 사내놈은 왜놈 나카지 놈도 개새끼야. 모두 다아, 세상의 사내놈들 다아!'

이름도 기억에 없는 사내들 얼굴이 눈앞에 풀쑥 솟았다간 자맥질하듯 사라지고 솟곤 한다.

'미친년, 여기다 코딱지만 한 집은 사나 뭘 하누. 집이고 대궐이고 공연한 미친 지랄이지.'

송애는 얼굴을 숙이고 풀이 죽어서 여관에 들어선다.

이 무렵 서희는 영사 집 내실에 와 있었다. 한 달에 한 번씩 용정촌에 거류하는 일본인 상류층 부인네들이 모임을 갖고 회식하는 날이다. 비공식적인 친목회라고나 할까. 막강한 국력을 업고 이곳에 와 있는 일본의 관공리와 거상(巨商)의 부인네들, 든든한 존재 같지만 실상은 그렇지가 못하다. 적막하기로 말한다면 이들이다. 아무리 국력이 막강하다 하여도 행정력이 미치지 못하는 용정에서 일본인 수효를 능가하는 조선인들의 사상은 배일 일변도, 일인을 백안시하기론 중국인도 마찬가지였다. 시시로 이는 정세의 불안과 유언비어의 범람, 그러나 그보다 더 큰 원인이 있다. 숫자상으로 볼 때 간도 전역에 거주하는 일본인은 칠백여 명, 그 반수인 삼백사오십 명이 용정에 있는데 남녀가 반반이다. 이 반수를 차지하는 여자들 대부분이 소위 작부, 창부 중에서도 아주 저질의 계집들이다. 여러 해 전 일본이 용정촌에다 임시 파출소를 설치하면서부터 관공서를 따라 어중이떠중이가 밀려들었을 때 이들을 겨냥하여 기생작부들이 몰려왔었고 가족을 동반하지 못한 일본인 관민들은 자연 이들에게 의존할 수밖에 없었는데 그 천하고 음탕한 언동은 조선인들 멸시의 대상이었다. 그 후 임시파출소가 없어지고 대신 영사관이 생기면서 일인들의 수가 줄어들었으나 자국인들의 유치작전으로 여러 가지 토목공사를 영사관이 일으켜 다시 일인들은 증가하여 오늘에 이르렀는데 역시 여자들의 대다수는 창부들이었다. 이런 사정 속에서 소수인 양갓집 부녀들의 외로움도 외로움이거니와 용정땅의 주민들은 고의적이든 아니든 이들 양갓집 부녀들까지 비천한 창부로 대하는 일이 비일비재하였다. 북극의 겨울은 길고 모든 것이 낯선 풍물 속에 거의 밀폐되다시피 한 몇몇의 부녀들이 모임을 갖는 것은 그럴 수 있는 일이긴 했다.

열 명이 못 되는 이들 회원 중 유일한 조선여자가 서희였다. 회원 중에는 이미 이곳을 떠난 사람도 있었고, 용정에 있는 사람 중 두 명이 불참하여 다섯 명의 여자가 지금 차를 마시며 담소하고 있는 것이다. 대개의 경우 서희는 이 모임에 참석한다. 이 같은 공개적인 친일행동은 서희의 계산에서 나온 것이다.

조선총독부에서 파견된 헌병장교의 처는 영사부인과 마찬가지로 양복 차림의 젊은 여자다. 갸름한 얼굴에 코가 길었다. 또 한 여자는 이마가 좁고 살결은 희었으나 무턱이다 싶게 생겼는데 곡물과 잡화 무역을 하는 쓰무라 양행[津村洋行]의 안주인, 여자는 황매 빛깔에 연둣빛과 흰빛의 잔무늬가 있는, 지리멘* 바탕의 기모노 그리고 연갈색과 남색이 엇섞인 하오리를 걸쳐 입고 있었으며 상당히 세련되고 교양 있는 분위기를 가졌다. 이들 중에서 연장자인 듯 우중충한 회색 계통의 기모노 하오리에 남색 오비를 맨 여자는 우편국장 마누라였고.

"그렇게 해주어서 우리 여자들 입장에선 좋긴 좋지만요."

쓰무라 양행의 안주인은 까르르 웃고 나서 다시,

"조선여자는 일본남자하고 결혼하는 일이란 거의 없지 않아요?"

하고 말했다.

"그건 틀립니다아. 일본남자하고 결혼 안 하는 게 아니에요, 일본남자가 조선여자하군 안 하는 거지요."

코가 긴 헌병장교의 처가 나무라듯 말했다.

"그럴까? 그러면 일본여자는 조선남자하고 결혼하는 사
례가 더러 있던데. 그러고 보면 이거 불명예 아니유? 남자의
정조관이 여자보다 훨씬 높다 그 얘기가 되니 말예요. 호호
홋……."

코 긴 여자 말이 막힌다. 그러나,

"그 그야, 첩으론 데리고 사는 일이 흔히 있겠지요만 여자
야 어디 첩을 거느리고 살 수 있나요?"

자기 한 말이 우스워졌던지 호호호오 하고 웃는다.

"술집이나 유곽의 여자 얘기겠지요. 나는 양갓집 딸의 경우,
일본남자와 결혼하는 일이란 거의 없지 않느냐는 거예요."

서희는 노상에서 행패를 부리던 송애 생각을 한다. 일본 헌
병 나으리의 여편네라고 뽐내는 송애, 그 자리에서는 철저하
게 묵살했으나 기분이 좋을 리는 없다. 그런데 또 이곳에 와서
송애 말과 관련 있는 얘기를 듣게 되니 이래저래 착잡하다.

"그거야 뭐 일본의 경우도 그렇지요. 양갓집 여자가 조선남
잘 따라 사는 건 아니지 않아요?"

"내가 듣기엔 그렇지 않아요. 조선남자는 화류계의 여자를
처로 맞이하는 법은 절대로 없다는 거예요."

"아아니, 쓰무라상. 무슨 말 하는 거예요? 당신 일본여잔데
그래 일본여잘 그리 깎아내리기예요?"

"깎아내린다는 것보다 나는 그 문제에 대해서 관심이 있어요."

"어머, 알고 보니 쓰무라상 당신 조선인 편이구먼. 그것 좀 곤란한 얘기 아녜요? 차라리 아이누족 편이라면 또 모르겠지만."

"그럴까?"

쓰무라 양행의 안주인은 실실 웃는다. 아이누족이란 일본에서 가장 이단시되고 혐오하는 일본 북방에 사는 종족이다. 서희는 그 모욕을 감내하고 앉아 있다.

"도시 그런 것에 관심한다는 게 우스워요."

"하여간 일본여자의 경우가 비율이 높다…… 그보다는 조선여자의 비율이 높은 편이……."

중얼거리는데,

"아아니 이분이, 집요하군요. 쓰무라상 당신 총독부에 보고서라도 내시겠어요, 아니면 그 문제 가지고 박사논문이라도 쓰시겠어요?"

"박사논문 안 될 것도 없지만……."

쓰무라 양행의 안주인은 깔깔거리고 웃다가 서희를 향해,

"오쿠사마*."

군계 속의 일학처럼 앉아 있던 서희,

"네."

"오쿠사마는 어떻게 생각하세요? 조선여성의 입장에서……."

영사 마누라, 정확히 영사대리의 마누라는 아까부터 우편
국장댁과 열심히 그들 집안 얘기를 하고 있었다. 서희는 웃고
만다.

"나는 이런 것이 매우 중요하다고 생각하고 있어요, 오쿠사
마의 견핼 듣고 싶군요."

"글쎄요…… 보호받는 사람의 심리 같은 것은 아무래도 적
개감…… 있지 않겠어요?"

"그래서, 여자의 정조관 같은 것과는 관계가 없이?"

"글쎄요. 수치겠지요. 그보다 더한 수치는 없을 테니까."

"그러면 반대의 경우라면? 일본이 조선 같은 처지라면요?"

"우리나라에선 타민족에 대한 그런 역사가 없었으니까, 뭐
라 말할 수 없지요. 그러나 역시,"

"역시?"

"그럴 경우에도 수치로 생각하겠지요."

"양쪽의 경우 다아?"

"글쎄요. 내가 조선여자 전부의 입장에서 말하긴 어렵지요.
그렇지만 옛날에 중국 왕족에게 시집가는 경우에도 그건 죽
으라는 것보다 더한 것으로 여겼으니까."

"그야 이역만리 부모 형젤 떠나서 가니까 그런 것 아니겠어
요?"

"그러나 살아 이별은 죽음보담은 나은 게 상식 아니겠소?
임진왜란 때도 많은 조선여자들은 그 수치심 때문에 자결을

했으니까요."

코 긴 여자 입에서 이때,

"시다다카."

말이 나오다 중도에서 끊어진다.

"시다다카모노입니까?"

서희가 미소 지으며 말했을 때 여자는 낯을 붉힌다. '시다다카'라 할 적에는 강하다는 뜻이 되지만 '시다다카모노'라 할 것 같으면 여간내기가 아니라는 뜻이 된다. 그러니까 서로 예의를 지켜야 할 사람을 면전에 두고 할 말은 못 된다. 여자는 서희가 온유하게 웃으며 찔렀기 때문에 당황한 것이다. 사실 코 긴 여자는 모노라는 말까지 붙이려다 그만두었던 것이다.

"그렇다면 정조를 지키는 것보다 상대가 이민족이란 점이 중요하다 그거로군요. 그렇담 자존심일까요? 우월감은 가졌을 리 없겠고……."

"피의 순수 때문일 겝니다. 듣자니까 일본서는 사촌끼리도 혼인을 한다지만 조선에서 사촌은커녕 남이라도 성씨가 같으면 혼인 못하지요. 일본에 비하여 성씨도 얼마 되지 않는데도,"

"왜 내가 이런 말을 하는고 하니, 내 조카가 조도전대학(早稲田大學)* 사학과에 다녀요. 수재지요. 그 아이 말이 일본인과 조선인은 혼인을 해야 한다. 왜냐하면 피를 섞어서 조선인이 없어져야 한다는 거 아니겠어요? 중국은 워낙이 인구가 많아 어렵겠지만 조선쯤이야 가능한 일이라나요? 서양 역사에서 보면 알렉산더 대왕도 그 땅을 정복하면은 그 땅에서 반드시 제 나라 남녀를 데려가서 씨를 뿌렸다는 거예요."

이건 또 지독한 얘기다.

"그렇게 될까요? 통치는 받지만 한 민족이 말살이야 되겠어요?"

서희는 흥분도 감정도 없이 말했다. 연연한 연분홍 저고리의 순백색 치마, 볼을 쓸어보는 그의 흰 손에 심해(深海) 같은 비취 쌍가락지가 눈에 스민다. 코가 긴 여자는 차 한 모금을 마시고 나서,

"그 말 뜻은 나도 알겠지만 민족의 순수한 것을 따지자면 우리 일본같이 순수한 민족도 드물 거 아니겠어요? 왜냐하면은 아시다시피 우리나라는 사방이 바다예요. 해서 일찍이 외적이 발을 들여놓은 적이 없거든요. 그런 순수한 민족에 남의 피를 섞다니 그건 말이 안 되는 거예요. 영국 같은 나라도 조그마한 섬나라이지만 세계도처에 식민지가 있고, 구태여 피섞지 않아도 잘만 해나가지 않아요? 생각해보세요. 피부 빛이 시커먼 인도인하고 영국인이 피 섞겠어요?"

우편국장댁 말고 모두 여학교는 나온 처지여서 일단은 유식하다.

"아무튼 정복을 당한 나라는 노예의 처지를 벗어날 순 없지요. 그 학생은 인도적 입장에서 그런 말을 했는지 모르지만,"

"그보다 내 조카는 멀리 내다본 거 아닐까요? 학문하는 사

람으로서,"

"학문하는 사람은 그렇게 생각할지 모르지만 난 불만이에요. 멀리보다 당장이 문제거든, 좀 더 철저히 할 필요가 있어요. 도대체 우리가 지금 지배하는 처진가요? 이곳에선 조선인들이 판을 치고, 마치 우리가 지배당하는 꼴 아니에요? 반일분자는 가차없이 색출해야 해요. 우환덩어리지 뭡니까?"

이때,

"그만들 두어요. 여자들이 무슨, 정치적 얘긴 필요 없어."

영사부인이 서희의 기색을 살피며 말했다.

"이런 얘기라도 안 하면, 노가미[野上]상 가문자랑을 들어야 하니까? 안 그래요? 오쿠사마."

쓰무라 양행 안주인 말에 모두 깔깔 웃는다.

"내가 무슨 자랑을 했다구······."

우편국장댁이 멋쩍게 웃는다.

"아 참! 사이상."

코가 긴 여자는 무슨 생각이 났는지 오쿠사마가 아닌 사이상[崔氏] 하고 부른다.

"네."

"조선사람 욕해서 미안해요."

"패장은 말이 없지요."

태연스럽게 서희는 여자 눈을 본다.

"일전에 말예요, 나 누굴 만났는데 혹 아시는지 모르겠어요?"

"……."

"김두수라는 사람 아시죠?"

"네, 알아요."

역시 태연자약이다.

"어떻게 아시지요?"

"만난 일은 없어요. 말로, 잘 알지요."

엄격해진 서희 눈빛이 여자를 당황하게 한다.

"글쎄, 좀 이상한 얘길 한 것 같았어요. 확실하진 않지만,"

"그래요?"

"무슨 일이 있었나요?"

"무슨 일이…… 있었던 것 같기도 하구요."

이번에는 서릿발같은 웃음이 지나간다. 여자는 더 이상 말을 못한다.

"혹 만나게 되면 전해주시겠습니까?"

"무슨?"

"내가 한번 만나잔다구요. 도움이 됐으면 싶지만 그 사람 부친에 대해 할 얘기도 있다구 그렇게 전해주십시오."

이 일본여자 귀에는 그저 심상한 얘기로 들렸지만 그것은 김두수에게 무시무시한 협박인 것이다.

"전하지요. 회령에 자주 가니깐,"

"회령에 있나요?"

서희는 알면서 묻는다.

"그곳에서, 지금은 순사부장이에요."

"출세했군요."

"그 사람 처지로선 그렇지도 않나 봐요. 자유롭게 일선에서
뛰고 싶은 모양이죠?"

돌아오는 인력거 속에서 서희는 나직하게 웃는다. 하하하
하…… 나직이 소리 내어 웃는다.

'오늘은 송사리들이 꽤나 나를 번거롭게 했다.'

서희는 나직한 목소리로 다시 웃는다. 두 아이의 어머니로
서 모서리가 다 깎여버린 능숙한 태도는 그 옛날의 윤씨부인
을 연상케 한다.

이날 밤 길상은 서희의 얼굴을 피하면서 말했다.

"나 내일 하얼빈에 가겠소."

"거긴 뭣하시려구요."

"상가를 한번 둘러보구…… 전부터 그러려니 했었는데."

이번에는 서희 쪽에서 길상을 외면한다. 두 사람 사이에 굳
게 뚜껑을 닫아놓고 지낸 일을 길상이 처음으로 건드린 것이
다. 돌아갈 준비를 해야 하는데 하얼빈의 상가를 둘러볼 필요
는 없다. 억지라면 억지였고 나는 가는 것에 반대라는 의사표
시로 볼 수도 있다. 그러나 서희가 느낀 것은 길상의 고민이
다. 결정적인 일이라면 억지를 쓰지 않을 것이며 의사표시 같
은 것 할 사람이 아니다. 뜨거운 것이 서희 목에 치밀었다. 일

종의 안도, 안도라고나 할까, 그러나 다음 순간 뜨거운 감정 속에 냉혹한 판단이 밀려든다.

"아니다. 고민이란 진작부터 있어왔던 것, 저이는 결정을 내리려고…….'

그것을 뒷받침해주는 말이 길상의 입에서 나왔다.

"송선생이 그곳에 와 있는 모양인데, 김생원 유품을 가져왔다는 얘기니까 가보기는 가보아야겠소."

"송선생이 이곳에는 왜 못 오십니까?"

"그쪽에 볼일이 있는 모양이오."

침묵이 계속된다. 서로의 얼굴은 가면같이 딱딱하게 굳어 있었다. 그 가면 뒤에는 의지의 싸움이 불꽃을 튀긴다. 서희에게는 쓰러지려는 마음이 십분의 일, 그 십분의 일을 두려워하여 싸운다. 길상은 반반이다. 그러나 서희만큼 치열하지는 않다. 그에게는 반반 이외 방황이 있었다. 북국의 바람 소리 말발굽 소리 그리고 숨막히는 사진(砂塵)의 벌판이 바닥을 넓히고 있었다. 마음의 바닥을 넓히고 있는 것이다. 서희의 얼굴이 새파랗게 질린다.

"오늘 이상한 얘기를 들었습니다."

길상이 힐끗 쳐다본다.

"헌병 장교 이와사키[岩崎]의 처가 김두수 얘기를 하더구먼요."

"어떻게?"

재빠른 반응이 나타난다.

"이상한 얘기를 하더라면서 얘기의 내용은 말하지 않았습니다."

"그래서 당신은 뭐라 했소."

"한번 오라고, 부친 얘기도 있으니까 만나거든 그리 전하라 했습니다."

"잘했소."

길상은 빙그레 웃는다. 서희는 한숨을 깨물고,

"저문데 주무시지요."

"그럽시다."

5장 하얼빈행(行)

작은 창문에 쇠 덧문이 달린 벽돌집들, 벽돌 빛깔도 그렇고 쇠 덧문의 녹슨 빛깔도 그렇고 우중충한 길 하며 암울한 것, 음산한 분위기다. 겨우 마차 정도는 드나들 수 있는 길폭인데 송장환이 약도를 그려준 대로 길상이 찾아간 집은 이웃과 비슷한, 눈에 별로 띄지 않는 건물이었다.

'아무래도 조선사람이 사는 집 같진 않아.'

주변을 둘러본다. 이층집도 군데군데 있어서 마치 벽돌더미의 계곡으로 들어선 것 같다. 육중하고 어둠침침한 중국인

주택가의 독특한 느낌, 그러나 집들은 비교적 깨끗했고 지나가는 행인도 드물었으며 중류 정도의 사람들이 사는 곳인 듯하다. 잿빛 지붕의 골이 진 기왓장에는 으스름 저녁빛이 묻어오고 있었다.

"누굴 찾아오셨어요?"

맑은 여자의 음성이다.

"아 네, 여기……."

하다가 조선 말씨와는 달리 상대가 중국여자인 데 당황한다. 북청색 다브잔스를 입은 미끈한 체격이다. 귀엔 은귀고리가 흔들리고, 장을 보아오는지 꾸러미와 한 묶음의 꽃을 들고 있었다.

"송선생님을 찾아오셨어요?"

발음도 목소리도 아주 명확하다.

"네. 그렇습니다만,"

"잠깐만 기다리세요."

여자는 문틈에 매달린 줄을 잡아당긴다. 이윽고 앞머리를 자른 중국 소녀가 문을 열어준다. 여자는 소녀에게 나직한 중국말로 뭐라 얘기한다. 소녀는 빠르게 외치듯 높은 목청으로 대답했으며 돌아본 여자는 미소를 머금은 채 말했다.

"들어가시지요."

"네."

외부에서 보기보다 집 내부는 아늑하고 깨끗했으며 상당한 취미인이 살고 있다는 인상을 주었다.

"지금 송선생님, 기다리고 계시지요."

안내해가면서 여자는 말했다. 뽀오얀 목덜미에 보송보송 잔털이 청결하게 느껴지는데도 육감적이다. 문을 열고 들어섰을 때 송장환은 의자에서 급히 일어섰다. 그 역시 다브잔스 차림이다.

"고맙소, 수냥."

송장환은 여자에게 먼저 인사를 한다.

"별말씀을······."

불빛 아래 은귀고리가 반짝거렸다.

"잘 오셨소, 김형."

비로소 송장환은 길상에게 손을 내밀었다. 몇 해 사이 송장환은 아주 노숙해진 것 같다.

"참, 소개를 해야겠군요. 이분은 이 댁의 수냥입니다. 우리 하곤 절친한 친구지요. 여기는 이미 수냥에게 말씀드린 일이 있는 김길상 씨, 인사하시오."

"처음 뵙겠어요. 앞으로 자주 만날 수 있는 기회가 있었으면 좋겠습니다."

여자 얼굴에는 묘하게, 의미심장한 표정이 지나간다. 어쩌면 그는 길상을 잘 알고 있는 것 같기도 했다.

"아, 네. 폐를 끼치게 되는군요."

시종 길상은 어리둥절한 표정이다.

"그럼 전⋯⋯."

하고 여자는 나갔다.

"중국여자가 어찌 저리 조선말을 잘하지요?"

"오히려 중국말이 서툰 편 아닐까요?"

"그럼 조선여잔가 보군. 송선생도 그 옷 입으니까 조선사람
으론 보이지 않소."

"수냥은 틀림없는 중국여자요."

"미인인데다가 교육도 받은 것 같은데?"

"아무럼, 김형 부인만 할려구요."

"송선생도 꽤 응큼해졌소."

"오핸 마시오. 이미 졸업한 사람을 보구, 앉기나 하시오."

"입학도 않구서 졸업이오?"

송장환과 마주 앉으며 길상은 궐련을 꺼내어 붙여 문다.

"그럴 수도 있겠지요. 난 원체 여복이 없는 사람이라."

틀림없는 중국여자, 수냥이라 부르는 여자, 그러나 수냥은
중국여자는 아니다. 연추에서 선생을 하던 심금녀다. 길상과
송장환은 심금녀를 모르지만 옛날에 심금녀를 아는 사람이라
하더라도 알아보기 힘들지 모른다. 어찌하여 그 여자는 중국
여자가 되었으며 이 집에 와서 살고 있는가.

"하여간 오래간만이오."

담뱃재를 떨며 길상은 새삼스럽게, 우울하게 말했다.

"은근히 기다리고 있었지요. 하마나 하구⋯⋯."

"아까 찾아간 그 약재상 굉장하던데요?"

"이곳에선 거상으로 손꼽히지요. 그리고 조선사람인 것을 대개는 모르구요. 사실 귀화한 지도 오래됐지만,"

"그래 송선생은 선생질도 그만두고 독립운동도 그만두고 약재상 서기로 눌러앉을 작정이시오?"

"하하핫…… 핫…….."

대답 없이 웃기만 한다.

"권선생님 거기 가셨지요?"

"네, 오셨더군요?"

"아까는 실례가 많았소. 남의 고공살이니까 할 수 없이……."

"남의 고공살이치곤 하숙방이 아주 훌륭하오."

"이건 객실이구 내 방은 따로 있지요."

한 폭 신선도에 길상의 눈이 간다. 격조 높은 그림이며 연대도 오래된 것 같다. 그림 한 폭 이원 장식이라곤 없고 의자와 탁자 그 밖의 몇 가지 비품은 품위 있고 정교한 제품이다. 방 안은 살풍경한 편이었다. 그림을 보고 있는 길상의 옆모습을 눈여겨본 송장환이 묻는다.

"어째 안색이 좋잖은데 건강은 어떠시오?"

"건강요? 좋을 리 없지요. 그 왜 곳간에 돈이 쌓이면 사(邪)가 생긴다지 않소?"

자조의 웃음을 흘린다. 송장환은 우물쭈물하다가,

"인사가 늦었소만 아이들은 잘 크겠지요? 부인께서도 안녕하시구."

"매우. 순풍에 돛 단 듯 잘 되어가는 것 같소."

송장환은 언짢아하는 듯 입맛을 다신다. 뒤틀리어가는 길 상에게서 그는 형 영환을 연상한다. 하다가 당황한다.

"두매, 그 아이는 학교 잘 다니고 있는지 모르겠소?"

"어째 남의 소식만 물으시오."

"그쪽 소식이야 물으나 마나 아니겠소? 뻔하지요."

"형님께서는 그 집을 팔고, 작은 집으로 이사하셨소."

송장환은 밖은 어두워져, 방 안 전등이 뎅그렇게 비치는 창 문을 바라본다.

"할 수 없지요. 자업자득, 밑바닥까지 내려가서 깨닫지 못 한다면 그만이지요."

내뱉는다. 서로 맨정신으론 이야기가 겉돌 수밖에 없는 모 양이다. 방문 두드리는 소리가 들렸다.

소녀는 꽃병을 들고 수냥은 술안주를 차려왔다. 꽃병을 창 문 가까운 곳에 놓은 소녀는 다람쥐처럼 달아난다.

"애가 조선말을 못해서요."

수냥은 변명 비슷하게 말하며 탁자 위에 접시를 하나씩 내 려놓는다.

"고맙소. 굉장합니다. 워낙이 수냥 솜씨가 좋으니까."

외국여자라서 그랬는지 송장환은 친구 대하듯 한다.

"이제 보니까 송선생님 아첨도 잘하시네요."

"이거 참, 하하하핫…… 아무튼 중국사람들, 남의 말 안 믿는 것이 탈이거든."

손을 입으로 가져가며 수냥은 웃는다.

"그는 그렇고 수냥. 저녁은 천천히 가져오십시오. 술은 꼬마 시켜서 들여보내주시고요."

"알았어요. 그럼 편히 드십시오."

길상에게 약간 허리를 굽혀 인사하고 아까처럼 나간다.

"이건 하숙인이 아니라 바로 주인 아니오?"

길상은 탁자 위에 놓인 술병과 안주를 내려다보며 말했다.

"내 미리 부탁을 했지요. 김형하고 실컷 마셔보려고……."

송장환은 길상의 술잔에 술을 따르고 길상이 술병을 받아 송장환 술잔에 술을 붓는다.

"김형! 이렇게 만나서 반갑소."

술잔을 든다. 묵묵히 몇 잔을 거듭한 뒤,

"불쌍한 늙은이, 고집불통 같으니라구."

하며 길상은 중얼거렸다.

"불쌍하긴, 그분 나름대로 소신껏 살다가 돌아가실 때가 되어 돌아가셨는데 노소간에 그런 끝장을 면할 수 있는 사람이 이곳에 몇이나 되겠소. 나라 잃은 백성 아니오."

"미구에 또 한 사람 죽을 사람이 있지요. 나라 잃은 백성이."

"무슨 소리요?"

"월선옥의 그 아주머니가 죽게 생겼어요. 금년 넘기기 어렵다는데 혹 모르지요. 명년까지 갈란가……."

"무슨 병인데?"

"암이라는 게요. 병원에서 그렇게 진단이 내렸소."

놀란다. 그러다가,

"술맛 떨어지는 얘긴 그만둡시다."

송장환은 단숨에 술을 들이켰다.

"명년이면 그리운 고향산천을 밟게 생겼는데 말이오. 하긴 월선옥 아주머니 처지론 김훈장과는 달라서 가고 싶은 고향도 아니겠지만……."

길상의 찌푸려진 양미간을 슬며시 쳐다보다가 송장환은 아까처럼 창문을 바라본다. 빈집처럼 집 안은 조용하다. 밖에선 바람이 일기 시작한 모양이다.

"그래 김훈장의 유품이란 뭐지요?"

"유품이래야 별것 있겠소?"

"망가지고 낡아버린 의관이요?"

"아드님한테 쓴 유서 한 통하구, 그동안의 기록인 듯싶은 글이 꽤 많더구먼요."

"그런 걸 쓰시다니, 그 노인네 청사(靑史)에 이름은 남기고 싶었던 모양이지요?"

"무료한 시간에 해보신 장난이겠지요."

"고생하다 돌아가신 노인은 노인이고, 자아 술잔 받으시오.

그리고 그간 쌓인 얘기나 들려주슈."

"글쎄, 쌓인 얘기보다…… 그럼 김형도 물론 떠나시겠군요."

"내가요?"

"아니란 말씀이오?"

길상은 허허헛 하고 웃는다. 맥없이 웃는다.

"어떻게 했으면 좋겠소? 송선생."

"그, 그걸 제가 어떻게……."

"능청스럽기는,"

"허어 참, 아까는 응큼스럽다 하더니 이제 능청스럽다구요?"

"술수가 늘어서 다행이오."

"마음으로야 골백번이라도 남으시오! 남아야 합니다 하고
싶지요. 이곳에서 뛰는 사람 가족 생각하게 생겼소?"

"권선생께서 날 잡으라는 말씀은 안 하시던가요?"

그 말에 대해서는 침묵을 지키며 아무런 기색도 나타내지
않는다.

"가문이 내게 무슨 상관이겠소. 최씨 가문의 재건, 하인이
었을 시절에는 그래도 쥐꼬리만 한 의미는 있었겠지만,"

길상은 연거푸 술잔을 기울인다.

"흥! 내가 가문에 장가든 것도 아니겠고……."

"용렬하긴. 김형!"

"말씀하시오. 부르지만 말구,"

"김형답지도 않소."

"별수 없는 놈이지요. 본시부터."

"핑계요 핑계. 나 저래서 장가 못 간다니까."

길상의 처지, 길상의 마음을 잘 알면서 짐짓 농담으로 돌려
버린다.

"김, 길, 상, 하하하핫…… 이름 한번 좋소. 길서상회? 길할
길에, 서녘 서, '길상서희상회'로 왜 안 했는지 모르겠구먼. 그
놈의 한 짝씩만 갖다 붙여놨으니 이 꼴인가 보오. 서로 손 한
개씩만 잡고서 한 손은 제각기 반대로 향해 필사란 말이오.
하하핫……."

"와락 끌어당겨 나머지 손도 잡으시구려. 하하핫……."

소녀가 술을 가져왔다. 송장환은 소녀에게도 중국말로 고
맙다는 인사를 한다.

'바람이 부는군.'

창밖에서 바람이 지나가는 소리가 들려온다. 북국 특유의
샛바람 소리다. 머지않아 겨울이 온다. 어둡고 침침한 겨울
이. 얼음무덤 같은 벌판에 유랑민들은 망령같이 헤맬 것이다.
강이란 강은 모두 육로가 되어 비적들의 말굽이 소란할 것이
며 운수업, 산판에 활기가 넘칠 것이다. 그 긴 겨울, 독립군들
은 무엇을 할 것인가.

'짐승 가죽의 신발을 신고 구레나룻이 무성하더라는 강포
수, 고향을 물으니까 화를 내더란 늙은 포수가 송장환을 찾아
와서 학자금을 맡기고 그러고 나서 돌아간 그는 오발사고로

죽었다. 강포수, 강두매…… 강포수, 귀녀, 강두매?'

길상의 생각은 여기서 멎었다.

"송선생은 언제까지 여기 계실 작정이오."

"당분간, 그 당분간이 얼마가 될지 알 수 없는 일이오만 어딘가 또 옮겨지게 되겠지요."

상당히 많은 술을 마셨는데 두 사람은 다 같이 취하질 못한다. 얘기를 겉돌리고 있을 뿐 정작 중요한 것엔 피차 시기를 기다리는 눈치다. 김훈장의 유품 전달이 주목적이 아님은 뻔한 일.

"앞으로 고난은 중첩이오. 그런 만큼 일하는 보람은 있겠지만요."

"……"

"식자들 간에 정세를 낙관하여 김칫국부터 마시는 사람이 있고 지나치게 비관하여 이젠 독립이고 머고 다 글렀다는 사람도 있습니다만 사실은 비관도 낙관도 할 수 없어요."

"같은 상황인데 왜 그렇게 견해 차이가 나지요?"

"김칫국부터 마시는 사람의 시국관은 그러니까 세계대전이 끝나고 나면 국제적으로 일본이 되게 몰릴 것이며 영국과의 관계도 지난날과는 달라서 공수동맹은 한갓 휴지가 될 것이요, 일본을 이용하여 러시아의 남진을 막았던 그때 사정과는 판이한 만큼 일본 자체가 열강의 강적으로 등장했으니 결국 사면초가."

"그러면 조선은 독립할 수 있다, 그 얘긴가요?"

"일본이 고립하게 되면 독립의 기운도 짙어진다, 그 얘기겠지요."

"중국에서 일본세력을 몰아내주고 조선을 독립시켜주고…… 흠, 꿀같이 달콤한 공상이오. 오나가나 그놈의 세계대전 얘기뿐이긴 하나, 그래 비관하는 사람들은 어떤 견해인가요."

"바로 그거요. 오나가나 세계대전 얘기, 독립을 절실히 바라면서 실천력이 약한 사람들의 희망이지요. 더 과하게 말하자면 요행을 바라는 마음일 게구. 나는 비관적인 편에 동의를 하지요. 아무튼 일본은 적어도 만주를 먹어치울 게요. 이번 전쟁에 힘을 기른 것은 일본뿐이니까, 말이 참전이지. 아무튼 이기든 지든 구라파는 황폐했고 또 당분간은 전쟁을 바라지 않을 것이며 만주와 밀접한 이해관계가 있는 러시아의 경우를 생각하더라도 전쟁의 주동국인 만큼 전쟁이 가져온 피폐를 단시일 내에 복구할 수 없을 거 아니겠소. 외부에 힘을 돌리기는커녕 눈을 돌릴 겨를도 없을 거요. 그 틈바구니를 이용 안 할 일본인가요. 국제여론이 아무리 와글와글해도 먹어버리면 고만이오. 그렇게 되면 우린, 바로 우리 말입니다. 만주의 우리 독립군 거점은 완전히 와해돼버리는 거지요. 말살입니다. 그렇게 되면은 연해주와 중국 본토는 개별적으로 놀아야 합니다."

길상은 담배를 붙여 문다. 뿜어내는 담배 연기를 바라보며 송장환 이야기에 유념하는 것도 아닌 모호한 시선이 한 폭 그림 쪽으로 간다.

　"우리가 앞으로 할 일은 바로 그런 상태에 대한 대비를 하는 일이오. 말하자면 그런 상태하에서 투쟁할 수 있는 기틀과 방법의 훈련이오. 두만강 얼음판을 넘나들며 국경 수비병이나 집적이는 데 불과한 그런 따위의 일 아무 소용도 없거니와 일본이 만주를 먹어버린 후에는 가능하지도 못한 일이오. 오지대(奧地帶)에서 군대를 조련하여 기회가 오면은 일군과 일전을 불사한다, 그건 망상이오. 도시 우스운 일 아닙니까? 그러나 그네들은 그네들대로 땅 위에 있게 하구 이쪽은 이쪽대로 두더지처럼 땅속을 파가면서 일을 하면 되는 거니까 도리어 그네들, 쟁쟁한 명성의 독립투사들과 그들이 거느린 수병(手兵)은 그대로 들먹들먹해주는 편이 좋지요. 그 양반들이 알면은 천정이 낮다고 뛰겠지만 우리로서는 일종의 엄폐역할로 이용이 되는 것 아니겠소?"

　송장환의 생각에서 나온 말이 아님을 길상은 안다. 옛날에 비하여 매우 정리가 된 얘기였으나 술이 들어가면 늘어놓는 그의 장광설의 잔재는 있다. 그럼에도 불구하고 해서 안 될 얘기를 흘릴 위인이 아닌 것도 길상은 안다. 단순한 시국 얘기가 아닌 것도 길상은 안다. 단순한 시국 얘기가 아닌 어떤 목적의식을 갖고 하는 말이라는 것도 그것을 예상하고 길상은 이곳까지 오지 않았던가.

　"본론으로 들어가시지요."

길상은 담배를 눌러 끄며 말했다.

"네, 그러지요. 앞으로 우리가 해야 할 일, 그러니까 그것을 일종의 변법(變法)이라고나 표현할까요? 정규적인 군사훈련이라든가 몇몇 명성 있는 사람이 뛰어다니면서 쥐꼬리만 한 정치적 흥정을 한다든가 국제 여론에 호소한다든가, 극단적으로 말해서 의병봉기의 연장으로밖에 볼 수 없는, 물론 만주 땅의 독립운동의 주류를 이루고 있는 지도자들 거의가 의병 출신인 것도 사실이고 그런 종래의 것과는 전혀 성격이 다른 것, 아무것도 보이지 않고 들리지 않고."

하다가 송장환은 그 얘기를 끝내지 않은 채 훌쩍 딴 곳으로 넘어간다.

"우리가 지금 예상할 수 있는 것은 멀지 않은 앞날 통화현 (通化縣)의 신흥무관학교─삼원보에서 통화현, 합니하로 옮겨진 후 군사학을 포함한 중학 정도의 교과를 가르치며 교명도 신흥중학교로 개칭하였음─가 산산조각이 났다는 것, 왕청현의 중광단(重光團)도 마찬가지겠지만,"

목을 축이듯 술을 마시는 송장환은 본론에 들어가서도 아직 핵심은 오리무중이다.

"그러니까 산산조각이 날 것이 뻔한데 한마디로 말해 그럴 바엔 우리가 쪼개버려야 한다 그겁니다."

"쪼개다니요?"

길상이 의아한 눈으로 쳐다본다.

"깨버려야 해요."

"그건 또 어째서요?"

"아까 내가 일종의 변법이라 하지 않았소? 덩어릴 되도록이면 잘게 부숴서 여기저기 뿌려놓는다 그거지요."

"뿌려놔서 어떡허게요? 어떻게 활용한다는 거지요?"

"보다 구체적으로 말하면은 많아야 칠팔 명, 대개 오륙 명이 한 조가 됩니다. 그 한 조가 신흥무관학교 하나 혹은 독립군의 한 소대, 부대, 연대, 사단도 될 수 있지요. 그 한 조가 열 개에서 스물, 서른, 백, 천, 그물 고리처럼 엮어나가는 겁니다. 그러나 어느 조도 자신들의 조가 그물고리처럼 엮여 있는 걸 모르지요. 서로 독립되어 전혀 직접으론 연관을 갖지 않기 때문이오. 처음 출발에 있어선 몇 개의 조가 만들어질는지 예상할 수 없고 또 나로선 몰라야 합니다. 가르치는 교과, 교과라기보다 훈련이겠지요만, 그것도 일률적인 것은 아니지요. 소요에 따라 훈련의 성질이 달라질 수 있는, 말하자면 다양한 것이 되겠지요."

"왜 그리 복잡하지요?"

"아마 내 설명이 복잡했던 모양이오."

"그러면 신흥학교, 중광단과는 의논이 됐소?"

"아니지요. 의논할 성질이 아니지요."

"의논도 없이 될 법이나 한 일이오?"

"내 설명이 두서가 없어 그렇소. 보충하지요. 그쪽 사람들과 합의를 보는 것도 어려운 일이거니와 설령 합의를 볼 수 있다 하더라도 합의하에 이루어지는 일이라면 그것은 전혀 의미가 없게 되어버리지요. 합의란 결국 들내놓는 일 아니겠소. 애초부터 그쪽 인원을 믿고 그쪽 인원으로 기간(基幹)을 삼자는 것은 아니었으니까요. 신흥학교나 중광단뿐만 아니라 대소(大小) 어느 독립단체이든 마찬가지겠으나 그들 모두를 서로 모르게 흡수한다는 것은 이상이지요. 그것은 이상입니다. 크게, 먼 곳을 내다보는 견지에선 그보다 튼튼한 보신(保身)과 존속하여 투쟁하는 방법이란 달리 없어요. 하나 당장에야 좁게 생각하면은 그것은 틀림없는 배신이요 파괴공작이지요. 정도(正道)도 아니구요. 아무튼 그러니까 시작에 있어선 이쪽에서 확보한 인원으로,"

"한데 송선생 말씀에는 약간의 모순이 있소."

"네?"

"모순이 있단 말이오. 아까 그네들은 지상에서 들먹들먹해 주는 편이 엄폐역할을 해주는 폭이란 말씀을 했었소. 또 산산조각을 내어 여러 곳에 흐트려야 한다고도 했었지요? 그런가 하면 쪼개는 데 있어서 그들과의 합의 없인 가능치 못할 일을, 합의하여 이루어지는 일이란 의미가 없다…… 나로선 납득이 가질 않소."

송장환은 머리를 긁었다. 그러고 나서 술을 마신다.

"역시 설명 부족이오. 마음이 조급하다 보니, 그러니까 엄밀히 말한다면 깨뜨려야 할 것은 신흥학교 그것을 두고 한 말이오. 쓸 만한 사람 쓸 만한 학생을 쥐도 새도 모르게 훔쳐내야 하는 거지요. 군관학교에서 정규적 군사훈련을 받은 사람을 활용하자 그것이겠고 나이들이 젊어야 한다는 점도 있지요. 그러나 그런 도둑질 하기엔 좀 시일이 필요할 게요."

설명은 엉성하였으나 길상은 다시 뭐라곤 하지 않는다. 송장환의 말에 모순이 있다고 지적했을 때 이미 길상은 자신의 지적이 피상적인 것임을 알고 있었으니까. 권필응은 그런 일에 대해선 말이 없었다. 권필응은 길상이 자기들 대열에 깊숙이 들어올 것을 예상하고 있었는지 모른다. 그들이 강가 횟집에서 처음 대면했을 때부터.

"오랫동안 훈장질한 사람의 말이, 지독하게도 설득력이 없구면."

송장환의 얼굴이 환해진다. 느슨해진 길상을 느낀 것이다.

"마음이 조급해서 그렇지요. 하하핫…… 자아 술, 술 듭시다."

"네. 들지요."

두 사람은 함께 술잔을 든다.

"간단명료하게 말해서 너도 나도 모르게, 아무도 모르게, 귀신같은 손이 홍시 속을 쏙 빼내고 홍시껍데기는 놔둔 채, 그 홍시 속을 또 아무도 모르게 봉지마다 잘라서 또 모르게 여기저기 숨겨두고 일 조 이 조 그런 식으로 형성하는 거구, 물론 홍시 속 말고도 여기저기서 훔쳐오기도 하고 꼬셔오기도 하고 오고 싶은 사람 골라내어 데려오기도 하겠으나 그 아무도 모르고 보이지도 않는 한 조, 한 조, 제각기 제 나름의 구실을 한다 그거겠고 그 한 조 한 조의 움직임은 아무도 모르는 새 전체의 큰 대열이 된다."

"네. 맞습니다. 바로 그거지요. 나는 김형만 믿소."

"믿는 도끼에 발등 찍히지요."

"나보다는 권선생님께서 더 믿으시는 모양이던데요?"

"공부 잘했다구 사탕 하나 주시는 거요."

"하하핫…… 자아, 자 술."

"군사활동과는 직접 관련이 없겠구먼."

"관련이 없다 그렇게 말할 수도 있겠지요. 그렇지 않다고도 할 수 있고요. 개미가 뚝을 무너뜨리는 일, 벌들이 이곳저곳을 쑤셔대는 일, 그것도 쌈이라면 싸움이니까, 무기도 대포나 기관총 아닌 성냥 한 곽, 단도 한 자루, 심지어는 혓바닥 세 치까지 무기로 쓰면 무기가 되는 거요."

"혓바닥 세 치로 목줄기를 물어뜯습니까?"

"허허허, 왜 이러시오?"

송장환은 비로소 취기가 도는지 빙글빙글 웃기 시작한다.

"그 왜 있지 않소. 몇 해 전에 용정선 산으로 도망가구 왜인들은 짐을 싸가지고 회령으로 달아나고."

길상도 킬킬대며 웃는다. 비적이 습격한다는 유언비어가

빚었던 그때 그 희비극을 상기했기 때문이다.

"그럴 때마다 우리 가난한 동포들 골탕먹는 생각은 못하구요?"

"머릴 짜면은 별의별 방법이 다 생기겠지요."

이날 밤 길상은 송장환과 함께 잤다. 새벽녘까지 밖에선 바람이 불었다. 길상은 뭐가 뭔지 모를 착잡한 심정의 밤을 보냈다. 하얼빈을 찾아오려고 했을 때의 심정, 그 심정의 변화는 없었다. 고통이나 갈등도 없었다.

막연한 공백 같은 것, 그 공백의 의식이 바람 소릴 듣고 있는 것이다. 이따금 그 공백에 월선이 죽을 것이라는, 김두수가 회령에서 순사부장을 하고 있다는, 혜관스님이 관수의 백정 장인으로부터 혼이 났었다는, 아주 오래된 그런 따위의 일들, 자기 자신의 거취와는 하등 관련이 없는 일들이 떠올랐다가 사라지곤 하는 것이었다.

"어째 일어나셨소, 더 주무시질 않고."

길상이 일어나 부시럭거리는 기척에 송장환도 벌떡 일어나 앉으며 말했다.

"일찌감치 가지요."

"아직 날이 새지 않았소."

"그럭저럭 나가면은 날이 밝을 거요. 일찌감치 서둘러야 구경도 할 것 아니요. 여관은 잡아놨고 늦더라도 어제저녁에 돌아가는 건데."

길상은 허리의 혁대를 조른다.

"조반이야 어디서 드나 마찬가지 아니오. 자아, 자 앉으시오. 앉으라니까."

송장환은 기를 쓰고 말린다. 길상은 송장환의 손을 밀어낸다.

"술 안 취한 맨정신으로 또 무슨 말씀 하시려구요?"

"네. 깨고 보니 할 말은 한마디도 못한 것 같은 생각이 드는군요."

"좀 포악하게 구시오."

"네."

길상은 양복저고릴 입는다.

"내가 의병인가 뭔가…… 산으로 들어갔었던 일 아시지요?"

"압니다."

"그런 행적이 있는데 고향으로 돌아간다면 최참판댁 가문을 다시 세우는 데 방해물이 되지 않겠소?"

"네?"

"하하핫…… 그런 이유 땜에 안 돌아간다는 얘기는 아니외다. 하하핫……."

결국 송장환에게 주는 확답인 셈이다. 길상의 말은 타성이었는지도 모르고 말에 책임을 지기 위한 못질이었는지도 모른다.

"환영이오! 대환영이오. 김형! 나, 나는 어렵게 생각했소.

어려운 일이라구요. 자신이 없었거든."

송장환은 좋아서 어쩔 줄을 몰랐고 길상이 나가는 것을 한 번쯤 더 말려야 하는 여유를 잃을 만큼 들떠 있었다. 문간에서 길상은 돌아보았다.

"송선생."

"네. 말씀하시오."

"부탁이 하나 있소. 수냥이라던 그 여자한테 좀 알아봐달라구요."

"뭔데요."

"미국인 목사의 집. 나 그럼 가겠소."

무성의한 부탁이었다. 그 말뿐이었다. 미국인 목사의 집. 그나저나 송장환은 기분이 좋다. 새벽공기는 상쾌하게 심장에 스며들었다.

"제에기! 미국인 목사의 집! 무슨 놈의,"

하며 집 안으로 들어가는데,

"손님 가셨어요?"

검정 다브잔스를 입고 단정하게 머릴 빗어넘긴 수냥이 물었다.

"네. 갔습니다. 그놈의 친구,"

"아침 준빌 다 해놨는데,"

"또 올 겁니다. 참 미국인 목사의 집! 그 친구가 알아봐달라구요."

"어머. 뭐가 그리 기분 좋으시죠?"

"네. 기분 좋습니다. 날씨도 좋을 것 같군요. 바람도 자구요."

수냥은 웃으며 제 방 쪽을 향해 가는 송장환 뒷모습을 바라본다.

"아 참, 수냥! 수냥!"

"나 여기 있어요."

"그 친구 부탁, 알아주실 수 있겠습니까?"

"네. 알아봐드리지요."

길상이 미국인 목사집을 찾아간 것은 그로부터 나흘 뒤의 일이었다. 과연 그 집에 옥이네가 있을지 그것은 의문이었으나 숲에 싸인 빨간 벽돌집 지붕은 푸른 기와였다. 그 건물 옆에 납작한 창고 같은 부속건물이 있었다. 창고는 아니었고 사람이 거처하는 곳인 듯, 노인과 중국 옷 입은 계집아이가 뜰에 나와 있었다.

"여보시오."

노인보다 소녀가 재빨리 돌아본다.

"앙이! 뉘기요? 아지방이 앙입매!"

옥이였다.

"옥아."

"아지방이!"

옥이 달려와서 두 손을 맞잡는다.

"많이 컸구나. 언제 이리 컸니?"

"아지방이 어찌 알고서리 찾아왔습매?"

"응."

그러자 노인이 중국말로 누구냐고 묻는다. 옥이는 자랑스럽게 발음이 좋은 중국 말씨로 아저씨라고 대답한다. 길상은 엉거주춤 노인에게 허릴 구부린다. 노인은 고갤 끄덕이고 신사양반이라 하며 중얼거린다.

"아지방일 보구 신사라 하쟎음? 양복으 입으서이까 그러지 비."

우쭐해진 옥이는 노인에게 곁눈질을 한다. 간데없는 중국 계집아이다.

"아지방이 이 할바이 교회지기답매."

"음. 어망이는 어디 있니?"

"어망이?"

길상의 손을 잡은 옥이의 두 손이 긴장을 나타낸다.

"저리로 가기요."

어감이 싹 달라졌다. 얼마를 가다가 옥이는 길상의 손을 놓고 뛰어간다.

"어망이! 어망이!"

길상은 옥이 가는 곳을 향해 따라간다. 큰 건물 속에서 행주치마를 두른 옥이네가 나온다. 길상을 보는 순간 나무막대기처럼 우뚝 서 버린다. 옥이는 두 사람을 번갈아 보다가 홱 돌아서며 엉뚱스럽게 노랠 흥얼거린다.

'옥인 이제 철이 들었구나.'

길상은 쓸쓸하게 웃는다.

"어찌 오싰습매까?"

물으면서 옥이네는 행주치마에 손을 닦는다.

"여기 올 일 있어서 왔다가……."

"괜스런 짓을 하십매다."

"좀 나갈 수 없소?"

"목사님 부배가 다 안 계십매다. 집이 비어서 그냥 돌아가
시옵게나."

"잠깐만. 교회지기도 저기 있고 잠시 못 나올 건 없지 않소?"

갑자기 험악해지는 길상의 눈에 질렸던지,

"그럼 잠깐만 저기 길에서리 기다리주잲겠습둥?"

"그러지."

옥이네는 총총히 집 안으로 사라진다.

"옥아."

"옛꼬망."

"엄마랑 같이 나가자."

"싫습매다."

"어째서?"

"집 보아얍지."

"교회지기가 있는데두?"

"앙이랍매. 나는 집 보아야 한다이."

201

하다가 뒤꼍으로 돌아가는 강아지를 향해,

"존! 존!"

갑자기 몸을 날리며 달아난다.

"옥아! 옥아!"

그러나 옥이는 뒤꼍으로 사라졌고 존 존 하며 부르는 소리만 슬픈 가락같이 들려온다.

'철이 들었구나.'

옥이네는 옷을 갈아입고 나왔다.

그는 아무 말 없이 종종걸음으로 나갔고 길상은 뚜벅뚜벅 뒤를 따른다. 한참을 종종걸음으로 걷던 옥이네는 길거리에서 돌아섰다. 성이 난 얼굴이다.

"어찌 오싰습매까?"

"아까 말했잖았소."

"볼일이 있어 오신 거느 압매다. 여긴 뭣하러 오십매까?"

"만나러 왔지. 뭣하러 오긴,"

"사람으 체면도 있쟀잉요? 만내서리 어쩌겠다느 겁매까?"

"……."

"옥이도 이젠 철들었습매다."

"알고 있소."

한참을 내려와서, 길가 청 요릿집으로 길상은 떠밀다시피 옥이네를 밀어젖힌다. 내내 화를 내고 있던 옥이네는 겁먹은 눈으로 길상을 힐끔 쳐다보았다.

자그마한 방에 딱딱한 의자에 마주 보고 앉은 후에도 옥이네는 겁먹은 눈으로 길상을 보았다. 그러고는 이내 눈을 내리깐다.

'뭣하러 이 여잘 만나러 왔을까.'

여자의 오목한 턱을 바라본다. 옥색 솜저고리를 입고 있다. 겹저고리로 보일 만큼 차분하고 동정 끝이 꼭 맞는 저고리다. 길상은 주문받으러 온 소년에게 요리 몇 접시와 소량의 술을 주문한다.

"저 어서 가야 합매다."

고개를 숙인 채 말했다. 길상은 궐련을 붙여 물고 연기를 뿜어내며,

'뭣하러 이 여잘 만나러 왔을까?'

"우린 만나면 앙이 되오."

여전히 고개를 숙인 채 말했다.

"옥이엄마."

"옛꼬망."

"여기 내가 찾아온 것, 지난날의 일들, 용서해주시오."

"……."

"내가 잘못했소."

옥이네한테 사과하는 길상의 의식 속에는 봉순이를 포함한 모든 불행하고 가난한 사람들에 대한 참회가 있었는지 모른다.

"그런 말씀으, 무시레 합네까. 회령에서 일으…… 도와주세

서 고맙게 생각으 하고 있습매다. 잘못한 거 없소꼬망."

"아무 일 없이 내가 도와준 거요?"

옥이네는 고개를 들고 길상을 바라본다. 왜 그런 말을 하느냐, 잘못한 일이라고? 그런 식으로 후회하기냐? 비로소 눈에서 눈물이 흐른다.

"없었던 일로 생각하기요."

눈물을 닦아내며 매몰차게 말한다.

"어디세, 무시기 자객 있다아고, 생각으 하겠습매까. 그런 일 있었다는 것 발설 앙이할 터이이까 걱정으 마옵소. 우세 앙이 시킬 것이니,"

흐느낀다.

"내가 임자보구 말을 잘못 한 것 같소."

우는 여자를 멍하니 쳐다본다. 여자는 왜 우는가. 예수를 믿고 옥이 자라는 것을 낙으로 삼겠다던 여자가 울기는 왜 우는가. 잘못했으며 용서해달라고 했다. 게다가 아무 일 없이 내가 도와주었느냐고도 했다. 길상의 진실이 여자에게는 아픔이다. 길상은 반쯤 몸을 일으켜 탁자 건너, 눈물을 닦는 여자의 손을 와락 낚아챈다. 잡힌 손을 뽑으려고 몸부림을 친다. 길상은 두 손으로 꼭 눌러 잡으며,

"내가 나쁜 놈이야. 자격이 없기론 내 편이지."

그리고 손을 놓아준다.

"용서해주옵소! 가, 가겠습매다!"

여자는 방에서 달려나간다. 어떻게나 날쌔던지 일순간만 같다. 길상은 탁자 위에 두 주먹을 얹은 채 멍해 있다가 허허 헛 하고 웃는다.

"미친놈."

길상은 일주일을 머물다가 옥이 털외투 한 벌을 사가지고 수냥에게 전해달라는 부탁을 하고 하얼빈을 떠났다.

6장 최종 보고

'제에기랄! 이놈의 곳을 그만 홀홀 털고,'

저녁 무렵, 퇴근 때가 가까워지면은 속을 부글부글 끓이는 김두수였다. 요즘에 와선 그런 심화가 부쩍 더해가고 있는 것이다. 털고 일어서려면 언제든 그럴 수 있었고 애초부터 김두수에게 이 자리는 잠정적인 것, 자신의 결정에 달려 있는 것이다. 그러나 일단 거리에만 나가면 득의에 찬 얼굴, 존대해지는 걸음걸이, 도시 세상이 우습게 여겨지는 것은 이 년 전 회령경찰서에 왔을 당시와 다를 것이 없었다. 제왕이라도 된 듯 조맨한 눈을 부릅뜨고 사방을 휘둘러보며 가죽 장화가 지신지신 땅을 밟는 소리, 아비를 닮아서인지 사십이 못 되었는데 살이 불기 시작하여 배가 나온 것은 물론 바지가 찢어질 만큼 엉덩이의 살도 무겁게 보였다. 그 엉덩이 쪽을 왔다 갔다 하는 것이 가죽 집 속에 넣어서 허리에 찬 권총이다.

'흠, 조선놈의 새끼 치고 순사부장이 어디야? 네깟 놈들 꿈이나 꾸어봐? 손가락에 불을 켜고 하늘로 올라갔음 갔지.'

김두수가 특히 의기양양해지는 것은 거리에서 일본인 순사를 만났을 때다. 구두 소리가 탕! 날 만큼 뒷굽을 모으며 경례를 붙일 때 김두수는 에에헴 하고 잔기침을 한다. 아이들은 달아나고 가난한 백성들은 슬금슬금 피하고 장사꾼들은 두 손을 비비며 헤헤 하고 웃거나 절을 하게 마련이다. 왜기생들은 추파를 보내었고 관공리들의 아내나 딸들은,

"고쿠로사마(수고하십니다)."

깍듯한 인사를 잊지 않았다.

'이만하면 나도……'

그럴 때면 그의 뇌리 속에 동생 한복의 모습이 스쳐가곤 했다. 추위에 먹빛이 되었던 얼굴, 꽁꽁 얼어서 게 다리같이 꾸부정했던 손.

'지는 지, 나는 나야. 너는 착하게 살아라. 천대받고 살아라! 흥.'

햇빛조차 인색한 비탈진 북편의 음지, 그곳에 만들어진 어미의 무덤을 생각하기도 했다.

'살인 죄인의 아들이라? 흐흐흣…… 아버지, 나는 말입니다, 살인을 해도 좋은 허가장 받은 놈이오. 참 세상 우습지요? 재미있지 않습니까?'

이런 모습으로 그 고장에 간다면? 비오는 날 개 새끼처럼 쫓겨났던 그 마을에.

'아버지, 모두 내 앞에선 뻔하지요 두 손을 마주 잡고, 네, 반한 여자를 보듯이 웃습니다, 부장님, 부장님, 부장님, 흐흐 흣…… 육모방망이를 든 어사또,'

그러나 김두수는 사무치는 그 옛날 일에다 자신의 생애를 거는 그럴 위인이 아니었고 호기를 부리되, 호기 부리는 것만 으로 만족해하는 사내도 아니었다. 보다는 현실적, 계산속이 빠른 사내다. 경찰관의 제복을 입은 후 몇 달이 못 되어 그는 자유로운 활동을 원하기 시작했다. 첫째는 그동안 몸에 붙은 습벽, 한곳에 죽치고 앉아 있질 못하는 그 습벽 탓일 게고 둘 째는 예금통장의 금액이 뭉청뭉청 올라가지 않는 일, 다음이 가장 중요한데 그것은 금녀 때문이다.

김두수가 회령경찰서에 자릴 잡게 된 것에는 여러 가지 요 인이 있었다. 금녀가 얽혀든 박재연의 피습사건, 그것에는 또 해를 거슬러 올라가야 하는 인과관계가 있었으나, 어쨌든 박 재연을 피습한 사건으로 말미암아 두수 자신이 연해주나 그 근방에 발붙이기 매우 곤란하여 위험하다는 상황과 금녀를 잃 었다는 단순한 결과에 그치지 않고 금녀로 인하여 김두수 윤 이병의 정체가 드러난 결과는 더욱더 금녀는 물론 그 주변에 근접할 수 없는 사정을 야기시킨 것이다. 결국 일하기 어렵게 되었고 동시에 금녀를 뺏아오기도 어렵게 된 것이다. 그러니까 당분간 안전지대에서 침잠할 필요가 있었다. 그리고 또 한 가지, 순사부장이라는 자리가 그리 대단할 것은 없으나 정규적인 교육을 받은 바 없고 떠돌이 같은, 근본이 희미한 그에게, 더군다나 조선인에게 그런 자리가 마련되었다는 것은 그의 말마따나 조선놈의 새끼 치곤 순사부장이 어디야? 꿈이나 꾸어봐? 였을 것이 틀림없긴 없다. 과거 그의 행적으로 미루어 유능한 밀정, 밀정이기보다 소질이 풍부한 첩보원으로 인정되어 온 것도 그러려니와 흑룡강 일대를 답사하여 제출한 보고서가 그의 앞으로의 지위를 굳혔다 하여도 과언은 아닐 것이다. 쓰다 버릴 물건이 아니라는 것이다. 보고서는 면밀하고 요령이 있었으며 아주 긴요한 참고자료가 될 수 있는 것이었다. 일본 말을 유창하게 구사하는 김두수, 중국말에도 통하였고 게다가 조선인, 영사관이나 헌병대나 혹은 경찰서에서 그런 인물을 확보해두고 싶은 것은 두말할 나위가 없다. 해서 당분간 침잠의 필요성이 있다는 그의 요청을 받아들여 회령에다 자리를 만들었던 것이다. 제에기랄! 이놈의 곳을 그만, 하며 퇴근 때가 가까운 한가한 시간에는 속을 부글부글 끓이는 것도 실상 벗으려면 언제든지 벗을 수 있는 처지면서 그 시기를 가늠하고 있는 자기 자신에 대한 초조함에서 나온 말이긴 했다.

'금녀를 하얼빈에서 보았다구?'

책상에 턱을 괴고서 김두수는 중얼거린다. 달포 전에 포염의 양서방이 물어다 준 정보다.

'금녀를 하얼빈에서 보아?'

턱을 괴었던 손을 풀고 김두수는 입맛을 쩍쩍 다신다.

"그런데 말요, 그게 금년지 아닌지 확실치는 않소."

"뭐요?"

"차림새가 간데없는 되년이더란 말이오."

"되년?"

"영락없어요. 시장에서 장바구니를 팔에 걸고 있는 꼴이……."

"그럼?"

"한데, 얼굴 역시 영락없는 그 여자라."

"하기야 닮은 사람도 세상엔 얼마든지 있지."

"글쎄…… 그렇게 되년으로 변장하구서 윤가 그자하고 숨어 사는 건 아닌지?"

"윤가? 으하하핫…… 으하핫…… 윤가라? 그놈하고 살림 차렸을까? 그야 모르지, 귀신이라면 똑똑히 알겠는데 말이야. 으하핫핫."

양서방의 얼굴빛이 변했다. 윤이병의 죽음을 확실하게 감지한 것이다.

"그놈하고 살든 안 살든 그년이 거기 정말 하얼빈에 있는지 확인하는 게 먼저야."

김두수는 양서방을 무섭게 노려보았다. 연상인 자기에게 반말지거리를 하는 김두수에 대해 늘 불쾌해했던 양서방은 그럴 겨를도 없을 만큼 공포를 느낀다.

"내 말 잘 들어. 포염에 돌아가거든 연추에 금녀가 있는지 없는지 그걸 알아내야 해. 확실한 거를, 그리고 나한테 보고 하는 게야."

그러겠노라 하고 떠난 양서방한테선 아직 아무런 기별이 없다.

'하여간에 그년의 거처만 확인된다면, 이건 의외로 큰 수확이 있을지도 모르지.'

결코 김두수는 금녀를 찾아내는 일에만 열중하는 것은 아니다. 김두수는 점박이 사내 얼굴을 생각했고 절름발이가 되었다는 박재연을 생각했고 그 밖에 뜻하지 않은 거물이 걸려들지 모른다는, 그런 공상을 아울러 하고 있는 것이다.

'아무튼 그년은 죽어도 내 손에 죽을 것이요 살아도 내 손에서 살아난다!'

김두수는 이빨을 따각따각 맞부딪친다. 결심을 굳히는 시늉이기도 했지만 요즘 새로 생긴 버릇이다. 그 버릇의 내력은 어떤 계획에서 비롯된 것인데 뻐드렁 이빨을 고치는 일이다. 미관상의 이유에서보다 앞으로 자유롭게 활동하는 시기에 대비하여 인상이 좀 달라져야 한다는 것은 대단히 필요한 일이다. 봉천이나 그 밖의 큰 도시에 나가서 뻐드렁니 두 개쯤 빼고, 남과 같이 되지 않더라도 튀튀하게 튀어나온 입술만은 어떻게 좀 달리해야겠다는, 그것에 착안한 후부터 김두수는 앞니빨 부딪는 버릇이 생긴 것이다.

문을 홱 열고 조선인 염순사가 사벨을 철거덕거리며 들어
왔다.

　"부장님."

　"왜애."

　눈을 치뜨며 쳐다본다.

　"그 늙은이가 왔습니다."

　"와? 언제?"

　"조금 전에요."

　"어디 들었어?"

　"그 왜 늘 드는 객줏집에 들었습니다."

　"그래……."

　앞니빨을 따각따각 부딪다가,

　"그러면은 어쩐다? 가서 데리고 와."

　"뭐라 하고 데려올까요?"

　"지금이 몇 시야?"

　팔을 들어 시계를 본다. 다섯 시 반이다.

　"가서 말이야,"

　"네!"

　"무조건 가자구 해. 잔소릴 자꾸 하면은 내가 보잔다구."

　"알았습니다."

　염순사가 나가버린 뒤 김두수는 의자에서 슬그머니 일어선
다. 가죽 장화에서 비걱비걱 소리가 난다. 방으로부터 걸어나

간 그는 유치장을 한 바퀴 둘러본다. 유치장은 만원이다. 두 만강을 건너는 관문인고로 사건의 건수가 많았고 간도지방 일대에서 잡은 범인을 압송해오는 일도 많았기 때문에 유치 장은 항상 넘치게 마련이다.

"어이구! 사람 살려! 아, 아무 잘못, 어이구우, 어구구."

"고노 야로(이놈의 새끼) 바린 말이 해라! 곤치쿠쇼(이 짐승 놈)! 말이 안 하게소까!"

취조실에서 새나오는 비명 소리, 취조관의 고함 소리다.

'내가 이대로 주질러 앉는다면 그까짓 서장…… 경부쯤이야 문제없겠고.'

제에기랄! 이놈의 곳을 그만, 했으되 미련이 없는 것은 아 니다. 문을 밀고 들어서며,

"스구 후유타나(곧 겨울이야)."

김두수 말에 보고서를 쓰고 있던 왜순사가,

"아사유우와 히에마스네(아침저녁은 춥다)."

맞장구친다.

"도만고오가 고옷타라 우루사쿠나루조(두만강이 얼면 귀찮아진 다)."

사진 두 장을 놓고 비교해보고 있던 형사의 말이다.

"쇼우노 나이 야쓰라다나(할 수 없는 새끼들이야)."

왜순사 대꾸였는데 할 수 없는 새끼들이란 독립군을 두고 하는 말이다.

"부초상(부장님)."

사진을 보고 있던 형사가 다가오며 김두수를 부른다.

"나니카(뭐야)?"

"이 사진 좀 보십시오."

사진 두 장을 내민다.

"아무래도 동일인물 같지 않단 말입니다."

하나는 독사진이었고 하나는 여러 명이 찍은 사진이다.

"동일인물이야. 두 얼굴을 다 눈여겨두는 게야. 놈은 어느 한쪽의 얼굴을 하구서 나타날 테니까."

김두수는 아무렇지도 않게 밀어버린다. 그는 공노인을 기다리고 있었으니까. 이윽고 염순사가 공노인을 앞세우고 들어왔다. 밖은 어스름하니 어두워져가고 있었으며 벌거숭이 전구가 책상들, 실내 기물에 붉은 빛을 던지고 있었다.

"무슨 일로 오라 가라 하는 게요?"

공노인은 대뜸 삿대질을 하며 고개를 흔들어대었다.

"거기 앉기나 해요."

김두수는 손가락을 아래로 가리키며 지극히 사무적이다.

"오라 하는 데는 그만한 명분이 있을 터이고 가라 하는 데도 명분이 있을 터인데 그 말부터 들어야만 앉겠구면."

"명분이고 나발이고 앉으라면 앉는 거요."

소리를 바락 지르며 눈알을 디굴디굴 굴린다. 그렇다고 공노인이 기죽지는 않는다.

"이런 행폴 해도 괜찮다는 법 있나? 내 입에서 육도문자 나 오기 전,"

하며 으름장을 놓는다. 그러나 김두수는 태연하게 말했다.

"조선 출입은 왜 그리 잦소?"

"잦은 것도 법에 걸리나?"

"아편장사라도 하는 게요?"

"예사, 제 밑 꾸린 놈이 남의 밑도 꾸린 줄 알지."

순사도 아니요 명색이 순사부장인데, 그러나 방 보아가며 똥 싸더라고 김두수의 여러 가지 약점을 잡고 있는 공노인은 뱃심 좋게 나간다. 김두수 입 속으로 웃으며,

"좀 앉아 기다려주어야겠어."

책상서랍을 열었다 닫았다 하더니 순사 하나를 불러댄다.

"네! 부장님."

"이게, 이게 뭐야! 이 보고서 다시 작성해서 내! 그따위로 어벙하게 굴지 말구 알았나!"

"네!"

공노인이 또다시 삿대질을 하며 덤빌 판인데 김두수 무겁게 몸을 일으켰다. 모자걸이에 걸린 모자를 집어쓴다.

"좀 나가실까요? 늙은이."

하고는 먼저 밖으로 횡하니 나가버린다. 뒤따라 나가는 공노인 속으로,

'그놈의 자리가 자리값은 하는 모양이야. 저 녀석이 제법 의

젓해졌어? 제 버릇 개 줄까마는.'

중얼거리면서도 뒤통수에다 대고 삿대질이다.

"날 건드려봐야 재미 한 푼 없다! 아암 재미없구말구. 이 늙은 놈이 이래 봬도."

"건드리긴 누가 건드려."

앞서가며 대꾸한다.

"그럼 왜 오라 가라! 내가 이래 봬도 안 가본 곳 없고 안 해본 짓 없고, 긁어 부스럼이란 말 몰라서 그러는 게야? 몰라서 그러느냐구!"

갈 곳 없는 장돌뱅이 행셀 한다.

"입 못 다물겠소? 할망구처럼 걸음걸이도 조신스런 늙은이가, 허 참, 주책없는 척, 성미 급한 척, 하하하핫…… 능구렁이 같으니라구."

공노인도 김두수가 웃는 데는 김이 샐밖에, 새삼스럽게 오년 전 묵은 송애 일을 쳐들어 힐책하기도 맥빠지는 일, 다만 이자가 무슨 까닭으로 자길 불러왔으며 지금 또 어디를 향해 가고 있는가 그것이 궁금해 견딜 수가 없다. 돌다리도 두드리며 건너는 용의주도한 공노인, 다시 사태를 검토하기 시작한다. 이곳저곳 자신의 발자취를 돌아본다. 누굴 만났으며 무슨 일을 했는가 차근차근 기억을 살려 더듬어본다. 걸릴 만한 일이 없다. 모든 것은 합법적이었다.

'이자가 다 된 밥에 재 뿌리는 건 아닌지 모르겠네?'

"노인장."

"……."

"지금 어디로 가는고 하니,"

"……."

"내 집으로 가는 게요."

"거긴 왜."

"술이나 한잔 대접할려구요."

"뭣 땜에,"

"우린 여러 가지로 인연이 깊지 않소? 안 그렇습니까?"

"깊다면 그건 악연이지."

"악연도 인연은 인연,"

"술대접 받을 이유도 없고, 그거라면 나는 내 거처로 가야
겠구먼."

"허어, 조준구를 손바닥에 올려놓고 놀려먹는 공노인이 그
리 융통성이 없어서야,"

"뭐이라구?"

공노인은 가슴이 철렁 내려앉는다.

"왜? 놀랍소?"

"놀라울 것 없지."

"서울 출입이 잦는데 그런 정도야 내 다 알고 있지요. 하하
핫…… 하하아."

"내가 조준구를 손바닥에 올리건 발바닥에 올리건 그것은

임자가 상관할 일 아니지."

"상관할 바 아닌지 그건 두고 볼 일이고,"

"누구네 부친은 그놈을 손바닥에 올려놓질 못해서 이용만 당했다 하긴 하더라만."

"누구네 부친?"

반문하는 김두수, 걸음을 멈춘다.

"그게 누구지요? 최서희의 부친 말씀이오?"

"글쎄 그것까진 모르겠구, 재주는 곰이 넘었는데 돈은 중국놈이 먹었다 하기도 하더구만."

김두수는 다시 걷기 시작했는데 숨을 거칠게 쉬는지 양어깨가 올라갔다 내려갔다―.

"객담은 그만두는 게 좋겠고 내 집에 노인장을 초대하는 만큼 용건이 있다는 것쯤, 날 심히 건드리면 좋잖을 게요."

의외로 침착한 목소리였지만 걸음을 빨리한다.

'약이 좀 과했나? 흥, 제 놈이 어쩔 거야? 회령 바닥을 제 집 안마당같이 설치고 다니기는 한다마는 제 놈이 할 수 있는 일이 있고, 할 수 없는 일 있지.'

공노인의 배짱이 두둑해진다. 굳이 피할 이유도 없다 싶었다. 아니 피하기보다 무슨 일인지 알고 싶은 마음이 차츰 강해진다. 어느덧 거리에는 어둠이 깔려 물컹물컹한 늪과 같은 검은 기류가 흐르고 그 물컹물컹한 어둠에 거리의 불빛, 붉은 불빛들이 스며들고 있었다.

공노인이 김두수를 따라간 곳은 그의 말대로 그가 사는 집이었다. 목조의 왜식 건물, 소위 관사(官舍)라는 집이다. 여기서 진풍경이 벌어진 것이다. 좁은 현관에서 문을 열면 바로 그곳이 갸쿠마*인데 김두수가 문을 열자마자,

"오토짱(아부지)!"

하고 뛰어나온 아이, 잔자코라는 일본 아이의 옷을 입은 사내 아이는 네 살쯤이나 됐을까? 그런데 그대로, 그야말로 그대로, 만일 김두수의 몸이 줄어져서 그 아이만큼의 크기가 된다면 쌍둥이 한 쌍이 될 것이 틀림없다. 공노인은 치미는 웃음을 참는다.

"코라, 코라, 도케(아서, 아서, 비켜)."

매달리는 아이를 떼밀어내긴 했어도 눈에 웃음기가 돈다.

"야타! 미야게 오쿠레요 잉(싫어! 선물 줘 잉)—."

"고멘, 고멘, 와스레다. 아스 갓데구로가라, 사아 오갸쿠상다. 앗치에 유케(미안 미안, 잊어버렸다. 내일 사올 테니, 자아 손님이다. 저리 가거라)."

아이는 나온 김두수의 배를 손가락으로 쿡 찌르며,

"오토짱노 바카(아버지 바보)!"

아이가 달아나자 김두수, 고래땅 같은 고함을 지른다.

"나니쓰루카! 데테곤카(뭐 해! 나오지 못해!)"

"하이, 하이."

하며 나타난 여자, 추녀는 추녀이나 정체가 야릇하다. 기모

노의 긴 소매를 걷어 올리기 위해 어깨에 걸었던 끈을 풀면서
연신 고개를 주억거린다. 얼굴빛은 아편장이처럼 누리팅팅했
다. 두 볼은 장난스런 조물주가 반죽한 것을 한 덩이씩을 더
붙였는가, 솟아오른 두 볼 사이에 코와 입이 묻혀버렸다.

"고노 아마메! 나니오 보야보야시도루카(이 계집년! 뭘 꾸무적
거리고 있어)!"

"스미마셍(죄송합니다)."

"사케다! 준비세(술이다! 준비해)!"

공노인은 객실에 올라갔다. 방 안에 먼지 한 톨 볼 수 없게
깨끗했으나 별 세간은 없고 방석과 화로가 있었는데 화로 속
에는 숯불이 빨갛게 타고 있었다.

"장가들었구만."

얼떨떨해 있던 공노인이 말했다.

"장가요? 그런 악담 마슈."

"그러면은?"

"하녀요, 하녀."

"아까 그 아들아이는?"

"그거야 뭐 어디서 낳거나."

입맛을 쩍쩍 다신다.

"하긴……."

하고 공노인은, 혼자 중얼거린다. 아편장이처럼 얼굴이 누리
팅팅한 여자는 하녀도 되고 작부도 되는, 용정에서 볼 수 있

는 그런 유의 여자라는 것을 공노인은 진작부터 짐작했다. 김 두수는 공노인 앞에서 경찰관 제복을 훌렁 벗고 속내의 모습을 드러내더니 다시 고함을 쳤다. 하이 하이 하면서 여자는 단젠*을 가져 나와 사내에게 입혀준다. 그러는 동안 김두수는 계속 여자에게 욕설을 퍼부었다. 오비를 묶으면서 김두수, 화 롯가에 와서 앉는다.

"불이나 쪼이슈. 저녁이 되니까 설렁하구먼."

김두수는 살이 통통한 손을 화로 위에 쬔다.

'개상놈 같으니라구, 아니꼽고 더럽다마는 기왕지사 여까지 왔으니 나도 알아볼 만큼은 알고 가야겠다⋯⋯.'

그런 공노인 눈에 대하여,

'이백 년 묵은 너구리 같은 늙은이, 내가 명심코 잡아먹으려 면 그거야 문제없다마는,'

김두수의 눈은 그런 말을 하고 있었다.

"그나저나 일본사람 다 됐구만,"

"일본놈 안 되고서 내 설 자리가 어디요?"

일말의 자포(自暴)도 풍긴다. 그러나 그것이 꾸며대는 것임을 공노인은 안다.

"하기야 순사부장까지 됐으니 분골쇄신해야겠지."

"순사부장? 그까짓 것쯤이야."

"그까짓 것쯤⋯⋯."

"노인장."

공노인은 빤히 쳐다본다.

"소리 지르고 삿대질하고, 이젠 조용해졌구먼."

"웃는 낯에 침 뱉진 못하지. 술대접하겠다는 데야."

"나는 또 상당히 보챌 줄 알았지요."

"순사부장 아니라 서장이라도 그렇지, 늙은이보고 그 말버릇이 뭔고? 좋든 궂든 뻔히 아는 처지에 보채다니,"

눈을 부릅뜬다.

"내가 공노인이니까 반말이라도 들어주지, 몰라 그러는 게요? 피차 알 만큼 다 알면서 안개를 모락모락 피울 필요 없소."

"아는 거는 아는 거고 버르장머린 버르장머리야."

"답답한 늙은이로군. 내가 노인장한테 반말 지껄인들 못할게 뭐 있수. 순사부장 아니라두 말이야."

"김의관댁 자손이라서?"

"그렇다! 이 늙은것!"

별안간 김두수 얼굴에 살기가 넘친다.

"행사가 좋아야 양반 행셀 하지. 족보만 가지고? 하기야 그놈의 족보도 아주 못쓰게 되어 없느니만 못한 형편이지만."

김두수의 뻐드렁니가 떠걱떠걱 소리를 낸다. 이번에는 습관적인 그것이 아니다. 아래턱이 덜덜 떨고 있었던 것이다.

"내 하나 밑천이란 다름 아닌 담력 그것인데 그거에다가 이젠 살 만큼 살았겠다 할 일 다 했겠다 남한테 몹쓸 짓 한 일없고 법 어긴 일 없고 세상에 무서울 게 뭐 있나. 그놈의 순사부장 감투 아니라 총독 감투래도 마찬가지야."

이만저만 약을 올리는 게 아니다. 하는 수 없었던지 김두
수, 밖을 향해 빨리 술 가져오지 않느냐고 소리소리 지른다.
조그마한 술상이 들어왔다. 김두수는 연신 여자한테 욕설을
퍼부으나 그것이 습관이 되었는지 여자는 으레 그러려니, 일
본말을 모르는 공노인은 욕인지 뭔지 알지 못했지만,

'저것도 사람이라고.'

그러면서도 작전을 세우듯 곰곰이 생각한다.

"술이나 드슈."

술은 일본술 아닌 매화주였다. 어디서 선사 들어온 술이었
던 모양이다. 공노인은 술맛 좋다고 생각했다.

"이리저리 빙빙 돌려댈 필요 없이 오늘 공노인을 내 집에
오라 한 것은 다름이 아니오. 최서희 그 여자가 전갈해 보낸
말에 대한 내 답변이오."

"전갈해온 말이라구?"

공노인 눈이 둥그레진다.

"자세한 설명도 필요 없고 딱 이 말만 전해주슈. 앞으로 당
분간은 이 김두수, 길상이하고 언약한 것 지켜나갈 생각이라
구."

"이상하구만. 그쪽에서 뭐 꿀리는 일이라도 있단 말인가?"

"길상이 의병질 한 걸 내가 모를 성싶소? 앉아서 천 리 보
는 사람이오."

"내 듣기하곤 매우 다르구만. 내가 듣기로는 조준구 그자가 최참판네 살림을 가로채는 바람에 박살을 냈다, 그런 얘기였고 아, 조준구에 관한 얘기라면 시시콜콜 내 모르는 일 없으나 의병질이란 금시초문이구만?"

"속 들여다뵈는 소릴 하니까 일견 거간쟁이 같긴 하오만, 조준구 일이라면 시시콜콜 다 안다구? 뭘 알아요! 뭘! 재주는 곰이 넘고 돈은 중국인이 먹었다?"

한정 없이 늘어지고 좀체 말꼬리를 잡히지도 않는 공노인 성격에 신경질이지만 재주는 곰이 넘었다는 얘기가 김두수 가슴속에서 뭉클거리고 있었던 것도 사실이다. 신경이 굵기론 피장파장 담력은 공노인이 위겠으나 배짱 하나야 김두수가 월등했을 테니, 그러나 아비에 관한 일이었으니까.

"그게 글쎄 전혀 근거가 없는 일은 아닌 기라. 웬고 하니?" 하다가 공노인은,

"뭐 그리 긴요한 것도 아닌데 그만두지. 다 지나간 얘기."

김두수는 몇 번이나 근거가 뭐냐 파고 물으려다 꾹 참는다. 공노인 말마따나 지나간 얘기다. 죽은 아비가 살아 돌아올 리도 없는 거고 살인자란 저주스런 죄명이 없어질 까닭도 없는 것이다. 억울한 죄명을 쓰고 죽은 것도 아닌 바에야 들추어 뭘 하겠는가. 김두수로서는 그러한 사실을 발설해주지 않을 것만 바랄 뿐, 아비 일에 발을 쑤셔넣어 좋을 것이 없다. 설령 공노인이 암시하는 조준구와의 어떤 관련이 있었다손 치더라도,

조용하길, 오로지 조용하게 그 일을 잊어주길 바랄 뿐이다.

"공노인의 말이 맞소. 지나간 얘기 피차 안 하기로, 그게 길 상이하고 나하고 사이에 한 언약이오."

공노인의 경우도 그렇다. 필요 이상의 말, 하고 싶어하는 가. 다 김두수의 속마음을 떠보자는 것이요, 김두수와 조준구 그 악인 둘 사이에 깊은 도랑을 파두자는 것이 현명하다는 셈 속밖엔 없다. 조준구에 대한 은근한 모략만 하더라도 공노인 으로선 억지춘향이다. 최치수 살해의 암시를 준 조준구 언동 에 관해서는 하느님과 조준구 자신밖에 알지 못하는 만큼 공 노인으로서 억지춘향격인 일을 김두수가 공노인에게 꼬치꼬 치 캐고드는 것보담은 그렇게 나오는 편이 훨씬 수월하다. 돌 이켜 생각해보건대 그들 악인끼리 손을 잡을 리 없겠으나 잡 은들 별수 없다. 조준구 재산에 관한 한 조준구가 불법이었지 서희 쪽에선 빈틈없이, 합법적으로 회수하였으니까, 김두수 의 촉수가 혜관이나 김환이 있는 지리산 쪽에 뻗쳐 있지 않다 면. 잠자코 술을 마시던 김두수,

"조준구는 아주 작살이 난 게요?"

역시 궁금한지 묻는다.

"거의."

"뭘 어쨌기에 그리됐소?"

"알면서 왜 물을꼬?"

"안다 해도 당사자들같이야 확실하겠소?"

"확실히는 알아 어디다 쓸려구, 광산과 미두를 해서 그랬지 뭐."

"뒷돈은 이쪽에서 대주고,"

"인심 조옷지. 만석 살림을 빼앗기고도 사업밑천 대어주었으니, 으허허헛……."

"사업밑천을 대어주어요?"

"작살난 거야 제 운이 없었거나 아니면 천벌을 받았던 게지. 이치가 제가 한 몫은 제 차지, 남이 대신 해주진 않아. 콩심은 데 콩 나고 아편 심은 데 아편 나고."

"흥."

공노인 말을 비웃는다.

"그나저나 경상도 양반, 뭉개진 왜짚세기같이 못생긴 계집을 얻어 살 건 뭐람?"

"뭐라구?"

"기왕이면 다홍치마랬다구 송애는 거기 비하면은 천하일색 양귀비 아닌가."

"까마귀 고길 먹었소? 내 계집 아니라 하잖았소. 하녀요 하녀! 멀쩡한 정신으로 주정은 왜 하는 게요."

"아 참, 그랬었던가? 그래 송애는 어떻게 하였나."

"봉천까지 데리고 갔다가 떼내지 못해 땀을 뺐지요."

"그래 어찌 되었나."

"보나 마나 술집 신세 안 졌겠소?"

"죽일 놈."

"적선했지요."

"뭘 적선했나."

이때부터 공노인 감정엔 에누리가 없어진다.

"싹수가 노랬어요. 나, 독립운동하는 놈과 여자 하나는 잘 보거든. 양딸이랍시고 시집도 보내야 해, 앓는 이 빠진 꼴이 됐지요 뭐."

"이놈아, 콩 심은 데 콩 나고 아편 심은 데 아편 난다!"

"나지요. 그거 뻔한 얘기 아닙니까? 한데 아편이 콩값보다 비싸다는 것 그건 모르는 모양이구먼."

"뭣이 어째? 이 개놈아!"

"나 화나면 미치니까 웃어야지. 하하하핫, 핫핫······."

하다가 김두수는 뒤로 벌렁 나자빠진다. 단젠 자락이 걷히고 디룩디룩 살찐 종아리가 불빛을 받고 고깃덩이처럼 번들거린다. 공노인은 술상을 때려 엎고 일어섰다. 현관문을 나서면서,

"개놈 같으니라구."

공노인이 어둠을 향해 몇 발짝인가 걸었을 때 두르륵 현관문 여는 소리가 들렸다. 욕설이 공노인 뒤통수에 마구 날아온다. 그러나 발목을 현관 기둥에 묶어버린 듯 달려오지는 않는다. 공노인은 돌아보며,

"개상놈아!"

외치고서 하늘을 향해 주먹질을 한다. 김두수는 멧돼지처

럼 날뛰었으나 여전히 달려오지 않았다. 얼마를 걷는 동안 김
두수의 악쓰는 소리는 차츰 멀어져갔다.

"짐승이지, 설마 사람일까?"

공노인은 취기가 도는 머릿속에서 조준구와 김두수를 비교
해보고 있었다.

'확실히, 확실히 조준구 놈이 더 악인이다. 저놈은 개지랄이
라도 한다. 내야 원래 나쁜 놈이지 하고 들내놓기도 한단 말
이다. 음.'

이튿날 해가 한 뼘쯤 남았을 무렵 공노인은 용정에 도착했
다. 집에 들어서자 그는 월선의 용태부터 묻는다. 방씨는,

"이녁 겉은 한량이 그거는 머할라꼬 묻소."

"한량? 엔병 지랄하는구만?"

전에 없이 욕설을 하며 공노인은 화를 낸다.

"늙어감서, 안 하던 욕까지 하네. 아 그렇기 걱정이 되든 와
진작 못 왔소!"

방씨도 화를 낸다. 물으나 마나, 대답하나 마나 월선의 용
태는 뻔하지 않은가. 몇 달 동안의, 아니 몇 년 동안의 피로가
한꺼번에 몰려온 듯 공노인은 자리에 주질러 앉는다. 기적을
바라며 온 것도 아니었고 내내 월선을 생각하며 온 것도 아
니었다. 성은 모조리 함락했고, 그것이 비록 최서희를 대신한
대리전쟁이긴 했었지만 심혈을 기울였던 과제가 끝난 뒤의 허
무, 알맹이가 떠나고 빈껍데기를 느끼는 순간 죽음을 기다리

고 있을 월선이, 가슴에 주먹질하며 통곡하고 싶은 기왕의 현실이 공노인 앞에 모습을 드러낸 것이다. 허둥지둥 곰방대를 찾는다. 담배쌈지 속에 골통을 밀어놓고 담배를 재는데 담뱃가루가 방바닥에 출출 떨어진다.

"언제 우떻기 될지 모리는데,"

"……."

"홍이애비 그 목이 뿌러져 죽은 인사는 코끝도 안 보이고 어느 누가 그 아아 머리맡에 앉아줄 기라고 이녁은 그리 태평이오."

방씨, 찔끔거린다.

"초상이 났단 말가! 방정스럽게 울기는 왜 우노!"

피워 물었던 곰방대를 뽑아 마누라를 칠 듯이 내저으며 화를 낸다.

"이녁도 이사(醫師) 말 안 들었는 기요? 남이사 몰라도 이녁은 아는 일 아니오?"

"으흠……."

"생각하믄 괘씸해서, 괘씸해서 이가 뽀독뽀독 갈리요. 전생이 우리 월선이가 그놈의 집구석 이가 놈의 집구석에 얼매나 빚이 졌길래 이렇기 모지락스럽게도 당하는가. 그놈의 식구들 아니믄 와 벵이 났이꼬? 지 하나 주둥이 묵으면 얼매나 묵을 기라고? 그 고된 장시하니라고 벵이 났지."

넋두릴 하면서도 공노인이 갈아입을 옷을 챙겨 내놓는다.

그러나 넋두리하는 숙모의 마음보다 말이 없는 삼촌의 마음이 더 아플 것은 정한 이치다.

"내사 마, 가고 접어도 안 가거마는. 보믄 눈물이 나쌓아서 아픈 사람 마음만 심란할 게고."

"먹는 거는 좀 어떻는고?"

"참판네댁에서 조심부리*임석을 내리보내는데 속에서 받아야 말이제."

담배 한 대를 피우고 옷을 갈아입은 뒤 공노인은 냉수를 가져오라 하여 한 대접을 다 들이켰다. 대접을 내동댕이친 공노인은 자그마한 무명 보따리 하나를 들고 간다온단 말 없이 집을 나선다. 길서상회댁 대문을 들어서면서 공노인은 길상을 찾는다.

"주인어른 하얼빈 갔소꼬망. 아직 앙이 돌아오셨습매다."

하인의 대답이다. 방으로 들어갔을 때 서희는 윤국이를 안고 있다가 유모에게 건네준다.

"그새 많이 컸구만요."

"오시는 길이오?"

"예."

"수고가 많았소."

"이것저것 마무리 짓노라 이번 행비는 시일을 많이 잡아먹었습니다."

"그랬을 테지요."

"들어오면서 듣자니까 도련님 부친께서는 하얼빈에 가셨다구요?"

"가셨소."

"무슨 일이?"

"돌아가신 김훈장 유품을 가지러 가신다구."

"아, 예예."

"……."

"그러면은,"

공노인은 삼 보따리 같은 무명 보자기를 끌러 서류뭉치를 꺼낸다.

"이것은 집문서올시다."

서류 속에 끼어 있는 봉투 하나를 꺼내어 서희 앞으로 내민다.

서희는 집어들고 봉투 속의 서류 꺼내어 대강 훑어본다.

"제가 본 바로는 조촐했습니다마는,"

"집은 비웠어요?"

"예. 집 볼 사람을 구해서 넣어놨습니다. 생각한 것보다 진주란 곳은 엉성하더만요. 두드러지게 큰 집도 없고,"

공노인은 나머지 서류뭉치를 또 밀어내놓는다.

"이젠 바닥이 났습니다."

말없이 서희가 서류를 들춰보고 있는 동안 공노인은 허탈한 상태로 멍하니 창문 쪽을 쳐다본다. 굵었던 눈망울이 축 늘어져 보인다. 이제 일이 끝났다. 사오 년 동안 조선을 내왕하며 미치듯 몰두했던 자기 자신이 어처구니없다는 생각이 들기도 한다. 어제 회령에서도 그런 생각은 아니했다. 아니 오늘 용정으로 오는 마차 속에서도 그런 생각은 아니했다. 객줏집, 자기 집에 들어섰을 때, 그리고 마지막 보따리를 넘기고 난 지금 별안간 십 년, 이십 년을 한꺼번에 건너뛴 것 같은 노쇠한 자기 육신을 느낀다.

"한 오백 석가량 남았지만 그거야 이삼 년 생활비로 다 들어갈 겁니다."

중얼거리듯 말한다. 서희는 서류를 한데 모아 옆으로 밀어내놓으며,

"요즘 봉순이는 어떻게 지내던가요."

"예. 이번에는 서울에도 없고 지방으로 내려갔다는 얘기였습니다마는 어느 지방으로 내려갔는지 알 수 없더구만요. 제발 소리공부나 하고 있었으면 좋으련만, 독심이 없어서. 모두들 얘기가, 지긋이 공부하면은 명창은 따놓은 당상이라고, 한데도 번번이 중도지폐[中道而廢], 이번에도 공부하러 내려갔다 하기는 했으나 한두 번이라야지요. 보기는 안존한데 정이 헤퍼서 중심을 못 잡는 모양입니다. 소리공부 하러 갔대도 그렇고, 어디 알거지 같은 사내를 얻어갔대도 그렇고 얼마 안 있어 서울로 또 오겠지요."

공노인은 짜증스럽게 말했다. 그동안 봉순에 대한 소식은

그 범주에서 벗어난 일이 없건만 서희는 서류를 훑어보고 난 뒤면 반드시 봉순의 얘기부터 묻는 것이 관례였다. 그러나 공노인 말에 대한 자신의 의견을 말하는 일은 없었고 질문이 없는 서희에게 공노인은 또 습성처럼 보고를 시작한다.

"이분에 가니까 이부사댁 젊은 양반이 일본서 돌아오셨더구만요. 저는 무식해서 잘 모르겠습니다마는 임역관댁 자제분과 몇몇 분이 함께서 책을 내신다고, 그런 말씀을 들었습니다. 몸이 많이 축난 것 같고 술이 과하신 눈치더군요. 음 또 그라고 석이 그 아이 말씀입니다마는 조준구 집에 더 있을 일도 없구 해서 진주로 내려갔습니다. 석이 말이 서기질이나 하겠다면서, 여러 가지로 그 아이 한 일이 많았습니다. 마음으로야, 조준구를 쳐 죽이고 싶은 적이 한두 번 아니었겠지요. 잘 참아주었으니, 마님께서도 각별히 유념하셔야."

공노인은 최종 보고를 하면서 문득 서희가 전처럼 자기 말에 귀를 기울이고 있지 않는 것을 깨닫는다. 순간 두 사람의 눈이 마주친다.

'공노인.'

'예.'

'공노인.'

'예.'

별안간 최서희는 소리를 내어 웃었다. 공노인도 허허허헛 하고 웃는다. 공노인의 웃음은 울음 같았고 최서희의 돌연한

232

웃음은 미친 것 같았다. 그 웃음은 이내 멎었다.

"수고가 많았소, 공노인."

"별말씀을."

"우리 차차 의논하기로 하고 피곤하실 텐데 가서 편히 쉬십시오."

"네. 그러겠습니다."

일어서려다 말고,

"아 참, 회령서,"

공노인은 도로 앉으며 김두수를 만난 얘기를 한다. 서희는 유심히 들었을 뿐 역시 아무 말이 없다.

7장 벌목장의 오두막

추수가 끝난 들판이 동토(凍土)로 변하는 것은 삽시간이다. 명년에 찾아올 봄의 파종시기도 삽시간이고 보면 그 삽시간 틈새에 가을갈이를 해놓는 것은 좋다. 좋다는 걸 뉘가 모르는가, 소를 빌리는 게 문제였다. 아무튼 용이는 소를 빌렸고 가을갈이를 하고 있었다. 나뭇잎을 다 털어낸 밭둑의 고목(孤木)이 엷어진 햇살을 엉거주춤 받고 있다. 쇠꼬리가 흔들릴 때마다 쟁기는 앞으로 쑥쑥 빠져가고 검게 기름진 흙이 이쪽저쪽으로 갈라지면서 흩어진다. 밭둑을 넘어 밭끝을 넘어 남의 밭

을 밟고서,

"이랴! 이랴!"

소가 되돌아오면은 쟁기도 방향을 돌려 오던 길을 되돌아
가는데 이러기를 몇 차례인가. 밭둑에 밋밋이 서 있는 고목
한 그루같이 용의 모습도 그러하다. 밋밋하고 물기 빠진, 나
무는 동면으로 들어갔을 테지만 용이의 끝없이 되풀이되는
움직임은 생명에의 의지에 끝장을 본 듯 살벌하고 물건만 같
다. 가끔 야트막한 둑길을 길손이 지나가고 멀리 쟁기질하는
농부가 한둘 눈에 띄기도 한다. 밭 이 끝에서 저 끝으로 저 끝
에서 이 끝으로 되풀이되는 쟁기질, 희뿌연 해는 중천에서 기
울고 밭둑길을 밟고 멀리서 임이네가 점심을 이고 온다. 쟁기
질을 하는 용이와 점심을 이고 오는 임이네의 거리는 가까워
지지만.

"점심 가지고 왔소."

용이는 말이 없고 거들떠보지 않는다. 밭 끝까지 소를 몰고
간 뒤 소에서 쟁기를 풀고 둑 밑에 박아놓은 말뚝에 소를 맨
다. 밭둑으로 올라온 용이는 마른 풀을 내려다보며 펄쩍 주저
앉는다. 통 속에서 주전자를 꺼내어 술부터 한 잔 마시고 다
음 조와 콩을 섞은 밥을 먹기 시작한다. 그때까지 장석처럼
서 있던 임이네가,

"우떤 사람이 집에 와서 기다리고 있소."

"와."

"이녁 만나러 왔다 카더마."

"그라믄 같이 오지."

아무 말 안 한다. 손님은 내버려두고 슬며시 나왔을 것이 틀림없다.

"어디서 왔는고?"

"용정서 왔다요."

대답하면서 눈을 흘긴다.

"손 왔다는 얘기라도 한께 인심 좋아졌구마."

"흥."

"그 손님 임자 아들내미가 보낸 사람은 아니던가?"

밥그릇만 내려다보고 밥을 먹으며 묻는다.

"뭐라꼬요? 흥이 말이오!"

"에미 보고 접다는 전갈이나 아니던가?"

"그저, 용정서 사람 왔다는 말만 하믄 붙었던 입도 떨어지고 안 하던 농담도 하고 흥!"

"……."

"그놈이 내 새끼던가? 그년 새끼 다 됐지. 오금 걷은 남으 자식, 생나무 가르듯 빼앗더니, 하늘이 무심하까. 벌 받아 뱅이 났지."

"공부시키지 말고 데리고 오지. 나무나 해 나르게, 그라믄 주머닛돈 몇 닢이 불어나겄지. 못 그래서 분하기야 분할 기구마."

"그렇소! 그래요! 내가 낳은 자식 볶아 묵든 지져 묵든 누가 말할 기요!"

용이는 밥을 씹으며 먼 들판으로 눈을 던진다. 도시 마음이라곤 한 오라기도 없는 눈이다. 숟가락을 놓고 숭늉을 마신다. 임이네는 술 주전자와 술잔 그리고 고추장 보시기 하나를 남겨놓곤 빈 그릇을 통 속에 챙겨 넣는다.

"봐라."

밥통을 이고 일어서며,

"머 또 할 말 있소?"

"내가 일하다 들어갈 수 없고 소를 놀릴 수도 없인께 용정서 왔다는 사람 이리 오라고 하지."

"답답은 사램이 우물 판다 캅디다. 내가 멋 땜에 그런 심부름 할 기요. 흥! 궁둥이가 덜썩덜썩하겠소."

"하모. 궁둥이가 와 덜썩덜썩 안 할 기고. 죽었다믄 재산 정리하러 쫓아갈 기고 아니믄 누가 아나? 죽기 전에 벌어놓은 돈 줄라꼬 날 오라 카는지."

"누구 비양 치는 거요! 그까짓 앵이곱은 돈 조금도 안 반갑소!"

용이 담배를 붙여 문다. 그러고 부지런히 돌아가는 임이네 뒷모습을 바라본다. 임이네가 돌아간 지 얼마 되지 않아 그 길에 괴나리봇짐을 겨드랑이에 낀 사내 하나가 우줄우줄 걸어온다. 안면이 전혀 없는 사내다. 팻국이 조르르 흐르는 초라한 사내다.

"여보시오."

용이 눈을 들어 본다.

"댁이 이용이란 사람이오?"

"그렇소."

사내는 비스듬한 밭둑길을 뛰다시피 내려온다.

"세상에 그런 인심이 어디 있담?"

"……."

"진작 가르쳐주었으면, 갈 길이 바쁜 사람인데."

불평을 늘어놓는다. 용정서 왔다는 것만으로도 눈꼴이 사나웠을 임이네, 초라한 몰골의 나그네를 무던히 박대했을 것은 뻔한 일이다. 용이는 묵묵히 지켜보고 있을 따름이다.

"거, 형씨 마누라요?"

"그렇소."

"방망이 좀 안겨야겠습디다."

대답이 없자 나그네는 부르튼다. 꽤나 고지식하게 생긴 얼굴이다.

"하여간에 부탁받은 일이나 치르고 가야지. 다름이 아니라 편지 한 장을 받아왔소."

사내는 허리춤에서 편지 한 장을 꺼내며,

"꼭 이용이라는 사람한테 전해야지 다른 사람은 주지 말라 하기에, 여 있소."

용이는 편질 받는다. 받았을 뿐 들여다보지도 않는다. 사내는 이상한 생각이 들어 그랬었는지 묻지도 않는데 편질 받아온 경위를 설명한다. 역두에 중학생이 하나 나와 통포슬 가는 사람을 찾더라는 것이다. 나그네는 내가 간다 했더니 편질 전해주면은 마차 삯을 내겠노라, 그래 선뜻 전하마 하고 받아온 것이라 했다.

"자세히 가르쳐주어서 집 찾는 데 힘이 들진 않았으나 아까 그 여인네가 그 중학생의 계모는 아니오?"

"생모요."

"헌데 어찌 편지는 형씨한테 전해야 한다고 당부 당부했을까?"

그 말 대꾸는 아니하고,

"술 한잔 드시겠소?"

"주시면 고맙지요."

몹시 시장하고 갈증이 난 듯 용이 부어준 술 한 잔을 사내는 들이켰다. 얼마 후 갈 길이 바쁘다면서 사내는 떠났다. 소는 마른 풀을 뜯고 있었다. 용이 얼굴에 소름이 돋아난다. 천천히 편지 피봉을 찢는다. 홍이 편지가 들어 있었다. 먼저 인사말 몇 마디 적고,

―편지 받으시는 대로 곧 용정에 오시기를 소자는 바라고 있습니다. 오시리라 믿고 있습니다. 어머니의 병환은 날로 나빠져

서 언제 어떻게 될지 예측할 수 없는 일이옵니다. 만일 이번에
도 아버지께서 아니 오시면은 소자 대단히 당돌하오나 아버지
를 다시는 뵈옵지 않을 것을 결심하였사옵니다. 재차 엎드려 비
옵니다.

용이는 담배 한 대를 더 태우고 나서 천천히 일어섰다. 소
를 몰고 아까처럼 밭 끝에서, 저 끝으로 다시 이 끝으로 끝없
는 반복을 되풀이할 뿐 철새가 무리지어 날아가는 하늘 한 번
올려다보지 않는다.

소 임자에게 소를 돌려주고 집으로 돌아왔을 때 사방은 어
둑어둑했다. 영팔이 마당에 우두커니 서 있었다.

"이자 오나."

"음."

"밭은 다 갈았나?"

"음."

"용정에서 사람이 왔다면? 무신 좋잖은 기별이라도 있었
나?"

"머, 별일 아니다."

"그런데 와 일부러,"

"일부러 보낸 기이 아니고 이곳을 지나가는 사람이라."

"그런가?"

"밥은 묵었나?"

"묵었지."

"방에 들어가자."

호롱불을 켜놓고 두 사내는 우두커니 서로 마주 본다.

"니 용정에 한분 가보지. 가을갈이도 했고 했으니."

불안스럽게 쳐다본다. 실상 영팔은 월선이 아프다는 것은 알지만 위중한 사정까지는 모르고 있었다.

"곧 산에 갈 긴데……."

"아직 얼매간의 시일은 안 있나."

"……."

"한분 갔다 오지."

"산판 일 끝나믄 갈 긴데 머."

임이네가 저녁상을 들고 와서 메치듯 내려놓는다.

"아지마씨!"

영팔의 노한 눈이 임이네를 쳐다본다.

"와요? 무신 할 말 있소?"

"질기 그러다가 뜨거운 꼴 한분 볼 기요."

"아이고 무섭아라. 이가네 집구석에서 쫓기나믄 이 일을 우짜노? 당장 바가지를 들고 사도거리에 나갈 긴데, 흥!"

"내 겉으믄 그만."

"그만? 우짤 기요? 가랑이를 찢어부릴라요?"

번번이 있는 일이다. 그럴 때마다 당하는 것은 영팔이었다. 그것을 알면서 영팔은 못 참는다.

"흥, 무신 할 일이 없어서 남의 제집까지 챙길라 카는고? 앵이곱고 더럽아서 할 일이 없이믄 햇빛에 나가서 흰머리나 뽑을 일이지."

방문을 탁 닫고 나간다.

"어이구 가심이야."

가슴을 치는 것은 용이 아닌 영팔이다. 임이네의 횡포는 날이 갈수록 심해졌고 용이는 남의 일을 구경하는 구경꾼으로 뒷전에 물러나 있었으니 그것을 바라보는 영팔이 견디질 못하는 것이다. 그는,

"목에서 이런 게 올라온다!"

하며 주먹을 밀어 올리곤 했었다. 사실 주위에서 보기엔 용의 무관심은 뱀 꼬리처럼 차갑고 무자비한 것이었다. 해서 영팔이는 용아, 니 심장은 쇳덩이로 됐느냐, 하고 물었으나 줏대 없는 사내라고 나무라진 않았다. 그러나 그런 면에선 우둔한 임이네. 설령 우둔하지 않았다 하더라도 개의할 임이네는 아니었지만, 방자하기로는 천성이라 치고 날마다 느는 것은 신경질이었다. 왜 신경질이 느는가. 그것은 초조하고 불안하기 때문이다. 월선의 죽음을 기다리는 심정에서도 그러했고, 만일 그가 죽고 나면 얼마나 될지 모르는 재산은 과연 어찌 될 것인가. 공노인이 차지할 것인가 아니면 홍이 몫으로 떨어질 것인가. 홍이 앞으로 떨어진다면 그것이 순조롭게 자기 손으로 굴러들어올 수 있을까? 도시 월선의 재산은 얼마나

되며, 이미 자기 모르게 처리된 것이나 아닐까? 홍이아배하고 무슨 암약이 있는 것이나 아닐까? 용정촌 동정에 대해서는 극도로 예민해진 임이네다. 가능하다면 그곳으로 가서 월선의 주변을 맴도는 것이 가장 상책일 것인데 꿈쩍 않고 용이 뻗치고 있는 것도 미워서 견딜 수 없고 시시로 신경질이 발동하게 되는 것은 순전히 재물과 관련이 있다. 졸갑스런 귀신이 물밥도 못 얻어먹는다는 옛말처럼 임이네 신경질은 또 졸갑 그것이기도 했다.

"용이 니도 참말이제 팔자 사나운 놈이다. 우짜다가 저런 계집을 만내서, 삼신도 눈이 어둡다."

영팔이 한숨 섞인 말을 했다. 홍이가 나지 않았으면 저런 악종계집을 짊어졌을 리 없었을 것이란 뜻이요, 월선에게 기출이 있었다면 하는 뜻이기도 했다.

영팔은 이십 년이 가까운 옛일을 생각한다. 월선이가 달아났을 때의 일을. 그때 용이는 앓았었다. 앓고 일어난 용이는 마치 신들린 사람처럼 일을 했었다. 마누라 옷까지 빨아준다는 소문이 나돌았다. 그러나 강청댁은 자파한 사람처럼 암담한 성질로 변했던 것을 영팔이는 알고 있었다. 용이 얼마나 무서운 사내인가를, 부부관계를 갖지 않았던 것을 영팔은 알고 있었다. 말없이 밥을 먹고 있는 용이를 바라본다. 주름지고 여윈 것도 그렇지만 사람이 바스라진 것만 같다. 영팔은 이십 년 전의 용이 얼굴을 생각해보려 했으나 그때 얼굴을 기억해낼 수가 없다.

'나는 그래도 아들이 삼형제, 이자 다 안 컸나? 판술에미도 나 없이믄 죽을 줄 알고, 고생이다 고생이다 함서도 자식 가장 밖에는 모리는데, 어디 세상에 임이네 같을라고. 도척이도 저러지는 않았을 기다. 클 때는 용이가 우리 또래에선 젤 잘 살 줄 알았다. 농사꾼 되기 아깝운 인물이라 안 했나. 우짜다가 인연이 잘못돼가지고 저 꼴이 됐노. 계집이 사나아를 잘못 만내도 골벵이지마는 남자가 계집을 잘못 만내도 일생이 허사라.'

"이봐라."

용이 쳐다본다.

"니 그만 홍이하고 월선이를 데리고 그만."

"……."

"그만 소리도 매도 없이 가부리라."

"……."

"그렇기 하믄 월선이 벵도 나을지 모르지. 니도 사람답게 한분 살아보고."

미처 말이 끝나기도 전에,

"머라꼬요?"

임이네가 방문을 박차고 들어선다. 행여 용정의 얘기나 하지 않을까 싶어서 엿듣고 있었던 모양이다.

"지금 한 말 한 분 더 해보소!"

"하라 카믄 못할까 봐요!"

증오에 차서 임이넬 노려본다.

"멋이 어쩌고 어째? 홍이하고 그년하고 소리도 매도 없이 가부리라?"

"그랬이니 우떻단 말이오."

"내하고 무신 철천지 원수가 져서 그러노오! 니 할애빌 잡아묵었나! 니 에미를 잡아묵었나!"

막 나온다.

"아니 이 계집이,"

그러다가 영팔은 악이 오르는 모양이다. 용이 숟가락을 놓고 밥상을 밀어낸다.

"으응? 세상 좋구나! 과연 좋구나. 죽으라믄 죽는 시늉을 내도 멋할 긴데 사람을 밟아? 야 세상 좋고 돈 좋구나! 이 좋은 세상에 돈에 둥때 난 계집은 거 누구 딸맨치로 화냥질을 하는 기다!"

영팔이 과거사를 건드려 말하기는 처음이다. 임이네 기가 꺾인 듯했으나 다음 순간,

"오오냐! 돈 내놔라 이놈아! 너 먼지 붙어묵을란다!"

밥그릇이 날았다. 임이네 어깻죽지에 맞아 방바닥에 떨어지면서 그릇은 깨어지고 남아 있던 수수 밥알이 사방에 흩어진다.

"아이고오! 분하고 원통하고오!"

다리를 쭉 벌리고 앉아 통곡이다.

244

용이는 일어서 나가고 영팔이도 할 수 없이 피할 수밖에 없다. 이런 소동이 벌어진 지 사흘이 지났을까? 첫새벽에 임이 남정네 허서방이 입에 거품을 물고 달려왔다. 용이는 겨울 땔감을 보태기 위해 마른 풀을 베려고 지게와 낫을 챙겨 들고 있었다.

　"자, 장인!"

　"아침부터 왜 이러나."

　"다, 다, 달아났습매다."

　"뭐가?"

　"구, 구야에미가 다, 다, 달아났습매다!"

　"뭐라구?"

　"옷으 챙게가지고,"

하다가 마당에 펄쩍 주저앉는다.

　"이 일으 어쩝매까! 어이구 이 일으 어쩌믄 좋지비?"

　"아침부터 무신 일인고? 어디 초상이 났나?"

　부엌에서 들었을 터인데 임이네는 딴청이다.

　"장모! 내 말으 들어주시기요. 구, 구야네 장모보고서리 어디 간다 말하지 않았습둥?"

　"어디 가다니?"

　"다, 달아났소꼬망! 옷으 챙게가지고 다, 달아났다 말이! 장모! 말으 해주소꼬망! 어디에 간다 했습매까!"

　"아닌 밤중에 홍도깨라더니 무신 소린고, 내사 통 못 알아들겄네."

"어이구 이 일으 어쩌지비? 간나아 새끼는 누가 키운답매? 어이구우."

"차라리 잘됐네. 질잖은 일이라믄 일찌감치 조짐이 나는 기이 낫다."

우두커니 서 있던 용이 내뱉은 말이다.

"앙이 됩매다! 그년을 찾아야 합매다! 장모 그년으 간 곳으 가르쳐주옵께나. 딸이 간 곳으 모를 리 있겠슴둥? 어망이한테는 한마디하고 가쟎앴겠슴? 가르쳐줍세."

"이거 참말로 학을 떼겄네. 임자가 간수 못한 년을 낸들 우짤 기든고? 알면서 와 안 가르쳐줄꼬? 허 참, 별의별 일이 다 있고나. 그년 땜에 내가 당하는 거를 생각하믄 이가 뼈가 갈린다. 하기사 화냥질을 하든 사당질을 하든 그년 꼴 눈앞에 안 보는 편이."

허서방은 자리에서 벌떡 일어났다.

"그러면은 좋습매다! 장모가 우리 구야르 맡아주시기요! 그거를 달고서리 그년으 찾아다닐 수는 없쟎이요?"

"아이구 맙시사! 어림 반 푼어치도 없는 일이다. 와 내가 너거들 새끼를 맡노. 그런 소리 두 분 다시 했다 봐라! 제 년을 키워 시집보낸 것만도 태산 같은데, 자네도 알다시피 여기는 이씨네란 말이다! 이씨네! 어디 그년이 이씨 성이던가?"

임이네는 펄쩍펄쩍 뛴다. 용이는 온다 간다 말없이 지게를

지고 나가버렸고 허서방은,

"좋소! 좋단 말이!"

외치며 달려간다. 한참 후 그는 여섯 살짜리 사내아이 손목을 끌고 왔다. 얼굴에 코와 눈물이 범벅이 된 아이는 연신 소리소리 지르며 울어댔다. 임이네 마당에 뻗치고 서 있었다.

"안 된다믄 안 되는 줄 알아라! 이 집이 뉘 집인데 허가네 자손을 받을 기고오!"

고래땅 같은 소릴 지른다.

"그년으 여기 딸이라 말이! 찾아달래쟎으 것만도 고맙지비!"

"뭣이 어째?"

"아일 맡으랑이! 사람으 탈으 쓰고서리, 외손자는 자식 앙임둥?"

아이를 밀어내고 밀어들이고 아이는 왕왕거리며 울다간 파아랗게 질리고, 종내 허서방은 아이를 내버려둔 채 임이를 찾는다면서 동네를 뛰쳐나갔다. 농가가 띄엄띄엄 있는 마을에서도 임이는 늘 화제였는데 도망을 쳤다는 말은 꽤 심심찮은 화젯거리가 되었다.

"그 독한 여자가 손주 아일 굶겨 죽일 게야."

"어째 굶기 죽인단 말이? 사위네 집에서 양식 퍼가던데? 내 이 눈으로 똑똑히 봤답매. 양식 가지가구서리 간나르 굶겨 직여? 그러면은 참말입지 벌 받는당이."

"벌 받는 걸 생각하나?"

임이네 얘기서부터,

"자식 두고 가는 년 앞길이 뻔하지 뻔해."

"간나 새끼느 말할 것도 없지비. 아이애비 눈이 화등잔 같아도 샛서방하고 댕기던 거를 생각 앙이합매?"

어쨌거나 아이가 눈물과 콧물과 땟국이 범벅이 된 얼굴을 하고서 양지바른 곳에 쭈그리고 앉아 있는 것을 마을 사람들은 가끔 보게 되었다. 아이는 어망이 하고 울지는 않았다. 아방이 하고 울었다. 그것은 찍히고 할퀴이고 상처투성이가 될 한 생장의 출발이기도 했다.

어쨌거나 시간은 간다. 인간사의 격동이 무슨 상관일까. 경천지동(驚天地動)이 무슨 상관일까. 시간은 천연스럽게 가는 것이다. 용이와 영팔이 그리고 영팔이 큰아들 판술이는 제철이 되었으므로 보따리 하나씩을 들고 예년과 다름없이 산을 향해 떠났다.

여전히 시간은 무심히 가고 있었다. 능란한 벌목꾼 용이와 영팔이는, 그러나 이젠 힘이 부치는 노동이다.

"이젠 늙었고나. 이 짓도 앞으로 얼매나 해묵을란고?"

일을 끝내고 벌목꾼들이 묵는 오두막에 돌아온 영팔은 장작불 앞에 앉아 혼잣말처럼 중얼거렸다.

"아마 올해로 끝장날 것 같구먼. 나이 들면 별수 없는 거야. 제아무리 항우장사라 해도 늙는 것은 못 당하지."

밥솥에 불을 지피던 벌목꾼 송서방 맞장구에,

"그렇습. 그렇이 고레장[高麗葬]을 한단 말이. 제발 제발 올해만 해먹고서리 물러가랑이. 젊은 놈도 그래야 벌어먹잖잉요?"

"아따 지랄 같은 소리 하네. 아 그럼 너도 젊은 축에 든다 그 말이야?"

"오뉴월 하루해가 무섭다*는 말으 앙이 들었습둥?"

"얼매나 아쉬우믄 저런 말을 하까. 그거는 돌짜리 아아들이 나보고 하는 말이고 고레장감으로는 피장파장이라."

영팔의 말이었다. 용이는 곰방대를 물고 잠자코 있었다. 한편에선 옷을 벗고 이를 잡는 사람도 있다. 오두막 하나에 열 명 가까운 일꾼들이 묵는다. 취사는 돌려가며 교대로 했고 나무는 무진장이어서 오두막 안은 훈훈했다.

"저녁밥이나 처먹고 나서 이 사냥을 하든 곰 사냥을 하든 할 일이지 피 묻은 손톱으로 밥 먹을 거야? 입맛 떨어지게,"

정갈한 서울 태생 윤가가 눈살을 찌푸린다.

"가려워서 미치겠는 걸 어떻게 해?"

"거 등짝 보니까 떡 쳤으면 좋겠는걸?"

"떡을 치든 굿을 치든 이놈의 이나 싹 쓸어주었음 좋겠네."

방 안은 불길과 사람들 입김으로 오히려 후텁지근한 편이다. 밥솥 국솥에서 피어오르는 김 때문에도 그러했고, 김과 담배 연기는 안개처럼 자욱하다. 사람의 모습, 불빛 그리고 의식까지 혼합이 된 듯 방 안은 차츰 몽롱해진다. 용의 얼굴은 더욱더 몽롱하다.

"금년 들어 아주 진기가 쭉 빠지는 모양이지?"

"뉘기?"

"이서방 말이야."

"그 사람으 원체 말이 없답매."

"그렇지 않어. 슬적슬적 하는 말이 여간 익살스럽지가 않았다구."

"익살이구 대살이구 우리도 멀쟀이요. 담박 저 꼴 된당이. 남으 걱정 그만둡세."

"허 참, 산을 내려갈 적에는 수울찮은 돈을 쥐고 가는데 말이야. 그게 꼭 물을 쥔 것 같단 그 말이야. 언제 빠져나갔는지 빈 손바닥을 들여다보면 기가 차지."

"험하게 번 돈으 험하게 쓰기 마련입매."

"험하게 벌다니? 도둑질로 벌었단 말이야?"

대답은 서울 태생 윤가가 한다.

"아따 도둑질이 그리 험한 벌인 줄 아냐? 울타리 넘으면 그만이지. 그건 좀도둑의 경우고 큰도둑이야 푹신한 보료에 앉아 긴 담뱃대를 물고 에헴! 에헴! 하고 있어도 재물은 저절로 쌓이는 게야. 벌목꾼같이 험한 벌이가 어디 또 있을라고."

"험하기론 광부도 그렇지. 그 바닥은 더 험하다구."

"그나저나 돈을 쓰게 되는 건 목돈이기 때문인데 간덩이가 커지거든. 몇 달 고생했으니까 한 잔, 한 잔에 끝이 나야지. 홀애비는 목돈 손에 들고 그냥 갈 수 있어? 여잘 안 찾아갈 수 없는 거야. 그러다 보면 돈은 절로 술술, 옛다! 모르겠다 될 대로 돼라! 그렇게 되는 게야."

"제일 좋은 것은 선금 받고 오는 건데. 그 사람의 마음이 간 사하단 말이야. 선금을 받고 하는 일은 어쩐지 공일을 해주는 것 같아서 신명이 안 나거든."

"선금 주는 사람은 또 어디 있구."

"그러니까 사람이란 본시부텀 도둑심보라. 그저 그날 벌어 서 그날 사는 게 우리 같은 처지에선 제일 좋은 거지. 가족들 입치레는 맘놓아도 되니까. 그러나 그놈의 날일도 일 년 열두 달 눈비 오는 날 빼고 일 없는 날 빼고 하면은, 고생이야 타고 난 것, 사는 날까지…… 젊은 시절에는 설마 내가 뭘 한들 남 만 못 살까 보냐 했었지만."

일꾼들은 둘러앉아 타령이다. 이런 생활의 연속…….

"어이 배고프다. 밥이나 먹자."

오두막 안에 찬바람이 씽 하고 몰려든다. 등불이 흔들린다. 뿌옇게 서린 공기가 맴을 돈다. 두 사람이 눈을 털고 들어섰다.

"영팔이아재!"

소년이 소릴 질렀다.

"이기이 누고!"

"아재!"

"홍아! 니가 우짠 일고? 니 아부지 저기 있다."

홍이는 소매 끝을 끌어당겨 눈물을 닦으며 돌부처 모양으로 앉아 있는 용이를 거들떠보지 않는다.

"누구야?"

누군가가 묻는다.

"누구긴? 이서방 아들내미지."

"학생이구만."

"중학생이구마."

영팔이 자랑스럽게 뽐낸다.

"여기까지 머하러 왔노!"

돌부처 모양으로 앉아 있던 용이 입에서 노한 음성이 터져 나왔다.

"몰라서 그럽니까."

새파랗게 질려서 홍이 대답한다. 눈에는 증오가 이글이글 타고 있다.

"죽었나?"

"그랬으면 저는 여기 오지 않았을 겁니다."

"무신 소릴 하노?"

영팔이 어리둥절해한다. 그러나 홍이는 양보하기로 결심한 듯 잠자코 구석자리에 가서 앉는다. 불안스럽게 용이와 홍의 얼굴을 번갈아 보던 영팔이는 일꾼들과 어울려 앉아 있는, 홍이와 동행한 사내를 보고 묻는다.

"외팔이 넌 머하러 왔노."

벌목하다가 팔이 바스라진 사내는 아랫마을에 사는 이서방이다.

　"술잔 값이나 벌라고 왔소."

　"뭐?"

　"저기 학생이 데려다 달라 하기,"

　"그라믄 홍아, 니 판술일 못 만냈다 그 말이가?"

　"야?"

　그러나 외팔이 이서방이,

　"판술이는 상계마을로 갔소. 우리 동네는 건건이가 떨어져서, 내일 아침에나 올 게요."

　"판술이가 고생하는구먼."

　누군가가 말했다.

　"젊으니까, 어서 밥이나 먹자."

　벌목꾼들은 밥솥을 중심하여 둘러앉는다. 외팔이 이서방도 그들 사이를 비비고 들앉는다.

　"홍아, 니도 오너라."

　영팔이 불렀다.

　"지는 안 먹겠습니다."

　"허어 빼지 말고 온나."

　"배 안 고파요."

　홍이는 구석 자리에서 처박히듯 앉아서 대답한다.

　"거 이서방 아들 하나 잘 두었군. 아까는 털모자 속이라 모르겠더니 인물이 훤하군."

"이서방 아이 적하고 꼭 같지."

영팔이 밥을 먹으며 말했다. 외팔이는 얻어먹는 밥이어서 그런지 게걸스럽게 허둥지둥 먹는다. 용이는 모래알 씹듯 밥알을 씹고 있는 것 같다. 그 용이를 영팔이는 곁눈질하며 보곤 한다. 겨울밤이 아무리 길다 하여도 종일 고된 일을 한 벌목꾼들은 저녁이 끝나고 잠시 잡담을 하다가 이내 잠이 들었다. 모두 다 잠이 들고 산중의 밤은 바람뿐, 눈더미가 무너지는 소리뿐, 그리고 잠들지 못하는 사람은 용이와 홍이다. 홍이는 구석진 벽에 붙어 누웠고 그 옆이 영팔이, 용이 떨어진 저쪽 구석에 누워 있었다. 새벽녘이 가까워서 용변보러 나갔다 온 영팔이 홍이를 흔들었다.

"아재."

홍이 나직한 목소리로 불렀다.

"이야기 좀 해봐라. 나는 무신 영문인고 모르겠다."

"정말 모릅니까."

"그러세, 머 말고."

"옴마 아픈 것도 모른다 말입니까."

"알지. 그거사 알지."

"알면서 그런 말을 합니까."

"여기 산판 일 끝나믄 너거 아부지 갈 거 아니가."

"산판 일이면, 그게 대순가요?"

홍이는 울먹인다.

"옴마가 언제 죽을지 모르는데 산판에서 돈 벌어 팔자 고치 겠소! 너무, 너무,"

하다 흐느껴 운다. 소리를 죽여 흐느껴 운다.

"자세히 얘기 좀 해도라. 그냥 아픈 기이 아니다 그 말가?"

"아부지는 알아요. 옴마가 죽을병이라는 걸, 알면서 아재보 고 얘기 안 했는가 부지요."

"죽을병이라꼬?"

비로소 영팔이는 깨달아지는 것이 있다. 용정에서 사람이 왔다는 얘기도 그렇고 용이의 심상찮은 근래의 태도도 생각 킨다.

"죽기 전에 하고, 인편에 편지도 보내고 했는데 아부지한테 서 아무 소식도 없었소. 저는 두 번 다시 아버지를 대면 안 할 라 했지만 옴마가 불쌍해서 또 왔습니다."

영팔이는 코를 잡아당기다가 손바닥으로 얼굴을 문지른다.

"옴마는 며칠 못 가요. 의사도 그런 말을 했거든요."

"세상에 그 미친놈 좀 보게. 그게 온정신인가. 와 그라제? 나보고는 그런 말 입 밖에도 안 냈다. 내가 지난여름에 갔을 때만 해도 니 옴마는 꿈직이길래 얼굴은 안 좋더라마는…… 산판에서 금을 캘 것도 아니겠고 오늘만 내일만 하는 사람한 테 그럴 수가 있나. 하여간에 내일 아침 멕당가지를 끌고서라 도 가야지."

아직 날이 새려면 멀었다. 홍이 옆에 누웠으나 잠이 올 리가 없다.

'알다가도 모릴 일이제. 와 나한테 말을 안 하노 말이다. 생각해보믄 그런 말 입 밖에 내기 싫은 심정도 알 성싶기는 하다마는 그 성미에…… 그렇지마는 용이는 와 거기 안 가노 말이다. 그기이 이상하지 않나. 남녀 간의 정이 떨어졌어도 수천 리 타관에 와가지고 그럴 수는 없일 긴데…… 혼자 속으로 앓는 거는 확실하다. 이 몇 달 동안 사람이 변한 것도 이자 보니 그 때문인데…… 참,'

피리 소리 같은 샛바람 소리가 들려온다. 지쳐버렸는지 홍이는 잠이 든 것 같다.

'월선이가 죽어? 월선이가…… 허, 월선이가 죽다니 그게 웬 말고,'

별안간 뜨거운 것이 목구멍을 차고 올라온다. 눈언저리가 불덩이처럼 뜨겁다.

명주 수건에 떡이랑 곶감이랑 약과랑 어미가 싸준 제수음식을 들고 마을 길을 헤작헤작 걸어가던 어릴 적 월선의 모습이 뚜렷하게 눈 감은 망막에 떠오른다. 영팔이는 떡이랑 곶감이랑 그런 제수음식을 싼 명주 수건을 쳐다보며 계집애 뒤를 따라갔다. 저절로 침이 넘어가고 나중엔 부아가 치밀었다.

'이늠 가시나, 나도 그만 무당 새끼나 될 거로.'

침 넘어가는 것이 견딜 수 없는 영팔이는 계집애 댕기꼬리를 잡아당겼다.

"누가 이 카노!"

계집애는 팔짝 뛰며 돌아보았다.

"누가 우쨌기?"

"와 남으 머리끄덩이를 잡아땡기노?"

"내가 안 그랬다. 바램이 그랬일 기다."

다시 혜작혜작 걸어가는데 더욱 심술이 난 영팔이는 댕기 꼬리를 좀 더 세게 잡아끌었다.

"와 이 카노?"

"누가 우쨌기?"

"와 잡아땡기노!"

"내가 안 그랬다. 저기 저어기 깐치가 와서 그랬을 기다."

"누가 모를까 봐서? 용이오래비한테 일러줄 기다."

"일러. 그라믄 누가 겁낼까 봐서? 지 오래비도 아님서,"

사십 년도 더 되는 아득한 옛날의 일이다. 술에 취한 월선 에미가 쓰러져 죽었던 그곳에서 비탈진 길을 자꾸 올라가면 앙상한 소나무와 오리나무가 몇 그루 있고 그곳에서 또 한참 가면 바로 영팔의 부모 무덤이 있다. 그곳에서 비스듬히 빠져 내려간 곳에 영팔이 형 무덤이 있고 액병 때 죽은 계집아이는 어디 묻었는지 기억조차 할 수 없다. 영팔의 얼굴은 뜨거운 눈물로 젖는다. 월선이 죽을 것이라는 소식은 그간 뜸했던 망 향의 설움을 몰고 온 것이다.

동이 텄다. 홍이 소스라치듯 일어나 앉았다.

"내려가야지."

영팔의 목소리였다. 희미한 속에 용이도 일어나 앉아 있었다. 곰방대를 물고 있었다. 홍이는 재빨리 외투를 입고 털모자를 깊숙이 내려쓴다.

"홍아, 니 어제저녁도 굶었는데 식은 밥 한 덩이 먹고 갈래?"

"싫습니다. 내려가다가 배고프면 사 먹지요."

"외팔이는 깨울 것 없고, 자아 가자."

나서는데 용이는 옷과 털모자만 썼다 뿐이지 보따리는 놔둔 채 나온다. 영팔이는 그것이 마음에 걸렸으나 왠지 보따리 안 가져오느냐고 물어볼 수가 없다.

'하기야 판술이도 있고 나도…….'

산을 내려가면서,

"판술이가 오믄은 나도 곧 갈 긴께,"

하고 영팔이 말했다. 대꾸가 없다. 얼마를 내려가다가 용이는 우뚝 멈추어 섰다. 홍이를 보는 것도 아니요 영팔이를 보는 것도 아닌 어중간한 시선을 허공에 띄우며,

"한 이레만 있이믄 여기 일이 끝나는데 일 끝내고 갈 긴께 오늘은 니 혼자 가거라."

"뭐라꼬?"

영팔이 뛰듯이 돌아섰다. 홍이는 매서운 눈을 하고 돌아보았다.

"오늘은 니 혼자 가거라. 일 끝내놓고 갈 기니,"

"정신이 있냐!"

"정신 말짱하다."

"사람이 오늘만 내일만 한다 카는데 산판 일을 끝내? 이놈아!"

삿대질을 하며 영팔은 고함을 질렀다. 그 말 대답이 없을 뿐만 아니라 용이는 선 자리에서 움직이지를 않는다.

"좋습니다! 네 좋습니다. 산판 일을 끝내고 오실 필요 없습니다."

번쩍번쩍 빛나는 눈으로 아비를 쏘아본다. 아들의 그 격렬한 눈을, 수천 년을 괴어 있는 호수와 같이 맑았으나 빛이 없는 용이의 눈이 마주 본다. 어떤 물체가 와도 그냥 퉁겨버릴 듯 차가운 눈이다. 늙어서 바스라지고 초라한 벌목꾼, 그러나 그 불가사의한 눈은 거대하기조차 하다. 정지한 그 상태가.

"좋습니다! 좋아요!"

홍이 달음박질쳐서 뛰어 내려간다.

"홍아! 홍아!"

영팔이 외치며 뛰어 따라간다. 홍이 손목을 꽉 잡는다.

"홍아, 나랑 가자. 아재하고 같이 가자!"

하고는 용이에게로 몸을 돌린다.

"이 독사 같은 자석아! 니놈은 사람이 아니다! 그래 니놈은 산판에서 떼돈 벌어라! 오늘은 홍이 땜에 그냥 간다마는 어디보자! 니놈 사지가 성할 긴가! 내 니놈을 직이부릴 기다."

용이는 길섶에 선바위같이 미동도 않고 서 있었다. 홍이의 울음소리, 죽인다고 소리소리 치는 영팔의 고함, 그러나 목소리도 모습도 사라졌다. 나무 위에 실린 눈이 바람 따라 날아내리고 일출의 장엄한 광경이 빛과 그늘을 부각하듯…… 사방은 태곳적 같은 침묵이 쌓여간다.

8장 사랑

햇빛이 서편 창가에 두 줄기 비쳐들어 그 빛 속에서 시끄럽게 먼지가 날고 있었으며 이따금 풀쑥풀쑥 기어든 담배 연기가 맴을 돌고 있었다. 겨울날에 모처럼 스며든 햇빛이건만 암울한 사람들 마음을 더욱더 암울하게 할 뿐이다. 방에는 주름살투성이의 한층 얼굴이 길어진 영팔이 고개를 빠뜨리고 앉아 있었다. 얼굴이 새까맣게 탄 공노인은 담뱃대를 털기가 무섭게 누가 담뱃대로 뒤꼭지를 후려치기라도 할 듯 재빠르게 새 담배를 넣어서 불을 붙였고, 그것을 무한정 연기가 나든 안 나든 입에 물고 앉아 있는 것이었다. 방학이어서 학교를 쉬고 있는 두매도 와서 함께 무릎을 모으고 앉아 있었다. 안방, 월선이 누워 있는 방을 지키는 사람은 방씨였다. 이러기를 벌써 사흘, 월선은 기름 떨어진 호롱의 심지처럼 기름 아닌 심지를 태우고 있는 그런 상태, 죽음은 일각일각 다가오고

260

있었다. 아니 다가오고 있다기보다 이미 사신(死神)은 머리맡에 와 있는 것이다. 끈질기게 심지를 태우고 있는 불길은 잦아졌다가 아슬아슬하게 되살아나곤 했다. 두매는 무릎을 모으고 앉아 있었지만 하마 돌아올 때가 되었는데 나간 채 기척이 없는 홍이 걱정을 하고 있었다. 이윽고 공노인이 재떨이에 담뱃대를 친다. 영팔의 입에서 긴 한숨이 새나왔다. 이 기회를 잡은 두매가 벌떡 일어선다. 조심스럽게 방문을 열고 밖으로 나온 두매는 부엌을 들여다본다.

"홍이는?"

아궁이에 불을 지피고 있던 안자,

"몰라."

안자의 양 볼은 불길에 상기되어 사과처럼 빨갛다. 두매는 안자가 예쁘다는 생각을 한다. 그러고는 다음 순간 이럴 때 그런 생각을 하는 자신에 죄책감을 느끼며 거친 목소리로,

"이 자식 또 거기 갔구나!"

내뱉는다.

"홍이 그 애도 어디가 좀 어찌 됐나 부지? 길가에 나섰다고 소문났어. 지 아부지가 용정에 왔으면 길 몰라 못 올까 봐서 거긴 왜 자꾸 가누."

사정을 잘 아는 안자는 화를 내며 말했다.

"오죽 답답하면 그럴까!"

두매도 화난 소리로 응수하고 마당으로 돌아나와 변소가

있는 뒤꼍으로 간다. 홍이 거기 서서 울고 있었다. 털모자를 쓰고 외투도 입고 아마 거기 가지 않으리라 결심을 하고서 분하여 울고 있는 것 같았다. 이제는 두매도 무슨 말을 할 수가 없다. 우두커니 뒷모습을 바라볼밖에. 임종이 가까워 온다는 사실보다 실낱같은 생명이 끊겼다 이어지곤 하면서 홍이아버지를 분명 기다리고 있을 병자의 끈질긴 소망을 두매도 알 듯했기 때문이다. 인편에 편지를 보낼 때 홍이는 두매에게 말했다. 이번에 만일 아버지가 오지 않는다면 평생 상면 아니하겠다고, 주먹을 쥐고서, 그러나 홍이는 그 선언을 스스로 저버리고 사람까지 사서 산판의 아버지를 찾아갔었다. 그는 하산하면서 다시 맹세했으리라. 다시는 아버지라 하지도 않을 것이요 상면도 하지 않을 것이라고 울부짖었을 것이다. 그러나 홍이는 해 질 무렵이면 그 길목에 가서 우두커니 서 있곤 하는 것이다. 행여 올지도 모른다는 한 가닥 희망을 안고, 이제는 사랑하는 어머니와의 이별보다 아버지가 지켜보지 않는 자리에서 어머니를 가게 할 수 없다는 소망이 무너지는 분노 때문에 그는 울고 있는 것이다. 두매는 알 수가 없었다. 왜 홍이아버지가 오질 않는가를. 그것은 비단 두매뿐만 아니었다. 모두가 그러했다. 모를 일이었다. 야속한 놈 인정머리 없는 놈, 뉘 땜에 병이 났겠느냐, 날이면 날마다 욕을 하는 방씨에게도 용이 오지 않는 일은 수수께끼였다.

"홍아."

"……."

"거기나 가보자."

"가면 뭘 해."

"그래도 여기서 울고 있으면 별수 있나?"

가면 뭘 해 하고서도 홍이는 걸음을 옮긴다. 행여 올지도 몰라, 홍이는 수없이 마음속으로 중얼거리고 있는 것 같았다. 두 소년은 해란강의 바람이 몹시 부는 길목에서 털모자를 깊숙이 눌러쓰고 눈만 내어놓고 서 있었다. 그러나 언제까지 그러고 서 있지는 못했다. 그새 집에서는 어머니가 죽었는지도 모른다는 불현듯한 생각. 홍이는 안절부절못하다 그만 돌아선다. 천천히 걷다가 걸음이 빨라지고 다음은 허둥지둥 미친 듯 뛴다. 따라서 그의 뒤를 따라가는 두매도 허둥대다가 뛰기 시작하는 것이다. 마치 홍이의 그림자처럼 홍이 심정이 전염되어 자신의 심정이 된 것처럼, 냉철한 두매가. 홍이엄마를 두매도 좋아했었다. 그러나 두매는 이 순간 임종도 못 본 아비의 임종을 혼동하고 착각했는지 모른다. 집에 갔을 때,

"막 의사가 다녀갔어."

하고 안자가 말했다. 길서상회댁에서 특청을 하고 인력걸 보내어 모셔왔다는 것이다. 그 전에도 의사는 서희 간청으로 몇 번 왔다 갔었다. 의사가 왔어도 병자의 고통을 덜어주기 위해 진통제를 쓰는 것, 보혈주사를 놓아주는 것 이외 다른 방법이 있을 순 없었지만 의사가 다녀간 후면 월선은 반드시 홍이를

찾았다. 고통이 덜해지기 때문이다. 다른 때도 고통이 가셔질 때 홍이를 찾았고 고통스러울 때는 홍이더러 나가라 했다. 마음속으로 목마르게 기다리고 있을 용이에 대해선 일절 말이 없었다. 이 여자에게 이런 고집이 있었나 싶으리만큼. 그러나 죽음에 대비하는 것이었는지 사랑하는 사람을 기다리는 맘에선지 늘 몸을 닦아달라 했고 머리를 빗겨달라 했다.

"널 찾는다. 어서 가봐라."

안자가 말하지 않아도 홍이는 방씨가 부르는 소리를 들었다. 두매는 담배 연기가 자욱한 작은방으로 들어가고 홍이는 월선이 누워 있는 안방으로 들어간다.

"옴마!"

"운냐."

커다랗고 푸른기가 도는 눈이 홍이를 쳐다본다. 좀 생기가 나는 것 같다.

"어디 갔더노."

"바람 좀 쏘이고 왔다."

"칩운데 감기 들믄 우짤라꼬?"

"이 사람아 너 걱정이나 해라."

방씨가 말했다.

"숙모요."

"와."

"우리 홍이, 에미 병 땜에 많이 야빗지요?"

"아무리 야비도 아픈 사람만 하까?"

월선의 얼굴은 주먹만 했다. 몸도 오그라든 것처럼 작아졌다. 본래 뼈대가 가늘었던 여자, 그 가는 뼈대가 드러난 손은 차마 눈 뜨고 볼 수가 없다. 옛날과 다름없는 것은 푸른기를 띤 눈뿐이다. 아니 옛날보다 더 크고 더 맑게 빛나는 눈동자에는 이상하게도 어떤 충만감조차 넘실거린다. 육체적인 고통이 멎는 순간의 그의 눈은 항상 그러했다.

"홍아."

"응."

"니는 후제 커서 이사가 됐이믄 좋겄다."

"공불 많이 해야지 내가 어떻게?"

"그렇구나. 공불 많이 해야겄제? 공부 많이 하는 것도 그리 좋은 거는 아니다. 공부도 할라 카믄 피가 마를 긴께. 그라믄 니는 그만 하동 가서 장시를 하는 기이 좋겄다. 베장시, 비단 장시 말이다. 난리가 나도 짊어지고 달아나믄은 팔아감시로 굶지는 않을 긴께 안 그렇나? 그렇제?"

"옴마는 참,"

"부자도 안 좋을 기고 너무 기찹아도(가난해도) 못 살 기고 그냥저냥 묵을 만치 하고 사는 기이 젤 좋다. 식구들이 화목하고 자식은 서넛 낳아서 나는 똑 그랬이믄, 우리 홍이가 그랬이믄 싶다."

"사람도, 아 그만해두어라. 얘기도 너무 하믄 지친다."

방씨는 울컥울컥 치미는 것을 삼키며 이불깃을 끌어당겨 주며 말했다.

"내가 또 기운이 빠지고 아파오믄은 말도 못할 것 아니오. 숙모님은 내 맘도 모름시로 걱정만 해쌓소. 홍아."

"옴마, 이자 고만 얘기해라. 옴마 하라 카는 대로 할 긴께, 기운 빠진다 카이."

"아니다. 지금은 아주 편안하다. 소원대로 말하믄은 사모관대 하고 대례청에 서는 니를 보고 접지마는, 니겉이 착하고 세상에서 젤 이쁜 니 각시, 쪽도리 쓴 것도 보고 접지마는 이대로도 괜찮다. 이자 다 컸고 어디 가도 구박받을 나이는 지났인께."

"애비 에미가 있는데 와 구박을 받을 기고, 씰데없는 걱정한다. 니 일신 생각이나 좀 해라."

참다 참다 방씨는 화를 낸다.

"야아. 그거를 누가 모립니까. 에미 애비가 있어도 어린거는 불쌍한께요. 우리 홍이가 열 살도 못 됐다믄 참말로 가심이 아플 깁니다."

홍이는 울고,

"무신 인연이, 이런 인연이 있노."

방씨는 코를 훌쩍이며 중얼거렸다.

이러기를 또 며칠. 섣달그믐날 해거름이었다. 공노인댁 방씨는 제사 차림을 위해 객줏집으로 돌아갔고 공노인도 잠시 방을 비운 사이 망태 하나를 어깨에 걸머지고 초췌해진 사내가 집 안으로 들어섰다. 솜을 두어 누덕누덕 기운 반두루마기도 벗어 던진다. 그는 마루 끝에 망태를 내려놓고 신발을 벗는다.

"홍아!"

부엌에서 쫓아 나온 안자가 외쳤다.

"홍아! 아버지 왔다!"

홍이 안방 문을 박차듯 뛰어나온다. 동시에 작은방의 문이 떠나갈 듯 열렸고 영팔이와 두매가 나왔다. 홍이의 얼굴은 홍당무였다. 영팔이 얼굴도 벌겠다. 두매 얼굴만이 푸르스름하다. 모두 벙어리가 되어버렸는지 마루에 걸터앉아 지카타비*를 벗고 있는 용이 뒷모습을 쳐다본다. 마루에 올라선 용이는 털모자를 벗어 던졌다. 솜을 두어 누덕누덕 기운 반두루마기도 벗어 던진다. 그러는 동안 말 한마디 없을 뿐만 아니라 누구 한 사람 거들떠보지도 않았다. 몸 전체에서 뿜어내는 준엄한 기운에 세 사람은 압도되어 선 자리에 굳어버린 채다. 방문은 열렸고 그리고 닫혀졌다. 방으로 들어간 용이는 월선을 내려다본다. 그 모습을 월선은 눈이 부신 듯 올려다본다.

"오실 줄 알았십니다."

월선이 옆으로 다가가 앉는다.

"산판 일 끝내고 왔다."

용이는 가만히 속삭이듯 말했다.

"야. 그럴 줄 알았십니다."

"임자."

얼굴 가까이 얼굴을 묻는다. 그리고 떤다. 머리칼에서부터 발끝까지 사시나무 떨듯 떨어댄다. 얼마 후 그 경련은 멎었다.

"임자."

"야."

"가만히,"

이불자락을 걷고 여자를 안아 무릎 위에 올린다. 쪽에서 가느다란 은비녀가 방바닥에 떨어진다.

"내 몸이 찹제?"

"아니요."

"우리 많이 살았다."

"야."

내려다보고 올려다본다. 눈만 살아 있다. 월선의 사지는 마치 새털같이 가볍게, 용이의 옷깃조차 잡을 힘이 없다.

"니 여한이 없제?"

"야. 없십니다."

"그라믄 됐다. 나도 여한이 없다."

머리를 쓸어주고 주먹만큼 작아진 얼굴에서 턱을 쓸어주고 그리고 조용히 자리에 눕힌다.

용이 돌아와서 이틀 밤을 지탱한 월선은 정월 초이튿날 새벽에 숨을 거두었다.

"어이구우! 니가 이서방을 기다리노라, 어이구우! 이 불쌍한 것아!"

방씨는 땅을 치며 통곡했다. 그러는 사이 미리 준비해놨던 월선의 옷 한 벌이 지붕 위에 올려졌고 안자와 순이네는 사잣밥을 짓는다. 공노인은 허허어 허허어 하며 앉았다간 서고 섰다간 앉고, 영팔이 두매는 눈물만 뚝뚝 떨어뜨린다. 기별을 받은 길상이 달려왔다. 그러나 방 안의 사람들은 모두 물러나왔다. 용이 혼자서 염을 하겠노라 했기 때문이다. 시신이 놓인 방에서 물러 나려다 홍이 뒤쫓아왔다.

"옴마!"

가슴 위에 모아놓은 뼈뿐인 손을 잡고 다시,

"옴마!"

홍이 계속하여 옴마! 옴마! 부르며 방에서 뛰쳐나간다.

오랜 병 끝이어서 준비는 다 되어 있었다. 해서 장례는 차질 없이 진행되었다. 입관이 끝나고 굴건제복한 홍이와 삼베 두건을 쓴 용이 침착하게 빈소를 지키며 문상객을 맞이한다. 생전에는 외로웠던 월선이었으나 죽어 누워 있는 그의 빈소는 쓸쓸하지 않았다. 객주업과 거간업으로 알음이 넓었고 적당히 교활하면서 수완가인 반면 사욕이 없는 탓으로 쌓아올린 공노인의 지반이 있었으므로 그의 영향하의 시정배(市井輩)라 할까, 그런 남정네들이 공노인의 면을 보아 많이들 다녀갔다. 국밥집 시절의 단골이던 역시 엇비슷한 사람들도 더러 다녀갔고 홍이 학교의 선생님, 친구들도 문상 왔었다.

"이서방 넋 빠졌구면. 정신 차리라구. 머지않아 다 갈 건데 뭘 그래?"

거간 권서방이 그런 말을 했다. 신전 박서방과 엿도가 하던 홍서방은 눈을 꿈벅꿈벅하며,

"홍아, 네가 젤 딱하구나. 엄마 보고 싶어 어쩔래? 그럴수록 공부 열심히 해야지."

그런 위로의 말을 했다. 그리고 길서상회 서희가 문상 온 것은 의외의 일이었다. 그는 남과 다름없이 절차대로 예를 치렀다. 옛날 하인이나 다름없는 작인 용이에게 맞절하는 것도 서슴지 않았다. 이 광경을 본 영팔이는 너무 놀라 얼굴빛마저 샛노래졌다. 그러나 용이와 홍이는 서희의 정중함에 답하는 정중함으로 대하였을 뿐 비굴이나 감사의 특별한 변화는 나타내지 않았다. 빈소에서 나온 서희는 손수건을 꺼내어 눈언저리를 닦는다. 영팔의 얼굴은 다시 한번 노랗게 변하였다.

"김서방."

손수건을 소매 속에 넣으며 서희는 또 뜻밖에 영팔이를 불렀다.

"예 애기씨! 아, 아니 마님."

"고생이 많았지요?"

"고생이랄 게……."

"조금만 참아요. 올해 안으로 우린 돌아가게 될 게요."

"예."

영팔이 실감도 하기 전에 서희는 어느덧 대문 밖에서 기다리고 있는 인력거에 오르고 있었다. 영팔이 뒤쫓아가서 허리를 굽히고 서희는 고개를 끄덕이고서 그리고 인력거는 떠났다.

넋을 잃고 서 있던 영팔이 작은방으로 쫓아 들어간다. 별안간 그는 어흥! 어흥! 하고 소같이 울어젖히는 게 아닌가.

"어이구우— 어이구우— 일 년만 더 살았어도, 어이구우— 무신 놈의 복이 그리 없노오!"

돌아가게 된다! 꿈 같은 얘기, 꿈 같은 일이 영팔을 울게 한다. 월선에 대한 연민과 그간의 세월의 설움이 울음과 더불어 목구멍에서 꺼이꺼이 넘어오는 것이다.

"어이구우—!"

이 북새통에 두매는 어디로 갔는지 모습이 보이지 않았다. 초상 전에는 줄곧 붙어 있던 두매가 묘한 소외감 때문에 사라졌을 것이 틀림없다. 그리고 한 가지 불상사는, 눈앞이 보이지 않는다고 중얼거리던 공노인이 마루에서 발을 헛디뎌 마당에 굴러떨어져 발을 삔 일이다. 대단찮다고 우겼으나 운신하기가 어려우니 결국 방에서 벽을 등지고 앉을 수밖에. 영팔이와 길상이 그리고 다시 밤샘하겠다고 찾아온 권서방 해서 네 사람은 한방에서 밤을 맞이하게 되었고 술상이 들어오고 긴 밤을 새기 위해 이들은 술을 마시게 되었는데.

"뭐니 뭐니 해도 일을 당하고 보니 우리는 객식구라. 아무리 가슴이 미어지게 아파도 이서방 홍이만은 못하네. 그걸 나는 깨달았구만. 그 불쌍한 내 조카딸한테 홍이라도 없었더라면 상주 없는 빈청 내 어찌 그 적막한 꼴을 보겠나. 기왕지사 사람은 갔고요. 이서방하고 홍이가 저러고 있으니 한결 마음에 위로가 되는구만. 고마운 생각도 들고,"

공노인이 눈물을 홀짝이며 말했다. 월선의 죽음으로 하여 공노인과 용이 부자간의 석연치 못하였던 감정은 눈 녹듯 하였고 그들 부자가 주관하는 장례는 공노인 마음을 다시없이 애틋하게 하였다. 그리고 그들의 슬픔에 미치지 못한 자기 슬픔에 회한보다 만족하는 것이기도 했다.

"예, 맞십니다. 안 낳았다 뿐이지, 홍이가 산에 왔일 적에……
자기 낳은 자식인들 그러겠십니까?"

"암, 암, 남 낳은 자식이라도 저만만 하다면야, 내 낳은 자식 열이면 뭘 해?"

권서방도 영팔이 말에 동의하며 고개를 연신 끄덕여댄다. 으레 길흉사가 있을 때마다 사람들의 감정이란 확대되기 마련이다. 그래서 좋은 것은 더욱더 좋게, 나쁜 것은 더욱더 나쁘게, 슬픔이나 기쁨도 표준을 잃기 쉽다. 그러나 용이와 홍이의 슬픔이나 죽은 사람에 대한 애정은 그들이 느끼는 것 이상의 것임이 틀림없었다.

"돌아가시고 보니 아지매가 얼마나 우리에게 위로 주는 사람이었던가 그게 깨달아지는군요. 나도 울적할 땐 그분을 찾아가곤 했었는데, 이젠…… 누굴 찾아가서,"

길상은 밖에서 술을 많이 하고 온 눈치였고 계속 술을 마시면서 말했다. 말씨는 침착했으나 주정을 부릴 듯 위태위태한 분위기를 내뿜는다.

"애기씨도, 아, 아니 최참판댁 그분도 눈물을 흘리시던데, 누가 그거를 생각할 수나 있었겠나. 길상이가 있으니 말하기는 안된 일이지만 나는 세상에 그분 눈에 눈물이 있다는 건 참말이제 생각해본 일이 없었구마. 하도 이상해서 아마 애기를 낳고 아이 어무니가 되고 보니 사람들 설움을 알게 된 기이 아닌가 하고,"

"그거는 아닐 겝니다. 그 사람 애기 어멈이 되어 울었던 건 아닐게요. 월선아지매, 그분에 대해서만은 어머니를 대하는 것 같은 그런 기분이 있었지요."

"그럴까?"

영팔이는 아무래도 실감할 수 없는지 맹하니 길상을 쳐다본다.

"나도 때때로 어머니 같은 생각을 했으니까, 네에, 어머니 같이 말입니다. 가서 주정하고 우두커니 앉아 있기도 하고,"

길상은 어지간히 휘청거리는 것 같다. 생(生)과 사(死) 그 틈바구니의 빛깔이란 참으로 미묘하다. 시신은 아직 방에 있고 땅속에 묻히는 그동안 숨막히는 그 시간을 사람들은 고인과 그리고 그와 가장 가까운 사람의 얘기로 하여 숨구멍을 트고 있는 것이다. 슬픔이 덜한 사람은 그것으로 보충하는 마음,

273

슬픔이 깊은 사람은 그것으로 위로받고.

"하야간에 우리 월선이는 마음씨 하나 가지고 그 기박한 팔자를 곱게 넘긴 셈이기는 하지. 내 이서방을 미워도 하고 욕도 하고 했었지마는 실상 그 사람만큼 분명한 사내도 드물어."

"그 그건 예. 맞십니다. 아랫도리 벗었던 시절부터 용이하고는 이날까지 예, 보기는 유한 것 같지마는 속으론 지 성미를 굽히고 도리에 어긋나는 일은 못합니다. 그러나 나도 모릴 일이 많고, 아, 이분 일만 해도 홍이가 그렇그름 산까지 와서…… 하 참, 산판 일을 굳이 끝내고야 오느냐 그겁니다. 도무지 그럴 만한 일이 없는데 말입니다. 그라고 아프다는 정도는 알고 있었지마는 위중하다는 것도 홍이가 산에 오기까지 입을 다물고 말을 해야지요."

"영팔이아재 그거는, 그거는 알 만해요. 왜 용이아재가 그랬는지,"

"와 그랬이까?"

"용이아재는 내가 가기까지 죽지 않는다는 신념이 있었겠지요."

"그렇다 카더라도."

"그리고 또 월선아지매가 죽을 것이라는 확실한 일을 다짐하고 다짐하면서 받을 수 있는 고통을 다 받아보자는 심산이 아니었을까요."

"허 참, 우리네는 모를 일이구먼."

권서방이 웃었다.

"나는 이 세상에 나서 저 빈청에 있는 용이아재의 그런 얼굴을 본 일이 없습니다. 그 얼굴이 무섭고 가슴이 저립니다. 슬픔 같은 것하고 비교가 안 돼요. 온 세상에 그럴 수 있습니까?"

"글쎄 알 듯도 하고 모를 듯도 하고 우리네야 그냥 살면 사는가보다 하고."

권서방이 중얼거리며 길상의 술잔에 술을 붓는다.

"옛말에 사람이란 관뚜껑에 못을 박아야만 그 사람이 어떻다는 말을 할 수 있다 했는데 그 말이 맞는 말이야. 내 조카딸도 따지고 보면 못살다 간 것도 아닌 성싶네. 그리고 이서방도 복 없단 말은 못할 것 같애. 흔히 사람들은 팔자 치레라는 말을 하는데 따지고 볼 것 같으면 육례를 갖추고 만난 부부라도 필경엔 남남 아니겠느냐 그거지. 여기 앉은 사람들이야 내 조카딸 근본을 아니 하는 말인데 그러니까 형수뻘 되는 사람이 그런 처지가 아니었거나 또는 이서방 모친이 그런 처지인데도 불고하고 허혼을 했다 한다면은 물론 이서방하고 내 조카딸은 은앙새겉이 잘 살았겠지. 그러나 만났다간 헤어지고 헤어졌다간 또 만나고 그 끈질긴 인연하고 기구한 세월이 반드시 음, 그렇지 그렇기 때문에 그 사람들 맘이 더 굳게 떨어질 수 없게 되었다면은 반드시 박복했다 할 수만도 없을 것 같애."

"형님, 거 풍월 아는 소리외다."

"아암 풍월 알구말구. 내 비록 늙고 못생긴 마누라, 자식 하나 생산 못 한 마누라지만 그 할망구 하나 보고 살긴 살았으되, 그러니 사람에 미친 일은 없으나 나는 미치는 성미야. 약 촐 캔답시고 산에 미쳐서 다녔고 또 미친 일이 많았지. 남이 보기에는 헛일하고 고생한 보답 없다 하겠지만 내 마음에 열심이면 그게 보람이요, 미치는 거지."

"지금이니까 그러시지. 조카딸 생전에야 어디 그러셨소. 이 서방을 눈엣가시처럼 생각했던 게 사실이지 뭐."

"그거는 또 나대로의 애정일 게고 아무튼, 어쩐지 이서방이 이제는 내 아들 같고 홍이가 내 손자 같네. 이렇게 외롭잖게 그 아이가 저승길을 떠났으니 사람이란 어떤 뜻으로 외롭지 않게 죽는 그것이 복인 것 같단 말이야."

출관하는 날은 북쪽 날씨치고는 따스한 편이었다. 하늘도 맑았다. 흰 꽃상여는 서희가 경비를 내어 만들었고 안자랑 순이 순이네 그리고 시집간 새침이까지 흰 베치마 하나씩을 얻어 입었다. 두건은 용이 말고 영팔이 두매도 얻어 썼고 상주는 홍이 혼자였으나 많은 사람들이 뒤따랐다. 생전의 월선을 아는 사람들이지만 흰 상여의 장례행렬이 조촐하여 구경 삼아 따라가는 이도 적지 않았다. 돌아서 한참을 간 양지바른 곳이 장지였다. 상여가 멎고 바람에 펄럭이는 만장이 멎고 그리고 사람들도 멎었다. 사람들 속에는 꽤 많은 아낙들이 끼어 있었다. 그들은 홍이 칭찬에 침이 마를 지경이었고.

"이 산소느 길서상회 그 댁에서 마련했다잖이요?"

"상여도 그 댁에서 맨들었답매."

"어쩌믄? 친척도 아니라던데?"

"그 집 도렝이 아바이하고 무시기 걸린 게지. 그 댁 바깥주인으 본시 하인이었으니까 말이."

"아무튼 죽어서 호사하는 것도 괜찮구먼."

"무시기, 죽어 호사하느 기 어렵지비."

미리 간 인부들이 파놓은 곳에 막 하관(下棺)을 하려 했을 때다. 돌연 여자의 곡성이 들려왔다. 사람들은 곡성이 나는 곳으로 머리를 돌린다. 두 아낙이 이곳을 향해 달려온다. 부고를 받고 오는 임이네와 영팔의 처 판술네였다. 비호같이 달려오는 것은 임이네였고 판술네는 엉금엉금 기다시피 뒤따르고 있었다.

"하관하지."

영팔이 명령했다. 관은 밑바닥으로 내려갔다.

"아이고 성님! 이기이 웬일입니까아! 아프다 아프다 해도 이리 쉬이 갈 줄 내 몰랐네에."

임이네는 달려오면서 가락에다 사설을 넣는다.

"성님! 성님! 우리 홍이 두고, 세상에 이럴 수도 있십니까? 아이고오! 아이고오!"

묘 구덕 옆에까지 바싹 다가가 앉은 임이네, 주먹으로 땅을 친다.

"마지막 가는 길에 얼굴 한 분도 못 보다니! 아이고오 아이고오!"

판술네는 묘 구덕까지는 미처 가지도 못하고,

"아이구우 성님요! 이이기 우찌 된 일입니까."

하며 그 말만 되풀이하며 운다.

"시끄럽다. 일질에 저리 좀 비키라!"

영팔이 자기 아낙을 발길짓하듯 떼밀어낸다.

"야, 야."

판술네는 민적민적 물러서면서 운다.

"흥, 저 헛울음 좀 보게? 청산유수구만."

"무시기 저리 슬프겠슴? 참말로 흉내 잘도 낸당이."

아낙들이 수군거린다.

"아이고오! 아이고오! 저승차사도 무심하고 염라대왕도 무상하지. 부처 겉은 우리 성님 오사 죽음 시키다니, 아이고! 아이고오! 장개가는 우리 홍이 와 안 보고 갔십니까! 야속하요! 성님! 성님 야속하요! 그리 소원하더니만 아이고오 아이고오 형제같이 의지하고 내가 살았는데 이자는 누구 믿고 살라 하요! 한번 가믄 못 올 길을 언제 다시 볼꼬! 아이고 성님! 기왕지사 갈라거든 고향에나 가서 죽지. 손발 찾아지게 애탕으로 끓탕으로 홍이 생각하더니만 와 며느리도 못 보고 혼자 갔소! 아이고오! 아이고오! 불쌍한 우리 성님!"

한 손으로 코를 풀어 뿌려가면서 자지러지게 입담도 좋은 곡성이다. 그러나 남정네들은 묵묵히 묘에 흙을 덮고 있었다.

한참을 울고 난 임이네도 멋쩍었던지 치마를 끌어당겨 콧물을 닦고 몇 발짝 물러나 앉으며,

"위중하믄 위중하다는 기별이라도 있이야제. 그랬이믄 생전에 얼굴 한 분이라도 보았을 긴데 세상에 이리 야속할 데가 어딨겄소. 모두 내 식구고 나만 군식구란 말이던가? 참말로 인심 야박하구나."

'살판났는데 머가 야박하고 야속한고?'

영팔이는 삽질을 하면서 삽으로 내리쳐주고 싶은 미운 생각을 참는다. 누구 한 사람 와서 임이네 참으라고 말리는 사람은 없고, 더는 아이고 대고 하기가 민망했던지 민적거리고 있던 임이네.

"흥 굴러온 돌이 본돌 치고 객이 주인 노릇 한다 카더니만," 하고 삽질하는 영팔의 어깻죽지를 노려본다. 상대를 하면 시끄럽다 생각하면서도 영팔의 참을성이 터진다.

"거기 좀 비키소. 곡이사 상석 때나 하고."

떼밀어낸다.

"와 사람을 치노."

"일질에 걸거치니께 그렇지."

"말로 하지. 곰배팔가? 사람을 치기는 와 쳐?"

"초상 끝이 좋을라 카믄, 저기 저어기 가서 가만 앉아 있이소."

"초상 끝이 좋을라 카믄? 어디 두고 봅시다."

드물게 양보를 한다. 그리고 물러는 나되,

"흥! 그년 팔자 늘어졌고나."

조그만 목소리로, 그러나 영팔이 들을 수 있게 넌다.

"저것을 그만!"

영팔이 역시 작은 목소리로 뇌며 분노를 꿀컥 삼킨다. 어쨌거나 둥그스름하게 무덤은 만들어졌고 일꾼들이 삽으로 흙을 다지면서 장사는 막바지에 이르고 있었다.

9장 아귀지옥

장례가 끝난 뒤 안방에는 빈소가 있었고 작은방에는 용이 부자와 영팔이 거처하게 됨으로 임이네는 부득불 판술네와 함께 객줏집에 묵을 수밖에 없었는데 임이네의 안달은 이미 모두가 예상했던 일.

"비단가리(살림도구) 하나라도 챙기야제. 남 좋은 일 와 시킬 기고. 이게 다 누구 건데? 우리 홍이, 홍이 거란 말이다."

해가 뜨기도 전에 달려와서 들으란 듯 집 앞뒤를 쏘다닌다. 그리고 잡아먹기라도 할 듯 서슬 푸르게 영팔이 내외를 대하는 것이었다. 이틀 밤이 지난 뒤,

"삼우제나 보고 갔이믄 싶지마는 아지매는 우리 판술네하고 함께 집에 가 있이소."

영팔이 입에서 말이 떨어지자 기다리고 있었던 것처럼 임이네는 팔을 걷고 나섰다.

"보자 보자 하니, 해도 가이방해야지그래, 가라 오라 대관절 판술아배가 먼데 그러요?"

"여기 있어 봤자 동네방네 우세스럽소. 누구 귀머거린 줄 아나?"

"그래 귀머거리가 아니믄!"

"죽은 사람 얘기는 와 하고 댕기요! 우리 홍이가 있어서 사람 구실을 했다?"

"그거야 틀림없는 얘기제. 우리 홍이 아니었이믄 상주 하나 없는 생이, 꽃생이믄 머하고 금생이믄 머하노. 가련한 그 꼴 보기가 참 좋았겠소. 내가 어디 틀린 말 했단 말이오?"

"임이네를 잡고 말하느니 마차 끄는 말이나 보고 얘기하지."

"허허어, 내 말 사돈이 한다더니, 사람 좋은 체 그러지 마소! 누가 그 속을 모를까 봐서? 속에는 열두 꼬리가 달린 능구렝이가 들어 있다 카이. 피도 살도 안 닿았는데 만사 제폐하고 여기 와서 친정 오래비 행세하는 거는 무신 까닭이오. 마음이 시꺼멓다! 마음이 그래 집 한 채라도 거기 몫이 될 성싶으던가? 입다 남은 옷가지 임자 없는 살림이니 나도 좀 차지하자 그런가? 어림 반 푼어치도 없다. 내 눈이 시퍼렇기 살아 있는 이상은,"

"이런 벼락을 맞아도,"

"돌아앉은 구신도 물밥으로 달래야지* 나한테 우떻기 했다고? 내 맘이 좋아야 모지라진 빗자리 하나라도 얻을 기구마."

못 견디겠던지 홍이 작은방에서 뛰어나왔다. 용이는 장례가 끝난 뒤 이불을 쓰고 송장같이 밤낮으로 자고 있는 상태였다.

"가소! 가란 말이오!"

악을 썼다.

"뭐라꼬? 니 누보고 하는 말고? 여기 이 사람보고 하는 말이제?"

"어머니가 무슨 상관이오! 어머닌 아무 상관없단 말이오! 권리도 없고! 끝내 그러면은 내 이 집에다 불을 지르고 말 기니까네! 불을 지르고 싹 불을 지르고!"

하며 흐느껴 운다. 임이네 어세가 누그러진다.

"지랄한다. 다 니 생각해서,"

"내 생각 할 거 없어요. 어머니 마음보나 고쳐요! 무슨 경사 난 줄 압니까? 남이 부끄럽소!"

"어이구 자식도 에미 마음을 모르고, 우째 나는 이리 인덕이 없는고 모르겠다."

흐지부지 끝이 났으나 판술네만 혼자 돌아갔고 임이네는 전과 같이 설치고 다니지는 않았으나 바위틈에서 대가리만 내밀고 외계를 살피는 뱀같이 객줏집 일각에 도사리고 앉아 사사건건 귀를 세우고 있었던 것이다. 객줏집으로 후퇴한 것은 용이와 홍의 날카로워진 감정의 칼날을 피해보자는 것이요, 둘째는 공노인의 내외가 월선이 남긴 재산에 대하여 상당한 재량권이 있는 것으로 짐작한 때문인데 그러면 공노인 내외는 어째서 그처럼 사갈시하던 임이네를 붙여놓고 있느냐, 체면상 박절히 할 수 없는 때문이지만 그보다 용이와 홍이를 대접해서 형식이나마 임이네를 존중해주었던 것이다.

사흘 만에 용이는 이불을 걷고 일어나 앉았다. 그는 정말 사흘 동안 깊은 수렁과 같은 잠 속에 빠졌던 것이다.

"홍아."

옆에 앉아 있던 홍이,

"아부지."

반가웠던 것이다.

"나 냉수 한 그릇 주라."

"야."

홍이 냉수를 떠다 건네준다. 단숨에 다 마시고 빈 그릇을 놓으며,

"며칠인가?"

"사흘 밤 내리 계속해서 잤소."

"음…… 영팔이아재는 어디 갔노. 집에 갔나?"

"아니요. 판술이옴마만 가고, 아재는 갈라 캤는데 객줏집 할아부지가 좀 기다리라 캐서, 그라고 길상이아재도 그랬는가 배요. 좀 있으라고."

"그런데 어디 갔노?"

"심심하다 함서 권서방하고 술 마시러 가싰는가 배요."

"……."

"점심 좀 잡수시야지요?"

"음, 그래야겠지."

이 무렵 영팔이는 박서방 가게에서 술을 마시고 있었다. 정초라 손님이 없고 일거리도 없는 가게에 권서방과 함께, 술은 권서방이 냈다.

조선서 공노인이 돌아온 후 공노인의 음덕으로 몇 군데 흥정을 붙여주어 한겨울 동안 호구지책은 되었으나 영팔이를 불러내어 술까지 사는 데는 권서방 나름의 은근한 술수가 있었다. 길서상회 뒤편에 있는 땅이 아직 팔리지 않고 있었기 때문인데 그것을 영팔이가 어떻게 좀 다리를 놔주었으면 싶어서다.

"금년 설은 가꾸로 쉈는데, 여기 이렇기 앉아서 술을 마신께 별놈의 생각이 다 나누마."

"그럴 거야. 그새 김서방도 많이 늙었거든."

술을 못하는 박서방은 곰방대를 물고 콧구멍에서 연기를 내며 말했다.

"내가 여길 떠난 지도 칠팔 년 될 거로. 그땐 신을 삼아서 박서방한테 넘기고 주갑이를 만낸 것도 여긴데 광산에 일자릴 얻을라꼬 함께 떠난 일 하며…… 지금 내 심정이 우떤지 당신들은 모를 기구마."

월선이 죽어서 쓸쓸한 것도 그렇지만 뜻하지 않았던 귀향에의 서광이 그의 마음을 몹시 복잡하게 한 것이다. 희비쌍곡(喜悲雙曲)이라고나 할까. 우직한 영팔이는, 자다가도 고향에 돌아갈 수 있다는 그 기막힌 소식을 되새겨보려고 자리에서 벌떡 일어나곤 했는데 그럴 때마다 영팔은 부끄러워지는 것을 느낀다.

'초상집에서 혼자만 좋아하고 있는 것은…… 참말로 나도 야박한 놈이구나. 월선이가 죽었는데, 죽은 지 며칠이 됐다고.'

그러나 어느새 행복의 나라로 떠날 배를 타기 위해 뱃머리에 서 있는 아이같이 영팔의 마음은 설레기 시작한다. 행여 배가 안 오면 어떻게 하나, 과연 나도 태워줄 것인가, 설렘은 불안과 초조로 변해간다.

'이거는 상갓집에 온 까매기 겉은 것 아니가. 남은 사람이 죽었는데 좋아서 이 지랄을 하고 있으니, 하기사 죽은 사람은 죽은 사람, 산 사람은 살아야제.'

하기도 했으나 들뜨고 불안하고 초조하고 또 의기소침하는 마음상태의 되풀이는 종내 신경질을 유발하는 것이다. 그리고 이따금 죽은 김훈장도 모습을 드러내며 영팔의 마음을 괴롭게 했다.

"모르기는 왜 몰라. 누군 안 겪었나? 고향산천 버린 것도 마찬가지 사고무친한 곳에 와서 고생하는 것도 마찬가지, 그래도 김서방, 우리네보담은 나은 편이야. 길서상회댁 든든한 울타리가 있어, 함께 온 일행들이 일가친척같이 서로 의지하고 살았으니,"

권서방 말에 영팔이는,

"그거는 그렇소만, 김훈장이 돌아가시고 홍이네도 죽고 보니 그뿐이겠소? 참말로 말 못 할 일이 많구마. 하기야 살아남은 사람은 궂인일 마른일 다 보지마는……."

"아까 말이 났으니 그러는데 주갑이 그 사람 요즘에 어디 있는지 김서방 아요?"

박서방이 물었다.

"일정한 거처가 있겠소? 연해주 방면을 돌아댕기겠지요."

"글쎄 작년에 난데없이 여기 왔더구만."

"섣달그믐께 이서방하고 함께 왔지요?"

"그랬다더구먼. 만나기론 초정*이었지."

"뜻밖에 산판으로 찾아왔십디다. 그래서 이서방하고는 용정으로 가고 나는 집으로 갔인께."

박서방은 킥킥 웃는다.

"하여간에 그만치 재미있는 사람도 드물 거야. 만났다 하면 얘깃거리가 생기거든. 그때 마침 나는 다리가 아파서 절룩거리고 있었는데 아 글쎄 만나자마자 다짜고짜로 발바닥에 침을 놔주겠다고 덤비지 않겠어? 침을 함부로 맞나? 잘못 놓으면 흔히 죽는 수도 있는데 뭘 믿고. 그래 안 할려고 했지. 했더니 허허 그러들 마시란께 내가 박서방헌티 해를 끼칠 사람인지 아닌지 잘 알 거 아니어라우? 해서 억지로 발을 내밀긴 했으나 아무래도 미심쩍어. 이놈의 뜨내기가, 싶어 겁이 더럭 나는 거라. 침을 막 놓으려는데 발을 빼버렸지. 오매 워째 이런다요? 그래 주서방이 의원도 아니겠고 했더니 누군 배 속서부텀 배워 나오는 사람 있더란 말시? 그러는 거 아니여라우, 사내 장부 죽는 한이 있어도 간이 그렇그름 콩만 혀서야, 싸가지 없는 소린 그만두고, 그래 할 수 없이 하하핫……."

"그래 어찌 되었나."

"씻은 듯이."

"주갑이가 우리한테서 도망친 것이, 그 말 할라 카던 긴데, 우떤 의원한테 반해가지고 간다 온다 말없이 간 기라요. 그 한의한테서 침놓는 거는 배웠일 기거마는."

"그 얘기는 하더군. 한데 전과는 좀 사람이 달라진 것 같고."

"그 한의가 누군지는 모르지마는 독립운동하는 사람 같더마."

"옳아. 바로 주서방 하는 수작이 독립운동하는 것 같더라 그 말이오. 아주 유식해지고."

"무식했일 때도 주갑이 하는 말은 멋인지 뼈대가 있었지요. 사람이 수숫대처럼 남보기 헐렁벌렁해서 그렇지."

권서방은 주갑이를 모르기도 하려니와 무슨 궁리를 하는지 얘기에 끼어들지 않고, 생각에 잠겨 있었다.

"독립운동이고 뭐고 우리네 무식꾼이야 무슨 일을 하겠나만 그것도 따른 식구가 없어야 말이지."

"그러니까 처자식이 거물장이라 안 하요."

"식구란 윗목에 밥상 보듯* 늘 그런데 막상 떨치고 떠날라 하면 그게 그렇게 안 되더구면."

"없인께 그렇지요. 내 없이믄 못 살 기라는 생각을 한께요. 그까짓 묵고사는 걱정만 없다믄 남자란,"

하는데 권서방이,

"김서방, 나 청이 하나 있는데,"

허두를 꺼내었다.

"야?"

"부탁이 하나 있소."

"나한테 말이오?"

어리둥절한다.

"김서방도 알다시피 일정한 직업도 재주도 없는 내가 거간 이랍시고,"

시작하여 권서방은 신세타령을 한참 늘어놨다.

"해서 얘긴데 힘 좀 빌립시다."

"하 참, 나한테 무신 힘이 있다고."

"길서상회 바깥양반하곤 잘 아는 터가 아니오."

"그거야."

"다름이 아니라 장터에 그러니까 곳간 뒤에 빈터 말인데 그게 덩어리가 크거든요."

"……."

"그걸 팔려고 내놨다는 소문은 벌써부터였지. 한데 아직 팔았다는 말은 없고 또 듣자니까 곳간도 그렇고 가게도 모조리 판다 하고…… 김서방. 날 좀 살게 해주소. 그걸 내가 맡아서 팔아주면은 목돈을 잡아 조그마한 가게라도 하나."

영팔이는 서희가 한 말이 틀림없다는 것을 다시 한번 확인한 셈이다.

"내 사정을 길서상회 바깥양반한테 말을 좀 해주면은."

"나는 잘 모르겠소만 그런 일이라 카믄 공노인이."

"그 늙은이 넋나갔어요. 세상만사가 다 귀찮다는, 저번 때 조선 갔다 오더니만 영 폭삭 늙어버리고 이번엔 또 조카딸이 죽고 보니."

"그, 그것도 그렇겠소만, 말하는 기야 어렵잖지마는 그러세, 그 사람들 생각은 따로 있지 않겠소?"

"되든 안 되든 말이라도 한번 건네주시오. 김서방 나 알지 않소?"

"말만 엄벙했지, 재주는 없구먼."

박서방이 끼어들었다.

"옳아, 내겐 신 짓는 재준 없네."

"엿 고우는 재주도 없고."

"그럼."

"엿판 메고 떠난다는 얘기는 했었지."

"안 되면 별수 있나. 사는 날까진 살아야지."

"김서방."

"야."

"엿판 메고 떠나는 것 볼 수 없지. 악머구리같이 우는 새끼들, 젊은 마누라 뿌리치고, 안 그렇겠소?"

"그야."

허허 하고 영팔이 웃는다.

"하니, 어려운 일 아니거든 말 좀 건네주라고, 뜨물에도 아이 생기더라고 뉘 알아요?"

"말이사 해보겠소. 그놈의 가나오나 계집자식 땜에."

"김서방이야 이젠 고생 다 했지. 범의 장다리 겉은 아들아이가 셋."

"하긴 이자 다 컸지요. 홍이애비 일이 난감하지."

"난감할 것 뭣 있소."

마음이 느긋해진 권서방이 명태를 찢어 초간장에 찍어서 입에 넣으며 말했다.

"국밥집 아주머니가 집도 한 칸 남겨놨겠다, 그간 번 돈도 수울찮을 건데 식구가 많단 말가."

"속 모리는 소리 하지도 마소. 은금보화가 산더미겉이 쌓여도 그 사람 맴이사."

"죽은 그 아주머니 생각 땜에 그렇다 그거요?"

"사내자식이 그런 거사 잊어부릴 수도 있겠지요. 거 세상에 사내치고 못할 것은 계집 하나 잘못 만내는 일인데."

"홍이엄마가 대단하긴 하지."

"대단할 정도가 아니라 사람이 아니라요. 쇠라면 다 삼키는 불가사리라 카이. 자식이고 가장이고 살가죽까지 뺏겨묵을 계집인께. 웬만하면 이런 얘기 하고 접지도 않고 사내가 얼매나 못났이믄 친구 계집 험담할 기요. 나는 피도 살도 안 닿은 남이지마는 우떤 때는 꼭꽹이로 그만 콱 찍어 직이부렀이믄 싶을 때도 있다 카이. 젊은 시절에도 영악하고 욕심이 많았지마는 그래도 촌에 살아 물정은 모리더니 도방에 나와 세상 물정을 알고서부터는 날로 느는 게 패악이고 날 잡아묵소, 그 판이라, 이거는 머 남부끄러운 줄을 아나."

흥분한다.

"사내가 물러서 그런 게요. 이서방이 용해서 그렇다니까."

"이서방이 용해? 그거는 모리는 소리라요. 그 사람이 그렇기 사는 거는 사람으 도리를 지키는 고집이제, 순 고집이라요. 내용을 몰라 그렇지."

"그래도 계집이란 말로 안 되면 매로 다스려야지."

그 말에 박서방,

"장담하는구먼요. 예사 제가 못하는 사람이 남의 말은 하기 쉽지. 하하핫……."

놀려준다.

"에키 순."

"말이 무섭겄소, 매가 무섭겄소. 숨 끊어지지 않는 한……

용이 아니더믄 그 계집 뒤졌거나 다리 밑에 거적 쓰고 앉는 신
세였일 긴데 사람으 탈을 쓰고 그걸 모리는데 말해 머하겠소."

그 정도로 그쳤으며 임이네 과거사에 언급은 안 한다. 듣는
사람들도 남자들이라 미주알고주알 파고 묻지는 않았다.

"아까 권서방은 집도 남기놓고 돈도 남기놨을 기라 했지마
는 두고 보라고요. 참말로 구신이 곡할 일들이 생길 긴께."

영팔이는 한숨을 내쉰다.

"사람이란 팔자가 기박하다 보믄은 인성(人性)이 달라지기도
한다고들 하더라만 설령 그렇다 카더라도 그것도 정도가 있
는 기라요. 고슴도치도 제 새끼는 귀타 카던데 제 주둥이 하
나밖에 모리는 그기이 어디 사람인가."

영팔은 꾸역꾸역 올라오는 것을 꾹꾹 누르듯 술을 들이켠
다.

"제에기, 아니꼬운 꼴 보기가 싫어서 한시라도 빨리 집에
가고 접지마는 무신 일인지 좀 기다리고 있이라 카이."

영팔이는 박서방 가게에서 나온 뒤에 곧장 월선의 집으로
돌아가지 않았다. 할 일 없이 이 거리 저 거리를 헤매다가 해
란강 강가의 살을 에는 바람을 받으며 서 있기도 하고 어두워
진 뒤 술집을 찾아들었다.

'왜 내 마음이 이리 이상한지 모르겠네. 정말로 고향에는 돌
아가게 될 긴가? 그라믄 또 월선이는 정말로 죽었다 그 말이
지? 나는 좋아해야 하나 실퍼해야 하나. 돌아가믄 아무 일 없

일까? 왜놈의 순사가 잡으러 오지 않으까?'

또 하루가 지났다. 임이네는 여전히 마을을 돌아다니며 나 발을 불어대고 있었다.

"말로만 우리 홍이, 우리 홍이 했지. 챙겨보니께 세상에 옷 한 가지 변변한 게 없더라니까."

"그래도 홍이는 늘 부잣집 아들같이 차리고 다니던데?"

"그러니께 그 계집이 예사 것이 아니다 그거 아니오. 겉만 번드르르 남 보기 빈치만 났지 옛이야기도 있지 않던가 배. 투둑하게 입은 전실 자식은 늘 오돌오돌 떨고 있는데 친자식 은 얇은 옷을 입었는데도 추위를 안 타더라고, 해서 아바니가 옷을 뜯어본께 전실 자식의 옷에는 갈대꽃을 넣었고 제 자식 옷에 찰떡 같은 목화솜을 넣었더라나?"

"월선옥 아주머니한텐 자기 낳은 자식이 없지 않았수."

"그러니께 그 계집이 우리 홍이아배를 잡아놓을라꼬 사랑 스럽지도 않는 우리 홍일 껌뻑 넘어갈 듯 좋아하는 시늉을 했 제. 그러니 그년이 벌받아 뒤진 거라 카이. 죄는 지은 대로 공 은 닦은 대로, 소문엔 돈 많이 벌었다 카더마는…… 그 내숭 스런 년이 그걸 어디다 묻어놨는지."

"그런 얘기는 할 필요가 없지 않우? 홍이아버지가 벌어준 돈도 아니겠고,"

얘기를 듣는 상대도 얄미웠는지 쏘아준다.

"그런 말 마소. 우리 홍이아배가 산판서 번 돈 꼬박꼬박 그년한테 갖다 준 걸 몰라 그렇지."

"그야 홍일 맡겨놨으니까."

"맡기났나? 뺏아갔지."

"아 말이야 바로 하지. 산판에서 떼돈 벌었겠수? 국밥집을 했으니 망정이지 굶고 있으면 남편이 벌어다 안 먹였을라구? 그런 소리 자꾸 하면 임이엄마 얼굴 쳐다봐요."

"알고 본께 한통속이었구마. 돈 벌었다 하는 말이 머가 우째서? 영낭(영성)들고 나서는 거를 본께 이 집에다 그 돈 묻어놓은 거는 아니오?"

돈 잃어버린 사람은 세상 사람이 다 도둑으로 뵌다. 임이네 경우도 월선이 남겼을 것이 분명한 돈의 행방을 필사적으로 추적하다 보니 의심 안 가는 곳이 없다. 해서 시비가 붙는데 월선에게 호감적인 사람만 있는 것은 아니었다. 월선에게 동정이 모이니까 공연히 심통 나는 사람도 있고 국밥집 하던 여자가 호사스런 장사를 치렀다 하여 아니꼽게 생각하는 사람도 있을 법한 얘기다.

"흥! 미꾸라지 용 됐네. 무당 딸, 술 팔던 여자가 그런 꽃상여에 실려갔음 나는 금은보화로 만든 상여 타고 가야겠구먼."

그런 여자를 만나면 임이네는 신이 난다. 별의별 해괴망측한 얘기를 꺼내며 월선을 헐뜯는데 예를 들자면 고향에 있을 때 관계했던 사내가 한둘이 아니라는 둥, 숲속에서 백정 놈한테도 치마를 걷었다는 둥 거의 자신이 밟아온 이력이 어느새 월선의 이력으로 둔갑해가고 있었던 것이다. 그러나 임이네는 월선을 헐뜯는 것이 목적이 아니다. 죽이 맞는 사람과 얘기를 주고받는 것도 그렇지만 시비까지 벌여가며 월선의 편역을 드는 사람들에게조차 접근해가는 이유는 돈의 행방에 대한 무슨 단서라도 잡자는 속셈에서다. 그는 자기 자신의 수법을 월선에게 적용했던 것이다. 남한테 돈을 주어 이자놀이를 했을지도 모른다는, 그러나 불행하게도 임이네는 어떤 것도 알아내질 못하였고 환장이 된 그는 영팔을 물고 늘어지는 것이다. 왜냐하면 왜 영팔이가 돌아가지 않고 이곳에 머무느냐, 왜 나를 따돌리느냐, 그렇다면 그럴 만한 이유가 있을 것이다. 그래서 초상이 끝났을 때 먼저 가라 했던 영팔의 말을 새삼스레 꺼내어 시비를 건다.

"내가 와 가아! 내가 와 가느냐구! 여기가 어딘데 내가 가아! 그년 땜에 그 촌구석에 쫓겨가서 못할 고생 다 했는데 그것만 생각하믄 이가 뼈가 갈리는데 내가 와 가느냐고? 당연하게 있일 사램이 있는데 자게가 가라 마라, 거기서 가라고! 무신 상관이 있어서 이 집에 죽치고 있느냐 말이오! 그래 내가 객줏집에 가 있고 김서방은 여기 와 있어? 멋 땜에? 집 임잔가, 집 임잔가, 말이오! 그년 서방이던가 말이오! 내 참말로 이런 경우 없는 일 듣도 보도 못했구마!"

"미친개를 갈봤이믄 갈봤지 아무리 입에 거품을 물어도 내사 볼일 다 보고 갈 긴께, 그라고 여긴 임이네 집이 아니고 홍이엄마 집인께 다른 데 가서 잘 생각 없구마. 임이네 집이라 믄 있이라고 고사를 해도 있일 사람 아니니께."

영팔이도 어지간히 약을 올린다. 그러나 정작 일이 크게 벌어지기는 그날 밤, 홍이는 두매 하숙방으로 자러 가고 작은방에는 길상과 영팔이 용이 세 사람이 함께 자리를 했다.

"진작 이런 얘기를 했어야 하는 건데 나는 나대로 좀 깊이 생각해봐야겠기."

길상이 말을 꺼내었다.

"실은 월선아지매 생전, 내게 돈 팔백 원을 맡긴 일이 있어요. 아지매 말이 홍이아배는 내 생전 이 돈을 받지 않을 것이니 네가 가지고 있다가 전하라 그런 말 하더군요. 아지매 말이 또 홍이 공부도 시키고 장가도 들일 양으로 그 돈을 모았다는 겁니다. 나로서는 아지매가 말한 대로 용이아재한테 드리면 고만이겠으나."

말이 미처 끝나기도 전에,

"나는 그 돈 받을 수 없다."

용이는 담담하게 말했다. 길상이나 영팔이 다 예상한 대로였다. 한동안 침묵이 흘렀다.

"돌아가신 아지매가 그런 말을 하긴 하더구먼요. 그 성미에 받지 않을 거를 생각해서 그럴 경우 내가 그 돈을 맡아 있다가 홍이를 위해 필요할 때는 써달라구요."

"그럼 그기이 좋겠구마."

영팔이 말했다.

"그러나 제 형편이 그럴 수 없게 됐어요."

"그럴 수 없게 되다니?"

"그건 차차 알게 될 겁니다. 그리고 멀지 않아서 아재들은 고향으로 내려가게 될 건데 그렇담 영팔이아재가 그 돈을 맡아주시는 게 어떨까요?"

"그 그거야 모, 못할 것도 없지마는,"

이때였다. 아침을 먹기가 바쁘게 객줏집을 나와 온종일 싸돌아다니면서 동정(動靜)에 전심전력을 기울이던 임이네는 길상이 가는 것을 보았다. 필시 무슨 일이 있을 것을 직감한 임이네는 집 안으로 숨어들었다. 그리고 벽에 붙어서서 방 안의 말을 엿들은 것이다. 외치고 나오는데 주저할 것인가.

"말도 안 되는 소리다! 와 내 자식 거를 김서방이 맡을 것고! 에미 애비가 눈이 시퍼러니 살아 있는데 에미 애비 손에 쥐여줄 일이지 누가 어느 놈이 그것에 손댈 것고!"

방문을 박차고 들어왔다.

"이 여자가 와 이러제?"

용이는 남을 보듯 중얼거렸다.

"하여간에 이 일을 옳게 끝단지우지(마무리하지) 않는다믄 생사가 날 긴께! 나도 이잔 오기요! 오기! 누가 죽고 사는가 보자! 천금 겉은 내 자식! 그래 우리 홍이가 김서방 자식인가 길상이 자식인가! 우째서 우째서 내 자식 일을 좌지우지한단 말

297

입네까!"

"자식이야 임이엄마 자식이지요."

길상이 말에,

"그러면은! 그러면은, 우째서 내가 임이엄만가 홍이엄마다! 홍이엄마!"

"그걸 누가 모르나요? 하지마는 내가 맡아 있는 돈은 실상 여기 있는 사람, 어느 사람의 돈도 아니고 홍이 돈도 아니지요. 죽은 월선아지매 것이고 보면 월선아지매 생각대로 해야 지요."

"그 말 한분 잘했다! 그 여자는 홍이한테 주기로 했다니까 그거는 홍이 돈 아니구 누구 돈이고? 그런데 우째서 길상이가 가져야 하고 또 김서방이 가져야 하노!"

"가진다기보다 맡아 있는 거지요."

"맡아 있거나 가져 있거나 매한가지, 그 돈 이래 내놔!"

"용이아재가 안 가지겠다 하였소."

"애비는 마다해도 에미인 나는 가져야겠다. 내놔."

"그렇게는 못하겠는데요."

영팔이 자리에서 벌떡 일어났다.

"나는 그 돈 못 맡는다! 나라 금상자리를 준다 캐도 안 맡 을란다! 이 더럽은 꼴을 삼천갑자 동방석[東方朔]이라고 보까? 당할 때마다 명이 십 년씩은 줄 긴데, 두 사람이 알아서 의논 하라고."

하면서 방문을 거칠게 닫아부치고 나간다.

"임자 거기 좀 앉아."

용이 음성에는 아무 변화가 없다. 임이네는 시위를 하듯 거친 몸짓으로 무릎 하나를 세우고 되바라진 눈을 휘두른다.

"그 돈, 임자 줄 수도 있다. 내가 받아서 임자 주믄 될 거 아니가?"

"그, 그야, 어차피 홍일 위해 쓸 거 아니오."

당장 희색이 돈다.

"그러나 한 가지, 해야 할 일이 있다."

"무신 일인데요? 하라 카는 대로 하겠소."

"돈을 받는 대신, 그 대신 해야 할 일은 우리하고 인연을 끊는 일이다. 홍이에미도 아니고 내 계집도 아니고 임자가 멀리 떠나든지 아니믄 우리가 멀리 떠나든지."

"뭐라꼬요?"

그렇게 말이 나올 줄은 예상하지 못한 모양이다. 임이네는 놀란다. 길상은 빙그레 웃었다. 그러나 임이네는 그렇게는 못하겠다는 말 대신 울기 시작한다.

"우째 그리 야속한 말을 합니까? 진작부텀 눈엣가시처럼 하더니, 사람이 죽어서 이제는 없는데 그래도 내가 까시가 됩니까?"

그것이 헛울음이라는 것은 뻔한 일, 눈앞에 다가온 황금의 유혹을 물리칠 수 있는 임이네는 아니다. 두 사내는 침묵으로

지켜본다. 그 큰돈을 어디서 만져보노, 논을 사도 서른 마지
기는 더 살 긴데, 좋은 논 서른 마지기만 해도 나락을 팔구십
섬은 너끈히 추수할 기고, 이삼 년만 추수한 나락을 굴리믄
백 섬지기 백오십 섬지기는 누워서 떡 먹기…… 청국놈 땅 부
치다가 일어서믄 남는 것은 이불보따리뿐인데. 이때를 놓치
면 그런 돈 꿈에나 만져볼까? 헛울음을 울면서 임이네 생각은
재빠르다. 그리고 새삼스럽게 불 속에 태워버린 돈 생각이 난
다. 그 돈까지 있었더라면 얼마나 좋았을까?

"내 팔자가 기박하여 그렇기 못 봐서 밤낮으로 천대하고,
그래도 갈 데 올 데 없으니 오늘까지 살았소마는 이자는 못
보아서 애간장을 태우던 사람도 죽고 없는데 우찌 그리 막말
을 합니까. 이녁 마음만 고치묵으믄 남부럽잖은 자식 남과 같
이 키워서 노리 보고 살 긴데,"

그래도 말이 없자 초조해진 임이네,

"정 그렇다믄 좋소. 나 소리도 매도 없이 이녁 앞에 나타나
지 않을 긴께."

순간 용이 주먹이 임이네 얼굴을 친다.

"아아나 쑥떡!"

당장에 임이네 코에서 코피가 펑펑 쏟아진다.

"홍이? 천금 같은 자식?"

"아재! 이럼 안 됩니다!"

길상이 얼른 임이네 상체를 뒤로 젖힌다. 임이네는 숨이 넘

어가는 듯 나자빠진다. 용이의 잔인한 웃음이 방 안을 흔들어 댄다.

"길상이 보았나? 돈이 있으면 저 계집 혼자 아귀가 되는 거 아니다! 나도 홍이도 아귀가 된다! 아니면 살인 죄인이 되든지."

길상은 얼른 밖으로 나가 바가지에 물을 떠온다. 용이는 물건을 보듯 임이네를 내려다보고 서 있었다. 얼굴에 물을 끼얹고 벽에 걸려 있는 수건을 찬물에 적셔 이마에 올려놓고 그러는데 길상의 손을 확 뿌리치며 임이네는 일어나 앉는다. 바다에서 숨 돌리는 비바리의 휘파람 같은 소리를 내고 나서,

"이렇게 되고 보믄 이판사판,"

말을 시작하려 하는데 용이 말했다.

"길상아."

"네."

"나가자. 안 나가면 나는 사람을 죽이겠다."

"네. 나갑시다."

길상은 정말 살기를 느낀 것이다. 한 팔은 용의 팔목을 잡고 다른 한 팔로 벗어놓은 외투 털모자, 그리고 벽에 걸린 용이 흰 두루마기와 털모자를 주섬주섬 거둬 들고 밖으로 나온다. 집을 나서서 골목에 나온 뒤 비로소 길상은 뚜벅뚜벅 걸어가는 용이에게 두루마기를 걸쳐주고 털모자를 씌워주고 그런 뒤 자기도 외투를 입고 모자를 쓴다. 바람은 살을 에듯 차다.

"우리 집에 갑시다, 아재."

"아니다. 가믄서 얘기 끝내고 작은아버지 댁에 들리겄다."

"작은아버지?"

"객줏집 말이다."

용이 입에서는 처음, 공노인을 두고 작은아버지란 말이 나왔다. 삼촌도 아니요 아저씨도 아닌 작은아버지, 그 호칭 속에는 무한한 애정이 서려 있었다. 길상의 가슴에도 용이에 대한 애정이 솟는다. 인간에 대한 애정.

"아까 자넨 영팔이더러 그 돈을 맡으라 했는데 그거는 처음부터 안 될 얘기네. 나는 사내니까, 하는 오기에서 거절하는 것은 아니다. 아무리 홍이에미가 원했다 하더라도 그 사람의 피땀을, 홍이는 그것 없이도 큰다. 그것 없이도…… 홍이가 기여 공부를 하겠다믄 무신 짓을 하더라도 내가 공부시킬 것이요, 하지마는 자식은 제 부모가 젤 잘 알지. 홍이는 공부에 별로 생각이 없다. 이곳에 있자 카니 공부랍시고 한 거지. 또 장가드는 일도 그렇다. 형편 되는 대로 정화수 한 그릇 가지고 예는 올릴 수 있는 거고, 피땀나게 살다 간 사람 땜에 우리가 편하게 살아 옳겠나?"

용이의 음성은 잔잔하였다.

"그래 이거는 내 생각이네만 그 돈은 죽은 사람을 위해서도 그렇고 홍이 처지로서도…… 길가에 버릴 수는 없는 돈 아니가? 그러니 독립운동하는 곳에 기부하는 게 좋겄다. 홍이에미가 홍이에게 남긴 거라면 홍이가 그걸 받아서 독립운동하는

데 썼다 할 것 같으면 과히, 안 그렇나?"

"아재!"

길상은 용이 팔을 꽉 잡는다.

"아재!"

"나보고 그럴 것 없다."

"어찌 그리 못 살았습니까. 아재하고 아지매는,"

"아니다. 우리는 많이 살았다. 살 수 있는 데까지 살았네라."

"그, 그건 압니다."

용이하고 헤어진 길상은 울면서 집에 돌아갔다. 용이 객줏
집에 들어갔을 때 공노인과 방씨는 용이 손을 잡아끌었다. 그
리고 아랫목에 끌어다 앉히려 한다. 그러나 용이는 기여 윗목
에 서서,

"작은아버님 그리고 숙모님,"

공노인과 방씨의 눈이 화등잔만큼이나 커다래진다.

"절 받으십시오."

"응, 응, 그, 그러지."

공노인은 엉겁결에 앉고 방씨도 낯선 집에 온 것처럼 두리
번거리다가 공노인 옆에 앉는다. 용이는 절을 올린다.

"거, 거 이제 앉게, 앉아요."

"예."

두루마기 자락을 걷고 앉는다. 방씨는 손등으로 눈물을 닦
고 공노인은 쉴 새 없이 눈을 깜박거린다.

"그, 그렇잖아도 내, 자네하고 김서방을 만나려 했는데 오늘 밤은 김서방이 거기 간다기에."

"예. 방금 왔다 갔십니다."

"그래?"

"이서방."

방씨가 새 사위를 본 듯 은근하게 부른다.

"저녁은 묵었나?"

"예. 묵었습니다. 다름이 아니라…… 홍이에미가 살던 집 말입니다만,"

"응."

"지는 내일 남은 일을 해놓고 떠날 작정입니다."

"떠나기는? 뭣하러 떠나누?"

그 말 대답은 없이,

"홍이에미는 불쌍하게 살다 간 사람입니다."

"……."

"해서 작은아버님께서 알아 하시겠지마는 불쌍하게 살다 간 사람의 집은 불쌍한 사람들을 위해 쓰는 것이 좋은 듯싶어서,"

"그게 무슨 소린가."

"내일이라도 여기 방 하나 치워주시믄 빈소를 옮기고, 별거는 없지만 세간도 옮기고 홍이에미 옷은 무덤가에 가져가서 사루울 작정입니다. 아무튼 집은 싹 비워야겠습니다. 그렇지 않고는,"

구렁이(임이네)가 들앉을 것이란 말은 차마 입 밖에 내질 못한다. 그러나 공노인은 짐작을 한다.

"당분간, 홍이는 이곳에서 빈소에 상식(上食)도 올리야 하고,"

"그것은 어찌 하든, 내 말이나 들어보게."

"예."

"아무튼 자네하고 김서방은 이제부터 고향 갈 차비를 차려야 하네. 아니 고향이 아니지. 진주로 가는 게야. 길서상회도 여름, 늦어도 여름에는 이곳을 떠날 걸세. 허니 자네들은 미리 가 있는 게야. 진주에 가면은 관수, 관수를 알지?"

"예. 압니다."

용이는 여전히 담담하게 말했다.

"그 사람이 거기 있어서 다 주선하게 돼 있고, 머 자세한 얘기는 떠날 때 해도 늦잖으니, 일단 통포슬로 돌아가서 차빌 서두는 게야."

"알겠습니다."

10장 찾아온 사람

빈소를 객줏집에 옮기는 동시 홍이의 거처도 그곳으로 옮기었고 텅 비어버린, 월선이 살던 집, 용이는 방 두 개와 부엌에 대못을 박았다. 자기 심장에다 대못을 박듯이. 그리고 텅

빈 마당에 우두커니 서 있다가 장도리를 들여다보며 또 한참의 시각을 보내다가 마지막 대문에다 못질을 한다. 이 무렵 임이네의 분통은 절정을 넘었고 산송장처럼 나가떨어졌다. 임이네의 탐욕이 아귀지옥의 그것이었다면 대못을 쾅쾅! 박아대는 용이의 잔인성도 바로 그와 흡사한 것이라 할 수 있겠다. 전생에 자신은 미식(美食)을 하되 처자, 혹은 남편 자식에겐 주질 않아 식토귀로 변한 아귀는 남이 토해낸 것이 먹고 싶어 늘 괴로워하였다 하고, 주야로 아이 다섯을 낳아 제 낳은 아일 먹건만 배가 차지 않는 아귀, 자신의 머리를 부딪쳐 쏟아지는 뇌수밖에 먹을 수 없는 아귀, 똥과 고름과 피를 먹고사는 아귀, 염열(炎熱) 기갈에 견디지 못하고 청류(淸流)를 향해 달려가면은 몽둥이 든 채귀가 길을 막고, 눈앞의 음식을 먹으려고 하면은 순식간에 화염으로 변하는, 그 고통 많은 아귀들의 전죄(前罪)는 탐욕 질투라 하거늘, 과연 용이는 그 아귀지옥의 채귀는 아니었더란 말인가. 지난날 용정 대화재시에 돈을 숨긴 베개를 불 속에 태워버렸던 그때처럼 객줏집 방 한구석에 산송장이 되어 나둥그러진 임이네는 식음을 전폐하고 짐승처럼 신음하는 것이었다. 냉혹한 소외와 처절한 고독, 임이네의 외관적인 그 병은 그러나 애정으론 치유될 수 없고 황금의 힘에 의할밖에 없는데 어느 누구, 애정도 황금도 그에게 시약(施藥)하는 사람이 없었다.

용정 일이 일단락되자 용이와 영팔이는 귀향을 서둘기 위해 퉁포슬을 향해 떠났다. 그런 뒤 음력 삼월의 해빙기가 찾아온 용정 역두에는 처음 이곳에 떨어졌을 그때처럼 별 가진 것 없이 이젠 늙어버린 용이 내외, 영팔이 내외, 그리고 코흘리개 어린것들이 성장하여 늠름해진 소년 청년이 된 자식들을 앞세우고 출발을 기다리고 있었다.

"형! 두매형!"

홍이는 두매의 손을 흔들며 차마 마차에 오르질 못한다.

"어서 타아. 나도 얼마 있으면 이곳을 떠나 군관학교에 갈 건데 뭐."

"응, 알아 그건. 하지만 형! 나 또 온다. 형 만나러 올 거야. 어머니 산소도 여기 있지 않어?"

"그래, 그래, 또 만나자."

"할아버지! 할머니! 나 또 오께요!"

"오냐, 오냐, 와야 하고말고."

길상에게는 모자를 벗고 절을 했다. 그리고 마차는 떠난 것이다. 임이네의 저주, 저주의 피눈물도 멀어지는 마차와 더불어 가버린 것이다. 행방을 감춘 임이는 물론 동행하지 못하였고 친정에 맡겨졌던 임이의 아들 구야는 막상 떠난다니까 그 애비가 내 새끼 내가 기른다면서 찾아갔다. 그리고 영팔이 권서방을 위해 길상에게 청한 것은 성사를 못 보았다. 대신 대못질을 했던 월선의 빈집에 권서방네 식구와 홍서방네 식구가 세 없이 들 수 있게 된 것을 그들은 기뻐했으며 산 입에 거

미줄 치는 일 없다는 공노인 말에 희망을 걸었다.

어수선한 봄이 무르익고 해란강 물빛이 푸르게 희번득일 무렵 두매도 중국 군관학교에 입학하기 위해 용정을 떠났다. 송장환의 주선에 의한 것이었다. 이러는 동안 길상은 하얼빈을 세 차례나 다녀왔던 것이다. 사랑 툇마루에 햇볕이 들친다. 길상은 툇마루에 묵은 책들을 꺼내어 거풍(擧風)도 할 겸 정리를 하고 있었는데.

"아버지!"

부르며 환국이가 쫓아온다.

"왜 그러느냐."

"아버지 또 어디 가요?"

"아니다. 누가 간더더냐?"

"아아니……."

환국이는 손가락으로 툇마루를 밀며 애매하게 대답한다.

"손에 까시 들면 어쩔려구?"

길상은 마룻바닥을 미는 아이의 손을 떼밀어낸다.

"아버지?"

"왜."

"그때, 그때 말이지요?"

"음."

"그때 아버지가 하얼빈 가셨을 때 나 어머니 방에서 잤어요."

"좋았겠구나. 어머니 옆에서 잤냐?"

"아아니."

"그럼?"

"난 윤국이 손 잡고 잤어요."

"왜?"

"어머닌 앉아 계셨거든."

"……."

"어머니는 울었어요."

길상의 낯빛이 변한다. 길상이 하얼빈으로 떠날 때마다 이 젠 안 돌아올지 모른다 생각한 서희의 심중을 상상할 수 있 다. 제아무리 담찬 여자, 자제심이 강한 여자이기로 그 심중 이 온당할 리 없었을 것이다. 그것을 집안 식구는 눈치채지 못하였으나 아이가 느낀 것이다. 전후 사정은 여섯 살 난 아 이가 알 리 없겠으나 어미 기분에 대해선 민감하다. 아이의 심장과 어미의 심장이 직결되어 있는 것처럼, 아이는 눈으로 머리로 느끼는 게 아니라, 공기로 피부로 느낀다.

"아마 어머닌 배가 아팠던가 부지?"

"약도 안 잡수던데도?"

환국이는 다시 손가락으로 마룻바닥을 민다.

"손에 까시 들어. 그러지 말아라."

얼른 손을 내린다.

모두 환국이는 아버지 길상을 닮았다고들 한다. 환국의 성 질은 느긋하였고 인정이 많았다. 서희가 어쩌다 하인을 나무

라는 그런 광경과 마주치면은 못 들은 척 안 본 척 조용히 혼
자 장난질을 하고 논다. 하인이 돌아간 뒤에도 한참을 놀다가
슬그머니 꾸중 들은 하인을 찾아가는 것이다. 그러고는 공연
히 칭얼대며 업어달라든가 아니면 종이배를 만들어달라든가
해서, 그런 행동으로 위로하곤 했다. 아이의 눈은 샛별같이
반짝였다. 새를 좋아하고 고양이 강아지를 좋아했다. 돌이 지
나기 전부터 달 보러 나가자고 밤이면 바깥쪽을 가리키곤 했
었다. 집안의 모든 식구들은 아이를 사랑했으며 기쁨의 대상
이었고 그럼에도 이 어린것을 경의없이 대하는 사람은 없었
다. 환국이에 비하여 둘째 윤국이는 겨우 걸음마를 배우기 시
작했는데 성정이 강한 편이었고 예민했으며 아무에게나 더분
더분 가질 않았다. 욕구가 거절되면 매우 험악한 표정을 지었
다. 해서 둘째는 어머니를 닮았나 보다고들 한다.

"아버지."

"오냐."

"이 책 뭐할려고 내와요?"

"거풍하는 거야."

"거풍이 뭐지요?"

"오래 놔두면 습기가 차서 책이 썩거든. 그래 말리는 거야."

"아아, 그런데 아버지, 어디 가시는 거 아니지요?"

"그렇다니까."

"아버지."

"또 왜 그러느냐."

"뒤 숲에서 새가 알을 깠어요."

"그 알 집어내면 못쓴다."

"네, 알아요. 빨리 알 까서 새끼가 됐음 좋겠어요."

아이는 툇마루에 두 손을 잡고 팔짝팔짝 뛴다.

"아버지가 환국이보고 꾀꼬리 새끼 얘길 했던가?"

"네."

하는데 아이의 얼굴이 일그러진다. 길상은 아차 싶었다. 그때 꾀꼬리 새끼 얘기를 들려주었을 때 일이 생각났다. 처음 아이는 대단히 흥미 있게 그 얘길 들었으나 나중에는 기분을 상해 했던 것이다.

"왜 엄마가 새낄 두고 갔을까요? 두고 안 갔음 새낀 죽지 않았을 텐데…… 밤새 울고서 목이 아프진 않았을까?"

눈에 눈물이 글썽했었다.

"주인어른."

하인 장쇠가 와서 부른다.

"왜 그러느냐."

"저어, 횟집에서 심부름꾼이 왔습니다."

"뭣하러 왔다더냐."

"손님 심부름을,"

"들어오라고 해."

"이 책은 제가,"

"아니다. 내가 알아 챙길 터이니."

얼마 후 장쇠가 횟집 심부름꾼을 데리고 왔다. 심부름꾼은 쪽지 하나를 내밀었다. 쪽지엔,

'편지 받는 대로 곧 오시오.'

공노인의 필적이다.

"공노인이 주신 건가?"

"네."

"혼자 계시냐?"

"아닙니다. 낯선 손님 한 분하고 함께 계십니다."

"알았다."

환국이는 안으로 들어갔는지 없었다.

"내가 해 지기까지 안 오면은 책들을 방에 들여놓도록,"

장쇠에게 이르고 길상은 옷을 갈아입는다.

'함께 있다는 손님은 누굴까?'

횟집으로 가면서 궁금해한다. 하얼빈이나 연해주 방면에서 온 손님이면 공노인을 통할 리가 없다. 만일 조선서 사람이 왔다 하여도 공노인은 집으로 데려왔을 것이 아닌가.

'혹 김두수, 그럴지도 모르겠군?'

길상은 곧 횟집에 당도하였다. 안쪽에 있는 방으로 안내되어 갔다. 방문을 열고 들어섰다. 한 사내가 옆모습을 보이고 앉아 있었다. 한복차림이다.

"왔구먼."

그와 마주 보고 있던 공노인이 얼굴을 돌린다. 약간 난색을 보이는 미묘한 웃음이 지나간다. 그러나 이내 낯선 사내에게 조심스런 시선을 보낸다.

　　"앉지."

　　공노인이 권했고,

　　"네."

하고 길상은 자리에 앉는다. 길상은 사내의 강한 시선을 느낀다. 어쩐지 사내를 정면으로 바라볼 수 없는 곤혹감에 빠진다.

　　"자네 모르겠나?"

　　공노인의 조심스런 음성이다.

　　"저 무슨 말씀인지."

　　"인사나 해야지."

　　비로소 길상은 낯선 사내를 바라본다.

　　"⋯⋯."

　　"하기야 나도 좀 알아보기 힘들구먼."

　　사내 입에서 말이 떨어졌다. 낮은 음성, 웃음 섞인 말투.

　　"아니!"

　　"이제 알 만한가!"

　　"댁은 뉘시오!"

　　길상이 외친다. 사내는 껄껄껄 소리 내어 웃는다.

　　"무덤 속에서 망령이 나타난 것 같은가?"

　　"구, 구,"

"맞어. 구천이다. 내 본명은 아니지만."

길상은 현기증을 느낀다.

"통성명할 필요도 없겠구만."

공노인은 조금 물러나 앉듯 하며 어색하게 말했다.

"그래, 서희랑 애들은 잘 있느냐?"

환이 술잔을 들며 길상을 지그시 바라본다. 눈에 이글이글 불길이 인다. 그러나 한순간이었다. 차디찬 것이 동공에 모여들고 몸 전체에서 중심을 향해 모여드는 것 같다. 길상의 얼굴은, 귀뿌리까지 붉게 타들어간다. 형용할 수 없는 분노가 치민 것이다.

"네. 덕분으로."

도전적으로 뇌까린다.

"소식은 다소 알고 있었으나."

환이 중얼거렸다. 길상은 거칠게 고개를 돌리며 도대체 어찌 된 것입니까? 그런 눈초리로 공노인을 쳐다본다. 공노인은 눈을 꿈벅꿈벅할 뿐이다.

'도시 어떻게 된 일이야? 어떻게 이런 일이 있을 수 있지?'

"공노인."

길상의 음성은 날카로웠다. 공노인은 엉금엉금 기어가는 베짱이처럼 서툴고 어설픈 연막을 피우며 길상을 본다.

"공노인께서는 아시는 사이신가요?"

"그, 그렇지. 알구말구. 거 뭐냐…… 김개주장수 외아드님이시고 또,"

하다 씩 웃는다.

"뭐라구요?"

"그러고 또 우관스님의 조카 되시는 분이지."

길상은 또다시 충격을 받는다.

"혜관스님이 자네보고 아무 말 안 하던가?"

음흉을 떤다.

"못 들었습니다. 어찌 제게는 말씀하시지 않았습니까."

아래를 내려다보며 중얼거리는데 이마뼈가 불룩불룩 흔들리는 것 같다. 공노인은 대답을 못하고 환이를 힐끗 쳐다본다.

"하기는 그러실 만한 이유는 있었겠지요."

하다가 길상은 대뜸 자기 앞에 놓인 빈 잔을 환이에게 내민다.

"잔 받으십시오. 옛날 글 배우던 제자가 드리는 잔입니다."

환이를 노려본다. 잠자코 잔을 받는다. 술을 따르는 길상의 손이 부들부들 떨리고 있다. 술을 들이켠 환이는 잔을 돌려주며,

"내 잔도 받게."

하고 술을 부어준다. 길상은 술잔을 내려다본 채,

"그래 여기는 뭣하러 오셨습니까."

"뜻 없이 왔느니라."

길상은 술을 들이붓듯 마신다.

"잘 오셨습니다. 옛날처럼 최참판댁을 또 한 번 망하게 해

주십시오."

"김서방! 자네 무슨 소릴 하는 게야?"

공노인이 고함치듯 말했다.

"네. 지금 최서희는 옛날 만석 살림을 회복하였습니다. 공노인께서 잘 아시다시피, 저는 그 살림 망하기를 소원하거든요."

"거, 괜찮은 생각이야. 그 재산 날 주면은 조준구보담 쓸 만한 곳에 쓸 게야, 산중에 가서 반역과 패륜의 왕국이라도 세우면, 그거 조옳지."

환의 대답이다.

"그, 그럼 나는 가보겠는데,"

공노인은 꽁지를 빼듯 일어섰다. 팽팽한 분위기를 휘저으며 문 앞까지 가서,

"김서방,"

"……."

"분별이 있어야 하네."

그러고는 나가버린다. 길상은 냉정을 되찾는다.

'왜 내가 흥분하는가. 흥분할 이유가 없지. 김개주장수의 외아들? 그리고 우관스님의 조카, 그럴 테지. 김개주장수의 아들이라면 마땅히 우관스님의 조카일밖에. 어째서? 그럼 어째서 최참판댁에선 머슴 구천이가 되었나.'

이십 년 세월만 무서운가? 이 무서운 인연들. 목구멍으로 술이 타고 내려가는데, 뜨거운 빼주가 넘어가는데 머릿속이

차츰 맑아온다. 선명하게 어느 때보다 선명하게 지난 일들이 새롭게 눈앞을 지나가고 있다. 소년 길상이는 구천이를 두려워했다. 쥐어박히며 탱화 그리기를 가르치는 혜관보다 남몰래 손짓하며 데려가서는 글을 가르쳐주던, 말이 적고 엄격해 보이던 사람. 무한한 숭배와 경의로 바라보던 그 사람은 최참판댁 몰락의 횃불을 든 최초의 인물이다. 서희의 불행은 그로 인하여 시작되었고 서희와 자신과의 인연도 이 사람으로 인한 인연이다.

'뭣 땜에 나는 이 사람에게 분노를 느끼나.'

길상은 눈을 들어 환이를 본다. 그림자 같기도 했고 쇳덩이 같기도 했고 그런 모습으로 조용히 자작을 하고 있었다. 신경의 어느 한 오리도 길상에게 뻗쳐오는 것이 없다. 무인지경에 있는 사람이다. 아니 거인(巨人)이다. 그것이 그림자건 쇳덩이건. 쇠잔한 몸이다. 깡마른 얼굴이다. 늙었다거나 젊었다거나 도저히 가늠할 수 없는 모습이다. 길상은 차츰 숨결이 가빠오는 것을 느낀다. 시선을 느끼지 않을 리가 없다. 살아 있는 생명이 무슨 힘으로 저다지도 응고되어 반사할 줄을 모르는가. 길상은 숨이 가쁜 채 대결한다. 전신의 기를 뿜어내어 자신의 자리를 굳히며 대결하려 한다. 힘이 부친다. 힘이 빠져나간다. 지친다. 바위와 개미의 씨름 같다. 길상은 무엇이든 얘기를 하려고 빠져 달아나는 힘을 허둥지둥 모은다. 순간 환의 눈이 길상에게로 옮겨지면서,

"내가 서희를 만나러 가도 되겠느냐?"

"네?"

"최서희를, 이 김환이가 만나러 가도 되겠느냐고 물었다."

"만나셔야 할 일이라도 있으신지요."

"이곳에 뜻 없이 왔노라고 아까 말하지 않았던가?"

"제 생각 같아서는 만나지 않는 것이 좋을 듯합니다."

"과연 그럴까?"

"……."

"후안무치하다 그거로군."

"네 그렇습니다."

"내 낯가죽은 이십 년 풍설 속에서 후안 정도가 아닐세. 쇠가죽처럼 단단해졌거든. 그래도 아니 되겠느냐?"

"쇠가죽이 아니라 쇳덩이가 되셨습니다. 해도 만나서는 아니 되지요."

환이는 소리 내어 웃는다.

"그보다 별당아씨는 어찌 되셨습니까. 살아 계시오?"

"자네 장모님 말이냐?"

차갑다.

"네."

"언젠가 거지 한 사람이 분명 너에게 알려주었을걸? 지금으로부터 십이 년 전으로 기억하는데?"

"정말로 돌아가시었습니까? 혜관스님 말씀은 들었지만 저는 믿지 않았습니다."

"그때 오 년 전 일이라고 했었지. 자아 술 마시게, 오늘 밤에 징그러운 뱀이 허물을 벗는 날이야."

또 웃는다. 크게 소리 내어 웃는다. 길상은 순간 그 웃는 모습이 누굴 닮았다는 생각을 한다.

'누굴 닮았을까? 저 웃는 얼굴…… 우관스님도…… 아니다.'

입에 뱅뱅 돌면서 생각나지 않는 이름 같다. 저런 웃음의 얼굴을 누가 가졌던가. 길상은 기억을 찾아내려고 애를 쓰다가 무거운 납덩어리 속으로 빠져들어 가듯 또다시, 침묵 속으로 빠져들어 가는 환의 존재에 눌리기 시작한다. 조용히, 적당한 간격을 두어가며 술잔을 기울이고 있다. 환의 술버릇이, 지리산의 숯 굽던 사팔눈 강쇠를 번번이 곤혹에 빠뜨렸던 그 술버릇, 강쇠는 에라 모르겠다 잠이나 자자 하고 코를 골면 되었다. 그러나 길상은 그럴 수 없다. 이따금 그 자신도 술을 부어 마시지만 낯선 주막의 낯선 나그네끼리 마시는 술이 아니다. 숨통이 막힐 것 같은 상황에서 길상은 술이 떨어져 아이를 부르고 술을 가져오게 하고 해서 숨구멍을 트곤 했는데 그새 두 번이나 술이 들어왔다.

'사람 미치겠군. 왜 이렇게 되는 거지?'

이럴 경우 어떤 장사도 못 당할 것이라 했던 강쇠의 말을 들었더라면 길상은 이렇게 몸을 뒤틀지 않았을지 모른다.

'남의 간을 빼먹는 여우도 아니겠고,'

웃는 얼굴이 누굴 닮았는지, 생각해내려던 것을 그만둔 것은 벌써였고 이제 길상은 환이와 자신이 얽혔던 지난 일, 김개주장수의 아들이라는 놀라운 사실조차 염두에 없다. 방 안가득한 그의 존재와의 필사적인 싸움, 형용할 수 없고 설명할수 없는 무시무시한 힘과의 싸움에서 길상은 자신이 탈진해가고 있는 것을 느낀다.

"제가 뭐라 불렀으면 되겠습니까?"

쉰 목소리로 길상이 묻는다.

"음?"

빤히 쳐다본다. 길상도 그 눈을 마주 본다.

"장인어른 하고 부를 수는 없겠지."

"……."

"선배라 하겠느냐?"

"……?"

"양반의 유부녀를 유인한 상놈이 선배라면 너는 상놈으로서 양반댁 규수와 혼인하였으니 후배 아니겠느냐?"

환이는 또 웃었다.

'저 웃음, 웃는 얼굴, 누굴 닮았을까?'

잊었던 의문이 다시 솟는다.

"그래 아들이 둘이랬지?"

"앗!"

"……?"

"알았습니다."

"뭘 알았어?"

그 웃음의 얼굴이 바로 자기 둘째 윤국이의 얼굴인 것을 길상은 깨닫는다. 바로 윤국의 웃는 얼굴 그 얼굴이다.

횟집 전체가 침묵에 빠져 있었다. 상춘객들이 다 돌아가고 밤이 온 것이다. 별안간 길상은 취기를 느낀다. 왠지 긴장이 풀어진다.

"네. 닮았습니다."

"……."

"우리 윤국이 그놈을 닮았군요."

환이 얼굴에 경련이 인다.

"그럴 테지."

"네?"

"당연히 그럴 게야."

"당연히……."

"그 아이의 증조할머니, 즉 윤씨부인은 내 어머니였으니까 닮았을 테지. 그러면은 내가 작은할아버진가? 반 쪼가리 작은할아버지군그래. 하하하……."

"뭐라 하시는 게요!"

길상이 일어섰다. 휘청거린다. 환이의 눈은 몽롱해진다.

"내 피가, 상놈 양반 반반이 섞인 핀데, 아 참, 그 두 놈 아이들도 그렇군그래, 하하하……."

"정말, 정말로 그, 그렇습니까?"

길상은 도로 주질러 앉으며 넋이 빠진 듯 환이를 바라본다. 길상의 시야가 흐려지곤 한다. 모조리 지쳐버린 신경이 다만 술기운으로 숨을 쉬고 있는 것 같다. 계속되는 난타에 이젠 무릎을 꿇어버린 꼴이다. 취기가 밀물처럼 달려온다.

"길상아."

먼 곳에서 들려온다.

"나가자."

역시 먼 곳에서.

"강가로 가지 않겠느냐?"

"네. 가지요. 가겠습니다."

자신의 목소리조차 멀리서 울려온다. 물결 소리가 들려온다. 샛바람 소리 같은 것도 들려온다. 사방은 칠흑이다. 또 물결소리, 철썩이는 물소리. 그리고 음산한 목소리, 그리고 폐부를 찌르는 것 같은 노랫소리.

"별당아씨가 어떤 여자던고? 어떤 여자였던고…… 버릴래야 버릴 수 없었던, 현세와 하늘에 순명할 수 없었던 사람, 땅을 끊을 수 없었던 초나라의 굴원(屈原)은, 그 굴원은 돌을 안고 멱라(汨羅)에 빠졌건만, 그 기나긴 방류(放流)도 끝이 났건만 어찌 나는 살아 있는가."

한 사나이가 어둠 속에서 통곡하고 있었다.

"형수를 범한 내가 백주대로에서 내 불륜을 외치고 또 외칠지언정 차마 내 어머니의 불륜은 햇빛이 부끄럽구나! 내 아버지의 만행은 햇빛이 부끄럽구나! 어찌하여 하늘은 그들을 벌하십니까! 어찌하여 나는 햇빛에서 어둠으로, 네! 어둠으로 내 부모를 몰고 가고 있는 겁니까! 하늘이여 그대는! 벌하였을지언정…… 흐흐흐훗…… 한 청상이 사람 없는 산중에서 힘센 사내에게 유린당한 것이 죄가 되겠습니까? 앙화를 당한 여자를 매질할 수 있겠습니까. 그, 그러나 나는 그 여인에게 매질을 하였습니다. 그 여인을 고통의 구렁창으로 떠밀어 넣었습니다. 왜 그랬을까요? 양반이어서 그랬을까요? 내 아버님을 사랑하여 그랬을까요! 아버님! 임자 없는 여인을 사랑할 수 있습니다! 있구말구요! 당신이 죄인입니까! 아닙니다! 으흐흐…… 한데도 왜 당신네들 불륜을 이 어둠 속에서 나는 해명을 해야 하는 거지요? 아버님! 어머니! 보고 싶습니다! 사랑합니다! 나는 당신네들을 다칠 수 없습니다. 으흐흐흐……."

한 소년이 울고 있었다. 꿈속에서 한 소년이 웅크리고 앉아서 울고 있었다. 모래밭을 치는 물결 소리가 있었다. 철썩철썩, 무심한 물소리가.

"어머니! 어머니! 당신은 두 아들을 섬긴 한 며느리를 용서하셨습니다! 왜 그러셨습니까! 내게 진 빚 때문에 그러셨습니까! 아니면 그 강간자를 당신은 사랑했기 때문에 그러셨습니까! 대답해주십시오! 양반의 법도를 저주했노라고 말씀해주

십시오! 어머님! 당신보다 며느님이 진실했다고 말씀해주십
시오. 어머님! 저는 한번 짖어보려고 만주땅에 왔습니다! 짖
어보려고 무거운 쇠철갑을 벗어보려구요! 어머님! 만주땅 수
천 리 벌판을 달려보려구요! 아버지의 피를 아십니까! 내 아
버지는 옳았소! 옳았소이다! 당신을 유린한 것도 옳았고 아귀
같이 피를 뿌린 것도 옳았소! 내게 더 많은 피를 뿌리게 하옵
시고 더 큰 역도가 되게 하옵시고! 조선 천지를 피로 씻어내
게 하옵시고! 방방곡곡 슬픈 울음이 끊기게 하옵시고 죄 아닌
것을 죄 되게 하지 마시옵고!"

꿈도 멀어져갔다. 빛깔과 빛깔이 난무했다. 우관스님이 거
기 서 있는 듯했으나 그 모습도 사라졌다.

길상이 눈을 떴을 때 그는 자신이 객줏집 안방에 누워 있는
것을 알았다. 그리고 머리맡에 앉아서 싱긋이 웃고 있는 얼굴
을 발견했다. 길상은 소스라쳐 일어났다.

"젊은 사람이 술엔 나보다 약하구먼."

"어, 어떻게 되어서…… 그, 그럴 리가."

그럴 리가 없었다. 아무리 술을 마셔도 정신을 잃어본 일이
라곤 없었다.

"어떻게 여기 와 있습니까, 선생님."

저도 모르게 길상은 환을 선생님이라 부른 것이다.

"내가 끌고 왔지."

너무 너무 평정한 얼굴이다. 정녕 어젯밤 일은 모두 꿈이었

더란 말인가. 그 통곡과 절규가.

길상은 들창문을 올려다본다. 창문이 뿌옇다. 날이 샌 것이다. 다시 방 안을 둘러본다. 안방이다. 침구는 말짱 새 것, 환이는 단정하게, 옷도 단정하게 입고서 앉아 있다. 준수한 선비다.

'아니다. 꿈은 무슨 꿈, 돌아가신 마님을 어머님이라 했다. 김개주장수와 윤씨부인…….'

"세수를 하게. 해장국을 먹어야지."

"네."

세숫물은 마루 끝에 놓여 있었다. 그리고 아무도 얼씬거리질 않았다. 공노인과 방씨는 방을 비워두고 어디 갔는지, 세수를 하면서,

'공노인은 그 사실을 알고 있었을까? 알고 있었을까…….'

얼굴을 닦고 방으로 들어간 길상은 환이와 마주 보고 앉는다. 멀리 길 쪽에서 말발굽 소리가 들려온다. 길상은 별안간 집의 마구간에서 말을 꺼내어 이 사내랑 함께 타고 달아나고 싶은 충동을 느낀다. 그러면은 화살이 활시위에서 떠난 것처럼 돌아보지도 않고 달릴 것이란 생각이 든다. 왜 그랬는지 모른다. 이윽고 해장국에서 김이 무럭무럭 나는 소반을 들고 순이네가 들어왔다. 주전자와 투박한 사기 술잔이 두 개다. 두 사내는 훌훌 불며 해장국을 마시고 집에서 담근 밀주인 듯, 탁배기를 단숨에 마신다. 공노인이 들어왔다.

"잘 주무셨습니까?"

정중하게 환에게 인사를 한다.

"내 평생 처음으로 편안한 잠을 잤소이다."

의아해하는 빛이 공노인 눈을 스치고 간다. 온유해 보이는 환의 얼굴을 신기한 듯 쳐다본다.

"길서상회 당주께서도 잘 주무시고,"

이번에는 길상을 향해 농조로 말했다.

"잘 잤습니다."

공노인은 자리에 앉으며 곰방대를 뽑는다.

"한잔 하시겠습니까?"

환이 묻는다.

"아닙니다. 속이 좋질 않아서,"

사양하고 담배를 붙여 문다.

"알고 보니 김서방 형편없구만."

"어째서 그랬는지,"

"인사불성, 늘씬하게 늘어졌는데 지리산의 호랑님이 아니더면 노상에서 마차에 깔려도 모를 법하지 않았나."

"난생처음입니다."

"하기야 그럴밖에, 사죽을 못 쓰다가 그만 축 늘어진 게야."

"공노인께선 경험이 있으신 모양이군요."

"있다마다, 정기를 타고난 사람 앞에선 누구든 그렇지. 이런 말도 처음 하는 말이네만,"

"어째서 처음으로 말씀하시지요?"

"이 늙은것이 이래 봬도 수백 년 묵은 여우쯤은 되네. 사람이란 날 때부터 푼수라는 게 있는 게야. 그게 천질이라는 거지. 해서 내가 짐승으로 치자면 호랑이는 못 되고오."

하다가 두 사람 눈치를 힐끗 살핀다.

"오늘 아침 보아하니, 정기는 정기로되 독기가 폭 빠졌구만. 해서 입이 떨어진 게야."

본인을 앉혀놓고 하는 찬사는 때에 따라 불쾌한 것인데, 그러나 환이는 태연하게 듣고 있다가,

"수백 년 묵은 여우보다 수천 년 묵은 너구리요."

"예. 독기가 좀 과했으면은 이완용 못지않게 나라를 팔아먹었을 게요. 그놈의 독기가 모자라 조가 놈의 목만 누르고 말았지만."

하며 공노인은 으허허헛 하고 신을 내어 웃는다. 길상은 자기와 김환과의 어색한 관계를 중재하기 위한 사설인 것을 깨닫는다.

'능청스런 늙은이.'

"그는 그렇고…… 나하고 술내기, 오늘도 해볼 생각 없나?"

환이 길상에게 묻는다. 공노인이 거든다.

"그렇게 하지. 집 걱정은 말고."

"……?"

"집에는 못 돌아간다고 내가 기별해놨네."

"그렇게 하지요. 며칠이고 제가 이길 때까지."

그리하여 두 사내는 붙어 다니면서, 사흘 밤 사흘 낮을 마시고, 강가에 나와 외치고 함께 뒹굴고, 기묘한 시합을 계속하였다. 공노인의 말로는 백중지세에 이르렀다는 것이다. 그리고 그 정도로 끝내는 게 어떠냐 하며 흐물흐물 웃는 것이다. 참으로 기괴망측한 일이었다. 미친 지랄이었다. 환이도 길상도 세상에 나와 그렇게 깝데기를 홀랑 벗어본 일이 없다. 그것은 일종의 치료였는지 모른다. 아픔의 치료, 그리고 길상은 환이로부터 오는 갖가지 저항을 극복할 수 있었고 숭배감과 증오가 얽힌 감정을 극복할 수 있었고 정체를 알 수 없는 신비의 장막을 걷고 환의 실체를 파악할 수 있었다. 환이는 만주 문턱에 와서 술 목욕과 모래 목욕을 썩 잘했다 하며 웃었다.

"숙부님! 우리 며칠 후 하얼빈으로 갑시다."

"거긴 뭣하러,"

"제가 만나기로 약속한 분이 그곳에서 기다리고 계십니다."

"한데 내가 왜?"

"누가 이기는가 내기하실 분이 계시오. 그분은 숙부님 앞에서도 결코 인사불성이 되진 않을 겁니다."

"음……."

"공노인은 지리산 호랑이라 하시었지만, 중국땅 들쥐하고 조선땅 들쥐가 한판 붙는 겁니다."

"중국사람인가?"

"아니지요. 우리 동족입니다. 그분은 이곳에 오래 계셨으니까요."

나흘째 되는 밤 길상은 집으로 돌아갔고 환이는 객줏집에 묵었다. 그리고 비로소 이날 밤 공노인은 월선에 관한 얘기며 고국으로 돌아가기 위해 서희가 만반의 준비를 하고 있다는 얘기를 들려준다.

"아직 한 번도 물어본 일이 없지만 길상이가 함께 갈 건지 안 갈 건지…… 역시 아무 말씀이 없지만 아이들 어머님도 온통 그것에만 정신이 쏠려 있을 겁니다. 시일이 다가오면 올수록,"

"공노인."

"예."

"서희는 최참판댁 여인이오. 주변의 사정은 사정일 것이고 서희 생각은 생각, 길상의 경우도 마찬가지 아니겠소?"

"그야 그렇습지요만…… 내 생각도 그렇습니다만,"

"공노인은 가시는 게지요?"

"아아니 내가 뭣하러 갑니까?"

펄쩍 뛴다.

"가서 내가 할 일이 뭐 있다구요."

"여생을 편히 지내야지요."

"편하다는 그 날이 죽는 날이지요. 이래 봬도 아직 일거리는 있소."

"……."

"그 댁의 일은 끝났지만 나는 나대로 이곳에 지반을 잡았고 이 사람 저 사람 참견해가면서 그러다 죽겠소. 그게 또 낙이니까요. 몇 해 동안 그 조가 놈이 내 진기를 다 빼먹었고 세상에 상대 못할 것은 양반들이라. 나는 이곳에서 시정잡배들한테 잔소리나 하고 사는 것이 제격이지요."

11장 닮은 얼굴의 기억

"어머니."

"오냐."

"이거 보아요. 윤국이가 이 말을 납작하게 해놨어요."

"바람이 빠진 게로구나."

"네. 바람이 다 빠져버렸어요."

"그럼 내가 바람을 넣어주마."

"아닙니다. 나도 바람 넣을 줄 알아요. 하지만 구멍에 붙은 쇠붙이를 윤국이가 떼어버려서 바람을 넣을 수가 없는 걸요."

서희는 고무로 된 장난감 말을 주워든다. 윤국이는 뒤뚱뒤뚱 방 안을 걸어다니며 종이를 찢어발기더니 이번에는 경대 서랍을 열어젖히고 그 속에 있는 것을 낱낱이 꺼내어 방 안에 늘어놓는다.

"망가졌구먼. 우리 윤국이 기운이 센가 부지?"

"어머니?"

"응."

"어째서 아기는 찢고 부숫고 그러지요?"

"아기는 다 그런단다. 환국이 너도 어릴 적에는 그랬지."

"내가요?"

"음."

"그럼 윤국이는 나만큼 자란 뒤에 사랑에 가야겠네요?"

"어째서?"

"아버지 서책을 다 찢을 거 아닙니까?"

"그렇구나. 하지만 환국아."

"네. 어머니."

"아기가 찢고 부싯고 하는 것은 그것이 뭣인가 알고 싶어서 그러는 거란다. 환국이는 다 컸으니까 이것은 종이구나 저거는 상자구나, 하고 보기만 해도 알지만 아기는 보아서는 모르지. 그러니까 찢어보고 부숴보는 거야. 그러니까 말리면 안 된다, 알겠니?"

"네."

"너 동생이 예쁘냐?"

"네. 예뻐요. 너무너무 예뻐요. 하지만 윤국이가 상자 같은 것 꺼내려고 애쓰면 불쌍해요. 다칠까 봐 겁도 나구요. 한데 말예요, 어머니, 윤국이는 지가 꼭 할려고만 하거든요. 내가 꺼내주는 거는 싫은가 봐요."

말끄러미 쳐다보다가 환국이는 싱긋이 웃는다.

"그러냐?"

서희도 미소한다.

'사랑스러운 것들, 너희들은 어디서 생겨났느냐? 하느님이 주셨지. 하느님, 정녕 꿈은 아닐까? 환국이는 이제 여섯 살, 윤국이도 돌이 지났고, 어서 자라라, 어서.'

윤국이는 화장수 병뚜껑을 열었다 닫았다 하며 한참을 놀다가 싫증이 났는지 환국이가 접어주는 종이배도 마다하고 엄마 엄마 하며 서희 무릎에 기어오른다.

"엄마?"

고개를 갸웃하며 정답게 부른다. 젖을 달라는 것이다. 젖은 돌 전에 떼었는데 하루 두세 차례 엄마의 빈 젖을 잠시라도 빨아야 직성이 풀리는 윤국이다. 그 요구가 받아들여지지 않을 때 떼를 쓰며 울고 하지는 않는데 아이는 기가 푹 죽는다. 그리고 아이는 노는 일에도 열중하지 못하고 억지 웃음을 자꾸 웃는 것이 가여워 서희는 빈 젖을 잠시만 빨리곤 했다.

"조금만 빠는 거야. 우리 윤국인 착하니까, 그렇지?"

서희는 오지랖을 걷고 아이에게 젖을 물린다. 윤국은 기분이 좋아서 고사리같이 귀여운 손가락을 어미 입에 넣으며 또 쳐다보며 젖이 나오지 않는 젖꼭지를 빤다. 그 광경을 쳐다보고 있던 환국이 무릎을 민적거리며 다가온다.

"어머니?"

"으응?"

"나도 어머니 젖 먹고 컸지요?"

"그럼."

"저어, 저어, 저 말이지요?"

"뭐냐."

"저어, 한번 만져봤으면."

"다 큰 도련님이?"

환국이는 얼굴을 붉히며 몸을 빙그르르 돌린다. 그러더니 벌떡 일어나 킬킬 웃으며 마루로 뛰어나간다. 킬킬거리고 웃는 소리 뒤,

"아버지?"

환국이 목소리가 들려온다.

"오냐."

길상이 들어오는 모양이다.

"윤국아? 이제 됐지?"

젖꼭지를 물고 안 놓으려는 윤국일 달래어 내려놓으며 옷매무새를 고친다. 길상이 방으로 들어왔다.

"여보."

선 채 부른다.

"네."

길상이 낮에 안방으로 들어오는 일은 그리 흔치가 않다.

"사랑에 계신 손님께 인살 해야겠소."

"네?"

이 또한 거의 없었던 일이다. 서희는 길상을 쳐다본다. 다소 긴장된 표정이다.

"손님이 오셨어요?"

"방금 모시고 왔소."

"어떤 분이신데 제가 인살 합니까."

"만나뵈면 알 것이오."

상현의 부친 이동진 씨라면 그렇다 할 것인데, 서희는 의아해한다. 그렇다면 달리 사랑으로 내려가 인사를 치러야 할 사람이 없는 것이다. 길상이 독립지사들과 교분이 두터운 것은 알고 있으나 서희 쪽에서 외면하는 것은 물론 길상도 그런 영분(領分)에 서희를 끌어들이려 하지도 않았다. 그렇다면은,

"뭘 하는 거요."

길상의 어세는 날카롭고 강했다. 유모를 불러 아이들을 맡기고 사랑으로 내려간 서희는 방문 앞에서 어쩐지 가슴이 철썩 내려앉는 것을 느낀다. 무엇 때문에 그랬는지 전혀 알 수 없는 일이었다. 길상이 먼저 들어가고 서희가 뒤따라 들어갔을 때 거기 단정한 모습으로 앉아 있는 사람은 김환이었다. 서희는 그를 일별하는 순간 전신이 굳어진다. 그는 윤씨부인을 보았던 것이다. 착각이었다. 분명히 그는 남자였고 장년(壯年)이었다. 상대편 김환이 역시 미동 없이 서희를 쳐다본다.

"어른께 인사드려요."

부드러운 길상의 음성에 서희는 자신을 수습하였고 상대편
도 희미하게 몸짓하는 것을 느낄 수 있었다.

'할머님……'

서희는 할머니 윤씨의 얼굴을 똑똑히 기억하고 있다. 아버
지 최치수는 희미하게, 어머니 별당아씨는 보다 더 희미하게
기억하지만 열 살 때 별세한 할머니의 얼굴만은 뚜렷하게 남
아 있는 기억이다.

"돌아가신 할머님의 친정조카뻘 되시는 분이오."

"네?"

귀를 의심한다. 그럴 리가, 그럴 리가 없다.

"절을 올리시오."

길상의 음성이 또 날아왔다. 서희는 최초, 그 일별의 착각
에 쫓기듯 저도 모르게 몸을 가누며 큰절을 올린다. 고개를
들고 상대를 바라본다. 똑바로 응시한다. 거기엔 전혀 다른
얼굴이 서희를 쳐다보고 있는 것이다.

"어찌 할머님 생존시에는 한 번도 뵈올 수 없었습니까."

묻는 말에 길상은 말이 없고 환이도 말이 없다.

"할머님 친가 윤씨 집안은 서학으로 남은 분이 안 계시다는
말씀을 들었습니다만,"

"나는 서학이 아니라 동학을 했기에 살아남았느니라."

"그러하오면?"

"더 깊이는 묻지 말게. 어떤 관계로든 돌아가신 할머님과 핏

줄이 닿았으니 최참판댁 손녀에게 하대하는 게 아니겠느냐?"

"네."

서희는 고개를 숙인다. 범치 못할 위엄이 있다. 서희는 난생 처음으로 그것을 느낀다.

'분명하게 생겼구나. 그 사람보다는 몸집이 작군. 뚜렷하기도 하구. 과연 최참판네 여인이구먼.'

넓은 이마를 바라보며 환이 마음속으로 중얼거린다.

'그 사람은 나약하였다. 부드러웠지. 서희처럼 총명하지 않았다. 산속의 새, 산속의 꽃, 진달래꽃이었던가. 묘향산 북변 무덤 속에서 잠자는 사람.'

환이는 아직도 곁에서 그 여자가 숨 쉬고 있는 것을 느낀다.

"지금 어디서 오시는 길이옵니까?"

소스라치다가 환의 몽롱했던 눈이 본시로 돌아간다.

"지리산에서 묘향산을 거쳐 오는 길일세."

서희 눈동자는 정지한다.

"무슨 일로 이곳까지 오시었는지요."

"만주 풍물을 구경할려구 왔네."

"할머님 생전에 할머님을 보신 적이 계시온지요."

"만나뵈온 일이 있지. 그도 여러 번."

"헌데 어찌 할머님께선 저에게 그런 말씀을 아니하셨을까요."

환이는 쓰디쓰게 웃는다.

"그것은 저승에 가서나 물어볼 일 아니겠느냐? 할머님의 심
중이시니."

"……."

"그러나 장차 할머님의 심중을 알게 될 날이 있을지도 모르
지."

"그럼 저는 물러가겠습니다. 편히 쉬십시오."

사랑을 나서는 순간 서희의 가슴은 뛰기 시작했다. 어떻게
하여 안방까지 건너왔는지 알 수 없다.

'옛날에 어디선가 보았던 얼굴이야. 어디서 어디선가……
할머님 얼굴로 착각한 것 말구, 어디서 보았을까?'

이날 밤 서희는 길상이 들어오기를 고대하였다. 새벽녘까
지 잠을 이루지 못하고 기다렸으나 끝내 길상은 사랑에서 올
라오질 않았다. 새벽이 지나고 아침도 지나고 길상은 손님과
함께 하얼빈에 볼일이 있어 떠났다는 전갈이다.

"이럴 수가?"

도사리고서 밤을 꼬박이 밝힌 서희는 노했다. 격노한 것이
다. 서희가 남편 길상에게 이렇게 노해보기는 처음이다. 안절
부절 어떻게 해볼 수도 없는 마음, 서희는 이불을 깔고 드러
눕고 말았다. 아이들을 멀리하고 이불을 뒤집어쓴 채 마구 울
었다. 인척이라며 큰절까지 시킨 손님에 대한 짙은 의혹을 풀
어주지도 않고 떠난 것도 괘씸하고 분하였으나 행선지가 하
얼빈이라는 데도 쌓이고 쌓인 감정이 폭발한 것이다. 그러나

실컷 울고 난 뒤 해가 중천에 떠올랐을 무렵 서희는 안정을 찾는다. 냉정해지니까 왜 울고 왜 그토록 노하였는지 좀 어처구니없는 생각이 들기도 한다. 손님과 함께 하얼빈으로 떠났기로 그것은 종전과 별다를 것이 없는 자신과 길상의 생활인 것이 깨달아진다.

'인척이면 인척인가 보다 생각하면 될 거 아닌가. 그이도 모든 것 정리하고 할 일이 없어지니 손님 뫼시고 하얼빈으로 갈 수도 있는 일.'

결국 눈을 감아주기로 결심한다. 자리를 치우라 이르고 세수를 한 서희는 여느 때와 다름없는 모습으로 아이들을 불러들여 놀아주는 것이다. 더욱 자상하게 깊은 애정을 기울이며 오로지 아이들에게만 열중한다.

"어머님."

"오냐."

"어제 말예요? 산에 갔지 않아요?"

"산에."

"그랬더니 새가 막 나를 쪼려 해서 혼이 났어요."

"어째서?"

"아마 둥주리에 있는 새낄 잡아갈까 봐서 그랬나 봐요."

"저런."

하는데 서희 마음속에 묘향산! 하며 외치는 소리, 소리가, 지리산에서 묘향산을 거쳐 오는 길일세 하던 말이 산사의 종소리처럼 과앙과앙 되풀이 심장을 치고 온다. 어제 그 말을 들었을 때도 묘향산이란 지명은 심장에 갈고리질을 했다. 진득진득 심장을 잡아당겼던 것이다. 그러나 서희는 그 말을 외면하고 말았다. 견디어야겠기에 서희는 외면하고 못 들은 척하는 일이 흔히 있다. 그 묘향산이 지금 아우성치며 달려나오려한다. 그렇다! 오래전 혜관은 서희를 찾아와서 묘향산 북변에 있는 무덤 얘기를 했었다.

"안자야! 거 안자 없느냐?"

안자는 이내 달려왔다.

"예, 마님."

"너 지금 곧장 객줏집에 가서 공노인더러 잠시 다녀가라고 일러라."

"예."

윤국이는 잠이 들었다. 환국이는 언제 나갔는지 뜰에서 강아지와 뒹굴며 놀고 있었다.

'묘향산……'

다시 길상에 대한 노여움이 치민다. 걷잡을 수 없는 외로움이 치민다. 혼자 타인들에게 둘러싸였던 지난날에도 이렇게 외로움을 느끼진 않았다. 느낄 겨를이 없을 만큼 숨가쁜 도약이 있었을 뿐이다. 싸움과 싸움의 연속이었다. 승리의 언덕은 외로운 자리였는지 모른다. 서희의 승리를 축복해주고 기뻐해주는 사람은 아무도 없다. 정상에 오르기까지 외로운 싸움이었다고는 하지만 동행자는 있지 아니하였던가. 그 동행자들이 지금 서희의 승리를 외면한다. 아니 쓰디쓰게 바라본다. 공노인조차 나가떨어지고 말았다.

'기운을 내! 서희야! 여기서 헛디디면 나락이다. 이제 내게는 최참판댁을 일으키고 원수들을 치는 목적만은 아니다. 내 아이들 내 귀여운 것들을 풍요한 토양에 심어야 하는 거야. 내 귀여운 것들 너희들을 말 귀에 달고서 만주땅을 헤맬 순 없다!'

그러나 서희는 옛날같이 꼿꼿이 설 수가 없다. 흥분하고 노하면서도 마음 밑바닥에는 칼날같이 서늘한 기준이 미동하지 않고 있다는 것을 서희 자신은 알고 있었고 또 사실이 그러했다. 한데 이 수습될 수 없는 혼란에서 서희는 차츰 공포를 느끼기 시작한다. 사랑이다. 아이들에 대한 사랑, 남편에 대한 사랑 어느 편을 위해서도 잃어서는 안 되는 사랑 때문에. 아이들한테 아비가 있어야 하고 아비한테도 아이들은 있어야 한다. 끊을 수 없는 것이다. 내 귀여운 것들을 말 귀에 달고서 만주땅을 헤맬 수 없다!는 외침은 자신이 마구 흔들리고 있다는 이외 아무것도 아니지 않는가. 낯선 손님과 떠나버린 길상은 돌아오지 않을지 모른다. 어쩌면 그는 오늘 이런 결과가 오기까지 꾸준히 기다려주었는지 모른다. 그 나름의 애정과 최참판댁에 대한 의리 때문에 이런 결과까지 끌어다 놨는지 모른다. 그리고 떠났는지 모른다. 서희 마음속에서 묘향산은 행방불명이 되고 오로지 길상의 마음, 길상의 행방을 뒤쫓

340

고 있을 때,

"무슨 일이신지요."

하며 공노인이 밖에서 헛기침을 했다.

"들어오시오."

"예."

공노인은 조심스럽게 방 안으로 들어온다. 자리에 앉았어
도 말이 없다. 공노인은 더욱더 조심스럽게 대기하는 상태였
는데 왜 서희가 오라 하였는지 충분히 짐작하고 온 눈치였다.

"지리산에서 오셨다는 손님 그간 공노인댁에서 유하셨소?"

"예. 그렇습니다."

"그분을 공노인은 언제부터 아시었소."

"한 오륙 년 되나 봅니다."

"어떻게 아시었나요?"

"조선에 갔을 때 지리산에서 처음 뵈었습니다."

"그러면은 어찌하여 내게는 그 말씀을 아니하셨던가요?"

"……."

"그러는 데는 그럴 만한 까닭이라도 있으셨나요?"

"까닭이 없는 것은 아니겠습니다마는,"

공노인은 서희를 힐끔 쳐다본다.

"지금도 말씀하실 수 없겠소?"

"그거는……."

"……."

"못할 것도 없겠습니다마는 실은 저도 확실한 것을 모르기 때문에."

"확실한 것을 몰랐기 때문에 나에게도 말씀 안 하신 건가요?"

"그, 그거는 아닙니다. 그러니까, 거 뭡니까. 이곳에선 독립지사라 합니다만, 그, 그러니까 의병으로서 또 그분의 신분이 세상에 들나는 것은."

"신분이라면?"

"그, 글쎄 그것도 확실한 얘길 들은 바는 없습니다마는 짐작건대."

공노인은 말을 끊는다.

"짐작건대?"

"거의 짐작에 틀림이 없는 것으로 알고는 있습니다마는 왕시 동학의 접주였던 김개주장수의 외아드님이라는, 풍문도 그렇고, 예. 풍문도 그러했습니다."

공노인은 또다시 서희를 힐끔 쳐다본다. 서희 추궁에 못 이겨 말을 털어놓는 것은 아닌 성싶다. 이 정도면 말을 해도 괜찮을 것이요, 차라리 해두는 편이 낫다는 판단이었던 것 같다.

"그래요."

서희는 생각에 빠진다.

'지리산에서 왔다는 말과 서학이 아닌 동학이라는 말은 맞는군. 김개주의 외아들? 그러면 어찌하여 윤씨 가문과 핏줄이 닿는다는 게지? 윤씨와 김씨, 할머님께선 일찍이 여형제가 계셨더란 말인가? 나는 그런 말을 들어본 적이 없다. 괴정에 죽은 김서방이 윤씨댁 하인이었고, 그 사람도 여형제 말은 아니했다. 또 이상한 점은 있어, 김개준가 그 동학의 괴수가 중인이라 하였는데 윤씨 집안에서 혼인을 했을 리가 없다. 그리고 의문은 또 있어. 만부득한 사정으로 그렇게 되었다 가정하더라도 집안이 그 풍랑을 겪는데 한 번쯤 나타날 법한 일이 아니냐? 그런데 나는 처음 할머님으로 착각을 했다…… 그리고 묘향산은 또 무엇이냐?'

"정녕 공노인 말씀에 딴 뜻은 없겠지요?"

"딴 뜻이라니요? 딴 뜻이 있을 까닭이 있겠습니까."

그러나 공노인은 서희 혜안(慧眼)을 안다. 그 말이 진정이냐고 물었어야 할 것을 왜 하필이면 딴 뜻이 없느냐고 묻는가. 등줄기가 서늘해진다. 어차피 알아야 할 일이라면, 아니다. 그것은 길상의 소관이다.

"제가 알고 있는 것은 그분이 돌아가신 아버님 못지않은 훌륭한 자질과,"

하는데,

"치우시오!"

"아, 예."

"동학당하고 우린 아무 상관이 없소. 상관이 없다 뿐이겠소? 양반에 대적한 사람들 아니었던가요?"

"예. 그야 그렇습지요."

"내가 알고 싶은 것은 어찌하여 공노인이 우리 집 서방님을 불러내어서 대면을 시켰느냐 그거요. 말씀하시오."

"그것은 그분이 원하셨습니다."

"그러면은 그분이 여기 사정을 소상히 알고 오셨다 그 말씀이오?"

"그런 줄로 압니다."

"좀 더 확실하게 말씀해주시오."

"언젠가 이곳에 오신 일이 있었지요. 혜관스님이라구, 지리산에서 가깝게 지내는 여러 가지 사정 말고도, 그러니까 우관스님이 그분의 백부님이며 혜관스님이 직계 제자이고 보면,"

"그게 육 년 전의 일이었소?"

"그런 줄로 압니다."

서희는 머릿속에서 두 개의 묘향산이 부딪치면서 소리를 낸다. 하나는 혜관의 묘향산이고 다른 하나는 김환의 묘향산이다. 두 사람은 묘향산 북변에 있는 무덤과 어떤 관련이 있는가. 즉 서희 생모와 어떤 관련이 있단 말인가. 그 비밀을 길상은 알고 있다. 분명히 알고 있을 것이다. 서희는 단정을 내린다.

"우리 집 서방님하고 사흘 낮 사흘 밤을 어디서 무엇을 하고 지내셨지요?"

"줄곧 강가 횟집에서 약줄 드셨지요. 강가 모래밭에서 함께

344

뒹굴고…… 한이 많으신 분인 것 같았습니다."

"알았소. 그럼 가십시오."

서희는 흩어지는 자신을 감추려는 듯 성급하게 말했다.

"예. 그, 그럼 가보겠습니다."

공노인은 황황히 나간다. 온통 머릿속이 불덩이처럼 달아오르는데 서희는 무릎 위에 두 손을 깍지 끼고 앉아서,

"가만히 있자, 가만히 있자…… 가만히,"

방바닥 한 곳을, 까만 딱지가 붙어 있는 방바닥을 골똘히 내려다보며 '가만히'만 되풀이한다. 그러면서도 그는 어떤 생각을 밀어내고 있는 것이다.

'가만히 있자, 우관스님하고 김개주! 그리고 그분 혜관스님…… 그리고 또 환국이아버지…… 절이다……. 절,'

개미 쳇바퀴 돌듯 서희의 생각은 같은 둘레를 몇 번이고 돈다. 돌고 또 돈다.

'어째서 할머님을 닮았느냐, 어째서 김씨가 할머님의 핏줄이냐,'

망치질하듯 머릿속이 꽝꽝 울린다. 소리는 소리를 낳고 또 낳고,

'어찌 너는 도망을 치려 하느냐! 너가 만난 사람은 구천이 그 하인이 아니더냐! 할머님을 닮았다는 것, 할머님의 핏줄이라는 것, 그것을 방패 삼아 너는 너의 기억까지 지우려 하느냐? 그것은 차후 규명될 일, 그자는 구천이다! 분명히! 분명히!'

서희는 입술을 떨며 옷을 갈아입는다. 뒤꼍에서 유모와 환
국의 웃음소리가 들려온다.

"안자야!"

"예!"

"천서방더러 인력거 준비하라고 일러!"

"예."

인력거에 오른 서희는,

"절로 가는 게요."

"옛꼬망."

인력거는 절을 향해 떠났다.

그새 중이 들숭날숭하던 운흥사는 또다시 중 없는 절이 되
어 황폐해 있다. 마당에는 풀이 무성하고 절지기가 있는 아래
채 쪽에서 장작을 패고 있던 절지기가 당황하며 쫓아 나온다.

"어이구 마님, 어쩐 일이십니까."

"오래간만이오."

인력거에서 내린 서희는 습관처럼 말했다.

"예. 그동안 통 안 오시기에, 예."

허리를 굽실거린다.

"법당 문 좀 열어주시오."

"예, 예."

절지기는 달려가서 열쇠를 꺼내왔다. 쇠통을 풀고 법당 문
을 열면서,

"찾아오시는 분이 안 계셔서 먼지가 잔뜩 쌓였구만요. 잠시만, 좀 훔치겠습니다."

"아니요. 개의하지 마시오."

서희의 흰 버선발은 주저 없이 먼지가 쌓인 마루를 밟고 올라간다. 주인 없는 집이나 중 없는 절이나 다를 것이 없다. 봄은 무르익어 가건만 법당 안은 냉기가 감돈다. 촛불을 켜고 향을 피우고 하는 동안 절 뒤켠에서는 쌈질하는 아이들의 고함 소리가 들려왔다. 육 년 동안 법당 안은 낡은 것 이외 달라진 것이 있다면 후불탱화 앞에 본존(本尊)이 안치된 것뿐이다. 치졸한 솜씨로 근래에 조성한 불상인 모양인데 그것도 도금이 벗겨져서 희뜩희뜩했다. 서희가 예배를 올리고 있는 동안 절지기는 방석을 가져왔다. 예배를 올릴 적마다 서희의 남색 법단 치마는 먼지를 쓴다.

'석가세존, 저는 어느 길로 가야 하나이까?'

다시 예배,

'한 지아비를 섬기고 살 수 없는 저를 굽어살피옵소서.'

또다시 예배,

'억만 억겁 세월에서 한 인생은 티끌이온데 티끌일 수 없는 이 마음을 불쌍히 여기소서.'

서희는 불단 앞에 정좌하여 불경을 송하기 시작한다.

패다 만 장작 옆에 을씨년스럽게 쭈그리고 앉은 절지기는 무료하게 툇마루에 걸터앉은 차부 천서방에게 말을 걸었다.

"그동안 통 안 오시더니,"

천서방은 마땅찮아 그러는지 대답 없이 바라볼 뿐이다.

"절이 이래가지고는 안 지었느니만 못하다니까, 세상에 중놈 씨가 말랐는지 용정 인심이 나빠서 그러는지,"

"절이라도 지었으이, 신서방이 굶지 않았지비."

천서방 대꾸는 퉁명스럽다.

"절 안 지었으면 내가 본연스님을 따라 여기 왔을 리 없고, 제기랄! 한번 자릴 잡으면 뜨기가 왜 이리 어려운지 모르겠단 말이야."

"그 중 어디세, 무시레 하고 살지비?"

"내가 알 턱이 없지. 목탁이나 뚜디리며 동냥하고 다니겠지 뭐. 배운 도둑질이 염불인데…… 한데 그 송씨네 자부가 미쳤다면?"

"미치기는, 어디세 그런 말으 들었지비?"

"글쎄 뜬소문이겠지만,"

"불고수보리하사되 제보살― 마하실 이응여시― 항복 기실이니 소유일체 중생― 지류에― 약난 생,"

법당에서 울려 퍼지는 서희의 독경은 비명처럼 드높다.

"세상에는 하도 헛소문이 많이 나도니까 믿을 것은 못 되지만 내가 듣기엔 아편을 찌른다 하더구먼."

"패가망신이랍매."

"자고로 여자가 잘나면 팔자가 안 좋거나 집안이 망하거나 둘 중 하나지. 송씨네 자부도 얼굴이 반반하기 때문에 집안이 망하고 멀쩡한 중 하나 망쳐먹구, 그 여인네야 잘못한 거 하나 없지."

"무시레?"

"그건 내가 안다니까. 잘못이라면 얼굴 잘난 것, 그놈의 잘난 얼굴 땜에 중이 하나 미쳤고 남편은 남편대로 못난 사내가 되고, 아무튼 여자가 잘나면 아무리 해도 남자는 못나기밖에 더 할 일이 없어지는 게지."

절지기는 독경 소리가 울려 퍼지는 법당 쪽을 힐끗 돌아보며 말했다. 서희를 두고 하는 말인 성싶다. 천서방은 절지길 빤히 쳐다보다가,

"무시기 그러믄 송씨네 자부는 결백하다 그르느 기야?"

"내 알기론 본연스님 손 한번 못 잡아봤을걸? 혼자서 미쳐 날뛰었지."

'이 도둑놈으 새끼! 그 도산을 피울 적에느 입 다물고서리, 불기경 하쟎았는가. 실실 웃고서리?'

서희의 독경 소리가 낮아진다. 끝나가는가 싶었는데 다시 높아진다. 그리고 배 속에서 밀어내듯 힘찬 음성으로 변해간다.

"말하자면 운수가 다했던 거야. 여자 하나 버리는 데 그치지 않고 집구석마저 홈싹 무너졌으니, 망할려면 잠시야, 잠시. 그래 옛날에도 만석 살림 자랑 말라 했쟎어?"

"그러문 어찌 그때 용정이 좁다아 하고 도산이 났을 적에

그 자부 잘못 없다, 한마디 앙이 했슴? 절에 있는 절지기 증거 설 만하쟎음?"

"먹고 할 일 없어 그 짓을 해? 뭐가 답답해서."

"심보 나쁘당이, 그러문 못쓰는 기야. 사람으 말할 때 말으 해야지비. 억울한 사람으 도와주어야지비."

하면서 천서방은 난데없이 달려들어 대로 한가운데서 소란을 피우던 송애 생각이 났다. 작년 가을의 일이었다.

"대자대비한 부처님도 아니겠고 남의 싸움에,"

"세상이 그러이 인심으 나빠지고 흑백 가리는 일이 없어지 구, 신서방은 그런 일 앙이 당한다 장담하겠슴?"

"나야 뭐 다 산 세상인데 흥, 어째 오늘은 길어지누만."

법당 쪽을 힐끗 쳐다본다. 사방은 어둑어둑해 오기 시작한 다.

"다 산 세사앙? 그러문 나도 한마디 하겠슴. 소문 들으이 신서방 돈으 받고서리 절방 빌리준다 하더랍매."

"벼락 맞을 소리!"

"그것도 남 눈으 피하는 남녀한테 빌려준다 하쟎음? 억울 하답매?"

"누가 그런 소릴 해!"

"자고 온 사람으 입에서 나온 말 앙이까? 절에 살문서리 질 기 그러랑이. 남 망하는 거 바래문은 저도 망한답매. 여기 풀 이나 좀 뽑지비. 이렇이 불공이 들겠는가?"

"걱정 말어. 쓸데없는 걱정, 나야 뭐 내일이라도 떠버리면
그만이야."

"흐음, 그렇기 되는 날 그러문 내가 와서 살아야지비."

천서방은 웃는다. 날이 어두워지는데 법당 안의 독경은 그
칠 줄 모른다.

12장 추적

유쾌한 여행이었다. 다음 정거장이 하얼빈이다. 길상은 환
이 화술에 말려들어 웃기를 몇 번 했는지. 그중에서도 조준
구 골탕먹인 얘기가 젤 우스웠다. 아마 환이 이렇게 말을 많
이 해보기도 처음이겠으나 길상은 신기해서 견딜 수 없는 것
이다. 지금껏 뇌리 속에 있던 인물과 이렇게 상반할 수 있는
가 하고. 이따금 환이는 소년같이 웃었고 창밖을 호기심에 가
득 차 바라보기도 했었다. 평범한 친구였다. 손위라는 생각
도, 신비스런 그 과묵의 얼굴도 아니었다. 수백 개 화살같이
세게 날아오는 분위기도 아니었다. 불륜의 죄악을 안고 어둡
게 타는 눈도 아니었다. 누구든 함께 여행을 하다 보면은 상
호 간에 가로놓인 의식의 울타리는 다소간 걷히게 마련이라
지만 환의 경우 여행 탓이 아님은 물론이다. 만일 환의 이러
한 모습을 혜관이나 강쇠가 보았더라면 천지개벽한 것만큼이

나 놀랐을 것이다.

"공노인 그 노인네 여간내기가 아니거든."

"말해 뭣합니까."

"광대도 이만저만, 울리고 웃기고 조준구를 곯려주는데 손
발이 척척, 그 사악한 놈도 그네를 타는 꼴이라. 나는 산중에
서 도를 닦아온 영험 있는 도사요 조준구한테 땅문서가 있는
한 공노인은 무한정의 전주(錢主)이니 그 자가 처음엔 여의봉
을 양손에 든 것 같았을 게야. 하하핫······."

환이는 악의 없는 장난꾸러기처럼 웃었다.

"오륙 년 동안 서울을 십여 차례나 오르내리며 그자하고 함
께 놀아주었는데, 얘기가 많지. 생각하면 좀 너무했다 싶기도
하구, 두 번째 광산을 살 적에,"

하고 시작하는 일종의 사기극은 다음과 같다. 진짜 사기꾼이
광주(鑛主)하고 짠 일인데 그것을 공노인이 알았다는 것이다.
말하자면 광주는 안 팔려 하는 시늉을 하고 사기꾼은 살려고
마구 덤비고 그러면서 슬쩍슬쩍 그런 정보를 조준구 귀에 넣
어주는 꾼들이 있었다는 것이다. 그러니까 그 사기극은 조준
구가 처음 광산에 실패한 뒤 다시 만회해보려고 기를 쓰는 것
에서 착상이 된 것이며 공노인은 아무 상관이 없는 일이었는
데 아무튼 조준구가 그 사기극에 걸려주기를 바란 것은 말할
나위가 없었고, 그러던 참 산중 도사가 행차하여 그 사기꾼
집에 자꾸 드나들었다는 것이다. 그리고는 짐짓 사기극은 모

르는 척 이 집에 서광이 비쳤다는 둥 큰 재운이 있다는 둥 실
없는 소릴 하는 한편 식지가 움직이는 상태의 조준구한테 가
서는 그 광산을 사면 크게 손해를 볼 터이니 결코 사서는 안
된다는 충고를 수차 했다는 거다. 조준구는 또 자기편의 꾼들
이 탐지해온 바에 의해 도사가 그 집에 드나든다는 것, 어떠
어떠한 말을 했다는 것을 소상히 알고 있었으므로,

'오냐 네놈이 그놈한테 광산을 안겨주려는 수작이구나.'

일은 그렇게 되어 조준구한테 낙찰이 되고 결과는 도사가
예언한 대로 사기꾼은 어렵잖게 거금을 손에 넣었고 조준구
는 또 크게 당하고야 말았다는 것이다. 보십시오. 제 말을 안
믿으시더니 하고 환이는 실컷 으박질렀으나 그때부터 조준구
는 매달리더라는 것이다. 길상은 배를 잡고 웃으며,

"거 너무했군요. 침 한 방울 안 묻히고서 하하핫……."

"그래 그자가 나를 깜박 믿게 되었는데 그 집안의 일이야
석이가 있으니까 명경알 들여다보듯 환한 터이고 물론 조준
구는 끝내 석이하고 우리 관계는 몰랐지. 석이는 임역관이 천
거했으니까. 미리 알고 드는 데야 도사가 안 될 수 없는 일,
재미나는 것은 기미(期米)에 미친 조준군데 이미 그맨 그도 완
전히 내리막길이고 보면 무엇이든 거머잡으려 했겠지."

기미란 미두(米豆)라고도 하는데 오늘날의 증권매매 비슷한
투기업으로써 세계대전 중 곡가(穀價)의 오름세 내림세가 조석으
로 급변하는 시기, 흥한 사람 망한 사람이 속출했었는데 현물

없는 약속거래인 만큼 모험이 따르는 일종의 도박인 것이다.

"덕분에 나도 제물포를 드나들며 기미라는 것의 묘미를 터 득할 기회가 있었지. 허나 조준구는 안 돼. 사악하고 교활하 지만 사람 가지고 노는 것만큼도 안 되거든. 재물을 가지고 놀 위인이 못 돼. 해서 처음엔 하락할 것을 알면서 사라고 권 하는 게야. 그래 몇 번 실팸 했지. 값이 오를 것을 알면서 팔 라 하고 그러기를 몇 번. 다음엔 반대야. 틀림없이 상승한다 싶으면 사라 하는 게야. 안 사는 게지. 이번에 틀림없이 하락 한다 해서 또 팔라고 권하지. 안 파는 게야. 몇 번을 그러고 나면 또 내게 매달릴밖에. 나중엔 돌아버리더군. 미친 것처럼 마구 내던지고 마구잡이로 사들이고, 그 날뛰는 꼴이란 꼭 벼 룩 같더란 말이야. 하하하……."

환의 웃음소리엔 힘이 빠져간다.

"누굴 물고 늘어지겠나. 날이 궂을려면 삼 년 묵은 옴 자리 가 가렵다던가? 최초에 잘못 산 광산을 들고 나와 임역관을 물고 늘어진 게지. 한들 별도리 있겠나? 본시 광산이란 그런 건데. 그자가 사악하기론 이를 데가 없지만 그릇이 작아. 그 릇 작은 놈이 곶감 빼먹듯 그렇게나 살았으면 좋았을 것을, 그릇 작은 놈의 욕심이 너무 황당했거든."

장난꾸러기같이 웃곤 하던 환이, 그러나 역시 차창 밖을 내 다보는 그의 눈동자는 열기가 오른 듯 떨고 있는 듯 그렇게 보여질 순간이었다. 환이가 들려준 얘기를 길상은 공노인으로부터 듣지 못하였다. 그것은 길상이 회피한 탓이었는지 모른다. 그러나 공노인이 들려주었던 조준구의 본처 홍씨나 정식으로 혼인하였다는 신여성이나 향심에 관한 얘기를 환이 쪽에서는 하지 않았다.

"얘기를 하자면 많지. 술 마시는 것 이외 사철을 쏘다녔던 이십 년…… 상하, 전후좌우 사람 구경 많이 했으니까……."

용정에 나타난 그는 이십 년 세월을 결산하기 위해서던가. 어느덧 기차는 하얼빈역 구내로 들어서고 있었다.

"다 왔나 보군."

"네."

"천천히 내리지."

"그러지요."

그런데 천천히 안 내리려야 안 내릴 수 없는 사정이 하나 생긴 것이다. 무심히 차창 밖을 내다보던 길상이 눈에 말쑥한 회색 춘추복을 입고 손가방 하나를 들고서 플랫폼을 걸어가는 사내 모습이 잡힌 것이다. 얼핏 지나서 뒷모습만 남겼으나 김두수였다.

"선생님."

길상은 나직이 속삭였다. 숙부님이 선생님으로 변했다. 환이는 호칭에 대해선 전혀 무관심이었다.

"먼저 내리십시오. 떨어져 가야겠습니다."

"어째서?"

"나중에 말씀드리지요. 역 앞에서도 제가 선생님께 다가가기 전엔, 멀찌감치 따라오시도록, 어서 내리십시오."

"알았네."

하고 환이 먼저 내렸다. 그리고 거의 막판에 가서 길상은 기차에서 내렸다.

'그놈이 하얼빈에는 뭣하러 나타났을까.'

길상은 조심스럽게 사방을 살피며 걷는다.

'혹? 저 양반 뒤를 밟는 거나 아닌지 모르겠구먼. 그렇다면 그놈이 먼저 나갈 리 없지. 그러나, 개찰구에서 지킬까?'

길상은 개찰구가 가까워지자 그쪽을 열심히 살폈으나 김두수는 없었고 개찰구 밖 저만치서 환이 얼쩡거리고 있는 것이 눈에 띈다. 개찰구를 나선 뒤에도 길상은 사방에다 날카로운 시선을 보냈으나 김두수의 모습은 보이지 않았다. 얼쩡얼쩡 시골사람의 특징을 나타내고 있는 환이만 눈에 띈다. 재빠르게 길상은 역 광장을 질러가서 마차를 잡았다. 마차에 오르면서 환이에게 손짓을 한다. 몸짓이 분주하지 않았건만 환이는 순식간에 다가와 마차에 오른다. 도중에서 길상은 마차를 한번 갈아탔다. 그리고서 여관을 찾아든 것이다.

"선생님. 혹 조선서 선생님 뒤를 밟을,"

"경찰 말이냐?"

"네."

"그런 일은 없겠으나 하기는 알 수 없는 일이지."

"김평산을 아시지요? 김의관 집의 그 김평산 말입니다."

"알지."

"그자의 아들놈이, 그러니까 큰놈이지요. 저하고는 아마 동갑쯤 되겠습니다만 그놈이 이곳에서 오래전부터 밀정으로 놀았지요."

"이곳에 와 있다는 얘기로군."

"네. 얼마 전까지만 해도 회령서 순사부장으로 있었습니다. 한데 아까 기차 안에서 그놈이 가는 것을 보지 않았겠습니까? 필시 무슨 목적이 있어서 이곳에 나타났을 겁니다."

"목적이라면?"

"떠돌이 그놈이 젊은 나이에 순사부장까지 올라갔다면 과히 짐작하실 수 있는 일이지요. 노일전쟁 때부터 이곳에 흘러와서 왜헌병 보조원 노릇을 했다는 얘기고 그놈 손끝에 걸린 사람이 수울찮이 많았다고 들었습니다."

"해치울 수 없었던가?"

"얘기가 많습니다. 회령이라면 간도로 건너오는 길목인데 그곳에다 일본인도 아닌 조선인을, 삼십 남짓한 젊은 놈을 순사부장으로 앉혔다면 그만큼 한 일도 많고 능력도 있었다 할 수 있겠는데 하여간 좀 귀신같은 데가 있는 모양입니다. 죽을 고비도 몇 번 넘겼다니까 악운도 긴 편이구요."

길상은 그간 김두수와의 관계, 박재연으로부터 들은 얘기를 대충 설명한다.

"김평산이······."

중얼거렸을 뿐 환이는 이야기를 다 들은 후 별말이 없었다.

"만일의 경우를 생각해서 그랬습니다만 그놈의 지나가는 꼴을 보니까 전혀 이쪽은 모르고 있는 것 같았습니다. 우리의 뒤를 밟았다면 앞서 내릴 리도 없고, 하지만 그놈이 하얼빈으로 왔다는 것은 어떤 의미로서든 좋잖은 징조지요."

길상의 얼굴은 궁리하는 것 같다. 그런 일은 없겠으나 하긴 알 수 없다는, 환이 말을 길상은 중요시한다. 조선서 환이 무슨 일을 했는지, 하고 있는지 세세히는 알지 못한다. 그러나 길상에게는 대체로 짐작이 가는 예비지식은 있었다. 공노인이 조선에서 돌아오면은, 일종의 보고를 하게 되는데 서희에게 하는 보고가 있고 또 길상에게 들려주는 말이 따로 있었다. 김환이라는 이름을 들먹인 일은 한 번도 없었지만 혜관을 비롯하여 관수, 석이, 운봉노인, 윤도집 등에 관한 얘기, 그들 둘레에 관한 얘기를 종합해볼 것 같으면 어렵잖게 그들이 심상할 수 없는 일을 하고 있다는 것을 짐작하게 된다. 혜관이 만주에 왔을 때도 그리 단순한 것이 아님을 길상은 이미 깨닫고 있었다. 그러나 무엇보다 환일 직접 대한 길상의 판단, 말하자면 거물(巨物)이라는 것이다. 김환의 호칭이 선생님으로 낙착된 것이 바로 거물로, 권필응과 버금가는 거물로 보았기 때문이다.

"선생님."

부르는 말에 환은,

"싱겁군."

"네?"

"이렇게 맹숭맹숭 쳐다보고 있으니 하는 말일세."

도통 김두수 얘기엔 신경을 쓰고 있질 않는 것 같다.

"피로하진 않으십니까?"

"피로? 내가 걸어왔었던가?"

"아무래도 그 머리는 깎으셔야겠습니다."

"조선 가서 일 못하게?"

환은 껄껄 웃는다.

"산중에서 도를 닦는 도사가 머릴 깎으면 어떡허누."

"깎으셔야 합니다."

"어렵잖어."

"네."

길상은 여관의 사동을 불러서 서툴기는 했으나 중국말로
마차 하나를 부르라고 부탁한다.

"마차 왔어해!"

사동이 소리쳤다.

마차에 김환과 함께 오른 길상은 송장환이 있는 약종상에
서 과히 멀지 않은 명화원이라는 청 요릿집 앞에서 내린다.
큰 요릿집이다. 깊숙한 곳에 방 한 칸을 잡은 뒤 요리와 술을
청해놓고 길상은 쪽지 하나를 써서 사동에게 쥐여주며 약종

상 이름과 송장환의 이름을 대고 빨리 갔다 오라고 한다. 사동은 연신 고갤 끄덕이고서 나갔다. 얼마 안 있어, 두 사람이 술상을 마주하고 있는데 송장환이 헐레벌떡 달려왔다.

"김형. 여긴 왜 오셨소. 내 숙소로 가시지 않고."

하다가 동행이 있는 것을 발견하고 주춤한다.

"앉으시오."

길상은 자리부터 권한다.

"인사하십시오. 송선생. 조선서 오신 김선생님이시오."

"아 네. 저는 송장환이올시다."

"나는 김가요."

송장환도 상대가 범상찮음을 눈치채며 자리에 앉는다.

"자아 술 드십시오. 송선생."

길상의 말에 잠시 기다리라는 시늉을 해 보이며,

"잔 받으십시오."

김환에게 공손스럽게 술잔을 바친다. 환은 잔을 받고 따라주는 술을 마시고 잔을 되돌려준다. 그리고 술을 부어준다. 아무 말 없이.

"실은 그곳으로 갈려다가 역에서 김두수를 만났소."

"김두수를,"

"네. 뭐 우릴 따라온 것 같지는 않습디다마는 조심은 해야겠기, 권선생님께서는 모레께나 오시지요?"

"네, 모레 오시기로 돼 있어요."

"그러면 나는 선생님 뫼시고 훈춘에 가서 기다리겠소. 권선생님을 그곳에서 만나뵙지요."

"그래도 무방하지요."

"그곳에서 연추까지 동행하게 되면 그러구요."

"김두수 땜에 그러시오?"

"꼭이 그렇다는 건 아니지만…… 하여간에,"

하다 말고,

"선생님."

"음."

"여기 송선생께선 용정에서 오랫동안 교육사업을 하시다가,"

"혜관한테서 들었어."

"혜관스님 말씀입니까?"

송장환의 표정이 싹 달라진다.

"혜관이 다녀와서 송장환 씨 얘길 하더군요."

"그럼 혜관스님께선 안녕히 계신지요."

"별일 없이 지내고 있소."

명화원에서 주연은 간단하게 끝냈다. 송장환은 약종상에 돌아가고 김환과 길상은 어둑어둑해지기 시작한 거리로 나섰다.

이튿날 길상은 그새 양복쟁이로 달라져 버린 김환과 함께 훈춘을 향해 떠났다. 길상과 송장환이 수낭의 정체를 알았던들, 윤이병이 상의학교에서 교사질을 하고 있을 때 누이동생이 왔다면서 송장환에게 돈을 얻어갔을 때부터 심금녀라는 여인과 김두수, 윤이병과의 삼각관계가 빚은 사건의 꼬임새를 알던들…… 아무튼 사흘 후 송장환은 약종상에서 권필응과 장인걸이 하얼빈에 도착했다는 연락을 받았다. 수냥 집에 도착한 권필응과 장인걸은 광동(廣東)까지 다녀온 긴 여행 길에 지쳐 있었다. 이들을 맞이하기 위해 정결하게 준비된 침실에 가서 휴식을 취하는 동안 금녀는 해를 가늠해보면서 장바구니를 팔에 끼고 장을 향해 집을 떠났다. 금녀는 무척 행복했다. 권필응이 빙그레 웃고 바라보는데,

"금녀, 잘 있었소?"

하며 장인걸은 악수를 했다. 그 따뜻한 손의 감촉이 아직도 손바닥에 역력히 남아 있다. 금녀, 잘 있었소? 귓가에 맴도는 음성.

'네, 선생님. 무사히 돌아오셔서 얼마나 기쁜지 모르겠어요.'

만났을 때 못한 말을 금녀는 장길을 가면서 마음속으로 중얼거리며 혼자 웃는다.

'좀 얼굴이 안되셨어요. 피곤해 보였어요. 푹 쉬세요.'

금녀는 가벼운 보조로 걷는다. 햇빛은 밝고 인생이 아름답다. 아비가 딸을 술집에 팔아먹은 과거의 그 비정의 추억이, 애인을 짐승 아가리에 넣으려던 잔악한 사내의 추억도 이젠 말끔히 가셔지고 없다. 금녀는 현재가 더없이 만족스럽고 고마운 것이다. 헤어져 있고 범상한 남녀의 관계도 맺지 않았던 장인

걸이지만 어디서든 마음으로 지켜주는 눈이 있다는 것은 삶에의 의지가 된다. 장은 풍성했다. 시장이란 언제나 풍성한 곳이지만 겨울을 겪고 무르익어가는 봄날의 장거리란 태양빛과 더불어 신선한 생명에의 향기다. 언제나와 다름없는 소음이 장거리에 가득 차 있다. 소리와 소리, 또 소리, 합쳐서 꿀벌들처럼 닝닝거리는 소리, 언뜻언뜻 귓가에 스쳐가는, 얼마요, 싸게 하시오, 금녀는 그 소리를 헤치고 들어간다. 파는 사람이나 사는 사람, 눈에 익은 장사꾼 청인 할아버지, 모두 모두 착한 얼굴이다. 소리는 꿀벌의 나랫짓처럼 생활의 활기찬 약동의 소리들이다. 금녀는 야채를 골라서 장바구니 속에 넣고 셈을 하고 다시 사람들을 헤치고 들어간다. 붐빈다. 사람들의 어깨와 어깨가 부딪는다. 과일가게 앞에서 걸음을 멈춘 금녀는 귤 몇 알을 고르는데 뒤에서 떼미는 바람에 쓰러지려다 돌아본다. 그때 금녀 눈에 들어온 것은 저만치 상당한 거리에서 필사적으로 사람을 헤치며 오는 사내, 앞사람 어깨에 가려져 코에서부터 윗부분 얼굴만 보이는 사내, 순간 금녀는 몸을 날리려고 허리에 힘을 주다가, 무슨 생각을 했는지 원상태로 돌아간다. 그는 천천히 귤을 사서 바구니 속에 넣고 생선전에서 생선을, 천천히 고깃관으로 다가간다. 전혀 아무것도 모르는 듯 천연스런 태도다. 돼지고기, 쇠고기를 사서 바구니에 넣고 시장을 빠져나간다. 금녀를 뒤쫓아서 잡답(雜沓)을 헤치고 나온 김두수, 숨을 크게 내쉰다. 손수건을 꺼내어 땀을 닦는다. 얼굴 아랫부분이 달라져 있었다. 만일 얼굴 아랫부분이 사람 어깨에 가려지지 않았더라면 금녀, 일별해서 그를 알아보지 못했을지 모른다. 기차에서 내렸을 때와는 달리, 시장을 배회할 작정으로 그랬었는지 김두수는 허름한 노동자 차림새다. 김두수는 금녀가 돌아볼지 모른다는 것에 대비하여 자주 손수건을 꺼내어 얼굴을 닦곤 한다. 그리고 길가에 늘어선 점포 쪽으로 몸을 바싹 붙여, 점포가 엄폐물이기나 하듯 얼굴을 점포 쪽으로 돌려가며 금녀 뒤를 따른다. 금녀가 잡화상으로 들어간다. 김두수는 당황하여 점포 쪽으로 몸을 바싹 붙인다. 한참 후 금녀는 잡화상에서 나왔다. 천천히 아까와 똑같은 보조로 걸어간다.

'으흐흐흣…… 이렇게 빨리, 이건 그저 호박이 굴러들어온 게야. 으흐흐…….'

당초부터 양서방이 이 장거리에서 금녀를 보았다는 말을 들었기에 김두수는 장거리에 늘어붙을 각오를 하고 왔던 것이다. 하얼빈에 도착하자 그는 시장에서 가장 가까운 거리의 여관을 잡았고 옷을 갈아입은 뒤 곧장 나와서, 그러니까 오늘까지 나흘을 배회하는 터였다. 작년 가을부터 금년 오월까지 김두수는 면밀하게 준비 했었다. 봉천에 가서 뻐드렁니도 교정하여 얼마간 밀어 넣었고, 그동안 그는 연추에 금녀가 없다는 것도 몇 번이나 확인시켰다.

'드디어, 드디어 저 계집은 내 앞에서 지금 걷고 있다. 지금이라도 나는 저년을 잡아끌고 갈 수 있다. 한 소동 벌어지겠지만. 그러나 참자. 너가 가면 어딜 가겠느냐. 조롱 속의 한 마리 새, 쭉지가 뿌러지게 퍼덕거려보아야 그곳은 조롱 속이 란 말이야. 하하하……으하핫핫…….'

김두수는 마음속으로 통쾌하게 웃는다. 전신이 으쓱으쓱 밀물 같은 기쁨이 밀려온다. 아까는 뒤쫓느라 혈안이 되어 미 처 느낄 겨를도 없었던 기쁨이.

'저 계집 하나가 내 먹인 아니야. 뿌릴 뽑을 테다, 뿌릴. 박 재연! 점박이 놈! 점박이 놈이 저년의 정부가 됐다구! 아무튼 좋다! 기분이 좋다. 저년을 낚는 낚싯줄엔 더 큰 고기가 함께 매달려 올지 뉘 아나?'

그러나 금녀는 집이 있는 곳과는 반대 방향을 향해 걷고 있 었다. 그것을 김두수는 알 리가 없다.

'예뻐졌구면. 아주 쫙 빠졌어. 알른거리는 저 흰 다리, 발 목! 미끈하구나. 영락없는 되년이다. 내가 이래도 계집 복은 있거든. 시초부터 계집이란 갖고 놀다가 버릴 적에는 돈이 되 더라 그 말이야. 저년도 커다란 고기를 주렁주렁 내게 끌고 올 게야. 아암 그래야지. 그렇지. 네년만은 죽이지도 않을 게 고 버리지도 않을 게다. 얌전히, 얌전하게 회령, 응 그놈, 내 자식 놈 어미가 되어주는 게야. 그 자리는 비어 있다. 아암 비 어 있구말고. 개벽천지가 안 되는 이상 너는 그 자리에 앉을 것이다. 목에 새끼를 걸어서라도 그 자리에 끌고 갈 것이야!'

금녀는 길모퉁이를 돈다. 김두수도 길모퉁이를 돌았다. 길은 차츰 호젓한 곳으로 뻗어간다. 이리 돌고 저리 돌고 점점 더 후미진 길. 김두수는 추호의 의심도 없다. 주택가로 금녀가 가는 것은 당연했으니까. 오로지 금녀가 돌아보지만 말아주기를 바랄 뿐이다.

'이판사판이야. 돌아본다면 저년 하나 낚아버리면 되는 거구 다행히 끝내 모르고 간다면 멀리서 저년이 들어가는 집을 확인했다가 그러고서 줄줄이 엮어낸다. 내일 새벽에라도 헌병 두 명만 있으면. 만일 저년이 돌아본다면, 일이 좀 까다로워지겠지. 제발이다. 돌아보지 말아다오.'

햇빛이 가려진 골목이었다. 강아지 새끼 한 마리 없다. 한 켠엔 주택의 뒷담이며 한켠은 굳게 문이 닫혀진 집들이다.

'이제 집이 가까워 오는 모양이구나.'

그때였다. 슬그머니 금녀가 돌아본다. 김두수와 금녀의 눈이 마주친다. 금녀는 짐짓 놀란 척 엉거주춤한다. 동시 김두수는 뛴다. 뛰어서 금녀의 손목을 와락 잡는다. 그리고 아랫배에서 치미는 웃음을 웃는다. 허연 혓바닥이 들나고 양 볼이 흔들린다.

"오늘 운수는 절반이다!"

"왜 이러시는 거예요! 소리 지를 테예요!"

"질러보아. 하하핫…… 마, 절반의 운이라도 운은 운이야. 하하핫."

"이것 놓으세요! 나 달아나지 않아요!"

금녀는 잡혔던 손목을 확 뿌리친다.

"하기야 걸음마 배우는 아이도 아니겠고 혹 축지법을 쓴다면 모를까. 소원대로, 하하하……."

금녀 어깨에 바싹 몸을 붙인다. 금녀가 피하면은 또다시 몸을 붙여오고 그러나 손목을 잡으려 하지는 않았다. 금녀는 시장바구니를 김두수 쪽 팔로 옮겨서 건다. 김두수의 몸이 닿는 것이 싫어서 그러는 것 같았지만.

"어떻게 오셨죠?"

"어떻게라니? 금녀 만나러 왔지?"

"고맙군요. 나 혼자 내버리고 달아날 적은 언제였나요?"

"이거 듣던 중 처음 듣는 소리군. 조심해야겠는걸?"

"흥! 그게 거짓말인가요?"

"목숨이 오락가락할 판인데 어쩌누. 금녀야 기회 보아 뺏아오면 되는 거구. 하지만 금녀는 천우신조라 생각했을 텐데? 안 그랬던가?"

"물론이지요. 하나님이 도우신 거예요."

"새삼스럽게 아옹다옹할 것 없다. 그래 금녀는 언제부터 중국여자가 됐지?"

"자식 없는 늙은이들 양녀로 들어간 거예요. 난 조선여자가 아니란 말이예요. 날 잡아가진 못해요! 아시겠어요?"

"제 서방이 찾아가겠다는데도?"

길모퉁이였다.

"누구 마음대로,"

하는 것과 동시 금녀의 손은 시장바구니 속으로 들어갔고 한
구석에 찔러넣었던 권총, 그것을 김두수 허벅지에다 대고, 총
성과 고함소리, 금녀는 바람같이 길모퉁이를 돌아간다. 길모
퉁이를 또 하나 더 돌고 벽돌 이층집 문을 밀며 들어선다. 금
녀는 안에서 문을 잠근다.

"구마(九馬) 아주머니, 아주머니!"

유창한 중국말이다. 기름에 절인 듯 볼품없는 중국여자가
얼굴을 내민다. 오십 가까운 연배다.

"오오, 들어와요."

금녀의 입술은 먹빛이었다.

"아주머니,"

여자 가슴에 쓰러진다.

"어찌 이러는 거야?"

"나 사람을 죽였어요."

"뭣이? 사람을 죽여해?"

"밀정 놈을 죽였어요."

"밀, 정, 놈, 을?"

"네."

"어, 어디서?"

"저기 저어기 뒷골목에서,"

하며 금녀는 와들와들 떤다.

"아앙 그래 총소린가, 그러니까 그게?"

중국여자는 놀라지 않았다. 금녀를 끌어다가 의자에 앉힌다. 그리고 주방에서 뜨거운 차를 부어서 내민다.

"이거 마셔요. 덜덜 떨기는, 떨지 말어."

"나 여기 있다가 어두워진 뒤 가겠어요."

"그, 그렇게 해."

뜨거운 차를 마신 금녀 이마에선 땀이 흐른다.

"에이고 또 씨끄럽게 됐구먼. 하지마는 할 수 없는 일, 좋은 세상 돼야 할 건데,"

이 집은 순전한 중국인의 집이다. 권필응과 깊은 관련을 맺고 있는, 말하자면 비밀연락을 취하는 장소이며 대개 금녀가 연락의 임무를 맡고 있는 터였다.

"누가 따라오지 아니했어?"

"아무도 없었어요."

"참말로 죽었다면 이 근방을 뒤질 거 아닌지 몰라?"

"글쎄요."

금녀는 망실상태였다.

"나 한분 나가보고 올까?"

여자는 금녀가 대답을 하기 전에 방에서 나갔다.

'내가 사람을 죽였다. 내가 사람을 죽였어.'

다시 떨기 시작한다. 금녀가 장거리를 빠져나와서 길컨에 있는 잡화상으로 들어간 것은 호신용으로 장바구니 밑바닥에 넣고 다니던 권총을 꺼내기 위해서였다. 그는 핀 하나를 사고 지갑을 찾는 척하며 밑바닥에 있는 권총을 끌어올려 고기 뭉치 사이에 찔러넣었던 것이다. 마지막까지 침착했었던 금녀는 그러나 권총을 그을 때는 정신이 없었다. 과연 김두수가 죽었는지 안 죽었는지 그것을 생각할 여유도 없었다.

'내가 어떻게 사람을 죽였을까? 내가?'

호신용으로 받았었던 소형 권총으로 사격 연습까지 했었는데 사람을 죽일 수 있다는 것을 금녀는 한 번도 실감해본 적이 없다. 다만 습관처럼 장에 갈 때는 장바구니 속에, 외출할 때는 핸드백 속에, 그것은 권총을 건네주었던 장인걸에 대한 그리움 때문인지 모른다. 여자가 돌아왔다. 기름에 절인 듯한 여자 얼굴에는 어리둥절해 하는 빛이 있었다.

"이보아 수냥, 밀정 놈 죽지 아니했다."

"네?"

"여기, 여기서 피가 흘렀을 뿐 말짱해."

여자는 자기 허벅지에다 대고 손가락을 꾹꾹 누른다.

"죽지 아니해요?"

금녀는 그렇게 되면 어떻게 되나? 하는 생각도 일지 않는다.

"그보다 밀정 놈, 강도가 총 쐈다 말하잖아?"

"네?"

"강도, 강도가 호주머니 돈 뺏아갔다 말하던걸?"

금녀는 바보처럼 기름때가 묻어 번들거리는 여자 옷깃을

쳐다본다.

"병원으로 갔어, 병원."

"사람들이 많이 모였어요?"

"많이 모여 했어."

"그래서 어떻게 됐어요."

"순경이, 저어기, 저쪽으로 뛰어갔어."

집과는 반대편을 가리키며 말했다.

"그, 그래서요."

"사람들 다 가버리고 없어. 수냥이 정말 쏘았어?"

금녀는 고개를 끄덕이고 여자는 고개를 갸웃거린다.

"그, 그럼 아주머니 난 가보겠어요."

"그렇게 해서 가면 안 돼. 옷 갈아입어. 다른 사람이 혹 보
았을 수도 있으니까."

금녀는 여자가 내주는 낡고 헐렁한 회색 다브잔스로 갈아
입는다. 아무 일도 일어나지 않았던 것 같은 착각이 들곤 한
다. 골목을 나선 금녀는 몇 번이고 고개를 흔들어댄다. 김두
수를 만났다는 것부터가 사실이 아닌 것 같은 생각이 든다.
그렇게 햇빛은 밝고 인생은 아름다워 보였는데, 시장은 풍성
하고 사람들의 소리들은 꿀벌처럼 닝닝거리며 삶을 찬미하
는 것만 같았는데 끔찍한 사건이 바로 코앞에 기다리고 있었
을 줄이야. 집에 도착했을 때 사방은 깜깜했다. 간신히 초인
종 줄을 잡아당긴다. 땅바닥을 구르는 발소리가 요란하게 들

린다. 그리고 또 요란스럽게 대문이 열렸다.

"어머나! 아씨!"

노래를 부르듯 높은 목청으로 계집애가 외쳤다.

"손님! 손님! 아씨 돌아왔어요!"

계집애는 안을 향해 높은 목청을 굴린다.

"조용히 해."

금녀는 계집아이 팔에 기대듯 집에 들어간다. 대문을 잠그고 뒤쫓아온 계집아이,

"아씨! 왜 이리됐어요? 나는 거러진가 싶었어요."

송장환과 장인걸이 복도 쪽에 나와 서 있었다.

"어찌 된 거요! 수냥!"

옷차림새며 얼굴빛을 보고 심상찮은 일이 생겼음을 직감한 송장환이 먼저 물었다. 장인걸의 낯빛은 파리했다. 귀가가 늦은 금녀에게 심상찮은 일이 벌어졌으리라는 예상을 하고 있었던 것 같다. 장인걸을 보는 순간 금녀는 울음을 터뜨린다.

"쫓긴 거예요."

"쪼, 쫓기다니, 수냥 뉘한테 쪼, 쫓겼단 말입니까!"

송장환의 입술이 실룩거린다. 장인걸은,

"송군. 자넨 선생님 곁에 가 있게."

"네."

"가 있게. 자아."

등을 떼민다.

"네. 그, 그렇지만,"

"허허어, 가 있으래두, 내가 알아 선처할 테니까."

송장환은 못내 마음이 놓이질 않는지 민적거리다가 돌아보곤 하며 거실 쪽으로 간다.

"금녀."

"선생님."

더욱 흐느껴 운다. 비 맞은 참새 꼴이다. 훌렁한 옷 탓일까. 금녀의 몸이 아주 작아진 것 같다.

"돌아온 것만도 다행이야. 납치당한 줄 알고. 방에 들어가서 자세한 얘길 해."

금녀는 거처하는 자기 방으로 들어간다. 뒤따라 들어온 장인걸은 문을 꼭 닫고 침상 옆 의자에 앉는다. 눈물을 닦으며 주춤거리다가 금녀는 침상에 걸터앉는다.

"김두수지."

"네."

"어떻게 빠져나왔지?"

"주, 죽이려고 총을 쐈는데,"

"어디서?"

"길에서요."

"뭐?"

흐느끼면서 금녀는 대강의 경위를 설명한다.

"너무 덤볐구면."

"처음엔 침착했는데, 총을 쐈을 땐 뭐가 뭔지, 정신이 없었어요."

"괜찮어. 그것도 경험이야. 내가 사태를 판단하건대 그놈이 강도라 한 것은 금녀를 표면에 떠올리지 않으려는 계산에서 나온 말이야. 그러니 우선은 이 사건의 뒤끝이 시끄럽지는 않을 것 같다."

"저도 오면서 그걸 생각하긴 했어요. 더 섬찟하고."

"금녀를 납치하지 않고 뒤를 밟았다는 것은, 그렇지. 박재연 씨와 내가 목표였을 게야."

"모두 제 탓이에요."

"누구 탓이 어딨어?"

장인걸은 힐난하듯 금녀를 쳐다본다.

"하지만 이곳을 찾아낸다면 어떡허지요?"

"찾아내기 전에 쳐야지."

"……."

"병원에 갔다구 했었나?"

"네."

장인걸은 자신의 무릎을 내려보다가 금녀를 물끄러미 바라본다. 금녀의 무릎이 떨고 있다. 안 그러려고 무척 애를 쓰는 것 같은데 찬비 맞고 온 아이처럼 떨고 있다. 소복이 솟은 유방도 흔들리고 있다. 옷은 낡고 때 묻었으나 신선한 육체가 옷 밑에서 마구 떨고 있는 것이다. 장인걸은 현기증 같은 것을 느낀다. 연추에서 장인걸은 금녀 위해 호신용 권총을 하나 구해주었고 사격술도 가르쳐주었다. 그것은 일하는 사람의 필수조건의 하나로 가르쳐준 것은 아니었다. 금녀에 대한 애정 때문이다. 김두수로부터 지켜주자는 염려가 앞섰던 것이 사실이다. 금녀가 하얼빈에 온 것은 권필응의 제의를 금녀가 열광적으로 받아들인 결과였지 장인걸의 희망은 아니었다. 그러나,

"선생님, 저도 살고 있다는 것을 실감하게 해주십시오."

금녀는 장인걸에게 애원했던 것이다. 사실 금녀는 모든 면에서 준비가 완료된 여자라 할 수 있었다. 심운회 씨 댁에서 닦아진 처신은 원만하고 세련되었으며 학교에서 아이들을 가르치면서 그 자신 꾸준히 공부도 했었다. 누구에게나 호감을 살 수 있는 용모 그리고 분별할 수 있는 나이 이십칠 세. 장인걸은 연민과 애정으로 하얼빈으로 떠나게 될 그에게 사격술을 가르쳤다. 그것이 오늘 그를 구하게 된 것은 다행이나 앞으로 야기될 문제는 많다. 김두수가 죽지 않았기 때문이다.

'그렇다면 매듭을 지어야지.'

장인걸은 결론을 내렸다.

"금녀."

"네."

"금녀는 잘못 생각하고 있는 게요."

"……."

"금녀가 아니래도 이곳을 탐지할려면 할 수 있는 거요. 김두수는 박재연 씨와 내 얼굴을 알고 있으니까, 우연찮게 만나 뒤를 밟을 가능성은 얼마든지 있지. 내 탓이다 하는 생각은 아예 말아요. 우린 무인지경을 가면서 일하는 게 아니거든."

"고마워요, 선생님."

"옷 갈아입고 쉬어."

방을 나서려다 말고 장인걸은 되돌아본다.

"용기를 내는 거요. 우리는 어차피 한 운명이오. 알겠어?"

금녀를 포옹해주고 등을 토닥거려준 뒤 장인걸은 방에서 나갔다. 객실로 돌아갔을 때 권필응은 담배를 피우고 있었고 송장환은 꽁지 빠진 장닭 같은 꼴을 하고 창가에 엉거주춤 서 있었다.

"서, 선생님. 그러지 않아도 말씀드리려고 했습니다만 쫓기다니, 밀정 놈한테 쫓긴 거지요?"

"아니면 누가 그랬겠나?"

"실은 용정의 김형이,"

"김군은 훈춘으로 갔다지 않나."

"네. 갔지요. 훈춘으로 간 이유가 이곳에서 선생님을 만나는 일이 좋지 않다 그런 판단 때문입니다."

"좀 요령 있게 말해. 나 지금 바쁘니까."

장인걸은 좀체 그런 일이 없는데 짜증을 부린다.

"그러니까 하얼빈역에서 김두수란 놈을 봤다는 겁니다."

"뭐? 왜 진작 그 말을 안 했어!"

장인걸은 권필응도 안중에 없는 듯 소리를 버럭 질렀다.

"네, 저어,"

"이미 일은 저질러졌는데 말하면 뭘 해!"

송장환한테 날벼락이다. 금녀 앞에서는 그렇게 말했으나 장인걸은 권총 발사로 하여 그 꼬리가 쥐 꼬리든 호랑이 꼬리든 일단 김두수에게 꼬리는 잡힌 거라 생각한 것이다.

"저어 변명 같습니다만, 김형이 훈춘 간다는 얘긴 수냥한테 말했습니다만 김두수 얘긴 수냥한테는, 저녁에 만나뵙고 제가 말씀드리려 했었지요. 또 김두수 놈이 김형의 동행을 쫓는 게 아닌가고 의심했기 땜에, 수냥의 경운 전혀,"

당황하며 횡설수설이다.

"할 수 없지. 사후책을 강구해야지."

장인걸은 노기를 푼다. 딴은 그렇기도 했다. 송장환이나 김길상이 금녀와 김두수의 관계를 모르는 이상.

"하지만 그놈은 박재연 씨 그리고 나를 알아."

송장환은 낭패한 듯 어쩔 줄 모른다. 권필응은 한마디의 말도 없이 담배만 태우고 있었다.

"그, 그렇담 그자가 이곳을 탐지했다 그 말씀입니까?"

"그렇게 해선 안 되겠다 생각하고 수냥은 다른 곳으로 유인하여 총을 쐈다는 게야."

"네?"

권필응이 희미하게 웃는다.

"그러나 불행하게도 그놈은 죽지 않았어. 부상을 입었을 뿐이야."

"선생님."

"음."

권필응이 재떨이에 담뱃재를 떤다.

"나가보겠습니다."

"어딜."

"그놈이 병원에 입원을 했다니까 후환을 없이해야겠지요."

"음……."

장인걸은 모자를 쓰고 혁댈 조르며 나간다. 나간 뒤 권필응은 중얼거렸다.

"그놈이 그 병원에 있을까."

밤늦게 돌아온 장인걸은,

"고 생쥐 같은 놈의 새끼, 병원을 옮겼더군. 어느 병원으로 옮겼는지 오리무중이오. 악운이 센 놈!"

13장 김두수

악운이 센 김두수, 그가 입은 총상은 관통인데 총구가 빗나간 때문에 비스듬히 총알이 빠져나갔고 또 아슬아슬하게 뼈

는 피한 상태여서 지극히 경상이라 할 수 있었다. 그런 정도
의 총상이라면 뭐 병원을 가릴 것도 없으련만 무리를 해서까
지 병원을 옮긴 이유는 뭣인가. 그는 다시 습격해올 것을 예
상한 것이다. 그가 상상할 수 있는 범위, 그러니까 박재연과
점박이 사내가 금녀 배후에 있을 것이라는 생각 때문이다. 빠
져 달아난 금녀로부터 사실이 밝혀질 것은 뻔한 일이었으니
까. 당초부터 김두수는 금녀가 중국여자로 변모되었다는 것
에 심상찮음을 냄새 맡은 것이다. 용의주도한 김두수는 큰 병
원으로 옮기면서도 다른 환자들과 함께 있을 수 있는 삼등 병
실에 입원을 했다.

 '빌어먹을! 설마하니 그년이 권총을 가지고 있을 줄이야.'

 생각하면 머리끝까지 분통이 치밀지만 용케 참아낸다. 그
보다 김두수는 상황판단에 골몰하고 있었다는 게 옳을 성싶
다. 총성을 듣고 동리에서 사람들이 몰려오고 순경이 달려왔
을 때 김두수는 돌발적으로,

 "강도야!"

하고 소리를 지른 것이다.

 "어디, 어느 쪽으로 갔어!"

 다급하게 묻는 순경에게 김두수는 금녀가 도망친 반대방
향을 손가락질하여 강도야! 계속 소리 질러댔던 것이다. 첫째
는 자신의 본색이 드러나는 것을 경계한 때문이요, 둘째는 금
녀를 중국 관헌에게 넘겨서는 안 된다는 생각에서다. 총상치

고는 경상이었지만 다리에선 연신 피가 흐르고 충격적인 순간을 겪은 김두수가, 그것도 타고난 팔자였을까, 좋게 말하여 첩보원의 두뇌는 혼란 속에서도 냉철하게 돌아가고 있었던 것이다. 금녀의 배후가 의외로 대단할 것이란 짐작이다. 그들을 제 손으로 낚으려면 조용, 조용해야 하는 것이다.

'한번 실수는 병가상사라. 그년이 권총까지 소지하고 있을 줄은 누가 알았누. 흥, 크게 논다, 크게 놀아, 어디 두고 보자. 언제까지 네가 크게 노는가. 흐흐흐⋯⋯.'

분노를 깨물며 웃는다.

"젊은이, 댁은 다리를 다쳤소?"

늑막염으로 입원한 늙은 중국인이 물었다. 노인은 옆구리에 끼워놓은 고무줄 대에서 피고름이 쏟아져 나오는데 아픈 것보다 심심한 것을 더 못 견디어하는 성싶었다.

"강도를 만났어요. 강도를,"

"저 저런, 비적 놈을 만나?"

"총을 맞았단 말입니다."

"저, 저런, 다리를 맞았으니 망정이지 배나 가슴을 맞았으면 가는 거 아니야? 불행 중 다행이구먼. 병신이 되어도 목숨은 붙었으니,"

"병신은 안 된답니다. 뼈는 가만히 놔두고 근육을 뚫고 나갔으니 아물기만 하면 된다는 거요."

김두수도 무료하긴 했다. 통증이 심할 때는 그런 대로 참느라 힘이 들었지만.

"그건 더한 불행 중 다행이구먼. 하지만 총 안 맞았느니보
담야 못하지."

"말해 뭣합니까."

"그런데 젊은이 어째 말씨가 고르질 않소?"

"나는 조선사람이오."

"아아 그래서 우리말이 어쩐지…… 조선사람이라, 그렇지.
일본사람보담야, 아암 일본사람보담이야 낫지."

"어째 그렇소?"

"조선은 우리 나라 동생 나라 아니야? 옛적부터 우리 힘이
약해서 동생 나라를 못 건져주고 왜놈의 밥이 된 게야. 우리
대국이 이 빠진 호랑이 꼴이 됐거든."

가래 끓는 목소리로 측은하다는 듯 표정을 지으며 노인은
말했다. 김두수는 변성명한 것은 물론 중국인이라 하고 입원
한 일을 생각했으나.

'다 뒈지게 생겨가지고 입은 살아서, 뭐 동생 나라? 이 빠진
호랑이? 크게 나오는군. 크게 나오는 것들이 왜 이리 많지?'

노인한테는 가족들의 출입이 잦았다. 먹고살 만한 상인 집
안인 것 같았다. 며느리, 딸, 아들, 사위가 번갈아가며 찾아왔
고 때론 갓난아기를 딸이나 며느리가 안고 오는 일이 있었으
며 손자라는 중학생 소년도 오곤 했었다. 가족들은 노인의 병
세가 비관적이라는 것을 눈치채고 있는 듯 때때로 우울한 표

정을 짓곤 했다. 그러나 노인은 어린것을 보면 해골같이 마른 얼굴에 미소를 띠고 누운 채 머리를 흔들어 보이기도 하고 이상한 소리를 내어 아이를 얼러보기도 했다. 노인은 자신이 죽을 것이라는 생각을 도통 하고 있지 않는 것 같다. 그 노인 옆에 있는 무슨 병인지 개복수술을 한 소년에게도 드문드문 문병 오는 사람이 있었고 모친인 부골스럽게 생긴 중년 여자가 소년 곁을 떠나지 않고 있었다. 목마르냐 하며 물을 먹여주고 머리 아프냐 하며 머리 위에 손을 얹어보곤 하는 여자, 숱이 많은 머리에 금으로 된 고리잠을 찌르고 있었다. 찾아오는 사람이라곤 개미새끼 한 마리 없는 김두수를 가엾게 생각했는지 노인은 이따금 먹을 것을 나누어 주었다. 며칠이 지났다. 김두수의 마음도 묘하게 허전해지기 시작한다. 다리의 통증이 차츰 덜해가니까 대신 마음 한구석이 텅 빈 것 같은 생각이 드는 것이다. 누가 뭐라 하지도 않는데 노인한테 가족이라도 올라 치면 혼자 마음속으로 허세를 부려보곤 한다.

'내가 누군 줄 아냐? 알면 뒤로 나자빠질 게야. 이 젊은 나이에 순사부장이란 왜놈들한테도 어려운 감투라구. 흥 내 사정 때문에 이따위 더러운 삼등 병실에 숨겨가는 늙은것하고 배때기 갈라 젖힌 애새끼하고 함께 견디어 배긴다만 회령에만 있었다 봐라. 흥, 일등병실 손님이라구. 너희들이 날 동정해서 먹을 걸 주어? 두 손으로 받들고 진상을 해도 먹을 둥 말 둥.'

식성이 좋은 김두수는 주는 것은 마다 않고 잘 먹었고, 아무리 마음속으로 허세를 부려본들 이불 밑에서 활개 치기. 이곳은 조선땅이 아니요 아직은 주권을 거머쥐고 있는 중국, 일본의 감투가 무서워 벌벌 떨 중국인은 어디 있고? 치기에 가득 찬 푸념도 외로워서, 김두수도 몸 아프고 무료하니 옛날에 내버린 그 외로움이 찾아 온 것이겠지.

'만일 회령에서 내가 다리를 다쳐 입원을 했다면 문병객이 줄줄이 이어졌을 게야. 유지란 놈들 내 눈치 안 보게 생겼어?'

그것도 서글픈 잠꼬대. 낙착되는 것은 금녀에 대한 증오다. 총을 쏘아서만도 아니다.

'그년만 고분고분 내 말 들었으면 나도 마음잡아 순사부장으로 눌러앉을 수도 있었다구. 안전한 자리에서 차근차근 출셀 할 수 있었다 그 말이야. 그런다고 내 계집년 하나 땜에 신세 망칠 못난 사내는 아니다만. 두고 보아. 내 기필코 알 먹고 꿩 먹을 테니 두고 보란 말이야. 아무튼 이번 일로 큰 고기 꼬리는 만진 셈이고 큰 고기가 있다는 확신만 있으면 시일이 걸리더라도 낚게 되는 게야. 있는지 없는지 모르는 상태가 헛수고 아니겠냐?'

서슴없이 총을 들이댄 금녀에 대한 분노도 컸거니와 한편 앞으로 벌어질 사태에 대하여 김두수는 기름이 지글지글 끓는 것 같은 자신의 집념에 쾌감을 느끼기도 하는 것이었다.

입원한 지 일주일 남짓 늑막염을 앓던 노인은 죽었다. 많은 가족들이 몰려와 호곡을 하고 법석을 피우다가 시체는 병실 밖으로 운반되어 나갔다.

"제에기, 재수 옴 올랐다!"

했으나 김두수 총상 상처는 순조롭게 아물어가고 있었다. 노인의 시체가 실려나간 날 밤 김두수는 꿈을 꾸었다. 도포를 입고 살이 피둥피둥 찐 아비가,

'이놈 거복아!'

'네. 아버지.'

'자빠져서 아비 말 들을 텐가?'

'아버지, 다리에 총을 맞아 일어나 앉을 수가 없습니다.'

'이 천하의 못난 놈 같으니라구. 오죽이나 못났으면 계집이 쏘는 총을 맞아? 으응? 이 애비는 세상을 못 다 살았어도 포부만은 컸느니라. 대역도가 따로 있는 게 아니야. 사세가 불리하면은 대역도가 되는 것이요, 시운을 잘 만나면 용상에도 앉는 법, 그래 고까짓 계집년한테 총을 맞아? 이이잉? 대역도가 되기는커녕 두만강의 사공질도 못하겠다.'

'하지만 아버지 용상이 없어졌는데 대역을 한들 무슨 소용이겠습니까.'

'이놈아 용상은 만들면은 있는 것, 땅덩어리가 물속에 가라앉았더란 말이냐? 이 만주 벌판은 넓고 쓸 만하구나. 그깟 최참판 만석이 문제겠느냐?'

'네. 그러기는 하옵니다.'

'암, 암 최참판 만석이 문제 아니구말구, 암암.'

아비는 벌렁벌렁 춤을 추기 시작한다. 하얀 도포 자락이 펄러덕거리는데 그 도포 자락 밑에 여자 하나가 웅크리고 앉아 있다.

'금녀!'

외쳤으나 히죽이 웃는 얼굴이 회령에 있는 아들아이를 낳은 하녀 오다케의 걸레 같은 얼굴이 아닌가.

'고노 아마메! 나니시니 기다카(이 계집! 뭣하러 왔어)!'

오다케는 훌쩍훌쩍 울었고 아비 평산은 넓은 도포 자락을 너풀거리며 연신 춤을 춘다.

'암, 암 최참판 만석이 문제겠느냐? 문제 아니구말구,'

'아이고오! 어머니! 어머니 아니십니까! 어머니!'

오다케의 모습은 생모 함안댁이었다. 눈을 희뜨고 김두수를 노려본다.

'어머니! 어머니!'

'이놈! 사람 안 될 거라 했더니! 부모 말이 문서이니라!'

김두수는 외치다가 잠을 깨었다. 전신이 땀에 흠씬 젖어 있었다.

마른 입술을 그 소 혓바닥 같은 혀를 내둘러 축이며,

'고약한 꿈을 꾸었군. 재수 없게시리 죽은 사람들은 왜 꿈에 보이나. 제에기!'

김두수는 저도 모르게 사람이 죽어 나간 옆자리의 침대를 바라본다. 소름이 오싹 끼친다. 창밖은 깜깜했고 전등이 희뿌연 빛을 방 안에 던져주고 있었다. 그리고 소년의 모친이 염주를 매만지며 입 속으로 중얼중얼 염불을 외고 있었다.

'마음이 뒤숭숭하니 그런 꿈을 꾸었나 보다.'

천장을 멀뚱멀뚱 쳐다보는데 이것은 또 어쩐 일인가. 김두수는 당황한다. 눈물이 볼을 타고 자꾸만 자꾸만 흘러내리는 게 아닌가.

'미쳤어! 이놈아! 아, 너 미쳤냐!'

하는데 소 울음 같은 소리가 목구멍을 박차고 나온다.

"으으으...... 으흣흣......"

소년의 모친이 놀라서 쫓아온다. 반듯이 누워 있던 소년도 얼굴을 치켜든다.

"아니, 아니, 왜 이러는 거요? 으으, 울지 말라니까, 이봐요. 남자분! 이 이걸 어쩌나?"

소년의 모친은 당황하여 어깨를 흔들어주려고 손이 왔다간 도로 가슴 위에 깍지 끼고서,

"이봐요, 어쩌나? 남자분!"

"으흐흣흣...... 으응응, 아이구우 으흣흣......"

"가엾어라......"

김두수의 울음은 좀체 멎질 않았다. 하는 수 없었던지 여자는 아들 옆으로 돌아가서 우두커니 김두수 쪽을 바라본다.

"쯔쯔...... 아무도 가족이 없는 모양이지? 죽 한 그릇 가지고 오는 사람이 없으니 딱하고나. 아빠오야."

"네, 어머니."

"세상엔 제 가족이 없는 사람이 젤 불쌍하단다."

"네. 그런 것 같아요. 아저씨 위로해드리세요."

그렇게 하여 또 일주일이 지나고 김두수는 퇴원을 했다. 충분히 회복된 것은 아니었고 보행이 자유롭지도 못하였다. 곧장 회령에 돌아갈 수 없었으므로 처음 묵었던 여관에서 얼마간 정양하기로 하고.

병원에서 한바탕 신나게 울어젖힌 김두수는 쉽사리 외롭다는 감정과 작별할 수 있었다. 여관에서 일하는 하녀 아냥[阿娘]에게 부탁하여 입에 맞는 음식을 별도로 청해 먹는 것과, 앙상하게 마르고 조그마했으며 이마가 좁고 턱 끝이 날카로운 아냥을, 날 유혹하세요, 하듯 뼈뿐인 듯싶은 엉덩이를 흔들고 다니는 아냥을 희롱하는 것이 정양을 하고 있는 김두수의 요즘 즐거움이었다. 그러는 중에도 김두수의 머리는 항상 금녀의 배후를 쫓고 있었다. 총 나부랭이 가지고 왕칭현[汪淸縣] 깊은 골짜기에서 훈련이랍시고, 김두수의 말을 빌리자면 오합지졸에 불과한 기백 명의 병력으로 결빙기를 이용하여 강을 건너 국경수비병을 건드리는 그런 정도와는 양상이 다른,

'연해주 방면과 하얼빈…… 하얼빈, 중국 본토까지…… 중국여자, 일정한 주거지, 장바구니 속에 있었던 권총, 도망가기 십상인 골목, 금녀가, 금녀가 말이지? 여관이나 음식점에서 연락을 하고 권총을 주고받고 그리고 누군가를 암살하고

붙잡고 독립만세를 부르며 처형되고…… 그런 류하곤 다르지. 금녀를 그렇게 훈련시켰다면은 그런 류하곤 다르지. 다르고말구. 상당히 계획적이며 큰 단체가 만들어지고 있다아?'

끊임없이 맴도는 그 대목, 그러나 김두수는 지치지 않고 그 대목을 씹어보고 또 씹어보는 것을 멈추질 않는다.

'아무튼 이것만으로도 대단한 수확이라 할 수 있을 게야. 왜놈들이 어떤 놈인데? 흥, 내가 그래도 이만하니까, 조선놈이요, 학식이라는 것도 겨우 읽고 쓸 정도에 순사부장? 흐흐흐…… 어디 두고 보아라. 날고 뛴다는 놈들 코 납작하게 해줄 테니 말이야. 그러면은 어떻게 한다. 일이 이리된 이상 당분간은 금녀를 하얼빈에서 찾기는 글렀어. 서둘러보아야 꽁꽁 숨어버린 이상 내 혼자 힘으론 서울 가서 김서방 찾는 것보다 더 어려운 일이고. 그러니 아무리 마음이 바빠도 기다리는 도리밖에 없지. 하여간 이 다리가 자유로워지면은 일단 회령으로 돌아가는 거다. 가서 양가 놈더러 연해주의 사정을 끊임없이 살펴보라 해야지. 금녀가 연추로 돌아갔을지도 모를 일이니까. 그리고 양가 놈이 금녀를 아느니만큼 앞으로 여러 가지 써먹을밖에 없겠구나. 이럴 줄 알았으면 윤이병 그놈 좀 두고 볼 걸 그랬나? 그렇다! 왜 내가 그 생각을 못했을까? 금녀애비부터 찾아야겠군. 동생 놈을 끌고 다녀도, 그것도 좋지. 하하 참 사람이란 생각을 하고 자꾸 하면은 뜻밖에 좋은 생각이 떠오르거든.'

만족스럽게 혼자 실실 웃으며 밀어 넣은 앞니를 따각따각 맞부딪는다.

'하지만…… 연해주에도 없고, 먼 곳, 가령 본토 상해 같은 곳으로 날아버릴 수도 있는 일 아니겠어?'

그런 생각을 하고 있는데,

"손님."

방문 밖에서 은근히 부르는 소리가 들린다. 벌써 초저녁이 지나고 꽤 저문 시각이다.

"왔으면 들어와."

하녀 아낭이 다람쥐처럼 조르르 기어들어온다. 그러더니 별안간 두 손으로 얼굴을 가리며 울기 시작한다. 한눈으로 헛 울음이라는 것을 깨달은 김두수는,

"왜 그래. 왜 우는 게야?"

정답게 허리에 팔을 감으며 묻는다.

"으흐으흣…… 으흣,"

머리를 앞뒤로 주억거리려가며 자못, 서러워서 더는 견딜 수 없네요, 하는 시늉이다.

'상해까지 뻗쳐서 생각할 건 없다구. 아무튼 연해주에서 하 얼빈 그 사이에서 꼬리는 잡혀.'

계집애 허리에 팔을 감은 채 김두수는 생각한다.

"손님, 으흐흣흣……."

"허허어, 말을 해야 알지. 자아, 자 울지만 말구, 내 눈물 닦

아줄까?"

"아, 아니에요. 저같이 불쌍한 계집애는 죽어야 해요. 기찻
길에 가서 치여 죽는 게 나아요."

"무슨 소릴 하는 게야? 아이구, 내 간 떨어지겠다."

"손님 같은 사람은 모를 거예요. 어떻게 아시겠어요?"

"그러니까 말을 하라는 거 아니야?"

'제에기랄! 엿가락같이 늘어지는군.'

"편지를 받았거든요."

"남자한테서 받았나?"

"아아 아니에요. 저를 그런 여자로 아세요?"

얼굴을 감쌌던 손을 내리고 빤히 쳐다본다. 명주 고름처럼
아래로 흘러진 굴곡 없는 얼굴에 짙은 눈썹이 묘하다.

"고향서 온 거예요. 아버지가 보낸 편지예요."

"그래, 아버지가 보냈는데?"

하면서 계집아이 허리에 감은 팔에 힘을 주며 침상 곁으로 밀
어붙인다.

"병이 나서 약값이 없다구."

"응, 그거 참 딱하게 됐구나."

"어떡허면 좋지요? 돈을 부쳐달라지 않겠어요?"

"그럼 돈 부쳐야지."

"저한테 무슨 돈이 있어야지요."

"걱정 마라. 효자는 하늘에서 아느니라."

걱정 말라는 말에서 계집아이는 일단 목적이 달성된 줄 믿는 눈치다.

"자아, 걱정 말구,"

김두수는 계집아이를 침상에 쓰러뜨린다. 그새 서너 차례가 계집애는 이 침상에서 김두수와 어울린 일이 있었다. 나이는 어렸지만 남자 경험이 많은 계집앤 퍽 순진한 척했다. 한데 오늘 밤은 오히려 계집애 쪽이 능동적이다.

'조그만한 계집애가 벌써 사내 맛을 알아가지고, 게다가 돈 울거내는 방법도 알고 있거든.'

김두수는 계집애를 좀 혼내주어야겠다는 생각을 한다. 다리의 총상도 거의 다 나았고 성욕은 왕성했다.

"이봐."

계집애는 콧소리로 응 하며 회초리같이 가는 손이 퉁거운 김두수의 목을 꽉 껴안는다.

"이걸 주인이 보면 쫓아내겠지?"

"쫓아 못 내."

'하하아, 주인 놈하구도 관계가 있군그래.'

김두수는 병아리 챈 매같이, 저항할 수도 없는 유리한 고지에서 난폭하게 마음대로 힘을 행사한다. 계집애는 돈거래의 약속이 끝난 것으로 단정하고서 참아낼 수 없는 고통을 용케 견디어내지만 그래도 앓는 소리를 내곤 한다. 김두수는 모처럼의 흡족한 정사를 치렀다.

이튿날 아침.

"인력거 하나 불러다 주어."

김두수는 눈치를 힐끔힐끔 보며 하마나, 조바심내고 있는 계집애에게 부탁하고 손가방 하나를 챙겨들었다. 방을 나선 그는 마지막 셈을 하는데, 눈치를 살필 정도가 아니다. 아낭은 눈을 무섭게 희번덕이며 김두수의 주변을 맴돌았다. 이미 인력거는 와서 기다리고 있다. 셈을 끝낸 김두수는 아낭을 돌아보며 싱긋이 웃는다. 아낭도 일그러진 얼굴에 억지 웃음을 띤다.

"그간 신세 많이 졌다."

"아니에요."

"그럼 잘 있어."

계집애 얼굴이 순간 시뻘게진다. 김두수를 따라 총알같이 문밖으로 뛰어나온다.

"손님!"

"왜 그래?"

"약속한 돈 안 주시오?"

"뭐? 약속? 뭘 약속했나."

"어젯밤에 돈, 아버지 약값."

"아아 그 얘긴 들은 것 같군. 내가 그러니까 뭬랬느냐, 옳지. 하느님이 도와주실 거라 했지 않아?"

인력거를 세워놓고 기다리고 있던 차부가 이 광경을 바라보고 있다.

"정말 그냥 가기냐?"

"그냥 가지 뭘 들고 가란 말이야?"

껄껄껄 소리 내어 웃으며 김두수는 인력거에 오른다. 차부는 거친 동작으로 인력거를 끄는데 계집애 입에선 차마 입에 담기 어려운 상욕이 마구 쏟아져나왔다. 손짓 발짓, 전신으로 분노를 표시하는 계집애 모습은 볼 수 없었지만. 김두수가 간 곳은 다른 여관이었다. 인력거에서 내려 차부에게 돈을 치를 때 차부는 멸시에 찬 눈초리로 김두수를 쳐다보았다.

"왜 보아?"

그러나 차부는 그로부터 눈길을 떼지 않고 인력거의 손잡이를 잡는다. 수치를 모르는 자, 세상에서 못할 것이 뭐 있겠는가. 한 마리의 이리가 대로상에서 대상이 무엇이든, 어린이 늙은이 아름다운 여인이든 먹이인 이상 찢어발기는 잔인성은 수치가 없는 수성(獸性) 그 본능인 것이다. 그가 힘센 이리인 이상 힘이 미치는 데까지 잔인성은 발휘될 것이다. 늙고 이가 빠져 걸레 같은 한 마리의 이리가 되기까지, 그리고 죽을 때까지는. 포식을 하고 적당히 휴식하고 지극히 쾌적해진 김두수는 차부의 말없는 눈 따위, 회령 같았으면 얼굴에다 주먹질을 했을 테지만, 천천히 육중한 몸을 흔들며 새로운 여관에, 어쩌면 새로운 대상이 있을지 모르는 여관에 들어선 것이다.

이곳에서 일주일을 더 보낸 김두수는 여행에 지장이 없다는 확신을 얻고 하얼빈을 떠났다. 이럭저럭 하얼빈에 와서 한 달이라는 기간이 지난 것이다. 용정에 나타난 김두수는 요릿집 백화수를 찾아들었다. 요릿집 안주인 계월이,

"오래간만이오, 김부장."

좀 굵은 목청으로 말했다. 기색도 그 음성 비슷하여 반갑거나 싫은 것의 구분이 잘 안 된다. 푸르스름한 낯빛에 갸름한 윤곽의 미인이며 나이는 삼십을 넘었고 눈시울이 짙어서 눈매가 뚜렷하다.

"아늑한 방에 앉아보는 것도 오래간만이구먼."

다리를 쭉 뻗는다. 계월이는 '버르장머리 없이' 하듯 김두수의 몸을 주욱 훑어본다.

"하얼빈을 다녀오는 길이오."

"으음? 한데 신색이, 아니 얼굴이 달라진 것 아니오?"

"호남이지요?"

"호남? 김부장이 호남 되면 볼 장 다 본 거지."

"허허 그러지를 마슈."

"하지만 달라진 것만은 틀림이 없는데?"

"어디가 달라졌는지 잘 알아맞혀 보시오."

"글쎄? 알았다, 이빨 고쳤지요?"

"역시 나잇값은 하는구먼."

"김부장. 입정 좀 고치시오. 나이 들었고 감투도 큼직한 걸 써봤는데 어찌 점잖게 처신 못하시오. 성정이 그래서는 앞으

로 혼 좀 날 게요."

"흥, 내 혼날 때까지만 제발 살아주소."

계월에 대해서는 마구잡이로 나가지 않고 조금은 조심을
하는 눈치다. 성미가 차분하고 냉정한 여자이기 때문이지만
그를 보아주는 배후가 꽤 고위층임이 틀림없다.

"이빨도 고치고 했으면 앞으론 좀 점잔하게 놀아요. 저지르
는 것도 한두 번이지."

"아아니 내가 뭘 저질렀다는 겁니까?"

"송애라는 아이, 아니 이젠 여자이지만, 기억 안 나요?"

"아아, 기억하지요. 그게 어찌 됐어요?"

"능청은 또, 아무리 일을 잘해도 처신을 그래서야, 일본인
이 어디 귀머거린가?"

"무슨 말을 하는 게지요?"

"그 여자가 용정에 나타났습니다."

"언제요?"

"작년 늦가을인가?"

"난데없이, 허 참."

"봉천서 왔다나?"

"안주인이 만났댔소?"

"만나긴 내가 뭐하러 만나."

"그럼."

"소문을 들었지. 봉천서 화류계를 떠돈 모양인데,"

"그야 뻔한 얘기 아니오."

"김부장은 한 가닥 양심도 없소? 뻔한 일이오?"

"안주인이 그런 말 하면 어쩌지요? 장사 못하겠구먼."

"장사 얘기는 왜 하지요? 장사하고 관계가 있나요? 내가 어느 놈팽이한테 처녀 유인해서 망가뜨려가지고 데려오라 하던가요?"

"산전수전 다 겪은 사람이 장대같이 꼿꼿한 얘기 하게 생겼소?"

"산전수전 겪었으면 겪었지, 내 산전수전 겪었으니 김부장 개망나니짓 잘했다 칭찬해드리까?"

"피장파장이란 얘기지요. 계집 사내란 원래 그렇고 그런 거 아니겠소."

계월은 한동안 잠자코 있다가,

"아무리 일 잘한다고 무슨 일인들 허용된다 생각하면 잘못이오."

"감투 땜에 벌벌 떨 나는 아니니까."

"그 배짱 나도 알아요."

슬쩍 그래놓고 계월은 대로상에서 송애가 최서희와 옥신각신했던 일을 김두수에게 들려준다. 김두수는 손뼉을 치며 좋아라고 웃었다.

"그렇게도 좋아요?"

"속이 씨원하구먼."

"송애가 망신을 당해서 말이오?"

"그보다 콧대 높은 그 계집,"

하는데 계월이는,

"이상하다? 김부장 그 댁하고 무슨 원한이라도 있수?"

김두수는 찔끔한다.

"원한이 있을 턱이 있소? 언제 보았다구."

"최씨네 그분 이곳 영사관하고 여간 가까운 사이가 아니에요. 헌금도 하구, 이곳에선 친일파로 지목을 받고 있잖아요?"

"그래요?"

"몰랐나요?"

"전혀 몰랐다 할 수는 없지요."

"객줏집 양딸이 신셀 망친 것은 최씨 그분 집안을 살펴려고 그랬다면서요?"

"아니 그런 억설이 어디 있소? 뭣 땜에?"

"나도 얘긴 좀 들었어요."

"얘기라니! 뉘한테 무슨 얘길 들었단 말이오."

"뉘한테 들었건 그것은 말할 필요가 없고 최씨네 집을 염탐했었다 뭐 그런 얘기지요."

"그런 말 같잖은 얘긴 하지도 마슈. 그럴 만한 이유가 있어야 그럴 거 아닙니까."

"그러니 이상하다는 거지."

"허 참, 안주인이 그래 그걸 몰라서 그러시오? 이 집 집터를

살 적에만 해도 공가 그 늙은것이 얼마나 훼방을 놨는지, 그
것 모르시오?"

김두수는 초조해하는 기색을 드러낸다. 혹 서희와 계월이
사이에 무슨 줄이 닿지나 않았을까? 영사관을 서희가 들쑤신
거나 아닐까? 계월의 언동에는 그런 의심을 불러일으킬 만한
것이 충분히 있다. 이제는 서희를 쏠아댈 수도 없는 형편, 계
월의 말이 아니어도 서희는 완벽한 친일파다. 김두수는 시초
부터 선수를 빼앗기고 있었던 것이다. 운홍사 건립의 시주로
써 시작한 서희는 그의 재력과 문벌과 높은 교양과 미모로써
오히려 일본인들은 그를 우러러볼 지경이다. 만의 일이라도
최서희의 부친을 김두수의 부친이 살해하였다는 사실이 밝혀
지는 날엔……

"공가하고 최씨네하고 가깝겠다. 송애란 년이 공가 양딸 아
니었소? 또 연해주 방면에서 손님들이, 그 손님이란 게 어떤
손님인지는 모르나."

"이 고장에서야 다 그렇지 뭐. 되도록이면 그런 것에는 손
안 대는 게 좋아요. 여긴 회령이 아니라 용정촌이거든. 송애
가 그 여자도 왜헌병 나으리 여편네라 하며 뻐기다가 망신당
한 거예요. 김부장 능력은 대단하지만 들나는 건 좋잖아요.
우선 우리부터가 의심받으면 장사도 안 되고 일도 안 되는 거
예요."

김두수는 요릿집 백화수에서 술과 여자와 더불어 하룻밤

을 호유(豪遊)했으나 겉보기였을 뿐 그의 마음은 편안치가 않았다. 스스로 생각해보아도 전전긍긍하는 자신이 서글프기도 했다.

'제에기, 최가 년이 발설했다만 봐라. 못 먹는 밥에 재 뿌리기, 그까짓 아편장사를 하든 뭘 하든 난 살 수 있어. 기왕지사 옷은 벗었고,'

이튿날은 일요일이었다. 김두수는 사태를 파악하기 위해 영사관의 최서기 집을 찾아갔다.

"어이구우 김부장, 이게 웬일이시오? 우리 집엘 다 오시고."

"나는 여기 오면 안 됩니까?"

"무슨 그런 말씀을, 반가워서 하는 얘기가 아니오? 자아 어서, 어서 여기 앉으시오."

나이는 김두수보다 적어도 칠팔 세는 위인 듯싶었는데 체신머리 없이 깜빡 죽는 시늉이다. 관료사회에서 터득한 처신의 지혜인 것이다. 어디서나 볼 수 있는 평범한 용모, 그의 아내처럼 과히 밉잖은 행동거지다.

"지나는 길에, 혹 계시나 하고 왔지요."

"잘 왔어요, 잘 왔어, 술이나 합시다."

최서기는 큰소리를 지른다.

"여보! 여보!"

"예―."

마누라가 나타났다.

"어이고 김부장님 아니세요? 그간 안녕하셨에요?"

"아주머닌 영 늙질 않구먼요."

김두수도 적당히 아첨한다.

"나일 먹는데 늙지 않긴."

"여보, 저기 뭐냐, 응 술상 차려요. 심심하던 참에 잘됐수다."

마누라가 나가려 하자,

"안주는 장만하는 대로 들여오구 술부터 먼저 내와요."

"성미도 급하셔라."

하고 나간다.

"그래 사표를 냈다며요?"

"냈어요."

"거 잘한 짓일까? 아깝지 않소?"

"글쎄. 한곳에 매여 있는 게, 그걸 견딜 수가 있어야지. 떠났다 해서 그 일 안 보는 것도 아닌데."

"하기야 뭐 김부장이라면 또 만만찮은 일거릴 맡았겠지요. 아무튼 사표 낸 건 용단이었소. 나는 이 나이에 말단 서기 자릴 애지중지하고 있으니 말이오, 하하핫."

그 말은 들은 척 않고,

"그간 몸이 좀 불편해서 쭉 쉬고 있었는데 한 달을 쉬고 보니 캄캄절벽이라, 뭐 달라진 건 없습니까?"

"달라진 게 뭐 있겠소."

"그 자릴 뜨고 보니 귀동냥도 수울찮은 일이구먼."

"탄탄해요, 탄탄. 이젠 안심하고 일할 수 있고, 아닌 게 아니라 그동안 일진일퇴 그럴 때마다 수풀에 앉은 새 모양으로, 일본 편에 서 있는 우리네 처진 다 마찬가지 아닙니까? 그러나 일본은 한 세월 전관 달라요."

술상이 들어왔다.

"미국이고 아라사고 간에 중국, 특히 만주에 대해서는 일본의 입김을 살피는 형편 아니오? 게다가 중국은 자꾸 무너져 가고 있어요. 제가끔 땅 쪼가리를 쪼개 갖고 독립이다 뭐이다 소란을 떠는 판국에 일본은 군비를 강화하고 있고 조선에는 언제든지 유사시에 출동할 수 있는 군대가 대기하고 있지 않소? 하하핫…… 술 드시오."

김두수는 아니꼽다는 표정이다.

"중국뿐이오? 아라사도 지금 난리를 겪고 있지 않소? 들으니까 황제가 물러나고, 물러났을 뿐만 아니라 혁명군에 의해 총살됐다는 소문도 있고 분분하기가 말할 수 없는 모양인데, 그게 다 일본을 위해선 유리한 거지요. 만주를 손에 넣는 거야 떡 먹기보다 쉬운 일 아니겠소? 중국이나 아라사가 방해할려 해도 그럴 겨를이 있겠소?"

"그런 나라의 얘기는, 그런 일이야 나라 웃대가리가 할 일이고 여기 사정 얘기나 해주슈. 내가 그동안 봉천에 가 있었고 봉천에서 하얼빈으로 갔고 용정에 온 지가 참 오랜만이오."

"여기야 좋지요. 전쟁 덕분에 경기가 좋았지요. 특히나 곡물무역을 하던 사람들 톡톡히 재미보았지. 그 왜 길서상회, 하여간 그 집은 보통 운이 아니었어요. 많이 벌었을걸. 그러나 호사다마라던가?"

김두수의 귀가 쫑긋해진다.

"호사다마라니?"

"사실인지 아닌지는 모르지만 집사람이 어디서 들었는지 듣고 와서 얘길 하더구먼. 그 길서상회 바깥주인이 도망을 갔다던가?"

"도망이라니?"

"안사람들 하는 얘길 다 믿을 수야 없지만,"

"왜 도망을 갔을까?"

"그러니까 혼인 전에 회령여관에서 일해주던 과부하고 눈이 맞아 살림을 차렸다는 얘긴데 벌써 오륙 년 전에 나돈 소문이지요. 그러니까 그 과부를 버리고 최씨 그분하고 혼인을 한 셈인데 그 여자가 봉천이라던가? 장춘이라던가 그곳 어느 예배당 집에 있는 것을 알고서 옛정을 생각했던지 만난 모양이라. 만나기가 불찰이지."

"그래서 그 여자하고 도망을 했다 그 말이오?"

"그런가 봅디다. 해서 최씨 그 부인네 고향으로 돌아갈 차비를 하고 있다누마. 그 부인네야 우리 집사람하고 친면이 있고 왜 그 운흥사 지을 때도 힘 많이 썼지. 영사관하고도 무척

402

가까워 용정에 사는 조선사람한테 미움도 많이 받았고, 우리 네들처럼. 하기는 남편이 저리 되면 여자가 사업 꾸려가기도 어려울 게요."

김두수는 서희가 이곳에서 떠주는 것만은 찬성이다. 그러나 길상이 여자를 데리고 도망갔다는 말은 좀 믿기지가 않는다.

"회령에서 여자하고 살림하였다는 얘기는 사실일까?"

"그건 틀림없는 얘기라더구먼. 그 왜 복지상회라구, 곡물 거래상에서 나온 말이고 여자는 한양여관에 잠시 있었다더군요. 본시 여자는 용정서 바느질품을 들다가 불이 나는 바람에 회령으로 갔었고 그러고 보면 용정 있을 때부터 눈이 맞았을 가능성도 있어요."

"그 과부가 미인인가요? 잘난 여편네 자식을 버리고 달아날 만큼."

"예쁘장하게 생겼다 하고, 고분고분해서 남자 마음 사로잡을 만하다던? 최씨 그 부인네야 신분도 신분이려니와 너무 똑똑해서…… 그러니까 사내로서는 애로도 안 있었겠소? 그런 점으론 이해가 돼요."

'한양여관이라…… 자세한 얘기야 거기 가서 들으면 틀림없겠고, 아무튼 최서희가 이곳에서 떠주는 것만은 나로서도 좋긴 좋지. 천장에 뱀 든 것처럼 늘 찐찐했었다.'

14장 늙은 호랑이와 젊은 이리

훈춘에 도착했을 때 가도에는 뿌연 흙먼지를 날리며 많은 소들이 무리를 지어 노령(露領) 국경을 향해 가고 있었다. 식육(食肉)이 될 농우(農牛)들이 러시아에 팔려가는 것이다.

어중간한 양복장이가 된 김환은 노령을 향해 수없이 지나가는 농우들의 무리를 넋 나간 듯 바라보고 서 있었다. 하얼빈에서도 변두리, 러시아인 양복점에서 사 입은 연갈색의 양복은 싸구려 제품이라 몸에 맞지 않았고 고물상을 더듬어 찾아낸 찌그러진 모자며 구두는 어중간한 신사로서 안성맞춤이긴 했으나, 길상은 웃음을 많이 참아온 터이다. 깎은 머리가 서운한지 목덜미에 손이 자주 올라가는 김환은 어중간한 신사였을 뿐만 아니라 매우 어리숙한 시골신사이기도 했었다.

"선생님, 가시지요."

하는 말에 느린 걸음을 옮긴다. 눈에 잡힌 김환의 옆모습이 종전까지와는 사뭇 달라져 있는 것을 길상은 느낀다. 잿빛으로 보일 만큼 건조하고 심줄이 나돋은 것같이 변해버린 얼굴에서 뭔지 충격적인 절망을 본다.

'왜 저럴까.'

갑자기 부산스런 몸짓이 되며 길상은,

"그 집까지 갈려면 꽤 걸어야 하는데 마차 한 대 빌릴까요?"

"날씨도 좋고, 구경 삼아."

짤막한 대답이다.

"하긴 날씨가 하 좋아서 걸어가고 싶긴 합니다만."

오는 동안 내내 기분이 좋았던 김환이 별안간 변화를 일으
킨 것은 무슨 이유에서일까. 한 발 한 발 내딛는 순간마다 아
래로, 아래로 가라앉는 것 같은 김환의 기분을 길상은 느낄
수 있었다. 뭔지는 모르나 처참하게 가라앉는다. 어떤 때는
한 발 내밀 적에 빠른 속도로 쑥쑥 떨어져내리는 것을 역력히
느낄 수 있다. 길상은 가라앉는 환의 기분을 건져올려야겠다
고 생각하나 어떻게 해야 할지 초조하고 답답하다.

푸릇푸릇한 들판에 펼쳐진 봄은 화사했다. 들판 위에 떨어
지는 새 그림자는 금방 겨울을 잊은 경망한 계집의 웃음 같기
도 하고 벌써 낙엽인가 하는 착각에서 당황해지기도 하고, 햇
빛은 먼 밖에서 얼쩡얼쩡 서성거린다.

"지금 우리가 찾아가는 곳은 추풍이라는 장사꾼의 집입니
다."

겨우 짜낸 길상의 얘깃거리다.

"그 추서방이란 사람 좀 재미있어요. 주로 수피를 다루는
뜨내기 장사꾼인데 흑룡강 유역을 돌아다니면서 물건을 내오
지요. 그곳 방언에 능통하고 그곳 사정이라면 훤하지요. 때
안 묻은 그곳의 토민들을 늘 찬양하면서 중국문화에 물든 여
진족을 매도하는 그런 위인입니다."

한양여관에서 처음 만났었던 일부터 시작하여 김두수는 물론 강포수 얘기도 나오게 되었다.

　"사람이 워낙 야인 기질이라 장사꾼 같지가 않고 사냥꾼…… 아마 그 자신도 흑룡강 유역을 드나드는 일을 장삿길이란 것을 접어놓고 즐기는 것 같아요. 한번은 뒤를 보아줄 테니 곡물을 취급해보지 않겠느냐고 권한 일이 있었지요. 싫다더군요. 돈을 버는 일엔 관심이 없는 겁니다. 본시는 무산(茂山)에 집이 있었다는데, 훈춘으로 옮긴 지 삼 년쯤 되지요."

　길상의 얘기를 듣는지 여전히 말없이 걷고 있던 김환은 슬그머니 땅바닥에 주질러 앉는다.

　"발이 아프셔서 그러십니까?"

　대꾸 없이 구두를 벗은 환은 두 짝의 구두끈을 풀더니 모아서 다시 묶는다. 그리고 그것을 들고 일어섰다.

　"벗고 가시려구요?"

　"음."

　"그럼 신발 하나 사 신지요."

　"괜찮아. 아주 가벼워서 좋군."

　"제가 들고 가겠습니다."

했으나 주질 않는다. 다시 걷기 시작한다.

　"길상아."

　"네."

　"말짱 헛거야, 말짱!"

소릴 내지른다.

"말짱, 말짱 헛거야!"

"무슨?"

"조물주 같은 나쁜 놈이 어디 있으며 조물주 같은 사기꾼이 어디 있단 말이냐!"

"선생님."

"선생님? 내가 어째서 너 선생이냐! 어째서 너 선생이냐 말이다! 구역질 나는 소리 집어치워!"

빙벽을 끊고 오는 바람 소리처럼 차고 드세다.

"나를 이십 년 동안 목숨도 아닌 목숨을 살게 해놓구서! 순 날도둑놈 같으니라구!"

"……."

"여자! 여자! 여자가 뭐야! 부모! 부모는 또 뭐야! 애국자는 뭐야! 독립지사? 개나 먹으라지! 부처님! 예수님! 하눌님? 네 이놈들아! 인간이면 요만큼은 해도 좋느니라! 요만큼? 그게 뭐야! 손에 피 묻히는 일이다. 꿈벅꿈벅한 눈, 슬픈 눈, 착하디 착한 짐승의 눈을 향해 칼을 휘두른다. 소의 피건 인간의 피건 피는 피야. 소도 슬퍼할 줄 아는 동물이요 인간도 슬퍼할 줄 아는 동물이야! 그러나 하나님! 그런 정도라면은 눈 감아주겠노라, 그만큼은, 뭐가 그만큼이야! 뭐가! 행위 말인가 마음 말인가! 똥 누다가 밑 안 씻은 것처럼 그따위로 어정 쩡한 게 어디 있어! 살생하지 말아라! 그럴 순 없지. 모두 중

될 순 없으니까, 해서 살인하지 말아라, 간음하지 말아라, 도둑질하지 말며 허언하면 아니 되느니라. 흥, 하나님의 손은 말짱하고 입도 정갈하시니 그러실 테지."

김환은 풀무질하듯 숨이 차게 웃는다.

"팔려가는 소를 보고 운다, 울어! 성현들을 대신하여 죄인이 된 슬픈 백성을 위해 운다, 울어! 불쌍한 악마 백정아! 도수장 앞에서 마지막 가락을 뽑는 소야! 너희들 죽은 목숨, 산 목숨을 위해 운다!"

"할 수 없는 일이지요. 어느 누군가가 해야지 그렇지 않다면 세상은, 네, 소의 세상이 되지 않겠습니까. 호랑이의 세상이 되고 늑대의 세상이 되고."

"옳은 말이야. 그래서는 안 되겠지. 허헛…… 그러니까 요만큼은 괜찮다, 그거 아니겠나? 단 살생계를 범하였으니 부처는 될 수 없다 그거지. 이 세상이나 저 세상이나 희생자는 천물(賤物)이요 죄인이지. 어쩔 수 없게 몰아넣어 놓고. 하나님은 착하시지. 허허, 허허허…… 누군가 소를 죽여주어야 소고기를 먹을 테고, 누군가 호랑이를 죽여주어야 호환을 면할 테고 누군가 나쁜 놈을 죽여주어야 살인강도, 역적이 없어질 테고, 날이면 날마다 살생은 아니 끊이는데, 죄인은 날로 날로 늘어만 가는데, 성현은 무엇을 했느냐! 살생 아니하고 간음 아니하고 도둑질 아니하고 허언 아니하고 모함 아니하고 그 아니하는 성현을 먹고 마시고 입고 잠들게 한 것은 하나님 아닌 죄인들의 덕분이라, 소의 세상, 호랑이의 세상, 살인강도의 세상에서 어찌 성인인들 연명하여 도를 닦았겠느냐? 살아생전에는 죄인들 덕분에 덕을 높일 수 있었고 죽어서는 또 극락 꽃밭에서 소요하는 신세, 그래 대성(大聖)은 무엇이냐! 대오각성한 자가 대성이라, 무엇을 대오각성하였느냐! 살생을 하지 말아라, 그러면 굶어 죽을 것이요, 먹혀 죽을 것이다. 간음하지 말아라, 그러면은 수만 수천억의 생물들이 날로 번식하여 지렁이도 우글우글 독사도 우글우글 메뚜기도 우글우글 호랑이, 늑대, 갖은 동물들이 우글댈 것이며, 인간의 종자는 날로 줄어들어 종국엔 사멸할 것이다. 그렇게 되지 않기 위하여 죄 짓게 해놓고서 죄짓지 말아라, 요만큼은 해도 그 이상은 아니 된다. 요만큼도 실은 아니 되는 일이로되 죄인의 멍에를 지는 자는 있어야 할 것인즉 그렇지이, 대성의 자리가 맑고 그 자리가 피로 물들지 않는 것은 무수한 죄인들의, 무거운 죄인의 멍에 덕분이거늘 그 위대한 희생자는 도시 무엇이냐! 영원한 육도윤회의 죄인들이요 육도(六道) 중에서도 천상(天上)만은 아득한 노예들이다, 그 말이냐?"

미친 것처럼 소리소리 지르는 동안 김환의 사유(思惟)는 말짱 헛거라고 외친 것에서 진전을 하고 있었으나 절망의 소리임에는 다를 바가 없고 갈팡질팡 실상 그 자신 자기 입술에서 튀어 나가는 말의 뜻을 헤아리고나 있는 것인지 의심스럽다.

"불교에 정통하신 분이 그런 억지 말씀을 왜 하십니까."

길상은 뭔가 얘기를 해야만 했다.

"뭐?"

김환은 이글이글 타는 눈으로, 그러나 길상을 보는 눈은 아니다.

"나 그런 것 몰라. 중놈들 잠꼬댈 알아 뭘 해! 애비는 살인 귀! 어미는 부정녀? 얼마나 좋으냐? 죄인의 멍에를 끌고 저 세상, 업화지옥으로 간 사람들을 나는 좋아한다! 허어허헛······ 하하핫······ 나도 살인귀, 내 그 여인도 부정녀!"

"······."

"극락 천당 같은 것 일없다! 시름에 젖은 듯 죄인을 만들어 내고 지우고 하는 그따위 교활한 조물주의 총아가 되느니보다 지옥이야말로 내 고향이야! 영원한 업화가 꺼지지 않고 불붙은 그 속에서 나를 기다리고 있을 사람들, 아암 고향이구말구."

"기탄없이 말한다면은 선생님의 말씀, 그것은 자기변명입니다."

비로소 길상의 입에선 확실한 말이 나왔다.

"뭐?"

"과연 그렇게만 해석할 수 있을까요? 하나님이나 부처님이 없다고 가상하더라도 말씀입니다. 죽음이란 처참해도 있는 채 그대로 놔두고 사는 것이니까요. 사람이 사람 아닐 수 없는 이상 죽음은 넘어갈 수도 넘어올 수도 없는 거니까요. 설령 사람의 손으로 사람을 죽이고 짐승을 죽인다 하더라도 죽음은 죽음일 뿐이겠지요. 형벌만이 우리에겐 살아 있는 것일 겁니다."

"이놈아!"

돌연 김환은 달려들어 들고 있던 구두로 길상의 얼굴을 내려친다.

"이놈아! 죽여줄 테니, 죽음은 죽음뿐이다. 형벌이든 보상이든 내가 받을 테니 안심하고 죽어라! 이놈아!"

신발짝이 마구 날아온다. 그러나 몇 번을 그렇게 얻어맞던 길상이 환의 옆구리를 주먹으로 내지른다. 욱 하며 환이 길바닥에 나가둥그러졌다. 길상은 부풀어 오른 얼굴을 손바닥으로 쓸어보다가 길켠에 쭈그리고 앉으며 호주머니 속에서 담배를 꺼내 붙여 문다. 환이도 나동그라졌던 자리에서 일어나 앉는다.

"네놈은 절에 가서 중질이나 할 놈이다!"

"네에, 나는 절에 가서 중질이라도 하겠소만 김환 아저씨는 미치광이 병원에나 가서 들앉으시오!"

"오냐 이놈아! 중놈보다는 미친놈이 낫다!"

"사십 고개를 넘었으면 시시껄렁한 옛일쯤 잊을 일이지. 윤씨 피가 흘러서 그런가요? 조카딸 아재비가 꼭 같구면. 나 같으면 이십 년을 꾸역꾸역하진 않았을 게요! 죄인은 거룩한 희생자라 스스로 말하면서 뭣 땜에 이십 년을 허송하였던가요? 희생자면 희생자지 하나님 부처님 욕할 것 한 푼 없다구요!"

"이 중놈아! 누가 우관 밑에서 자랐다 하지 않을까 봐서 그러냐?"

"네에. 맞아요! 우관스님은 김개주장수보다 그릇이 컸지요."

"중놈의 세계는 소천세계(小千世界) 중천세계(中千世界) 대천세계(大千世界)도 티끌이요, 시방(十方) 무진의 법계(法界)이니 그릇이 큰 거야 당연하지. 그놈의 엉터리!"

"잘 아시는군요."

환은 덤벼들어 칠 생각은 않는다.

"현감 놈 대가리 하나 덮치지 못한 그까짓 큰 그릇 있으나 마나."

구름이 가고 있었다. 부드러운 새 잎새들이 미풍 따라 곱게 몸을 누이고 있었다. 삼라만상의 질서, 법칙에 귀의하듯이.

"안 가시렵니까?"

환은 잠자코 일어섰으나 옆구리가 결리는 모양이다. 길상의 얼굴을 치던 구두짝을 들고 걷는다. 얼굴이 더욱더 부풀어 오른 길상이 잠자코 따라 걷는다. 걷다가 발밑을 내려다본다. 거기 구두를 신은 자기 발이 움직이고 있었으며 양말을 신은 김환의 발이 움직이고 있었다. 해란강변에서의 미쳐 날뛰던 사흘 밤의 일이 생각난다. 사흘 밤이 끝난 후 김환에게 일어났던 변화를 생각한다. 사흘 밤으로써 김환의 깊은 상흔은 치유되지 않았음을 깨닫는다. 깊이 박힌 뿌리가 사흘 밤으로 뽑혀질 까닭이 없다는 생각을 한다. 그리고 길상은 김환의 외침으로 오히려 자신이 굳어지고 있다는 것을 느낀다. 인간의 한계를 인정하고 나서는 그 자신을. 그것은 생명의 유한(有限)이다. 죄(罪)에 얽매인 것 아닌 삼라만상, 모든 것은 생명이 있고 또 생명이 없는 유한, 역설이라면 기막힌 역설이겠으나. 어느 시기까지 유지될 안정(安定)일지는 모르지만 길상은 서희와 아이들에게로 향하는 사랑이 담백한 상태로 자리잡는 것을 느낀다. 모든 것이 죽 끓듯 하는 환의 그 반역의 피조차 돌연 잠들어버린 느낌이다. 왜 이리 고요한가. 고요하게 고요하게 네 개의 발은 내디뎌지고 있는 것이다.

추서방 집에 당도했을 때 환은 완전한 침묵 속에 갇혀 있었다. 이들을 맞이하는 추서방이란 사내, 빙긋이 웃는 것으로 인사를 대신한다.

"얼굴이 왜 그 모양이오."

"네."

하고 길상은 쓸쓰레 웃는다. 방으로 들어갈 때 환은 신고 온 양말짝을 벗어던졌다. 그리고 하는 말이,

"술 있습니까?"

통성명도 하지 않았는데 주막 주인을 대하듯 퉁명스럽게 내던졌다.

"있지요."

"그럼 듬뿍 주시오."

길상이 이곳에 오기론 두 번째다. 작년 가을 하얼빈을 내왕할 때 송장환과 함께 이곳을 찾은 일이 있었다. 술상이 들어왔다. 술상과 함께 추서방도 진을 치고 앉는다. 술 한 잔씩을 마신 후,

　"얼굴이 그래서 술이 해로울 텐데?"

하고 추서방이 말했다.

　"해로우면 해로우라지요."

　길상은 개의치 않았고 김환은 단정하게 앉아서 연달아 술을 부어 마신다.

　"저보다 선생님, 허리가 결리실 터인데 괜찮겠습니까?"

　김환은 노기 띤 눈으로 길상을 노려볼 뿐이다. 이런 두 사람의 미묘한 싸움을 눈치채었을 텐데 그 일에는 도무지 관심이 없고 추서방은 그의 평소 버릇대로 술이 들어가니 마구 지껄이기 시작한다.

　"술만 안 마시면은 추서방 입은 초병 마개만큼 미덥은데 술 들어갔다 싶으면 헤퍼진다, 그렇게 말들 하구 구박도 했는데 그 대신, 내 한 가지 남보다 월등한 것이 있긴 있어요. 지껄여서 안 될 경우엔 절대로 술은 안 마시거든. 마시고 안 마시는 것이 자유자재이고 보면 입 굳은 것보다 사실이야 그 편이 더 어려운 일 아니겠느냐 그 말인데."

　"그렇게 장담하다가 누구 잡아가서 꺼꾸로 매달아 놓고 술을 들어부으면 어쩌시겠소."

길상이 타박을 준다.

"매달리는 것도 실수 있은 연후의 얘기라, 그럴 염려는 없지요. 술이란 지껄여가면서 독기를 풀어가면서 마셔야 하는 거구 그 독기를 풀지 못한달 것 같으면 저기, 저 양반 모양으로 길 가다가도 미치고, 하 이거 실례가 많소. 이곳 북방엔 양반이 드물어서요. 그는 그렇고오, 성씨 이름 함자도 피차 모르는 터이긴 하지만 저기 저어 앉아 계시는 분 참말로 만고풍상 다 겪은 얼굴이구먼. 내 말 틀림없을 것이오. 우리네 같은 사람 얼굴 자주 못 보는 사람일수록 실은 관상을 잘 보는 법이고, 그러니까 뭐냐, 좁은 조선땅이 좀 갑갑했을까? 그렇지요? 내 말이 맞지요? 길서상회 주인 양반."

"양반은 무슨 놈의 얼어 죽을 양반이오. 길서상회 주인이면 주인이지. 분명 하인은 아닐 터이니까."

"허허어, 준수하게만 생각했더니 뜻밖에 꼬부랑한 갈고리도 갖고 계시누마요. 저기 저분은 갈고리가 몇 개나 되는지 거 독기 좀 풀어가면서 술 드는 것이 좋을 성도 싶은데."

주정 비슷하게 빗댄다.

"추서방도 나같이 얼굴 부풀어도 괜찮으려면 얘기 계속하시오."

"허허어 그렇게 됐소?"

그러자 김환은 뒤로 물러나 앉으며 발로 상다리를 확 밀어낸다. 상은 덜덜거리며 추서방 배 가까운 곳에서 멎었다. 그러더니 벌렁 나자빠진다. 나자빠지자 다시 벽을 향해 돌아누워 버린다.

얼마 가지 않아 그는 잠이 든 모양인데 잠든 모습은 조용했다. 가엾을 만큼 조용했다. 숨소리도 들리지 않는 것 같았다. 그렇게 해서 잠이 든 김환은 권필응 일행이 도착하기까지 잠에서 깨어나질 않았다. 방에 들어선 권필응은,

"깨우지 말게."

하고 길상에게 말했다. 저녁을 먹은 뒤 장인걸은 하얼빈에서 일어난 일을 간단하게 설명한다. 길상은 놀랄밖에 없다.

"이상합니다. 그자가 어떻게 수냥을 알았을까요."

"알어요."

"네?"

"그 사정은 설명할 필요 없고,"

"그러면 수냥을 그곳에 남겨놓고, 그래도 되는 건지요."

"당분간은 이동 안 하는 게 좋고, 아무튼 연추로 함께 가는 거지요?"

장인걸이 간단하게 생략해가며, 그리고 물었다.

"네."

"그럼 차차, 차차 의논하기로 하지요."

방은 넓은 편이었으나 벽을 향해 누운 환이 옆에 권필응이 눕고 다음 장인걸이, 벽 쪽에 길상이 눕고 해서 하룻밤을 지내고 이튿날 아침 환이 부시시 일어나 앉았다. 그리고 잠이

덜 깬 눈을 하고서 두 남자와 대면하였다.

"나는 연추에 사는 권필응이란 사람입니다."

말에,

"나는 조선 지리산에 사는 사람이오."

하고 김환은 대꾸했다.

"지리산에서 숯을 구우십니까?"

"네. 숯도 굽고, 목기도 만들고 짐승도 잡지요."

"하아, 등 따습고 배가 부를 일입니다."

환이 눈을 들어 권필응을 쳐다본다.

"으음…… 괜찮소."

"괜찮습니까? 하하핫……."

권필응이 웃는다.

"들쥐는 아니고, 조선의 늑대하고 만주땅 늑대가 만나게 되어 반갑수다. 나는 오래간만에 세수 좀 하고 와야겠소."

김환이 휑하니 방에서 나가버린다. 권필응의 얼굴에는 만족스런 미소가 떠올랐다. 그러고는 아무 일도 없었고 조반이 끝나기 무섭게 네 사람이 된 일행은 연추를 향해 떠났다.

연추에서 숙소를 정한 길상은 김환과 함께 이동진을 찾아가는 것이다. 밤이었다. 이동진과 김환의 대면을 길상은 염려하지는 않았다. 이동진 쪽에서 어떻게 나오든.

이동진의 거처방은 넓었고 구석진 곳이었다. 창문 밖 뒤뜰에는 백양나무 한 그루가 있었다. 부기는 빠졌으나 시퍼런 멍

이 남은 얼굴을 하고서 길상이 앞서 들어가자 책상에 등을 기대고 앉아 있던 이동진이,

"오래간만이군. 이곳엔 무슨 일로 왔,"

하다 말고 뒤따라 들어오는 낯선 남자에게 눈길을 옮긴다.

"……?"

알아보지 못한다.

"어서 앉게."

길상은 오른편, 김환은 왼편, 그러니까 이동진과는 삼각을 이루는 자리에 각각 앉는다. 이동진의 눈이 날카로워지며 김환을 응시한다. 경악으로 번쩍 빛나던 눈이 다음 순간 흔들린다. 얼굴이 핼쑥해진다.

"오래간만입니다. 그간 안녕하시었습니까."

"너는 누구냐."

눈이 벌어지면서 쏘아본다.

"김환이올시다. 이부사댁 나으리께서 아시다시피 구천이라 부르던 시절도 있었지요."

"……."

"이곳에 온 김에 찾아뵙지 않는 것도 예가 아닌 듯싶어서,"

마음을 가라앉히기 위해선지 이동진은 담배를 꺼내어 붙여 문다.

"자네도 어지간히 낯가죽이 두꺼워졌군그래."

김환은 희미하게 웃는다.

"그래, 예가 아닌 것 같아서 찾아왔느냐?"

"……."

"진작부터 그놈의 예라는 것을 차릴 것을 그랬군."

"……."

"예라는 말이란 편리한 것이어서 곧잘 그것을 앞장세워 용무를 보게 되는 오늘날의 인심을 내 모르는 바는 아니나 그것도 염치의 정도 나름이지. 뻔뻔스럽게 내가 누구기에 찾아왔나."

"……."

"자네가 이십 년 동안 어디서 무엇을 했으며 어떻게 살았는가, 그건 내 알 바 아니나 설령 의병장을 하였다손 치더라도 그것으로 과거의 파렴치가 상쇄된다는 생각을 한다면 의병장 아니라 왜놈의 산귀신(일본 천황)을 찔러 죽였다 하더라도 말짱 헛거야."

담뱃재를 떨어내는 이동진의 손이 덜덜 떤다.

"그렇다면 김두수 같은 처지가 되어 나타났다면 뻔뻔스럽지 않았겠습니까?"

충격을 받으며 이동진은 환을 노려본다.

"그런 말씀이 두려웠으면 찾아왔겠습니까? 고매하신 도덕군자가 무서웠다면 말입니다."

"뭣이라구? 이놈!"

"살인, 간음, 도둑의 집안이어서도 아니 되겠으나 허울만 좋고 편협한 도덕군자의 집안이어서도 일이 되는 것은 아니지요. 수신제가(修身齊家)의 그 어정쩡한 자리는 당분간 아녀자에게나 맡기시는 것이 어떠하올지."

"이놈아!"

기막힌 수모다. 길상은 차마 고개를 들 수 없어 아래를 내려다본 채 움직이지 못한다.

"네. 머슴 놈 구천이 놈아! 하시렵니까? 의암 선생."

이동진의 앞으로 기울어지려던 자세가 그냥 고정되어 버린다. 길상은 굳게 자세를 지키고 앉아 있다. 김환이 의암 선생이라 함은 일종의 야유다. 왕시 상민 출신의 의병장 김백선(金百先)이 같은 의병장 안승우(安承禹)가 원병을 보내주지 않아 일본군에게 패한 것을 분히 여기고 안승우에게 칼을 뽑아들었다 하여 의병대장 유인석(柳麟錫: 毅庵)이 추상같은 군기(軍紀)를 고집하여 죽기 전 노모를 보게 해달라는 마지막 애원마저 뿌리치고 사형에 처한 그 일을 두고 야유한 것이다. 상민 출신의 선봉장인 김백선은 유능한 인물이었으며 후일 유인석이 충주 등지에서 패배한 요인이 김백선을 잃은 데 있었던 것이다.

"으음…… 시절이 다르구면. 허허헛…… 기우는 햇빛이 뜨거우면 얼마나 뜨겁겠는가."

이동진은 자탄(自嘆)하듯 쓰거운 웃음을 흘렸으나 그것은 신음이었다.

"지난날의 양반이란 이젠 죄인이지. 자학하지 않으면 아니

되고 이유 없는 열등감에 시달리지 않으면 아니 되고, 허허헛, 허허헛…… 그러나 너!"

하고 이동진은 김환에게 손가락질했다.

"너를 보는 내 마음엔 마패 찬 어사또가 무척 아름답게 느껴지는군. 목을 댕강 짤라서 피가 뚝뚝 떨어지는 것을 높이 걸어올리는 광경도. 허허헛헛…… 오백 년 사직이 새삼스럽게 아름다워. 자나 깨나 독립이라는 공염불을 위해 무엇이든 수용되고 허용이 되는 이 벌판에선. 그렇지, 그런 뜻에선 자넬 환영해야겠나?"

복받쳐 오르는 것을 참는 이동진.

"환영해주십시오!"

애원하듯 길상은 얼굴을 숙인 채 말했다.

"오늘은 이만 돌아가주게. 다음날 또 만나세."

"네."

김환과 길상이 나간 뒤 이동진은 오열한다.

'이 사람아, 석운(昔雲: 최치수의 호). 나는 이제 뭐가 뭔지 모르겠네. 참말로 모르겠네. 이십 년을 방황하였건만 나는 아무것도 얻을 수 없었고 생각은 호박오가리처럼 쭈그러들었네. 저네들은 싱싱한 호박 넝쿨처럼 사방에다 줄기를 뻗고서 내 앞에 나타났단 말일세. 어떻게 그리 변신할 수 있었는지 모를 일일세. 철사 같은 그 신경의 줄이 나를 휘감더군. 옴짝할 수 없게시리 나를 휘감더군. 우리들이 아름답다고 생각한 것은 한

갓 감상이요, 그네들이 추하다 생각하는 것이 현실이었네. 내 노여운 음성은 허울만 남은 호랑이 울음이었고, 그네들의 맞서는 음성은 발톱으로 먹이를 찢어발기는 이리 떼의 울음이었네. 이 사람, 석운, 늙은 탓이 아닐세 늙은 탓이 아니야. 내 나이 이제 오십을 넘겼을 뿐인데 세월이 달라진 게야. 그리고 우린 이조 오백 년의 무거운 세월을 싫든 좋든 짊어지고 있기 때문이지. 하기야 살아남으려면 의관(衣冠)이 무슨 소용이겠나. 맨발로 뛰어야 할 때는 맨발로 뛰고, 물구나무를 서야 한다면 물구나물 서야 하고. 한데 그게 안 되거든. 자넨 선견지명이 있었지. 그래, 오백 년은 너무 길었어. 오백 년 동안에 된 또랑은 너무 깊었거든. 하기야 설피 한 켤레에 몸을 담고 설원을 질러가는 지독한 이곳 젊은이들의 그 지독한 욕설이야 당연하긴 하지. 서울서는 문벌 좋고 유복한 집 자제들이 주색에 빠져서 자포자기하는 것으로써 절개가 되는, 아아 그러니 의암을 희롱하고 이 나를 희롱한들 내 무슨 말로 대꾸할꼬.'

흐느껴 우는데 밖에서,

"선생님."

"……."

"선생님, 이선생님."

"들어오시오."

이동진은 손수건을 꺼내어 코를 풀며 말했다. 장인걸이 들어왔다.

"장동지요?"

"네."

장인걸은 몹시 당황한다. 도대체 이동진이 울다니, 그도 눈이 시뻘게지도록, 우울한 그의 심정을 모르는 바 아니나, 뜻밖이다.

"오늘 왔소?"

"네."

"그래 일은 어떻게 됐소?"

손수건으로 또다시 코를 풀며 말했다.

"권선생님께서 말씀이 계시겠지요. 그보다 그곳 박군한테서 편지를 받았습니다."

호주머니 속에서 편지 한 통을 꺼내놓는다. 이동진은 그것을 집어 피봉을 찢고 내용을 읽는다.

"음,"

"무슨 좋은 소식이라도,"

편지를 도로 피봉 속에 넣고서,

"글쎄,"

애매한 대답이었으나 이동진의 표정은 한결 밝다.

"만 원 정도는 어떻게 되지 않을까 그런 얘긴데, 본인이 직접 보낸 편지가 아니니까."

"그래도 맥은 충분히 있는 것 아닙니까."

장인걸도 희색을 띤다.

"아무리 있어도 남아돌아 가는 법은 없으니까 부딪쳐볼 만한 곳은 다 부딪쳐보고 할 수 있는 일은 다 해보아야겠지."

"그럼요. 샅샅이 훑어야지요. 심정으로야 강탈도 불사, 장차는 조선 국내에도 그물을 펴야겠지요."

자못 흥분한 듯, 장인걸은 이동진의 침잠하는 마음에 불을 붙이고 싶은 심정이기는 했으나 군자금의 모금이 가장 중요한 것임을 항시 명심했기 때문이다. 이제 겨우 어떤 형태를 이루어가는 마당에서 사실 이동진의 좌절은 큰 손실을 초래할 것이기 때문이기도 했다.

"선생님."

"……."

"우린 밑거름인 것을, 어차피 우린 그렇습니다."

뭐라 더 말을 하고 싶지만 장인걸은 이동진의 눈물 앞에 관례적인 말을 꺼내기가 거북하다.

"새삼스럽게 무슨 얘기야? 내가 고향 처자를 생각하고 눈물을 흘렸다 생각하는 겐가?"

이동진은 껄껄 웃는다.

다음 날 김환과 길상은 권필응의 초대를 받았다. 그 자리에 장인걸은 보이지 않았고 낯선 길상이 또래의 장년이 두 명 참석했다.

"김형."

권필응이 넌지시 김환을 불렀다.

"네."

"이동진 선생께선 일이 바쁘셔서 주연엔 참석 못하겠다 하셨고 그분 말씀이 주연이 끝나면은 김형께서 숙소로 오시라구, 하룻밤 함께 주무시고 싶다는군요."

그런 뒤 권필응은,

"김형께서는 이곳에 오신 지 며칠 되지 않았지만 보고 느끼신 점을 말씀해주셨으면 좋겠소. 그리고 또 아시고 싶은 일이 있으면 사양 마시고 물어보시구요."

격식을 차리는 어투다.

"그렇게 하지요."

김환도 손님된 예를 차리며 대꾸하였다.

"자네들 인사하게. 이분은 조선서 오신 김환 선생, 저기 김군은 자네들도 얘기는 들어 알 터이고,"

하면서 권필응은 소개를 했다. 평범하게 생긴 두 장년, 몸집이 작은 편은 유씨라 했고 몸집이 큰 편은 석씨라 했다. 그들은 소박한 표정으로 인사를 했으나 상당한 핵심분자인 듯 별동요가 없는 일관성을 지니고 있었다. 시초는 조용하게 술잔이 오고 갔을 뿐이었다. 권필응은 김환을 상대로 술잔을 나누었으며 두 장년은 주로 길상을 상대하여 정중하게 술을 권하곤 한다. 쌍방이 뭔지 무르익어가는 시기를 기다리는 듯, 이윽고 김환이 먼저 입을 떼었다.

"지금 아라사에서는 황제가 물러나고 엄청난 변화가 일어나고 있다는 말을 들었는데 이곳은 어째 조용한 것 같습니다."

예상 밖의 말을 던졌다.

"네. 큰 혼란이 계속되고 있지요. 그리고 이곳이라고 조용한 것만은 아닙니다. 총동원령이 포고되고 세계대전이 시작되면서부터 귀화한 사람들의 자제들도 전선에 나갔구요. 전쟁은 계속하여 러시아 쪽이 불리했습니다. 그 영향이 이곳이라고 미치지 않을 수 없지요. 엄연한 노령(露領)이니까."

"그야 그렇겠지요. 그러나 전쟁보다 내란의 영향이 보다 심각하지 않겠소?"

"물론이지요. 그러나 좋은 방향이냐 나쁜 방향이냐 예측하긴 어렵소. 그것을 염두에 두어야지요. 우리는 언제나 떠 있다는 상태, 그 상태 속에서 형체를 이루어나가야 하니까요."

"지금 내란의 상태를 좀 설명해주셨으면 좋겠소."

"정확하고 상세한 것은 모릅니다. 그러나 대체적으로 세계대전이 나기 전부터 러시아 제정이 붕괴될 불씨는 심어져 있었던 게고, 전쟁이 단기적으로 승리를 거두었을 경우 그 명맥은 다소 연장됐을 테지만 불행하게도 그렇게 뜻대론 되지 않았으니, 게다가 몰락을 재촉한 것이 정부의 강압 수단이었습니다. 의회를 정지하고 극도에 달한 경제적 혼란 속에서 동요하는 노동자들의 파업에는 군대를 풀어놓고."

"그러면은 수립된 임시정부는 그런 상황을 감당할 수 있겠습니까?"

권필응의 눈이 반짝 빛났다. 그리고 싱긋이 웃는다. 지리산 산골에서 온 사람이 제법 알고 있구면, 하듯이.

　"허약하기가 짝이 없지요. 어려운 사태로 말한다면야 전일의 유가 아니구요. 한데도 그 우둔한 사람들이 세계대전에서 발을 못 빼고 있으니 말입니다. 밀려난 보수세력도 아직은 막강하고 진보적인 세력도 실은 복잡하기가 몇 갈래인지 군은 군대로 몇 조각이 날 게구요."

　"임시정부를 이끄는 사람은 어느 정도의 가능성을 갖고 있소?"

　"역량 말인가요?"

　"그렇게 말할 수도 있겠지요."

　"변호사의 경력을 가진 케렌스키라는 사람이 의회의 대의사(代議士)에서 이번 임시정부에 진보세력을 대표하여, 말하자면 보수파인 르보프와의 연립내각이지만 우선은 케렌스키를 중심인물로 보아야겠지요. 한데 진보세력을 업고 나온 그 사람이 과연 국민들의 신임을 전적으로 받고 있느냐 하면 그렇지가 않아요."

　"사람도 정부형태도 모두 불완전하다 그 얘기군요."

　"네, 그렇습니다. 모두가 불완전하지요. 모두가요. 우리로선 앞으로 어떻게 될 것인가 확신을 가져볼 수 없는 상태지요. 민생은 도탄에 빠져 있고 생산공장은 파업에다 폭동의 연발이요, 전쟁의 전망은 어두워오고, 제정은 무너졌다 하지만

427

만회할 힘이 전혀 없다 할 수는 없고, 어쩌면 군사독재 정부가 성립될 수도 있는 일입니다. 혁명당 속에서도 멘셰비키니 볼셰비키니 하여 아까 말한 바대로 가닥이 많은 모양이고, 얼마 전에는 케렌스키의 정적(政敵)인 레닌이라는 사람이 망명에서 돌아왔다 하고, 결국 추측건대 내란은 앞으로 상당기간 계속되지 않을까요?"

조용조용, 조심스럽게 대화는 진전되어간다.

15장 화살같이

바람이 불어왔다. 어디서 어떻게 해서 불어오는 바람인지 그것은 아무도 모른다. 용정거리에 불어오는 바람, 길모퉁이를 스쳐가고 시장거리를 휩쓸어가고, 비 떨어지는 하늘을 보다가 급히 장독 뚜껑을 닫으면서 아낙들이 얘기를 나누는 여염집 안마당에 머물다 가고, 풍문이란 원래 그런 것이다. 한때 두매가 하숙하고 있었던 집에서도 풍문에 대한 의견은 구구하였다.

"참말입지 이상하잖습매? 옥황상제 따님 같은 가물댁에다가 토란 같은 아들 형제르 두고서리, 생각으 해보랑이? 환장으 해도 그렇기는 못한다이?"

"그 여자가 그러니까 불나기 전엔 용정에 있었다잖아요? 재봉소에 있었다던가?"

"응. 재봉소에 있었지비. 그 안깐도 얼굴으 쓸 만했답매."

"첫정이라 그랬을까? 남자 쪽에서 말이오."

"첫정 앙이라 배 속서부터 정이래도 그럴 수는 없는 기야.
말으 들으니 그 가물댁 다 죽게 생깄다잖습매?"

"그건 빈말이오. 눈 하나 깜짝할 여자던가?"

"말으 들으니 남자보다 담대하다 합두마네두 그런 일으 그
러잖이오. 여자 맘으 매일반이라 말이. 어찌 벵이 나잴고?"

"어제도 내가 봤는걸요? 멀쩡해서 인력거 타고 절에 가더란
말이오."

"무시기, 뉘기 머래도 남으 그 마음 모른답매."

주점에선 또 약게 생긴 사내가 공연히 삐뚜름한 어조로,

"길서상회 그 사람들 조선으로 간다며?"

하고 물었다.

"그런가 부지."

술을 들이켜고 난 뒤 권서방의 대꾸였고,

"부동산 같은 것은 거의반 처분했다던가?"

"사는 집하고 곳간 뒤 있는 빈터만 남았을걸?"

"그럼 장터 점포도 다 넘어갔다, 그 얘기야?"

"그런 셈이지."

"그 판에 권서방은 재미 좀 못 봤어?"

"손톱도 안 들어가더라."

"왜."

"그놈의 늙은이가 꽉 틀어쥐고서 내주어야지. 하기는 뭐, 살 사람이 없어 못 팔던 것은 아니니까. 말이 나오기가 무섭게 거간 같은 것 거칠 필요도 없었지."

"그놈의 늙은이, 그럼 혼자서 해먹었단 말이야?"

"모르는 소리 말라고. 공노인이 그래, 구전 먹고서 그 집 일 보아주는 줄 아나?"

"세 없이 방 하나 얻어 들었다고 역성 되게 드네. 사내자식이."

"뭐이라고? 사람 치사하게 만들지 말어. 그 사람들 관계란 옛적부터 그거 대단한 거라구. 아 조카딸 죽었을 때도 길서상회서 상여 만든 것 몰라?"

"참새가 방앗간을 그냥 지나가지 않는다는데 그 많은 재산을 처분하면서 한 푼 이득 없이, 누가 그 말을 믿어. 부모 자식 간에도 셈은 무서운 게야."

"믿거나 말거나, 남의 일인데."

"하긴 그래. 배 아파 봐야 소용없는 일이지. 그러나 기왕 말이 났으니, 그 집 남정네가 여자 얻어 달아나는 바람에 이곳을 뜨는 겐가?"

"나도 모르는 일이야."

"아무튼 그 사람이 용정에 없는 것만은 사실 아냐?"

"그것은 사실이지."

"흥, 귀신 곡할 노릇일세. 미인 마누라에 떡두꺼비 같은 아들 형제는 그만두더라도 그 많은 재산을 두고서 그런 일도 있을 수 있을까?"

"그러니 팔자지. 옛말에 일색 소박은 있어도 박색 소박은 없다잖어."

여름이 한더위에 접어들자 길상이 옥이네를 따라 도망을 쳤다는 소문도 차츰 가라앉았다.

서희는 인력거를 타고 절을 향해 간다. 그새 서희는 몹시 여위었다. 눈만 커다랗고 깨끗했던 얼굴 피부엔 잡티가 섞인 듯 거뭇거뭇한 기미가 쓸었다. 아이 둘이 매달리고 이것저것 정리해야 할 일이 태산같은 나날 혼자서 생각하고 싶을 때 서희는 훌쩍 집을 나서 절로 향하는 버릇이 어느덧 몸에 배고 말았다. 인력거에 앉으면, 생각은 늘 일정한 것이다.

지난봄 하얼빈으로 해서 연해주를 거쳐 길상은 김환과 함께 돌아왔다. 그러나 김환은 서희 앞에 나타나지 않았고 객줏집에서 하룻밤을 묵은 뒤 조선으로 떠났다는 것이었다. 그렇게 김환을 보내놓고 길상은 집으로 돌아왔던 것이다. 환국이는 말할 것도 없고 윤국이도 아비 팔에 매달려 기뻐서 어쩔 줄 모르는데 길상은 다소 굳어진 표정으로 아이들을 대하였다.

"이제는 당신께서 말씀해주셔야겠습니다."

서희는 서방님이라는 호칭 대신 당신이라 하며 따지고 들었다.

"그렇게 하지요."

길상은 한동안 침묵을 지키는 것이었다.

"김환이라던 그 사람 옛날의 구천임이 분명하지요?"

다시 다그치듯.

"그렇소."

"그렇다면 어찌하여,"

"그 얘기는 차차 하지요. 내 그렇잖아도 그럴 생각이었소."

하고는 사랑으로 내려가 온종일을 들어박혀 있던 길상이 해
질 무렵 해서 올라왔다.

"우리 강가 횟집에 회 먹으러 갑시다."

"술집에 어떻게, 아니 됩니다."

서희는 할 얘기 땜에 그런가 보다 짐작은 했었다.

"술은 곁들여 나오는 것, 그 집은 본시가 횟집이오."

"하지만,"

"남편하고 함께 가는데 누가 뭐라겠소."

우겼다.

"마침 봄도 끝나가려 하는데 달밤에 강물도 볼 겸, 지금 떠
나서 거까지 가면 어두워질 게요."

서희는 연보라의 자미사 치마저고리를 입고 길상을 따라나
섰다. 흔들리는 마차 안에선 담배만 태울 뿐 길상은 말이 없
었고 횟집의 젤 좋은 방에 안내되어 마주 앉았지만 역시 침묵
은 계속되었다. 방에는 램프에 불이 켜져 있었다. 길상은 담

배를 붙여 물고 서희를 바라본다. 강한 눈길이었다. 서희는 이같이 강한 길상의 눈을 본 일이 없다. 아니 강한 사나이의 그러한 눈길을 본 일이 없다.

'나는 너를 소유했지만 넌 나를 소유하지 못할 게야.'

그런 말을 하고 있는 눈 같기도 했었다. 그 강한 눈을 서희는 강하게 받는다. 미동하지 않고 받는다. 그러자 길상의 눈에 말할 수 없는 비애의 그림자가 밀려왔고, 희미한 웃음이 번져나갔다. 비로소 서희는 그 눈에서 자신의 시선을 떨어뜨렸다. 서희는 싸움이라 생각했었지만 그쪽은 그것이 아니었다. 담배를 재떨이에 뭉개버리고 길상은 날라온 회 접시를 서희 쪽으로 밀어주며,

"집에서 해먹는 것보다 별미요. 들어보시오."

서희는 형식적으로 조금 먹어보았다. 회 맛을 즐길 그런 심정이 아니다. 길상은 술을 조금씩 들었다. 집에서도 겸상해서 밥을 먹어본 적이 없었던 서희는 술을 마시는 길상의 모습이 다소는 신기해 보이기도 했었다. 그러나 길상의 입에서 나올 말에 대한 궁금증과 함께 마음의 준비를 다져두지 않을 수 없었다. 질기고 억센 삼베 같은 마음, 부드러우나 역시 질긴 명주 같은 마음, 지나간 세월이 억세고 부드러운 반복으로써 서희를 놓았다 붙잡았다 하는 것이었다. 잊어버리고 싶기도 했다. 묘향산이나 구천이를. 잊어버리고 싶을 뿐 잊어지는 일은 아닌 것이다. 지나간 세월은 세월이고 또 술을 들고 있는 눈

앞의 사나이는 누구냐, 이 사나이는 처자를 버리고 떠날 사나이냐, 이쪽과 저쪽 사이의 깊은 도랑은 결국 메워질 수 없단 말인가. 아집이 고개를 치켜들고 아우성을 친다.

'당신은 나를 따라가야 해! 두 아이 쪽으로 와야 해요! 우릴 어떻게 떠날 수 있단 말이오!'

숨이 껄떡 넘어가기까지 울부짖었던 어린 계집아이는 아직 서희 마음속에 그 편린을 남겨놓고 있었다.

'묘향산? 구천이 놈! 내 아버지 가슴에 못을 박고 어린 내게서 어미를 빼앗아간 놈! 남편을 배신하고 딸을 버린 부정녀!' 하는가 하면,

'난 돌아가야 한다! 조준구, 홍가 계집을 잊는다면 나는, 이 최서희는 죽은 목숨이다!'

혼란과 혼란이 부딪고, 그 와중에서 서희는 필사의 헤엄질을 한다.

"여보, 거 회 좀 들어보아요."

"아, 아니."

하다가 서희는,

"말씀하십시오."

"……"

"말씀하십시오."

"……"

"말씀하시려고 이곳까지 오신 것 아닙니까?"

"하지요."

길상은 그렇게만 해놓고 술만 마신다. 램프 불은 쉴 새 없이 깜박거리고 있었다. 한참 만에 길상은 일어섰다.

"그럼 강가 달 보러 나갑시다."

서희는 먼저 횟집을 나왔다. 셈을 하고 뒤쫓아 나온 길상이더러,

"마차가 없습니다."

사방을 둘러보며 서희가 말했다.

"돌아가라 했소. 우리 걸어서 갑시다. 밤바람이 시원해서 좋지 않소?"

길상은 다가서며 서희의 손을 잡는다. 서희는 당황하여 손을 뽑으려 했으나 누르는 힘은 컸다. 부부간이지만 집 밖에서, 아니 내실 밖에서 살갗이 닿았던 일은 처음이다.

"망칙스럽게, 이 손 놓으시오."

"오늘 밤엔 최참판댁 손녀 최서희가 아니오. 내 아내야. 기생하고나 이럴 수 있다, 그런 양반님네 법도는 잊어버리시오."

모래밭을 사북사북 밟는 발소리, 강물은 달빛에 일렁이고 있었다. 강물 가까이 가서 길상은 서희의 팔을 잡아끌듯 하며 자기 옆에 앉힌다.

"춥소?"

"아닙니다."

"당신 섬진강 생각이 나오? 아마 당신은 섬진강을 자세히

435

본 일이 없을 게요."

"왜 못 보았겠습니까. 이제는 하실 말씀 들려주십시오."

"김환이 그 양반 말이지요."

"어째서 그자가 양반입니까."

"양반, 이거 실수였구먼. 그러나 근본이 없는 김길상하곤 좀 달라서 그분의 피엔 당신이 말씀하는 양반의 피가 반은 흐르고 있소."

"양반의 서자라 그 말씀이시오?"

길상은 어금니를 지그시 누르듯 하다가,

"그 반의 피는 당신 쪽의 피, 그러니까 당신 할머님의 아들이오. 당신의 작은아버지."

"뭐라구요? 뭐라 말씀하시는 거요!"

"그분의 어머님은 윤씨부인이오."

"그럴 리 없습니다! 절대로! 절대로! 이 무슨 간교한 계략이지요?"

"그러면 내가 더 자세히 설명을 하겠소. 옛날 청상이던 당신의 할머님은 백일기도를 드리기 위해 절에 가신 일이 있었소. 그곳에서 당신도 알고 있는 우관스님, 그 우관스님의 동생이신 김개주, 그렇지요. 김개주장수에 대해서도 당신은 들어서 잘 알 거요. 그 동생이 정양차 절에 와 있다가 청상을 사모하여 겁탈을 했던 것이오. 청상의 죽을 목숨을 부지하게 한 것은 문의원과 무당 월선아지매의 어머니 공이었소. 병을 빙자하여 남모르는 깊은 암자 속에서 몸을 풀었다는 게요. 그리고 그 아이는 아비 손으로 넘어가고, 후일 최참판댁 머슴으로 변성명하여 들어온 환이란 그분은 효수당한 아버님의 불행한 생을 가문의 노예가 된 생모 탓으로 돌리고 한을 품은 게지요. 당신의 할머님에게 고통을 주려고."

길상은 말을 끊었다. 서희는 강아지처럼 웅크린 채 말이 없었다. 모래밭을 핥고는 물러가고 핥고는 물러가는 물결 소리만, 목마른 사람같이 핥고는 물러설밖에 없는 안타까운 갈증에 몸부림치듯 강물은 달빛 아래 일렁이고 있는 것이다.

"그러면 보복을 하기 위해서…… 별당의 그 여자를 유인해 갔다 그 말씀이시오?"

목에 잠겨 몸부림치듯 서희는 말을 밀어내었다.

"그것은 사랑이었소."

서희는 절을 향해 갈 때마다 그 일을 생각한다. 그 일이 있은 지 며칠 후에 길상은 떠났고, 그리고 돌아오지 않았으며 용정촌에는 풍문이 돌았다.

법당으로 들어가는 모시옷의 최서희, 그는 쓰러지지 않기 위해 이곳을 찾는다. 상처입은 나비같이, 그래도 그는 아름다웠다. 한층 더 아름다웠는지 모른다. 고뇌가 깊이 새겨진 얼굴. 눈빛은 더욱 강렬하게 타고 있었으며 입매는 보다 빈번하게 뱅뱅 돌았다. 독경은 서희에게 일종의 치유방법이다. 흐트러진 신경을 모아서 제자리에 놓아보는 수단인 것이다.

늦더위가 가고 수풀 속이 엉성해지기가 무섭게 길서상회댁이 이사를 시작했다는 소문이 다시 퍼졌다. 그것은 풍문 아닌 사실이었다. 이삿짐과 이삿짐을 취급할 머슴 두 명을 데리고 공노인은 조선을 향해 떠난 것이다.

"야! 정말로 뜨누마. 용정의 재물 싹 쓸어서 떠나누마."

사람들은 모두 그런 말을 한마디씩 했다.

"하기느 친일파니끼 조선 가서도 부재 살쟀겠습둥?"

"왜 아니라? 없는 사람이야 친일하고 싶어도 못하지. 친일하는 데도 밑천이 들지. 돈이 있어야 헌금도 하구 또 재물 지니고 살자면 친일 안 할 수도 없을 게야."

"여자가 워낙이 독해 그렇지. 젊은 여자가 아들 둘 데리고 간다는 것도, 아, 글쎄 한 발 두 발 길인가? 아무리 돈이 있다 해도 남편 생각하면 이가 갈릴 게야."

"그렇이 부재 산다고 다 제 뜻대로 되는 거느 앙이랑이. 주는 복대로 살 기야. 남으 부럽아할 것도 없지비."

"흥, 나는 무슨 일이 있어도 좋으니 부자 한번 살고 싶군. 나중에 삼수갑산에 가더라도."

"앙이 삼수가 앞산입매? 하하핫…… 서울 태생이라 할 수 없답매. 여기가 어디멘지 알고서리 하는 말입매까?"

두 사내는 소리 내어 웃어젖힌다. 삼수갑산엔 갈 것도 없이 이미 그곳을 넘어서 오지 않았던가.

일진(一陣)을 거느리고 조선에 갔었던 공노인이 돌아왔다.

처분할 것은 모조리 처분하였고 옮겨야 할 것은 모조리 조선으로 실어내갔고 집 안은 텅텅 비어 있었다. 살풍경한 뜰에는 환국이가 윤국일 데리고 놀고 있었다. 서희는 서류 같은 것이 든 봉투 한 장을 꺼내놨다.

"공노인."

"예."

"이게 집문서, 곳간 뒤에 있는 땅문서요."

"……"

"거두어주시오."

공노인은 한참 동안 말이 없다. 그는 벌써부터 짐작하고 있었던 것 같다.

"물려줄 자손도 없는 저에게 집문서 땅문서가 무슨 소용이겠습니까. 하나 연해주에 계시는 분을 위해 보관하겠습니다."

서희는 공노인을 빤히 쳐다본다.

"그것은 공노인이 알아 하실 일, 내 뜻은 아니오."

"예. 하오나 이 집은 일하는 분들 숙소로 삼겠습니다. 땅도 역시 그분들 소용에 따라서 쓰여질 것이고요. 그것만은 저로서도 분명히 하고 싶습니다. 지 본의를 알아주시란 얘기는 아니겠습니다마는, 이 늙은것도 태어난 강산을 잊지 못하니까요."

그 말은 서희에 대한 마지막의 일침이었고 가족을 버리고 떠난 길상을 위한 변호도 포함되어 있었다. 그러나 서희는 꿀 먹은 벙어리, 말이 없다. 공노인은 천장을 올려다보며 서희의 말을 기다린다.

"그러면 이젠 떠나는 일만 남았소."

"예."

"내일모레 떠나지요."

"내일, 모레 말씀입니까?"

"그렇소."

"그러면은 내일 염서방을 보내어 배를 얻어놓게 해야겠습니다."

"그래야겠지요."

"그러니까 일행이 몇 사람이나 되겠습니까."

"안자하고 유모가 따라가기로 작정하였소."

"저하고 복산이 놈하고 염서방, 어른이 여섯이구먼요."

"그렇소."

"여기 마차엔,"

"애들하고 우리가 타는 게요. 그러니 마차 한 대는 세내야겠지요."

"가져가실 짐은 별로 없는 거로 아는데요."

"당장에 쓰일 것이 있을 뿐이오."

"예."

"모든 것은 다 끝이 났소. 공노인의 수고는 잊지 못할 것이오."

서희 얼굴에 쓸쓸한 미소가 떠오른다. 공노인도 만감이 치미는지 얼굴을 수그린다.

"어머니?"

"오냐."

환국이, 동생의 손을 잡고 들어온다. 공노인은 아이들에게 웃는 낯을 보내며,

"도착하기까지 도련님들 고생하겠소."

그러나 환국은 알은체하지 않고,

"어머니?"

"왜 그러느냐?"

"우리 이사 가는 거지요?"

"그렇단다."

"아버지는 왜 안 오셔요?"

웬일인지 아버지 말은 통 하지 않았던 환국이가 풀쑥 물었다. 서희가 미처 대답을 못하자,

"할아버지? 아버진 왜 안 오셔요? 공할아버지도 모르세요?" 하며 얼굴을 공노인 편으로 돌린다.

"왜 모릅니까. 아버님께선 볼일 보시고 오시지요."

"함께 조선으로 가시는 거지요?"

"그거는, 일을 다 보시면은 그러시겠지만,"

"환국아? 할아버지 말씀이 맞아요."

서희도 얼굴에 미소를 띠며 거들었는데 환국이 얼굴에는 의심이 가득 차 있다.

"참 오래됐는데 말예요. 아버진 윤국이도 보고 싶으지 않으실까?"

혼잣말처럼 중얼거렸다.

"왜 보고 싶으지 않으시겠습니까. 볼일만 보시고 나면 늦더라도 곧 뒤쫓아가실 겁니다. 하하핫……."

공노인은 헛웃음을 웃고 서희는 돌처럼 굳어서 앉아 있었다. 윤국이는 그림책을 펼쳐놓고 그림을 손가락으로 쿡쿡 찌르며 호아이, 코게이, 멍멍, 야옹 하며 귀엽게 혼자 놀고 있었다.

"그럼 지, 지는 가보겠습니다."

허둥지둥 도망치듯 공노인이 나가는데,

"환국아? 이 봉투 할아버지 갖다 드려."

"네."

환국이 집문서가 든 봉투를 들고 마루로 쫓아나간다. 신발을 신는 공노인에게,

"할아버지 이거,"

"아, 저어,"

하다가 또 공연히 헛웃음을 웃으며 받아든다. 밖으로 나온 공노인은,

"참말로 세상만사가 뜻대로는 안 되는구나. 앞으로 또 얼마나 많은 일들을 겪어야 할란고."

객줏집에는 추서방이 마루 끝에 걸터앉아 공노인을 기다리고 있었다. 몇 해 전과 조금도 다름없는 깡마른 몸매 그대로,

후줄레한 차림새다.

"추서방 왔소?"

썩 기분이 좋지 않은 공노인 음성이었고 추서방은 애매하게 웃는다.

"바쁜 모양인데?"

"바빠요."

"늙은네가 근력도 좋소."

"늙을수록 일복이 많아야 하는 게요. 안 그러면 앉은뱅이 되기 십상이제."

"노익장하니 좋긴 좋소만,"

"하여간 방에 들어갑시다."

추서방을 떼밀다시피 방에다 밀어놓고,

"순아!"

"예!"

"할머니 어디 갔냐?"

"장에 가셨어요."

"알았다. 그는 그렇고 추서방은 무슨 일로 왔소."

마주 앉으며 공노인이 묻는다.

"볼일 보고 오는 길에 들렀지요. 무슨 소식이라도,"

"조선에 다녀왔고,"

"그건 들었소."

"어디서?"

"훈춘이 그리 먼 곳이오?"

"그곳엔 모두 별고 없겠지요?"

"별일이야 있겠습니까마는 가만히 앉아서 노는 사람들 아니니, 하기야 그러기 때문에 식구들도 더러 잊기야 하겠지."

"길서상회 그 댁은 모레 떠납니다."

"모레요?"

"예."

공노인은 쓰거운 듯 입맛을 다신다.

"그 큰아들이 어찌나 영특하던지…… 어머니 간장이 녹겠구만."

그 말은 들은 체 않고 추서방은,

"모레라,"

중얼거린다.

"내 조선까지 갔다 오면은 훈춘으로 가겠소. 자세한 얘기는 그때, 본인을 만나서 얘기하기로 하고."

"그건 그렇게 하시오만,"

"그러면은 김두수 놈 동태에 관해 얘기하지요. 그놈이 지금 심씨 동생을 찾아서 미친 듯 헤매고 있다는 게요. 심노인이 죽은 것은 이미 안 것 같고,"

"그러면, 심씨 동생이 연추로 온 것은 아직 모르고 있다, 그거요?"

"알면은 청진이다 원산이다 하고 헤매 다니겠소? 그러니 포

444

염에 있는 양가 놈을 조심해야겠지요."

"심씨 동생은 변성명하고 그곳에서도 심씨와 형제라는 것을 모르지요."

"어쨌든 그놈보다 선수를 친 것은 잘한 일이고, 그 안은 누가 냈는고?"

"그건 모르지요."

"하여간에 좀 심한 얘긴지는 모르나 양가 놈이 김두수 수족인 것만은 확실하니……"

하고 말끝을 흐리다가 공노인은 피식 웃는다.

"추서방."

"예."

"우리 늙은것들이 이러고들 있으니 독립투사 같구먼."

"공노인이 늙었지 내가 늙었소? 허 참,"

"마, 이렇게 되니 오래 사는 것도 과히 욕은 아니구만."

"칠십이나 되거든 그 말 하시오."

"아 참, 그리고 길서상회 그 사람한테 전하시오. 조선에는 유모와 안자라는 아이가 동행하게 됐다고, 염서방은 갔다가 나랑 돌아오겠으나 복산이 놈은 아마 그곳에 주질러 앉을 게요."

"그렇게 얘기하지요."

사무적으로 얘기를 끝낸 공노인은 곰방대에 담배를 넣어 붙여 물면서 추서방에게도 담배쌈지를 밀어주며 권한다. 얼마 후 방씨가 장에서 돌아왔고, 술상을 차려 들여보냈다.

"추서방."

"예."

"우리 다 늙어가지마는,"

"허허어 참, 공노인이 늙었지 내가 늙었소? 공연히 동무 하려고 그러네. 아직이야 몇 놈 메치는 것쯤."

"그거는 호기고오, 하여간에 늙더라도 일복은 있어야 하는 게요, 소리치고 더 살아봐야 앞으로 십 년. 우리 같은 사람이 쓰이는 만큼 좋은 세상이 아닌 것은 분명하나 그러나 쓰이지 않았던 김훈장, 추서방도 김훈장을 알지요?"

"얘기는 좀 들었지요. 돌아가신 분이라며요?"

"돌아가셨지요. 꼬장꼬장한 선비요. 내가 그 양반 유서랑 유고를 고향에 있는 자손한테 전했지요. 아무튼 좋은 시절이면은 그런 양반도 더러는 쓰였을 테지만, 안 그렇소? 추서방, 이런 시절에는 우리가 쓰이는 거요. 옛말에도 배리데기 소자 노릇 한다* 안 했소? 일곱째 배리데기는 내다 버린 딸이지마는 서천서역국(西天西域國)의 약물 길어다가 부모를 살렸다 하듯이 예사 공 안 든 자식이 효행하는 법이고, 우리같이 괄시받던 서민들도 제가 태어난 곳이니 어쩌겠소."

"그런 말 하니 눈물 납네다."

"정말로 울란가? 이 사람이,"

떠나는 날의 하늘은 쾌청하였다. 두 대의 마차는 이른 아침부터 문밖에 대기하고 있었으며 대강의 짐도 실었고 사람만 타면 되게 돼 있었다. 방씨를 위시하여 여러 사람들이 떠나는 사람과 석별의 정을 나누려고 마당에 웅성거리고 있었다. 그런데 사고가 난 것이다. 아침부터 환국이의 태도가 수상쩍긴 했었다. 집안 구석구석을 돌아다니며 뭔가를 찾는 것 같았고 또 그의 표정은 몹시 사나웠던 것이다. 그러던 아이가 막상 떠나려 하자 보이질 않는다. 안자랑 유모가 서희 몰래 찾다가 할 수 없이,

"큰도련님이 안 계시오."

"뭐?"

옷을 갈아입으려던 서희가 방에서 나왔다.

"환국이가 어찌 됐단 말이냐?"

"글쎄 마님. 옷 갈아입히려고 아무리 찾아도 안 계세요."

안자의 얼굴빛은 파아랗고 서희의 낯빛도 달라졌다.

"모두들 나가서 뒤 숲을 찾아보아요."

서희는 침착하게 말했다. 식구들이 뒤 숲으로 다 몰려간 뒤 심상찮은 분위기에 놀란 윤국이, 어미한테 매달리며 운다.

"오냐, 오냐, 괜찮아."

서희는 아이를 안고 집 안을 두루 살폈으나 아이는 눈에 띄지 않는다. 뒤 숲속을 부르며 헤매는 사람들은 허탕을 치고 돌아왔다.

"안 계셔요, 마님."

안자는 운다.

"그러면 집 안을 다시 찾아보자. 곳간 속, 항아리도 다 뒤져 보아라."

마당에서 웅성거리고 있던 사람들도 어찌 된 일이냐면서 바깥 길 쪽으로 뿔뿔이 흩어져서 아이를 찾으러 나간다. 서희 얼굴이 파들파들 떤다. 그러나 역시 환국은 없었고,

"이상한 일이구나, 집 안에 있으면 나올 텐데, 이 애가 어딜 갔지?"

서희는 하마 소리를 지르며 울 기세다.

"저기, 혹 안방 다락 속에나."

하며 공노인이 말했다. 우우 하니 안방으로 몰려간다.

"마님! 마님! 도련님 여기 기세요!"

"안 나오시겠다 합니다! 마님."

"오냐. 알았다. 내 가마."

서희 얼굴에 핏기가 돌아왔다. 윤국일 유모에게 넘겨주고,

"환국아?"

다락 안을 들여다본다. 두 무릎을 세우고 아이는 웅크리고 있었다.

"환국아."

적의에 가득 찬 눈이 서희를 쏘아본다. 여태껏 환국이는 그런 눈으로 어미를 본 적이 없다.

"이리 나와요."

"안 나가겠어요."

"어째서?"

"모두 조선으로 가세요! 나는 아버지 오시면 함께 가겠어요."

"뭐라구?"

"전 여기 있을 테예요! 아버지 오시면 함께 간단 말입니다."

"아버진 볼일 보시고 뒤따라오신다 하지 않았느냐?"

"거짓말인 것 저는 알아요. 아버지만 내버려두고 가는 거 아닙니까!"

서희의 눈알이 시뻘겋게 충혈된다.

'오냐! 나 당신 용서하지 않을 테요! 저 어린것 가슴을 멍들인 당신을 용서하지 않을 테요! 결코, 결코!'

"환국아."

"안 간단 말입니다! 안 가요!"

무섭게 눈을 치켜뜬다.

"그러면 넌 아버지하고 살겠냐? 어머니랑 윤국인 내버려두고서?"

"아닙니다. 아버지랑 함께 갈 테예요."

아무리 달래어도 환국이는 꼼짝하질 않는다. 결국 서희도 목놓아 울고 말았다. 그러나 환국이는 울지 않는다. 울면 지는 거라 생각한 모양이다. 마당에선 모두 숨을 죽이며 사람들은 감히 들어와 아이를 함께 달랠 생각도 못한다.

"마차를 타고서, 또 강을 넘을 땐 배를 타고."

서희는 흐느껴 울며 말했다.

"그다음 또 기차도 타고 그러는 동안 윤국인 어떡허니? 그럴 땐 형님이 손을 꼭 잡아주어야지. 안 그러느냐?"

윤국이 말이 나오면서 환국의 표정이 달라진다.

"아버지가 안 계실수록 넌 아버지 대신 윤국일 돌보고, 형님이 그러면 어떡허니? 안 그러냐, 윤국이가 형님을 찾아서 자꾸 울면은 어떡허지? 아, 안 그러냐?"

입을 비쭉거리는 환국이는 별안간 엉엉 하고 소리를 내지르며 울어젖힌다.

"아, 아버지는 뒤따라 꼭, 오실 거야."

엉금엉금 기어나오는 아이를 끌어안으며 서희는 눈물을 쏟는다.

'결코 용서 안 할 게요! 당신을 용서치 않을 게요!'

마당에서 서성거리던 공노인이,

"아무래도 시간이 늦어서 내일 가시는 게 어떻겠습니까?"

하고 말했다.

"아니오. 곧 출발해야 해요."

서희의 음성은 단호했다.

"환국인 또 내일 그 소동을 벌일 테니까요. 도중에서 묵더라도 떠나요."

서희는 서둘렀으나 침착했다. 유모가 환국일 안고 먼저 마차에 올랐다. 다음은 서희가 인사도 하는 둥 마는 둥 사람들을 헤치고 나가 마차에 올라 안아 올려주는 윤국이를 받아 안았고 사람들은 마차를 둘러싸고 모여왔다. 마지막에 장만한 음식이 든 찬합이며 당장에 갈아입혀야 할 아이들 옷이 든 가방이며 옷 보따리를 마차에 밀어넣고 안자가 올랐다. 방씨는 연신 손수건으로 눈물을 닦는다. 서희는 마차 속에서 밖을 내다보며,

"안녕히들 계십시오!"

말굽 소리, 그리고 두 대의 마차는 출발하였다. 마차 속에서 환국이는 내내 울었다. 서희도 울었다. 마차가 역두를 지나가려 했을 때다. 그곳에 옹기종기 모여 있던 일본여자들, 그리고 최기남의 마누라가 마부에게 손짓하여 마차를 머물게 한다. 얼마나 기다렸는지 모른다는 최서기 마누라 음성이 맨 처음 들려왔다. 서희는 윤국이를 안자에게 넘겨주고 마차에서 일단 내린다. 영사부인을 위시하여 소위 용정촌의 유지라는 일본여자들, 그러니까 친목회 회원이 한 사람 빠지지 않고 나와주었던 것이다. 맨 먼저 영사부인이 서희에게 손을 내밀었다.

"고맙습니다."

"얼마나 마음이 아프세요. 하지만 결국 가족들한테 돌아오실 겁니다. 마음을 편하게 가지세요. 그리고 저희들도 조선에 가면 부인을 찾아뵙겠어요. 편지나 주십시오. 이곳에 와서 부인 같은 분을 만나 친히 지냈다는 건 영광이었어요."

다른 여자들도 저마다 한마디씩 인사말을 하였고 장교부인인 코가 길었던 여자도 전과는 달리 정중하게,

"고향으로 가시니 얼마나 기쁘세요. 또 만나뵐 날이 있었으면 좋겠어요."

쓰무라 양행의 안주인은,

"아주, 아주 오랫동안 인상이 남을 거예요. 당신은 참 멋진 여성이에요."

했다. 서희도 간단간단하게 대화를 나누고 마차에 오르는데 아이의 선물이라면서 여러 개의 꾸러미가 마차 속으로 밀려들어 왔다.

두 대의 마차는 빤하게 난 가도를 달리기 시작했다. 남은 여자들은 손수건을 흔들고, 그리고 속력을 낸 마차는 활시위에서 떠난 화살같이 가는 것이었다.

〈9권으로 이어집니다〉

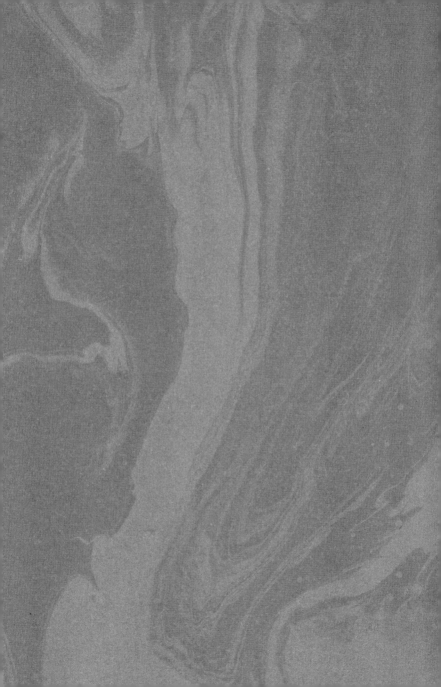

개천에 빠졌거나 용상에 빠졌거나: 지체 낮은 집안에서 태어났거나, 반대로 지체 높은 집안에서 태어났거나.

갸쿠마[客室]: 객실. 응접실. 손님방.

단젠[丹前]: 솜을 두껍게 둔 소매 넓은 일본 옷. 방한용 실내복, 혹은 잠옷.

달비: 다리. 여자들의 머리숱이 많아 보이라고 덧넣었던 딴머리.

돌아앉은 구신도 물밥으로 달랜다: 사람을 설득할 때에는 재물이 제일이다.

배리데기 소자 노릇 한다: 바리데기 효자 노릇한다. 쓸데없을 듯하던 것이 오히려 좋게 소용된다.

불난 집에 든 도둑: 화가 나 있는 사람을 더욱 화나게 만드는 사람. 혹은 그런 행위.

오뉴월 하루해가 무섭다: 오뉴월에는 하룻볕이라도 쬐면 동식물이 부쩍 자라게 된다는 뜻으로, 짧은 동안에 자라는 정도가 아주 뚜렷함을 비유적으로 이르는 말.

오쿠사마[奧樣]: 부인. 사모님. 남의 아내를 높이는 말.

웃목에 밥상 보듯: 시큰둥하게.

조도전대학: 와세다대학.

조심부리: 조신부리. 조심스레 정성들여. 성의 있고 살뜰하게.

지리멘[縮緬]: 견직물의 일종. 바탕이 쪼글쪼글한 비단.

지카타비[地下足袋]: 엄지발가락과 둘째 발가락 사이가 갈라진 일본 신발.

초정: 정월. 음력으로 한 해의 첫째 달.

하늘 밑에 머리 둔 사람: 인간의 도리를 지키며 살아가는 사람.

핵이 있어야 부챗살도 열리는 것: 사소하고 하찮은 것이라도 중요한 기능을 함.

토지 8

2부 4권

초판 1쇄 인쇄 2023년 5월 5일
초판 1쇄 발행 2023년 6월 7일

지은이 박경리
펴낸이 김선식

경영총괄이사 김은영
콘텐츠사업2본부장 박현미
편집 임경섭, 한나래, 임고운, 임소정 **디자인** 정명희 **책임마케터** 박태준
콘텐츠사업6팀장 임경섭 **콘텐츠사업6팀** 한나래, 임고운, 임소정, 정명희
편집관리팀 조세현, 백설희 **저작권팀** 한승빈, 이슬
마케팅본부장 권장규 **마케팅4팀** 박태준, 문서희
미디어홍보본부장 정명찬 **브랜드관리팀** 안지혜, 오수미, 문윤정, 이예주
크리에이티브팀 임유나, 박지수, 변승주, 김화정 **뉴미디어팀** 김민정, 이지은, 홍수경, 서가을
지식교양팀 이수인, 염아라, 김혜원, 석찬미, 백지은 **영상디자인파트** 송현석, 박장미, 김은지, 이소영
재무관리팀 하미선, 윤이경, 김재경, 안혜선, 이보람 **인사총무팀** 강미숙, 김혜진, 지석배, 박예찬, 황종원
제작관리팀 이소현, 최완규, 이지우, 김소영, 김진경, 양지환
물류관리팀 김형기, 김선진, 한유현, 전태환, 전태연, 양문현, 최창우
외부스태프 교정 김태형

펴낸곳 다산북스 **출판등록** 2005년 12월 23일 제313-2005-00277호
주소 경기도 파주시 회동길 490
전화 02-704-1724 **팩스** 02-703-2219
이메일 dasanbooks@dasanbooks.com
홈페이지 www.dasan.group **블로그** blog.naver.com/dasan_books
용지 아이피피 **인쇄** 한영문화사 **코팅 및 후가공** 평창피엔지 **제본** 국일문화사

ISBN 979-11-306-9954-7 (04810)
ISBN 979-11-306-9945-5 (세트)